Zum Buch:

Eigentlich wollte Rina ein paar ruhige Sommertage mit ihren Schwestern bei Oma Marianne auf Rügen verbringen. Nach dem Tod der Eltern sind die drei Mädchen bei ihren Großeltern auf der Insel aufgewachsen. Doch inzwischen wohnt Rina in Berlin und ist eine erfolgreiche Ärztin. Dringend braucht sie mal eine Auszeit vom turbulenten Großstadtleben. Und dann passiert irgendwie alles auf einmal. Ihr Freund macht ihr einen Heiratsantrag, Oma bricht bewusstlos zusammen und muss schnellstmöglich ins Krankenhaus, und in all dem Chaos entdecken die drei Schwestern auch noch ein altes Familiengeheimnis. Ist das womöglich der Grund für Omas Herzprobleme, und warum hat sie ihren Enkelinnen nie davon erzählt?

Zur Autorin:

Anne Barns ist ein Pseudonym der Autorin Andrea Russo. Sie hat vor einigen Jahren ihren Beruf als Lehrerin aufgegeben, um sich ganz auf ihre Bücher konzentrieren zu können. Sie liebt Lesen, Kuchen und das Meer. Zum Schreiben zieht sie sich am liebsten auf eine Insel zurück, wenn möglich in die Nähe einer guten Bäckerei.

Lieferbare Titel:

Apfelkuchen am Meer
Honigduft und Meeresbrise
Spätsommerfreundinnen
Bratapfel am Meer
Kirschkuchen am Meer
Eisblumenwinter

Anne Barns

Drei Schwestern am Meer

Roman

HarperCollins

2. Auflage 2022
Copyright © 2017 by Anne Barns
Copyright © 2018 by MIRA Taschenbuch
in der HarperCollins Germany GmbH, Hamburg
Originalausgabe
Dieses Werk wurde vermittelt durch die
Literarische Agentur Thomas Schlück GmbH, 30827 Garbsen
Umschlaggestaltung von BüroSüd, München
Umschlagabbildung von StockFood / Bauer Syndication
Gesetzt aus der Stempel Garamond
von GGP Media GmbH, Pößneck
Druck und Bindung von GGP Media GmbH, Pößneck
Printed in Germany
ISBN 978-3-7499-0213-2
www.harpercollins.de

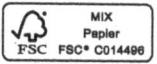

*Ein zuckersüßes Lesevergnügen
wünscht herzlichst*

Anne Barns

1. Kapitel

Ich schließe die Augen, lausche dem sanften Rauschen der Wellen und atme die würzige, salzhaltige Luft ein. Mein Gesicht halte ich der Sonne entgegen, die hoch über dem Wasser steht. Irgendwo in der Ferne kreischen ein paar Möwen. Einen Moment bleibe ich einfach so stehen und genieße, dass ich endlich wieder hier bin. Noch einmal fülle ich meine Lungen mit der gesunden Meeresluft, bevor ich meine Augen wieder öffne und meinen Blick über die Steilküste schweifen lasse. Ich sollte häufiger nach Rügen kommen, um Oma zu besuchen – und das Meer. Wie sehr habe ich diesen Anblick vermisst! Die alten Buchenwälder heben sich kontrastreich von den Kreidefelsen ab. Das dunkle Grün der Bäume und das strahlende Weiß der Kreide spiegeln sich im Wasser und vermischen sich zu einem leuchtenden Türkis. Ein wahnsinnig schöner Anblick! Natürlich mag ich auch die endlos weiten Sandstrände der Insel, die zum Baden einladen, aber dieser naturbelassene Steinstrand ist mir lieber. Hier kann ich nur für mich sein. Es ist weit und breit kein Tourist in Sicht, obwohl in einigen Bundesländern die Sommerferien bereits begonnen haben.

Ich hebe einen besonders hübschen, rot-braun gesprenkelten Kieselstein auf. Er fühlt sich warm und glatt an, als ich ihn mit meiner Hand umschließe. Früher bin ich oft stundenlang mit meinen beiden Schwestern hier am Ufer entlanggegangen, auf der Suche nach außergewöhnlichen Fundstücken wie Hühnergöttern oder Bernstein. Und auch heute noch suche ich immer wieder zwischendurch mit den Augen den Boden ab und freue mich wie ein kleines Kind, wenn ich etwas Besonderes dabei entdecke.

Als ich lautes Bellen höre, drehe ich mich überrascht um. Murphy kommt auf mich zugestürmt. Ich gehe in die Knie und kippe fast nach hinten, als der bullige Rottweiler mich freudig begrüßt. »Na, du Ganove!« Ich blicke auf und winke Daniel zu, der lässig, in der für ihn typischen Gangart, auf uns zugeschlendert kommt. Die Hundeleine hat er über die rechte Schulter gelegt und beide Hände tief in den Hosentaschen vergraben. Er trägt eine olivfarbene, dreiviertellange Cargohose und dazu ein braunes Poloshirt. Ich werfe einen Blick auf meine Uhr, kraule den schwanzwedelnden Murphy und warte, bis Daniel vor mir steht.

»Was macht ihr denn schon hier?«, frage ich. »Ich habe frühestens in einer Dreiviertelstunde mit euch gerechnet. Es ist erst kurz nach eins!«

»Es war kaum Verkehr, ich bin gut durchgekommen.«

Tatsächlich bedeutet das, dass Daniel die ganzen dreihundert Kilometer von Berlin nach Rügen mit durchgedrücktem Gaspedal auf der Überholspur gerast ist. Ich verkneife es mir, einen Kommentar dazu abzugeben und zeige auf seine Füße, die in dunkelbraunen Wildledersandalen stecken. »Steht dir gut, der Freizeitlook.«

Daniel grinst mich an und streckt seine Hand aus. Ich greife zu und lasse mich nach oben ziehen.

»Na, du lecker Dropje.« Den Kosenamen hat Daniel mir vor vier Jahren gegeben, kurz bevor wir ein Paar wurden. Er hat mich dabei beobachtet, wie ich auf der Feier eines Kollegen eine Schüssel holländischer Lakritze, die man *Dropje* nennt, fast ganz allein aufgefuttert habe. Ich sterbe für das schwarze Zeug, das ruhig schön salzig sein darf, so wie das Meer.

»Hi.« Ich drücke Daniel einen Kuss auf den Mund. Den Kiesel werfe ich in hohem Bogen ins Wasser. Murphy springt sofort hinterher. Er wird wie immer eine Weile brauchen, bis er begreift, dass er den Stein nicht wiederfinden wird. Wir stehen nebeneinander und beobachten Murphy, der schnaufend wie ein Walross auf der Suche nach dem verschwundenen Wurfgeschoss das Wasser durchpflügt.

»Dumpfbacke«, sagt Daniel liebevoll. »Nachher ist er wieder so kaputt, dass er schnarcht wie ein Reibeisen.« Er lacht. »Aber er liebt das Meer eben«.

»Ich auch. Es fehlt mir.« Wie sehr, merke ich immer dann besonders, wenn ich wieder hier bin. »Die Woche bei Oma wird mir guttun.« Ich schmiege mich an Daniel. »Schön, dass du dir wenigstens das Wochenende freinehmen konntest und wir auch ein paar Tage für uns haben.«

»Das finde ich auch. Drei Tage ohne Hektik – und ohne Klinik. Ist das nicht herrlich?«

»Ja, unfassbar, dass es geklappt hat. Ich habe ständig damit gerechnet, dass mein Handy klingelt und du mir sagst, irgendein Notfall sei dazwischengekommen.«

Daniel sieht mich streng an. »Nein, wir hatten doch vereinbart: dieses Wochenende kein Job. Keine Jobgespräche und keine Notfälle.«

»Zum Glück! Lass uns ein paar Meter spazieren gehen. Ich würde meinem alten Freund gerne einen Besuch abstatten. Aber vorher muss ich ein Foto schießen, als Beweis dafür, dass wir tatsächlich gemeinsam hier sind.«

Wir stellen uns mit dem Rücken zum Wasser. Ich drücke Daniel mein Smartphone in die Hand. »Dein Arm ist länger.«

Mein Kopf lehnt an seinem, als Daniel kurz hintereinander mehrmals auf den Auslöser drückt, bevor er mir das Handy wiedergibt.

Ich öffne die Fotogalerie, doch das Sonnenlicht blendet so sehr, dass ich kaum etwas erkennen kann. Aber immerhin sieht man, dass wir es sind. »Ich möchte meinen Schwestern eins schicken. Pia und Jana haben gewettet, ob wir es diesmal wirklich schaffen, nach Rügen zu kommen.«

»Und wer hat gewonnen?«

»Wir sind hier, Pia also«, antworte ich, drücke auf Senden und stecke das Handy wieder in meine Tasche. »Gehen wir weiter.«

Murphy hüpft die ganze Zeit munter neben uns her durch die Wellen.

Die Steine hier am Ufer sind unterschiedlich groß. Manche liegen fest im Boden verankert, andere lose auf dem Sand. Man muss etwas aufpassen, dass man nicht wegrutscht oder umknickt, wenn man auf sie tritt. Aber wir haben ja Zeit, ein Genuss, in den ich lange nicht gekommen bin. Hand in Hand gehen wir langsam am Ufer entlang.

»Gehen wir nachher baden?«, frage ich. »Wir könnten mit den Rädern nach Glowe fahren.«

»Meinst du nicht, dass das Wasser noch ein wenig zu kalt ist?«

»Ach, so um die siebzehn, achtzehn Grad dürfte es schon haben. Die letzten Tage waren ganz schön heiß.« Der Juni war verregnet und relativ kühl, aber nun macht der Sommer seinem Namen alle Ehre. Seit gut einer Woche haben wir traumhaftes Wetter. Ich habe mir also genau die richtige Zeit für meinen Urlaub ausgesucht. »Du musst ja nicht mit reinkommen. Aber ich möchte auf jeden Fall heute noch wenigstens einmal ins Meer.«

»Na gut. Lass uns statt der Räder das Auto nehmen und danach in das nette Fischrestaurant nach Binz fahren.«

Ich schüttele den Kopf. »Das können wir Oma nicht antun.

Heute Abend gibt es Pfefferlinge mit Pellkartoffeln – mit vielen Zwiebeln extra für dich.« Pfefferlinge, das sind Heringe, die Oma nach einem alten Familienrezept mehrere Tage in einem Sud aus Essig und Gewürzen einlegt. Gleich nachdem ich ihr erzählt habe, dass Daniel über das Wochenende mitkommt, hat sie sich an die Arbeit gemacht.

»Ach so, das ist ja noch besser, da sage ich natürlich nicht Nein.« Daniel strahlt. Er liebt Omas Pfefferlinge. »Sie war übrigens nicht da, als ich eben angekommen bin. Auf mein Klopfen hat sich niemand gemeldet.«

»Dann ist sie bestimmt bei ihrer Freundin«, überlege ich laut. »Oma hat ja jetzt noch nicht mit dir gerechnet. Hast du deine Sachen schon ins Haus gebracht?« Daniel weiß, dass Oma einen Ersatzschlüssel ganz klassisch unter dem großen Blumenkübel neben dem Haus deponiert.

»Nein, ich wollte erst einmal zu dir. Ich hab mir gedacht, dass wir dich hier finden, als du geschrieben hast, dass du zum Wasser gehst. Was ist mit deinen Schwestern? Kommen sie auch?«

»Jana will am Sonntag mal vorbeischauen, je nachdem, um wie viel Uhr du zurück nach Berlin fährst, triffst du sie noch. Pia kommt erst nächsten Freitag aus England zurück.«

Nach einer Weile bleibe ich stehen. »Sag mal, gilt unser Gesprächsverbot für alles, was irgendwie mit der Arbeit zusammenhängt?«

»Das kommt darauf an. Was hast du denn auf dem Herzen?«

»Meine Spezialisierung. Im Moment tendiere ich doch eher zu Gastroenterologie. Ich weiß nicht, ob Kardiologie wirklich das Richtige für mich ist.«

»Hm«, macht Daniel.

»Was, hm?« Ein Hm in diesem Tonfall bedeutet, dass Daniel meine Überlegung überhaupt nicht nachvollziehen kann. »Warum sagst du nicht einfach, was du denkst?«

»Na ja, ich dachte, du wolltest unbedingt Kardiologin werden.«

»Ja, schon ... Aber die Gastroenterologie bietet ein breiteres Spektrum an Krankheitsbildern. Außerdem weiß ich nicht, ob die Arbeit im Krankenhaus auf Dauer das Richtige für mich ist. Internistin in einer Praxis zu sein, hätte auch so seine Vorteile.«

»Ich denke, dass du auf jeden Fall das Zeug zur Kardiologin hast, zu einer ausgezeichneten sogar. Was möchtest du in einer Praxis? Das willst du dir doch nicht wirklich antun. Da vergeudest du dein Talent. Davon mal ganz abgesehen, kannst du auch als Kardiologin in einer Praxis tätig werden.« Manchmal ärgert mich Daniels Einstellung. Er wirkt dann so arrogant – genau wie es Kardiologen oft vorgeworfen wird. Trotzdem ist etwas dran an seinem Einwand.

»Ja, wahrscheinlich hast du recht, ich weiß auch nicht, was auf einmal mit mir los ist.« Ich lasse meinen Blick über das Meer schweifen, das ich im letzten Jahr so selten gesehen habe. »Vielleicht bin ich einfach nur überarbeitet.« Schon seit ich sechzehn Jahre alt bin, möchte ich unbedingt Kardiologin werden. Damals habe ich mir geschworen, mich nie wieder so hilflos zu fühlen wie in der Zeit, nachdem unsere Eltern durch einen Unfall plötzlich gestorben sind. Ich war überzeugt davon, dass die Ärzte einen Fehler gemacht haben, da unsere Mutter während der OP an Herzversagen starb. Der Gedanke, selbst Kardiologin zu werden und es mal besser zu machen, hat mir über die schwere Zeit geholfen. Ich hatte ein Ziel. Doch jetzt, wo es endlich so weit ist, fühlt es sich auf einmal nicht mehr richtig an. Und ich habe keine Ahnung, warum.

»Ich habe da noch eine andere Idee«, sagt Daniel jetzt. Er lächelt breit.

Ich sehe meinen Freund skeptisch an. Irgendetwas führt er im Schilde. Das ist mir die letzten Tage schon aufgefallen. Er hat ausgesprochen gute Laune. Als ich ihn gefragt habe, was ihn so glücklich macht, hat er behauptet, das sei, weil wir endlich mal wieder ein Wochenende gemeinsam ans Meer fahren. Ich kenne Daniel, und das passt überhaupt nicht zu ihm. Dahinter steckt etwas anderes.

»Hast du etwa die Zusage für die Forschungsgruppe erhalten?«, frage ich.

»Wer weiß …?«

Ich schubse ihn in die Seite. »Jetzt erzähl schon!«

Daniel schmunzelt geheimnisvoll. »Alles zu seiner Zeit.«

Wir gehen noch etwa zweihundert Meter das Ufer entlang, bis wir an meinem Lieblingsplatz angekommen sind, dem großen Findling, der schon seit der Eiszeit jeden Tag der Brandung und dem Wetter trotzt.

»Hallo, Svantekahs, mein alter Freund«, sage ich und lege meine Hand flach auf den großen, von der Sonne gewärmten Stein. Der Name Svantekahs kommt aus dem Altslawischen und bedeutet »Heiliger Stein«. Der Findling ist etwa zwei Meter hoch. Es ist nicht ganz leicht, ihn zu erklimmen, aber mit den Jahren habe ich eine gute Technik entwickelt. Wenn man weiß, wie man die Füße setzen muss, geht es ganz einfach.

Ich weiß nicht, wie oft ich das als Jugendliche gemacht habe, um mich darauf zu sonnen, einfach nur über das Meer zu schauen oder ihm meine schönsten Erlebnisse und meine Sorgen zu erzählen. Wenn ich wieder einmal das Gefühl hatte, nicht mehr mit meiner Schuld leben zu können – hier habe ich mich meiner Mutter immer besonders nah gefühlt. Sie war es gewesen, die uns oft erzählt hat, eine besondere Energie würde ihm innewohnen, weil Svantekahs die Sonnenstrahlen aus Zigtausenden Jahren in sich speichere. Rein wissenschaftlich gesehen, ist das Blödsinn. Dennoch fühle ich jedes Mal, wie sich eine leichte, sehr wohlige Gänsehaut meinen Nacken entlang über meine Kopfhaut ausbreitet, wenn ich in seine Nähe komme. So wie jetzt auch wieder. Natürlich weiß ich, dass es wahrscheinlich einfach an den vielen schönen Erinnerungen liegt, die an diesen Ort geknüpft sind. Mama hat Papa hier das erste Mal geküsst. Das hat sie mir erzählt, als wir alle, Papa, Mama, Pia, Jana und ich, an einem warmen Sonntag gemeinsam hier zwischen den Steinen im Wasser nach Krebsen gesucht haben. Ich rechne schnell nach. Das ist jetzt ziemlich genau sechzehn Jahre her. Wie die Zeit vergeht ... Damals war ich fünfzehn und das erste Mal schwer verliebt. Deswegen wäre ich viel lieber zu Hause in Berlin bei meinem Freund geblieben. Aber meine Eltern bestanden darauf, dass ich mitkomme und Oma hier auf Rügen besuche. Es war das letzte Mal, dass wir gemeinsam als Familie etwas unternommen haben. Drei Monate später waren meine Eltern bereits tot. Ich weiß, wie sehr meine Mutter diesen Platz geliebt hat. Und wenn ich hier bin, habe ich immer das Gefühl, dass sie bei mir ist.

Daniel drückt meine Hand, zieht mich an sich und küsst mich leidenschaftlich.

»He, was war das denn?«, frage ich lachend.

»Katharina ...« Seine Stimme klingt seltsam rau. »Warte einen Moment.« Er ruft Murphy zu uns, lässt ihn Sitz machen und kniet neben ihm nieder. Beide schauen von unten zu mir auf. Mir wird augenblicklich mulmig zumute. Bitte nicht, denke ich, aber da sagt er auch schon: »Katharina, ich liebe dich. Und ich verspreche dir hier und heute, vor deinem geliebten heiligen Stein, dir nie wieder wehzutun. Willst du meine Frau werden?«

»Daniel ...« Ich lasse mich zu ihm auf den Boden sinken, sodass wir uns gegenüberknien, und suche nach den richtigen Worten. »Ich weiß nicht ... ich glaube, das kommt etwas früh. Ich ... ich bin noch nicht so weit. Es ist jetzt gerade mal ein Jahr her.« Ein kleiner spitzer Stein hat sich in mein Knie gebohrt. Es tut höllisch weh, aber ich bewege mich keinen Zentimeter von der Stelle.

Daniel lässt meine Hand los. »Ach, Cat, wir haben das jetzt schon so oft durchgekaut. Es tut mir leid, wirklich. Und es wird nie wieder passieren.«

»Das weißt du nicht.«

»Doch.«

Ich schüttele den Kopf.

»Du hast mir noch immer nicht verziehen.« Er sieht verletzt aus.

»Habe ich, aber vergessen kann ich es nicht.« Ich bemühe mich, ruhig und gelassen zu bleiben, kann aber nicht verhindern, dass meine Stimme gereizt klingt.

»Dann vertraust du mir also immer noch nicht!«

»Doch, nein ... Daniel, das ist unfair. Du hast mich betrogen, wochenlang, da ist es doch normal, dass das Vertrauen einen Knacks bekommt. Das haben wir doch schon ein paar Mal besprochen.«

Daniel lässt sich nach hinten auf den Boden sinken. Ich bin froh, dass er die kniende Haltung verlassen hat, und setze mich neben ihn.

»Ich dachte, wir wären darüber hinweg«, sagt Daniel.

Seit Monaten kriselt es zwischen uns wegen seiner blöden Bettgeschichte, und immer wieder läuft es auf das Gleiche hinaus. Er würde die ganze Sache am liebsten vergessen, ich kann es nicht. Und jedes Mal endet es mit meiner Bitte, mir etwas mehr Zeit zu geben, um das Vertrauen wiederaufbauen zu können. Ich weiß, dass es für die Liebe keine Garantie gibt. Es kann sein, dass es wieder geschehen wird. Auch für mich würde ich da die Hand nicht ins Feuer legen. Daniel hat recht: Jeder macht mal Fehler. Ich bin die Letzte, die das nicht unterschreiben würde. Hätte es sich um einen einmaligen Ausrutscher gehandelt, käme ich vermutlich viel besser damit klar. Aber die Geschichte hat sich wochenlang hingezogen. Und ich war so blöd, Daniel auch noch zu bemitleiden, weil er plötzlich so viele Überstunden machen musste. Ich suche nach den richtigen Worten, kann aber im Moment keinen klaren Gedanken fassen. Daniels Antrag hat mich überrumpelt.

»Habe ich nicht alles gemacht, um dir zu zeigen, wie leid es mir tut? Ich habe deinetwegen die Klinik gewechselt, weil du … ach, ist ja auch egal.« Er zuckt mit den Schultern. »Wir landen immer wieder an demselben Punkt. Das bringt uns nichts, uns beiden nicht. Wir haben es versaut.«

»Wir?«

Ich war es nicht, die fremdgegangen ist. Ich habe gerne in der Klinik hier auf Rügen gearbeitet – bis ich mitbekommen habe, dass Daniel sich zu einem Techtelmechtel mit einer fast zehn Jahre jüngeren Kollegin hat hinreißen lassen, die gerade im ersten Assistenzjahr steckte.

»Niemand ist perfekt, Katharina. Auch du nicht.« Daniel bückt sich, hebt einen Kieselstein auf und wirft ihn wütend ins Meer. Murphy hat die Aktion beobachtet, rührt sich aber nicht von der Stelle, er macht immer noch Sitz, so wie Daniel ihm befohlen hat. »Du schon, alter Junge, du bist perfekt, na, lauf schon!«

Wie der Blitz jagt der Rottweiler davon. Ich bin unsicher und weiß nicht so genau, was ich sagen soll.

»Ich dachte wirklich, Plan C wäre vielleicht eine Alternative für dich«, fährt Daniel fort. »Du bist einunddreißig, ich mit meinen fünfunddreißig bin auch nicht mehr der Jüngste.«

Es dauert einen Moment, bis ich verstanden habe, was Daniel damit meint. »Anstatt mich zu spezialisieren und weiterzubilden, könnte ich also auch ein paar Schwangerschaftskurse und danach welche in Babygymnastik belegen?«

»Warum nicht? Wäre das so abwegig? Du wolltest doch unbedingt Kinder.« Daniel lächelt süffisant. »Jetzt, wo du Kardiologie anscheinend an den Nagel hängen willst, wäre das doch der richtige Zeitpunkt.«

»Natürlich möchte ich Kinder, aber das heißt doch nicht, dass ich meine Karriere komplett hinter mir lassen will. Können wir nicht einfach noch ein wenig warten?«

»Nein, jetzt oder gar nicht!«, sagt Daniel energisch. »Wenn du dich heute nicht für mich entscheidest Katharina, dann wirst du es nächstes Jahr auch nicht tun. Oder was meinst du mit ‚noch etwas mehr Zeit'?«

So oft hintereinander hat Daniel meinen Namen noch nie vollständig ausgesprochen. Wenn alles gut ist, nennt er mich Cat oder Dropje. Ich möchte mich nicht streiten. Und es bringt auch nichts, sich gegenseitig Vorwürfe zu machen.

»Ganz ehrlich, ich weiß es nicht.« Auf einmal ist mir nach Heulen zumute. Meine Stimme zittert, als ich weiterspreche. »Hätte ich dich sonst eben nach deiner Meinung zu den Weiterbildungsmöglichkeiten gefragt? Ich habe mich fünf Jahre lang mit meiner Facharztausbildung rumgeschlagen, davon zwei Jahre Gastroenterologie, ein Jahr Intensivmedizin, zwei Jahre Kardiologie. Ich war mir so sicher, dass Kardiologie mein Fachgebiet ist. Aber jetzt, wo ich fertig bin, fühlt es sich nicht mehr richtig an. Ich weiß absolut nicht, warum. Ich habe gehofft, in der Woche hier zu mir zu finden. Und was uns betrifft … Hättest du mich vor einem Jahr gefragt, hätte ich wahrscheinlich sofort Ja gesagt. Aber jetzt bin ich vollkommen überrumpelt.«

Daniel rollt mit den Augen. »Im Grunde genommen weißt du doch ganz genau, was du willst. Du willst es nur nicht wahrhaben.«

»Was meinst du?«, frage ich, doch ich ahne, worauf Daniel hinauswill.

»Das war's dann wohl mit uns beiden, oder?«

Mein Magen verkrampft sich, und ich muss schlucken, bevor ich antworte: »Wenn du nicht warten kannst …«

»Wie lange soll ich denn noch warten, bis du dich für uns entscheidest? Ein Jahr, zwei? Warum nicht sofort? Gib dir einen Ruck, Cat, trau dich, hier und jetzt.« Daniel lächelt mich schief an.

Ich wünschte, ich könnte Ja sagen. Aber irgendetwas in mir hindert mich daran. »Ich kann nicht …«

»Na dann.« Daniel tritt gegen einen etwas größeren Stein und stößt im nächsten Moment mit gepresster Stimme einen Fluch aus. Er hat nicht damit gerechnet, dass er sich nicht einen Zentimeter bewegen würde. »Ich glaube, dann ist es besser, wenn ich sofort wieder fahre.« Er zögert einen Moment. »Du kannst dir ja noch mal ganz in Ruhe Gedanken darüber machen, was du willst, beruflich und auch privat. Vielleicht denkst du wirklich etwas klarer, wenn du ein bisschen Abstand von allem hast.«

»Okay.«

»Gut. Aber lass mich nicht zu lange auf eine Antwort warten. Meldest du dich Montag?«

»Mach ich.« Mein Bauch grummelt. Etwas in mir möchte Daniel zurückhalten, aber ich kann mich nicht dazu überwinden.

Daniel dreht sich um und geht. Ich sehe ihm einen Moment nach, fassungslos darüber, dass er mir einen Antrag gemacht hat und nicht bereit dazu ist, noch etwas zu warten. Warum will er das plötzlich so übers Knie brechen?

»Daniel, warte mal«, rufe ich.

»Ja?«

»War das eben eine spontane oder eine geplante Aktion?«

»Der Champagner steht in der Kühltasche im Auto. Warum fragst du, ist das wichtig?«

»Na ja ... ich weiß, das klingt jetzt vielleicht ein bisschen schräg, aber ich würde zu gerne mal den Ring sehen.«

»Ich war mir nicht sicher, ob du Ja sagst. Aber wir holen einen, wenn du dich für uns entschieden hast, versprochen.«

Schade, denke ich, eventuell hätte mich ein richtig schöner Verlobungsring umgestimmt. Denn das hätte bedeutet, dass Daniel das Risiko eingegangen wäre, den Ring umsonst gekauft zu haben. Aber dafür ist er viel zu berechnend. Vielleicht ist er sogar davon ausgegangen, dass ich Nein sage. Warum hat er mich dann überhaupt gefragt? Um mir dann die Verantwortung für das Ende unserer Beziehung geben zu können? Nein, so berechnend ist Daniel auch wieder nicht, sage ich mir. Oder doch?

Tränen laufen über mein Gesicht. Ich will Daniel nicht verlieren, ich möchte ihn nur nicht heiraten. Ich bleibe noch einen Moment stehen und sehe ihm nach, wie er mit Murphy am Ufer entlang zu der Treppe zurückgeht, die durch den Buchenwald hinauf zu Omas Haus führt. Die Hände hat er wieder in den Hosentaschen vergraben. Als plötzlich mein Handy brummt, zucke ich zusammen. Pia hat mir geantwortet.

Schön, dass ihr da seid!

Kurz darauf trifft die nächste Nachricht ein.

Hihi, dann habe ich die Wette gewonnen ... ☺ Ich hoffe, wir sehen uns noch.

Ich zögere, weil ich nicht weiß, was ich darauf antworten soll. Schließlich schreibe ich. *Wir sehen uns auf jeden Fall. Ich freue mich.* Dass sie die Wette trotzdem verloren hat, behalte ich vorerst für mich.

2. Kapitel

Ich wünschte, ich könnte Daniel nachlaufen, um ihm zu sagen, dass ich will, und zwar auf der Stelle und bis dass der Tod uns scheidet. Aber nachdem er mit Murphy aus meinem Blickfeld verschwunden ist, bin ich auf Svantekahs geklettert. Und hier oben sitze ich nun seit einiger Zeit wie festgewachsen. Schon komisch, denke ich. Mein Vater und meine Mutter haben sich hier zum ersten Mal geküsst und Daniel mich vielleicht zum letzten Mal. Ich fühle tief in mich hinein. So ein Seitensprung kann ja bekanntlich auch eine zweite Chance für die Liebe bedeuten. Aber wir haben sie nicht genutzt. Stattdessen sind wir relativ schnell wieder in unsere alten Verhaltensmuster geschlittert. Zu viel Arbeit, zu wenig Miteinander, kaum noch Sex ... Daniel hat recht, wir haben es versaut. Das hätte ich mir schon viel früher eingestehen müssen.

Die Sonne brennt heiß auf meine nackten Schultern. Man muss nicht Medizin studiert haben, um zu wissen, wie ungesund Sonnenbrand ist, aber ich kann mich nicht aufraffen, zurück zum Haus zu gehen. Ich fühle mich wie gelähmt. Gerade als ich überlege, ob ich meine Caprihose ausziehe, um damit die sicherlich bereits verbrannten Stellen zu schützen, sehe ich aus den Augenwinkeln eine zierliche Gestalt den Abhang hinunterkommen. Es ist Oma, wie ich kurz darauf feststelle. Von Weitem sieht sie aus wie ein junges Mädchen mit ihrer roten Schirmmütze, den hochgekrempelten Jeans und der kurzärmeligen Blümchenbluse. Leichtfüßig läuft sie über die Steine, so als würde sie jeden einzelnen kennen. Und das ist wahrscheinlich auch so. Immerhin lebt sie jetzt schon seit fast fünfzig Jahren hier. Sie winkt mir zu, als sie bemerkt, dass ich sie schon entdeckt habe. Ich winke zurück, klettere von meinem Sonnenplatz und gehe ihr entgegen.

»Das habe ich mir gedacht!« Meine Großmutter hält mir ein Handtuch hin. »Hier, leg das über deine Schultern.« Sie schüttelt den Kopf und reicht mir auch ihre Kappe. »Bist du eingeschlafen? Du bist ganz rot.«

»Ich habe die Zeit aus den Augen verloren. Wie spät ist es denn?«

»Nach halb drei, um Viertel vor zwölf bist du los. Das heißt, dass du fast drei Stunden der prallen Sonne ausgesetzt warst!«

»Ich war nicht die ganze Zeit hier unten. Vorher habe ich noch einen Spaziergang am Hochufer entlang gemacht, da war ich geschützt durch die Bäume.«

»Mag sein, du siehst aber trotzdem aus wie ein Krebs. Am besten machen wir dir zu Hause eine Quarkmaske.« Oma mustert mich skeptisch. »So unvernünftig kenne ich dich gar nicht. Wo ist denn Daniel? Müsste der nicht längst hier sein? Oder steckt er im Stau?«

»Er war schon da, ist aber gleich wieder gefahren.«

»Ein Notfall?«, fragt Oma.

Jetzt nicht wieder losheulen, denke ich. »Erzähl ich dir gleich.«

»Gut, dann lass uns erst einmal zusehen, dass wir dich aus der Sonne bekommen. Am besten gehen wir direkt durch den Wald.«

Omas Haus steht auf einer Anhöhe. Der normale Weg führt etwa dreihundertfünfzig Meter unten am Ufer entlang, bevor eine schmale Treppe durch den Buchenhain bis hoch zu ihrem Garten führt. Direkt durch den Wald bedeutet, mehr oder weniger nach oben zu klettern.

»Schaffst du das denn?«, frage ich. »Was machen deine Beine?«

»Pia hat also geplappert«, stellt Oma fest. »Aber es ist nichts Ernstes, in meinem Alter ist es doch normal, dass man mal Wasser in den Gliedmaßen hat. Es liegt wahrscheinlich an der Hitze. Davon mal ganz abgesehen, verläuft ein Trampelpfad fast parallel zum Ufer, dann geht es nur ein Stück schräg hoch bis zu den Treppenstufen.«

Meine Schwester hat mir erzählt, dass Oma schon seit Tagen über schmerzende, geschwollene Beine klagt. Pia lebt als einzige von uns drei Schwestern noch auf Rügen und bekommt dementsprechend am meisten mit. Jana ist letzten Oktober zum Studieren nach Greifswald gezogen und ich wohne seit einem Jahr in Berlin. Es hat mich also in unseren Geburtsort zurück verschlagen. »Ich würde mir das trotzdem gerne später mal anschauen, Oma.«

»Ja, ja, mach du mal, aber erst kümmern wir uns um deine Haut.«

Der Weg ist neu. Als ich Weihnachten hier war, gab es ihn noch nicht. Da bin ich mir ganz sicher.

Ich war tatsächlich über ein halbes Jahr lang nicht mehr hier, noch nicht mal Ostern habe ich es geschafft, denke ich, als ich hinter Oma den schmalen Trampelpfad entlanggehe. Sie ist immer noch erstaunlich flink, so wie früher schon. Das liegt wahrscheinlich auch daran, dass sie keinen Führerschein hat und deswegen immer zu Fuß oder mit dem Rad unterwegs ist.

Etwa eine Viertelstunde später stehen wir vor dem Gartentor hinter dem Haus. Die Terrassentür zum Wohnzimmer steht sperrangelweit auf.

»Irgendwann räumt dir ein Einbrecher das ganze Haus leer«, sage ich.

Oma geht gar nicht darauf ein, pflückt eine Brombeere vom Gebüsch neben dem Gartentor und hält sie mir hin. »Probier mal, sie sind schon zuckersüß. Hier auf dem Hügel haben wir eben doch die meisten Sonnenstunden im Jahr. Unser Obst reift wesentlich schneller.«

»Lecker.« Ich lasse die herbsüße Frucht auf meiner Zunge zergehen. »Aber du musst nicht vom Thema ablenken. Warum schließt du denn nicht einfach ab, wenn du aus dem Haus gehst?«

»Bei mir gibt es nichts zu holen.«

Ich weiß, dass es keinen Sinn hat, mit Oma darüber zu diskutieren. Das Thema haben wir schon einige Male durchgekaut. Aber der Gedanke, dass sie mutterseelenallein hier oben auf dem Hügel wohnt, gefällt mir gar nicht, da kann sie noch so oft von den tollen Sonnenstunden schwärmen. Das nächste Haus ist drei Minuten zu Fuß entfernt. Omas Freundin Thea wohnt dort mit ihrem Mann Ludwig. Die beiden sind sehr nett, doch zu weit weg, falls doch mal etwas passieren sollte und Oma Hilfe holen muss. Aber immerhin fährt Ludwig Auto. Es gehört zu seinen Aufgaben, die beiden alten Damen regelmäßig zum Einkaufen zu fahren. Und ab und an springt auch mal Pia ein.

»Mach es mir zuliebe«, versuche ich es noch einmal. »Schließ ab, wenn du aus dem Haus gehst. Dann bist du wenigstens versichert, wenn doch mal jemand versucht, was zu holen. Und hör auf damit, den Schlüssel unter dem Blumenkübel zu deponieren. Da guckt jeder zuerst nach, wenn er danach sucht.«

»Na gut, wenn du dich dann wohler fühlst.« Oma tätschelt meinen Arm. »Aber jetzt gehst du kurz unter die lauwarme Dusche. Ich rühre in der Zeit den Quark an. Und dann erzählst du mir, was zwischen dir und Daniel los ist.«

Die Dusche hat gutgetan. Ich fühle mich erfrischt, aber ich ärgere mich darüber, dass ich so unvernünftig war und mich so dermaßen verbrannt habe. Mein Gesicht ist knallrot, und meine Schultern hat es fast noch schlimmer erwischt. Die Haut kribbelt und fühlt sich heiß an.

»Ich habe etwas Buttermilch in den Quark gerührt«, sagt Oma, als ich zu ihr in die Küche komme. Sie zieht einen Stuhl vom Tisch. »Setz dich am besten falsch herum drauf, mit dem Bauch zur Rückenlehne.« Sie reicht mir ein Haargummi. »Hier, damit nichts in den Quark hängt.«

Oma hat an alles gedacht. Ich binde mein nasses Haar zu einem Dutt und beobachte, wie sie die weiße Masse auf ein Geschirrhandtuch streicht.

»Ah, das tut gut«, entfährt es mir wohlig, als sie die Packung kurz darauf sanft auf meine Schultern drückt.

»Bleib so sitzen, ich schmiere noch etwas auf deinen Nacken. Im Gesicht kannst du es dann gleich selbst auftragen, wenn das Zeug hinten wieder runter ist. Das geht besser im Liegen.« Oma stellt mir ein großes Glas hausgemachten Eistees vor die Nase. »Und denk daran, genügend zu trinken.«

»Okay.« Ich leere das Glas in einem Zug. »Danke. Hast du vielleicht was Süßes da?« Etwas Nervennahrung wäre jetzt nicht schlecht.

»Marmelade und Honig. Soll ich dir ein Brot schmieren?«

»Ich dachte eigentlich eher an Schokolade oder vielleicht Eis.«

»Ich habe nichts im Haus, aber wir können nachher weiche Karamellbonbons machen, wenn du magst.«

»Oh ja, die habe ich seit Ewigkeiten nicht mehr gegessen!« Oma macht die perfekten Karamellbonbons. Sie sind herrlich süß, schön weich und klebrig, ohne Plombenzieher zu sein.

Sie schmelzen auf der Zunge. Eine Prise Meersalz rundet den Geschmack ab.

»Gut, Sahne und Butter habe ich da. Aber jetzt zu Daniel. Habt ihr euch gestritten?« Oma setzt sich auf den Stuhl mir gegenüber an den Tisch und sieht mich an.

»Nicht direkt. Daniel hat mir gerade einen Heiratsantrag gemacht. Aber ich habe ihn abgelehnt.«

»Ach so, ja, dann kann ich verstehen, dass er so überstürzt wieder abgereist ist.« Oma sieht kein bisschen überrascht aus.

»Ich bin noch nicht so weit«, erkläre ich.

»Hm«, macht sie und sieht mich mit ihren hellen blauen Augen an. »Und was ist der eigentliche Grund?«

Das ist typisch Oma, sie lässt sich so schnell nichts vormachen. Bisher habe ich mit niemandem über Daniels Seitensprung geredet. Ich habe ihm verziehen, das dachte ich wenigstens, und wollte, dass meine Familie ihm weiter ohne Vorbehalte gegenübertritt. Außerdem hatte ich keine Lust darauf, mir kluge Ratschläge diesbezüglich anzuhören oder gar bemitleidet zu werden. Also habe ich es für mich behalten. Vielleicht war das falsch. Wieder einmal muss ich an einen von Mamas guten Ratschlägen denken: Probleme muss man teilen, damit sie leichter werden.

»Daniel hat mich betrogen. Das ist knapp ein Jahr her. Mit einer Fünfundzwanzigjährigen, die frisch von der Uni als Assistenzärztin in der Klinik angefangen hat. Sie hat es mir brühwarm erzählt, nachdem Daniel die Sache beendet hatte. Ich habe gedacht, dass ich damit klarkomme. Aber ich kann es nicht vergessen.«

»Und warum hast du ihn nicht direkt in den Wind geschossen, nachdem du es erfahren hast?«, fragt Oma. »Ich hätte ihn sofort in hohem Bogen vor die Tür gesetzt.« Sie schüttelt den Kopf. »Männer! Die machen doch nichts als Ärger. Und hinterher jammern sie rum, wie leid es ihnen tut. So ein Hornochse!«

Ich kann gar nicht anders, ich muss lachen. Mit Omas kleinem Gefühlsausbruch habe ich nicht gerechnet.

Sie grinst mich an. »Ist doch wahr!« Dann wird sie plötzlich ernst. »Das tut mir leid für dich, Liebes. Und jetzt erzähl noch mal von Anfang an. Daniel hat dir einen Heiratsantrag gemacht. Und dann?«

Ich erzähle in allen Einzelheiten, was eben passiert ist. Und auch, was damals zwischen Daniel und der Assistenzärztin gelaufen ist. Oma war schon immer eine gute Zuhörerin. Sie bringt die Sachen auf den Punkt. »Es geht dir also nicht um Zeit, sondern Daniel ist, aus welchen Gründen auch immer, einfach nicht der Richtige für dich.«

»Wenn ich das nur wüsste! Ich glaube, dass irgendwann die Liebe auf der Strecke geblieben ist. Vermutlich schon bevor er mich betrogen hat. Sonst wäre das wahrscheinlich gar nicht passiert. Ich wünschte nur, es wäre mir bewusst geworden, bevor wir nach Berlin gezogen sind. Aber ich wollte einfach nur noch weg und einen Neuanfang. Eigentlich bin ich ja gerne mit Daniel zusammen. Viele Dinge funktionieren gut zwischen uns, und die letzten Jahre war ich ganz zufrieden.«

Oma legt ihren Kopf leicht schief und lächelt. Ihre Stimme klingt zuckersüß, als sie sagt: »Vieles funktioniert also, und du bist ganz zufrieden. Na dann ... Klingt doch nach einer guten Grundlage für eine Ehe.«

Wenn ich Oma nicht besser kennen würde, würde ich glatt glauben, dass sie das wirklich ernst meint. »Wir waren beide beruflich sehr eingespannt«, erkläre ich. »Und dann der unterschiedliche Schichtdienst ...« Ich seufze wehleidig. Meine Haut brennt, und eigentlich hatte ich mich auf zwei erholsame Wochen Urlaub und drei Tage mit meinem Freund gefreut.

»Hätte ich doch einfach Ja sagen können. Daniel sah so traurig aus, als er gegangen ist.«

»Er wird darüber hinwegkommen.« Oma greift nach meiner Hand. Ihre fühlt sich angenehm kühl an. »Manche Menschen hinterlassen eine Lücke, andere machen Platz. Was davon trifft auf Daniel zu?«

»Wenn ich das nur wüsste!«

Oma lächelt, diesmal sieht es echt aus. »Fühlen, Liebes, nicht wissen. Hör auf dein Herz.«

»Wie war es bei dir und Opa, als er dir den Antrag gemacht hat? Wusstest, nein, hast du sofort gefühlt, dass er der Richtige ist?« Oma und Opa waren immerhin siebenunddreißig Jahre verheiratet, bevor Opa ganz plötzlich an Krebs gestorben ist. Zu dem Zeitpunkt war Oma erst fünfundfünfzig. Es gab keinen anderen Mann mehr in ihrem Leben. Opa hat also nicht Platz gemacht, er hat eine Lücke hinterlassen, die nie wieder gefüllt wurde.

»Ach herrje, das ist jetzt so lange her, das habe ich längst vergessen«, sagt Oma und schenkt mir noch einen Eistee ein. »Trinken ist wichtig bei Sonnenbrand.«

Ich greife schmunzelnd nach dem Glas. »Na klar, vergessen! Komm schon, erzähl doch mal.« Wie Mama und Papa sich kennengelernt und ineinander verliebt haben, weiß ich. Sie war Krankenschwester, Papa war Patient. Er hatte sich beim Fußballspielen das Sprunggelenk gebrochen und sich sofort in Mama verliebt, als sie bei ihm den Blutdruck gemessen hat. Drei Jahre später haben sie geheiratet. Da war Mama gerade mal einundzwanzig. Von Oma und Opa weiß ich jedoch kaum etwas. Nur, dass sie anscheinend eine ganz harmonische Ehe geführt haben.

»Damals waren die Zeiten noch anders. Die Mauer hat unser aller Leben verändert.« Ein Schatten huscht über Omas

Gesicht, doch kurz darauf lächelt sie wieder. »Wir haben geheiratet, weil ich schwanger war. Das hört sich zwar im ersten Moment nicht sehr romantisch an, aber Karl war ein guter Mann. Die Liebe zwischen uns hat sich mit den Jahren entwickelt. Ich habe keinen Moment bereut.«

»Dann habt ihr wegen Mama geheiratet?«

Oma nickt. »Und jetzt habe ich drei wundervolle Enkeltöchter.«

Das ist mein Stichwort. »Pia und Jana wissen noch nichts von Daniels Affäre. Ich habe es bisher niemandem erzählt.«

»Ich halte dicht.« Oma steht auf. »Ich weiß, der Spruch ist abgedroschen, aber du weißt ja, andere Mütter haben auch schöne Söhne. Ich bin mir ganz sicher, dass du den Richtigen schon noch finden wirst.«

»Du gehst also auch davon aus, dass Daniel nicht der Richtige für mich ist?«

Oma lacht laut auf. »Nein, Liebes, den Schuh ziehe ich mir nicht an. Ich mag ihn, das weißt du. Aber du bist diejenige, die glücklich mit ihm sein sollte.«

»Stimmt.« Noch einmal seufze ich wehleidig auf.

»Das wird schon wieder. Jetzt komm erst mal zu dir und ruh dich aus.« Oma greift nach einem großen leeren Korb, der neben der Heizung unter dem Fenster steht. »Sei mir nicht böse, aber ich muss jetzt noch mal rüber zu Thea. Lass uns heute Abend weiterreden.«

»Oh, dann grüß Thea bitte ganz lieb von mir. Was habt ihr denn vor?«

Oma zwinkert mir zu und sagt: »Das wird nicht verraten.«

Thea ist eine Expertin in Sachen Backen. Ich kenne niemanden, der so leckere Kuchen zaubern kann wie sie. Ihre Käsesahnetorte ist ein Gedicht! Ob die beiden vielleicht gemeinsam die Rührlöffel schwingen?

»Dann lass ich mich mal überraschen.«

Oma betrachtet mich eingehend. »Du solltest dir den Rücken abwaschen und dich danach vielleicht ein Stündchen hinlegen. Du siehst müde aus. Schlaf ist immer noch die beste Medizin. Leg ein Handtuch aufs Kopfkissen, dann kannst du dein Gesicht vorher mit dem Quark einschmieren.«

Oma hat recht. Ich fühle mich wie in einem anstrengenden Wettkampf, den ich schon verloren habe, von dem ich aber weiß, dass er noch nicht ganz beendet ist. Ein wenig Schlaf wird mir guttun. Ich gähne herzhaft und strecke mich. Dabei verrutscht das Handtuch auf meinen Schultern. Erst jetzt fällt mir auf, dass es mittlerweile warm geworden ist und nicht mehr kühlt. Ich habe mich wirklich ganz schön verbrannt. »Danke, Oma.«

Oma streicht mir über den Arm. »Wofür?« Ohne darauf zu antworten, gebe ich ihr noch ein Küsschen auf die Wange, bevor sie durch die Haustür verschwindet.

Ich steige die knarzenden Treppenstufen nach oben in das Dachgeschoss. Die achte, neunte und zehnte Stufe haben schon immer die lautesten Geräusche von sich gegeben. Daran hat sich bis heute nichts geändert. Als wir nach dem Tod unserer Eltern von Berlin zu Oma nach Rügen gezogen waren, ließ sie das komplette erste Geschoss und den Speicher umbauen. Ich bekam ein hübsches Zimmer mit Gaube unter dem Dach. Pia und Jana bezogen die Zimmer in der Etage darunter. Damit es morgens nicht in Chaos ausuferte, erhielten wir unser eigenes kleines Bad gegenüber von meinem Zimmer. Unsere Eltern konnte Oma nicht ersetzen, aber sie hat uns ein neues Zuhause gegeben. Und ich bin froh, dass ich jetzt hier bei ihr bin. Vor ein paar Jahren hat Oma mein Zimmer noch einmal renoviert, um es an Feriengäste vermieten zu können.

Wenn es vergeben ist, schlafe ich in Pias oder Janas Zimmer. Eins ist in der Regel immer frei, und sehr oft bin ich ja nicht mehr hier. Trotzdem fühle ich mich in meinem immer noch am wohlsten. Von der Gaube aus kann man über die Ostsee bis nach Kap Arkona schauen. Und nachts kann man das Leuchtfeuer sehen.

Mein altes Eisenbett ist einem Doppelbett aus massivem Buchenholz mit bequemen Matratzen gewichen. Oma hat die Oberbetten mit blauweiß-gestreifter Bettwäsche bezogen. Sie riecht nach dem Waschmittel, das sie schon früher benutzt hat, wie eine frische Meeresbrise. Der Duft hat sich all die Jahre nicht verändert. Über dem Bett hängt ein großes abstraktes Bild in unterschiedlichen Blautönen. Es kommt gut zur Geltung hier auf der schneeweißen Wand. Pia hat es gemalt und mir zum Geburtstag geschenkt. Ich hätte es gerne mitgenommen, als ich mit Daniel nach Berlin gezogen bin, aber in unserer kleinen Wohnung war dafür kein Platz. Wir waren froh, dass wir so schnell eine Bleibe in Kliniknähe gefunden hatten, es sollte nur eine Übergangslösung sein. Spätestens nächstes Jahr wollten wir in eine größere Wohnung ziehen, vielleicht sogar in ein eigenes Haus, damit wir genügend Zimmer haben für unsere Kinder. Aber dazu wird es jetzt vielleicht nicht mehr kommen.

Ich werfe einen Blick auf mein Handy. Daniel hat sich nicht mehr gemeldet. Warum sollte er auch? Schließlich bin ich diejenige, die hier eine Entscheidung zu treffen hat. Trotzdem ertappe ich mich dabei, dass ich mir wünsche, Daniel würde jeden Moment draußen vor dem Fenster stehen, um mir ein schräges Ständchen zu singen, in der Tasche einen Verlobungsring, notfalls auch einen aus dem Kaugummiautomaten. Ich würde mich auch über eine kleine Liebeserklärung in Form einer simplen Nachricht auf meinem Smartphone freuen. *Ich liebe dich und warte auf dein Ja ...* Irgendwas. Ich schüttele unwillkürlich den Kopf. Ich bin nicht bereit, Daniel zu heiraten, aber loslassen kann ich ihn auch nicht. Ob Oma recht hat? Macht er Platz?

Kardiologie oder Gastroenterologie, Daniel für immer oder gar nicht mehr? Was ist nur los mit mir? Sonst habe ich doch auch keine Probleme damit, Entscheidungen zu treffen.

Ich schaue mir den Schnappschuss genauer an, den ich vorhin an meine Schwestern geschickt habe. Optisch könnten Daniel und ich fast als Geschwister durchgehen mit unserem dunklen Haar, wobei meins bis zu den Schultern fällt und ich regelmäßig mit einer Tönung in einem glänzenden Schokobraun noch etwas nachhelfe. Daniel ist nur drei Zentimeter größer als ich mit meinen ein Meter fünfundsiebzig. Ausstrahlung hat er dafür umso mehr. Er sieht ein bisschen aus wie Patrick Dempsey alias Derek Shepherd aus *Grey's Anatomy*. Wut steigt in mir hoch. Seine doofe Affäre hat die Ähnlichkeit natürlich auch erkannt und ihn tatsächlich in der Klinik McDreamy genannt, und zwar so, dass es alle mitbekommen haben. Daniel war das noch nicht mal peinlich, im Gegenteil, er fühlte sich geschmeichelt.

Ich bin definitiv noch nicht über die Sache hinweg, sonst würde ich mich nicht mehr über die Vergangenheit ärgern. Noch einmal betrachte ich das Foto. Wir lächeln beide in die Kamera und sehen glücklich aus. Doch ich bin es nicht. Ich habe mich damit abgefunden, einfach nur zufrieden zu sein, wie Oma mir durch die Blume mitgeteilt hat. Aber ist das nicht normal nach vier Jahren Beziehung, wenn der Alltag Einzug gehalten hat?

Das Fenster steht auf Kipp. Ich öffne es ganz, lasse meinen Blick die Anhöhe hinunter bis zur Brandung schweifen – und dann über das Meer. Wie heißt es so schön? Manchmal weiß man erst, was man hatte, wenn man es verloren hat. Was, wenn es sich mit Daniel ähnlich verhält? Meine Gefühle gleichen einer Achterbahn. In einem Moment will ich ihn und schon im nächsten weiß ich, dass es nicht richtig wäre. Verärgert über mich selbst schalte ich mein Handy lautlos und lege es auf das Nachttischchen. Ich platziere ein Frotteetuch auf dem Kopfkissen, schmiere meine verbrannte Gesichtshaut dick mit Omas Quarkpaste ein und lege mich auf das Bett. Nur ein paar Hundert Meter von mir entfernt rollen die Wellen im stetigen Rhythmus sanft gegen das Ufer und ziehen sich wieder zurück. Das monotone Geräusch hatte schon immer eine beruhigende Wirkung auf mich. Er wirkt wie ein Schlaflied.

3. Kapitel

So tief und fest habe ich schon lange nicht mehr geschlafen, zumindest nicht nachmittags. Ich rekele mich noch ein wenig, da höre ich auch schon die Treppenstufen knarzen. Kurz darauf steckt Oma den Kopf zur Tür herein.

»Katharina, bist du wach?«

»Ja.« Ich blinzele ein paarmal, dann richte ich mich überrascht im Bett auf. »Wie siehst du denn aus?«

Oma strahlt über das ganze Gesicht, dann kommt sie zu mir und setzt sich auf die Bettkante. »Kurz!«

»Das sehe ich. Sieht gut aus.« Oma hat sich ihren Bob abschneiden lassen und trägt jetzt Pixie. Sie wuschelt sich durch das graue Haar. »Ist viel praktischer. Gut, wenn man eine Freundin als Nachbarin hat, die mal Friseurin war. Thea hat zwar die ganze Zeit beim Schneiden geschimpft, aber ich war meine Zotteln leid.«

»Du siehst toll aus, das kurze Haar betont dein schönes Gesicht.« Omas feine, fast anmutig wirkende Gesichtszüge habe ich schon immer bewundert. Die zierliche, hübsch geformte Nase passt perfekt zu den toll geschwungenen Lippen und den großen Augen. Auch heute noch ist sie eine schöne Frau. Sie erinnert mich immer ein wenig an Audrey Hepburn. Sogar in hochkrempelten Jeans und Gummistiefeln wirkt Oma elegant.

Oma greift nach einer meiner Haarsträhnen. »Quark«, sagt sie. »Vielleicht hättest du ihn doch nach dem Schlafen auftragen sollen.«

Ich fühle mit dem Handrücken meine Wange. Der Quark ist getrocknet und hat eine harte, bröselige Schicht gebildet. Trotzdem merke ich, dass die Haut darunter nicht mehr ganz so glüht. »Hat aber gutgetan. Ich wollte eh noch mal kurz unter die Dusche. Ich bin schon wieder ganz verschwitzt.«

»Es ist schwül geworden.« Oma schaut aus dem Fenster. »Die letzten Tage war es einfach zu heiß. Demnächst wird ordentlich was runterkommen.«

»Meinst du?«

»Auf meine alten Knochen ist immer Verlass. Spätestens morgen Abend entlädt der Himmel sich. Bestimmt bekommen wir ein kräftiges Gewitter.« Oma tätschelt mein Knie. »Aber ich gehe lieber mal wieder runter, sonst kochen die Kartoffeln über. Ich habe sie gerade aufgesetzt. Wir können essen, wenn du geduscht hast.«

»Wie spät ist denn?«, frage ich überrascht.

»Gleich halb sieben, Abendessenszeit. Du hast fast zweieinhalb Stunden geschlafen.«

Ich drehe die Brause heute schon zum zweiten Mal auf und lasse lauwarmes Wasser über meinen Körper laufen. Früher hat Oma oft geschimpft, weil Pia, Jana und ich für Omas Geschmack viel zu oft und zu lang geduscht haben. Manchmal waren gleichzeitig beide Badezimmer besetzt. Eine von uns lag unten in der Wanne, eine stand hier unter der Dusche – und die Dritte schimpfte, weil sie nicht zur Toilette konnte. Ein Lächeln huscht über mein Gesicht. Hier war immer was los. Daniel hat recht, ich möchte gerne Kinder haben – wenn möglich, mindestens zwei. Aber warum plötzlich diese Hauruck-Aktion? *Jetzt oder gar nicht, Dropje.* Eine Weile hänge ich meinen Gedanken nach, bis Oma mir plötzlich wieder in den Sinn kommt. Sie wartet bestimmt schon mit dem Essen auf mich.

Ich stelle das Wasser aus, steige aus der Dusche und trockne mich schnell ab. Die Haare wickle ich in ein Handtuch, um meinen Körper schlinge ich ein zweites. Gerade als ich rüber in mein Zimmer gehe, höre ich unten ein Scheppern und Klirren und kurz darauf einen dumpfen Aufschlag.

»Oma?«, rufe ich. Ich fühle instinktiv, dass irgendetwas nicht stimmt. Ohne auf eine Antwort zu warten, laufe ich so schnell ich kann nach unten.

Oma liegt im Wohnzimmer vor dem Esstisch, sie bewegt sich nicht. Um sie herum verteilt entdecke ich Glas- und Porzellanscherben, Besteck und das Tablett, das sie anscheinend getragen hat, als sie gestürzt ist.

»Oma?«

Sie antwortet nicht. Mein Herz rast, und ich habe das Gefühl, keine Luft zu bekommen, als ich barfuß durch die Scherben laufe und mich neben sie auf die Knie fallen lasse. Oma liegt auf dem Rücken, den Kopf zur Seite gedreht, von mir weg gewandt. »Oma, kannst du mich hören?« Ich kneife ihr fest in den Arm, aber sie reagiert nicht. Also drehe und strecke ich vorsichtig ihren Kopf und halte mein Ohr an ihren Mund. Sie atmet nicht.

Meine Hände suchen instinktiv den richtigen Punkt auf dem Brustkorb, um sofort mit der Herzdruckmassage zu beginnen, da fällt mir siedend heiß ein, dass ich allein bin und zuerst den Notruf absetzen muss. Ich sprinte in den Flur, wo das Telefon in der Aufladestation steckt.

112, die Nummer habe ich selbst noch nie gewählt. »Hallo, hier ist Katharina Kuhlmann, meine Großmutter Marianne Melchow hatte ein Herz-Kreislauf-Kollaps, sie hat keine Vitalwerte. Bitte schicken Sie sofort einen Rettungswagen und einen Notarzt. Ich bin selbst Ärztin und werde reanimieren, bis Sie eintreffen.« Während ich zurück zu Oma gehe, gebe ich die Adresse durch und sage schließlich: »Die Tür ist offen, es eilt!«

Ich funktioniere wie in Trance, als ich mit der Herzdruckmassage beginne und Oma beatme, mein Blick immer wieder auf die große Standuhr gerichtet. Zwei Minuten, drei ... Wo bleiben die so lange? Jede Sekunde kommt mir wie eine Ewigkeit vor.

»Komm schon, Oma, atme, wir brauchen dich noch. Du hast dir doch nicht die Haare für Petrus kurz schneiden lassen. Du glaubst doch gar nicht an Gott. Also bleib hier. Du siehst toll aus. Pia und Jana werden begeistert sein ...«

Vier Minuten, fünf ... Habe ich die Adresse richtig durchgegeben? Was, wenn der Rettungswagen sich verfährt? Sechs Minuten, endlich höre ich in der Ferne eine Sirene, die immer näher kommt. Und dann wird auch schon die Haustür aufgestoßen. Genau in dem Moment macht es Knacks. »Scheiße«, fluche ich. Das war eine von Omas Rippen. »Hier! Im Wohnzimmer, den Flur entlang. Hier sind wir.«

»Katharina?« Eine Frau mit blondem Haar und Pferdeschwanz kniet sich neben mich. »Was ist passiert?«

Es ist die Notärztin. Ich kenne sie von früher, habe aber ihren Namen vergessen. »Meine Oma ...« Ich schaue kurz zur Uhr. »Sie ist seit ungefähr acht Minuten bewusstlos und atmet nicht. Ich habe sofort mit der Reanimation begonnen. Eine Vorgeschichte ist mir nicht bekannt.«

»Okay, dann lass uns mal.« Die Ärztin schiebt mich sanft zur Seite.

»Ich habe ihr wahrscheinlich eine Rippe gebrochen.«

»Das kommt vor, besonders bei alten Menschen.«

»Ich weiß.« Aber ich habe trotzdem ein schlechtes Gewissen.

»Stefan, du übernimmst.«

Ich sehe zu, wie der Rettungssanitäter weiter Omas Brustkorb herunterdrückt, während die Ärztin das EKG mit dem Defibrillator anschließt. Ein Kloß bildet sich in meinem Hals. Oma sieht so schmächtig, so verdammt verletzlich aus. Zwei weitere Sanitäter betreten den Raum, um zu helfen. Oma wird intubiert, ein Zugang am Handgelenk gelegt.

Die Ärztin sagt: »Irgendwas verbrennt hier gerade. Am besten gehst du mal nachschauen«, doch ich fühle mich nicht angesprochen. Es war nicht das erste Mal, dass ich einen Patienten reanimiert habe, aber bisher musste ich noch nie bei einem Familienangehörigen lebensrettende Maßnahmen anwenden. Eine Welle der Angst überrollt mich. Und auf einmal fällt mir das Wasser in Omas Beinen ein, von dem Pia mir erzählt hat. Ich weiß doch, dass das auf eine Herzschwäche hindeuten kann. Warum habe ich nicht schon viel früher nach Oma geschaut? Zu meiner Angst gesellt sich ein schlechtes Gewissen. Oma liegt hier und atmet nicht mehr. Ich bin Ärztin, ich hätte es vielleicht verhindern können, wenn ich mich mehr gekümmert hätte, wenn ich aufmerksamer gewesen wäre. Schon einmal war ich schuld daran, dass meine Schwestern und ich geliebte Menschen verloren haben. Schließlich hätten meine Eltern ohne mich das Haus damals gar nicht verlassen. Und jetzt, wo ich endlich so weit bin, dass ich das medizinische Wissen habe, Oma zu helfen, habe ich einfach nichts bemerkt.

»Katharina, irgendetwas verbrennt hier!«, ruft die Ärztin laut und reißt mich damit aus meinen Gedanken. Sie hat recht. Ein beißender Geruch zieht bis ins Wohnzimmer. Das ist mir bisher nicht aufgefallen. »Die Kartoffeln!«

Ich renne in die Küche und ziehe den Topf von der Herdplatte. Das Wasser ist verdampft, die Kartoffeln sind am Boden angebrannt und unten schon ganz schwarz. Am besten öffne ich das Fenster und stelle sie auf die Fensterbank, da kann der Rauch besser abziehen, schießt es mir durch den Kopf, und ich schnappe mir den Topf.

»Kammerflimmern«, höre ich die Stimme der Ärztin in dem Moment, in dem ich wieder ins Wohnzimmer komme. Der Defibrillator löst einen Schock aus, der Omas schmalen Körper zusammenzucken lässt – und mich auch. Kurz danach setzt der Rettungsassistent seine Herzdruckmassage fort. »Wir bringen sie in die Klinik«, sagt die Ärztin. »Wir brauchen das LUCAS.«

Eine der Rettungsassistenten rennt nach draußen, um das Thoraxkompressionssystem für die mechanische Reanimation zu holen. Ich schaue ihm hinterher und habe auf einmal das Gefühl, hier überflüssig zu sein. Dabei bin ich doch auch Ärztin.

»Sie bluten«, sagt einer der anderen Sanitäter zu mir und deutet auf mein Knie. »Zeigen Sie mal her.«

»Das geht schon«, wiegele ich ab, mein Blick geht zu Oma. »Kümmern Sie sich lieber um meine Großmutter.

Die Notärztin schaut zu mir auf. »Wir sind heute zu fünft, weil wir einen Praktikanten dabeihaben. Lass Christian bitte deine Wunde versorgen, Katharina. Und dann ziehst du dir etwas an. So kannst du schlecht im Krankenhaus aufkreuzen.«

Ich schaue an mir hinunter. Da hat die Notärztin wohl recht. Ich trage nichts als ein Handtuch, das ich ständig mit einer Hand festhalten muss, weil sich der Knoten immer wieder löst.

»Okay, kann ich bei euch mitfahren? Ich glaube nicht, dass ich mich gerade selbst hinters Steuer setzen sollte.«

»Natürlich.«

Während der Rettungssanitäter mein blutendes Knie versorgt, beobachte ich den Monitor des EKGs. Oma hat immer noch Kammerflimmern. »Wir legen jetzt das LUCAS an. Geh – und zieh dir was an, Katharina!«, sagt die Ärztin forsch.

»Okay«, gebe ich zurück, aber ich kann mich nicht von Omas Anblick lösen und bleibe stehen. Sie ist noch jung, gerade mal dreiundsiebzig Jahre alt. Das ist viel zu früh!

»Katharina, los, geh!«

Ich sprinte die Treppe nach oben, schlüpfe in Shorts und T-Shirt, schnappe mir meine Handtasche und das Handy.

Oma liegt schon auf der Trage, als ich wieder ins Wohnzimmer komme. Das Reanimationsgerät hat die Herzdruckmassage übernommen. Jedes Mal, wenn die Maschine nach unten zur Brust fährt, spüre ich auch mein Herz. Ich gehe neben Oma her und halte ihre Hand, als sie zum Rettungswagen getragen wird.

»Sie können vorn bei mir mitfahren«, sagt einer der Rettungsassistenten. »Hinten ist kein Platz.«

»Aber … na gut, danke.«

Gleich nachdem ich mich angeschnallt habe, hole ich mein Handy aus der Tasche und wähle Pias Nummer. Doch sie geht nicht ran. Und auch bei Jana habe ich kein Glück. Also schicke ich den beiden eine Nachricht.

Sitze im Rettungswagen. Oma ist umgekippt, ihr Herz hat verrücktgespielt, schreibe ich mit zittrigen Fingern. *Melde mich, sobald ich mehr weiß.* Ich lese den Text noch einmal, füge *Sie ist bewusstlos, es sieht sehr ernst aus!* hinzu, bevor ich ihn an meine Schwestern schicke. Und auf einmal ist die Angst da. Eben habe ich einfach nur funktioniert. Dann war ich Zuschauerin. Und jetzt bin ich Beifahrerin. Dabei bin ich doch eigentlich Ärztin und müsste jetzt hinten um Omas Leben kämpfen. Was, wenn Oma es nicht schafft? Sie darf uns jetzt noch nicht verlassen.

Wir fahren gerade die letzten Meter die schmale Straße entlang und die Anhöhe hinunter, da sehe ich ein Auto um die Ecke biegen. Es ist Ludwigs alter Kombi. Er fährt von der Straße ab links auf das Feld, um uns vorbeizulassen. Omas Freundin Thea sitzt neben ihm. Sie sieht mir direkt in die Augen, als wir an ihnen vorbeibrausen. Ihre Telefonnummer hat Oma auf dem Zettel stehen, der an der Pinnwand hängt. Dort findet man auch alle anderen wichtigen Nummern, wie meine, Pias, Janas und die von Omas Schwester Erika. Jedes Mal, wenn ich im Flur meine Schuhe anziehe und die Zettel dort hängen sehe, sage ich mir, dass ich sie dringend mal einspeichern muss – und jedes Mal mache ich es doch nicht. Jetzt ärgere ich mich. Als wir endlich den Schotterweg verlassen und auf die Landstraße abbiegen, lehne ich mich zurück und schließe für einen Moment die Augen. »Was für ein bescheuerter Tag!«, entfährt es mir.

»Das liegt am Wetter. Die Hitze hat für jede Menge Herz-Kreislauf-Zusammenbrüche gesorgt.« Der Fahrer des Rettungswagens schaut kurz zu mir rüber. »Bei Dr. Hussmann ist Ihre Großmutter in besten Händen. Sind Sie auch Ärztin?«

»Ja.« Mir ist nicht nach Reden zumute. Ich lehne mich in den Autositz hinein, atme tief ein und wieder aus, während wir in schnellem Tempo Richtung Bergen zur Klinik fahren.

Wir brauchen etwa eine halbe Stunde bis zum Krankenhaus, wenn wir gut durchkommen. Zwischendurch schaue ich immer mal wieder auf das Handy. Die Nachrichten sind bei Jana und Pia angekommen, gelesen haben sie sie jedoch noch nicht.

Tag 1

Weißt du noch, damals? Wie unbeschreiblich glücklich wir waren? Denkst du auch manchmal an die vielen wunderschönen Spaziergänge entlang des Hochufers? Und an den Tag, an dem wir uns das erste Mal geküsst haben? Bis zu den Knien standen wir im Wasser, die Wellen schwappten an uns hoch, und die Sonne brannte auf unsere Haut. Du hast zuckersüß und salzig geschmeckt, nach Karamellbonbons – und nach Meer.

Vermisst du mich?

Denkst du manchmal an mich?

Oder hast du mich vergessen?

Ich habe dich nie vergessen, Georg. Wie könnte ich auch? Wo ich doch Tag für Tag immer wieder aufs Neue an dich erinnert werde.

Noch heute stehe ich manchmal gedankenversunken in der Küche, schmelze Zucker in der Kupferpfanne, schütte Sahne hinzu und rühre Butter hinein. Und wenn der Duft des zuckersüßen Karamells sich in der Küche verbreitet, denke ich an dich. Und dein Bild erscheint vor meinem inneren Auge. Ich sehe einen großen Mann mit störrischem blondem Haar und einem verschmitzten Lächeln, das seine Augen funkeln lässt. Seine Hand wandert zu der Form, in die ich die goldbraune Masse gegossen habe. Ich möchte ihm auf die Finger klopfen, weil er es nicht abwarten kann und unbedingt naschen möchte, obwohl der Karamell noch viel zu heiß ist ...

Ich weiß doch, wie sehr du die zart schmelzenden Bonbons geliebt hast. Mit einer Prise Meersalz waren sie perfekt, und sie sind es heute noch. Wie gerne würde ich ein paar davon, einzeln in Butterbrotpapier eingewickelt, an dich schicken, so wie ich das früher gemacht habe. Aber das ist leider unmöglich, denn ich schlafe, während ich an dich denke.

4. Kapitel

»Sie warten bitte draußen«, sagt der Arzt, der Oma in Empfang nimmt.
Bis vor einem Jahr habe ich hier noch gearbeitet. Er muss neu sein, zumindest kenne ich ihn nicht. Ich schätze ihn auf höchstens siebenundzwanzig. Über einen großen Erfahrungsschatz wird er nicht gerade verfügen. »Ich gehe mit rein, ich bin auch Ärztin«, protestiere ich.
»Heute sind Sie Angehörige.«
»Auch wenn ich selbst vier Jahre hier meine Facharztausbildung für Innere Medizin absolviert habe?«
»Dann erst recht!« Er zieht die Tür hinter mir zu. Ich würde wahrscheinlich ähnlich handeln, Angehörige haben im Schockraum nichts zu suchen, auch wenn es Kollegen sind. Mir bleibt nichts anderes übrig, als zu warten. Ich werfe noch einmal einen Blick auf mein Smartphone. Es ist Viertel nach acht. Pia und Jana haben sich noch immer nicht gemeldet. Ich rufe beide noch einmal an und spreche diesmal auch auf ihre Mailboxen. Gerade als ich mein Handy wieder einstecken will, klingelt es. Die Nummer ist mir unbekannt.
»Kuhlmann.«
»Katharina, hier ist Thea, was ist passiert? Was ist mit Anni? Ich habe einen ganz schönen Schrecken bekommen, als ich dich im Rettungswagen gesehen habe. Und dann noch mal, als ich hier ins Haus gekommen bin. Die Scherben im Wohnzimmer, die verbrannten Kartoffeln in der Küche ... Es geht ihr doch gut, oder?«

»Nein, leider nicht. Sie hat …« Ich erzähle kurz, was zu Hause vorgefallen ist und dass wir jetzt im Krankenhaus sind.

»Sie wird es doch schaffen?«, fragt Thea. Ich kann hören, dass sie mit den Tränen kämpft, und anstatt Thea zu antworten, fange ich an zu schluchzen.

Es dauert einen Moment, bis ich mich wieder gefangen habe. »Es tut mir leid«, sage ich, als ich wieder in der Lage bin zu sprechen. »Es ist nur so, dass ich es momentan nicht weiß. Es sieht aber sehr ernst aus, Oma schwebt in Lebensgefahr.«

»Aber vorhin ging es ihr doch noch gut, als sie bei mir war. Sie wirkte so fröhlich und ausgelassen, als ich ihr die Haare geschnitten habe. Und sie hat doch immer so gesund gelebt. Das kann doch nicht sein …«

»Ich verstehe es momentan selbst nicht, Thea«, sage ich. »Es kam ganz plötzlich, ohne Vorwarnung. Weißt du, ob Oma die letzte Zeit mal beim Arzt war?«

»Nicht dass ich wüsste. Anni sagt doch immer, gegen jede Krankheit sei ein Kraut gewachsen – und die meisten davon in ihrem Garten. Kleinere Kinkerlitzchen wie einen Schnupfen oder eine Magenverstimmung behandelt sie selbst. Und von ernsteren Krankheiten hätte sie mir erzählt, da bin ich mir sicher.«

»Weißt du denn, zu welchem Arzt Oma jetzt geht?«, frage ich. »Den alten Brinkmann gibt es ja nicht mehr.« Wir haben Freitagabend, momentan ist die Praxis sowieso geschlossen, aber spätestens Montagmorgen sollte das Krankenhaus beim Hausarzt nachfragen, wenn Oma bis dahin noch nicht wieder wach ist.

»Nein, wie gesagt, sie war die letzte Zeit kerngesund. Sie hat nie etwas von einem Arzt erzählt.«

»Na gut, dann heißt es jetzt Ruhe bewahren und abwarten.« Auch wenn mir das nicht leichtfällt.

»Was ist mit Pia und Jana? Wissen sie schon Bescheid?«, fragt Thea.

»Ich erreiche sie nicht, habe aber beiden eine Nachricht geschickt«, erkläre ich. Da fällt mir ein, dass ich auch Omas Schwester Erika informieren sollte. »Bist du noch in Omas Haus, Thea?«

»Ja, ich habe doch einen Schlüssel. Und ich hatte deine Telefonnummer nicht.«

»Das trifft sich gut. Ich würde nämlich gerne Omas Schwester anrufen. Die Telefonnummer steht auch auf der Liste an der Pinnwand. Könntest du sie mir durchgeben?«

Es ist einen Moment still am anderen Ende der Leitung. Und als Thea schließlich antwortet, hört sie sich irgendwie giftig an. »Ich bin mir zwar nicht sicher, ob deiner Oma das recht ist, aber wenn du denkst, dass es sein muss, sicher …«

»Wie meinst du das?«, hake ich nach.

»Na ja, deiner Oma ist der Streit mit Erika ganz schön auf den Magen geschlagen. Oder sollte ich besser sagen – zu Herzen gegangen?«

»Die beiden haben Streit?«, frage ich überrascht. »Davon hat Oma überhaupt nichts erzählt.«

»Sie sprechen nicht mehr miteinander. Seit …« Thea überlegt einen Moment. »Seit bestimmt zwei Monaten.«

»Was? Warum das denn?« Bisher hatte Oma eigentlich immer ein recht gutes Verhältnis zu ihrer Schwester. Erika wohnt etwa hundert Kilometer weit weg, in der Nähe von Rostock, aber sie fährt Auto und hat Oma regelmäßig besucht. Und soweit ich weiß, hat Oma sich auch ab und an in den Zug gesetzt, um zu Erika zu fahren.

»Das frag die beiden mal lieber selbst, ich halt mich da raus«, sagt Thea spitz, dann seufzt sie. »Hauptsache, deine Oma wird wieder gesund.«

»Das stimmt.« Ich versuche gar nicht erst, Thea zu überreden, mir zu erzählen, was da vorgefallen ist. Sie neigt dazu, maßlos zu übertreiben. Ich frage lieber Omas Schwester. »Könntest du mir trotzdem mal Erikas Rufnummer durchgeben? Ich muss ihr ja wenigstens Bescheid sagen, dass es ihrer Schwester nicht gut geht. Streit hin oder her.«

»Ich schick dir gleich eine Nachricht mit dem Handy. Das geht am schnellsten. Hast du WhatsApp, oder soll ich dir eine SMS senden?«

Wir haben uns den Mund fusselig geredet, um Oma von einem Handy zu überzeugen. Sie hat sich auf ein schlichtes Modell eingelassen, mit dem sie im Notfall telefonieren kann. Thea jedoch scheint da aufgeschlossener zu sein. »WhatsApp«, sage ich. »Danke, Thea. Ich gebe dir sofort Bescheid, sobald ich etwas Neues erfahre.«

»Ist gut – aber du rufst mich wirklich sofort an oder schickst mir eine Nachricht, egal, wie spät es ist.«

»Versprochen.«

Nur Sekunden nachdem wir das Gespräch beendet haben, trifft eine Nachricht von Thea bei mir ein. Sie hat die Liste abfotografiert und mir per WhatsApp ein Foto geschickt. Darunter steht: *Handy bleibt die ganze Nacht an! Sag Anni bitte, sie darf jetzt noch nicht gehen. Ich freue mich auf die Alten-WG mit ihr.*

Ich krame in meiner Tasche nach dem Kuli und meinem kleinen Notizbuch, das ich immer dabeihabe, und schreibe Erikas Telefonnummer von der Liste ab. Mein Kopf funktioniert nicht mehr klar genug, um mir Zahlen merken zu können.

Der Kloß in meinem Hals macht sich wieder bemerkbar. Erschöpft lasse ich mich an der Wand nach unten gleiten, setze mich im Schneidersitz auf den Boden und wähle Erikas Festnetznummer. Ich lasse es lange klingeln, aber niemand hebt ab. Was ist heute nur los? Warum erreiche ich keinen? So spät ist es doch noch nicht. Neun Uhr. Ganz plötzlich fühle ich mich einsam. Den Impuls, Daniel anzurufen, unterdrücke ich. Er ist wieder in Berlin, und er kann mir jetzt auch nicht helfen. Außerdem habe ich heute Mittag seinen Heiratsantrag abgelehnt. In meine Gedanken versunken, fahre ich mit dem Finger über das große Pflaster an meinem Knie.

Als ich wieder aufblicke, steht die Notärztin plötzlich vor mir. Und prompt fällt mir auch ihr Name wieder ein. Sie heißt Annika. Wir haben ein paarmal in der Notaufnahme gemeinsam Dienst gehabt. Das ist allerdings bestimmt zwei oder drei Jahre her.

»Ich wollte dir nur kurz alles Gute für deine Oma wünschen«, sagt sie.

»Das ist lieb von dir. Und danke auch dafür, dass vorhin alles so reibungslos funktioniert hat. Ich stand ein wenig neben mir, aber ihr wart toll.«

»Das Kompliment werde ich weitergeben.« Sie seufzt. »Ich muss leider wieder los ... Vielleicht sieht man sich noch mal. Bist du länger hier?«

»Ja, zum Glück habe ich gerade Urlaub.«

»Dann hoffe ich, dass du trotz allem ein wenig Ruhe findest.« Annika schaut auf ihre Uhr. »Jetzt muss ich aber wirklich los. Grüß Daniel von mir«, sagt sie, »Schön, dass es mit seinem Forschungsprojekt geklappt hat. Viel Spaß in der Charité.«

Ich schaue ihr nach, viel zu überrascht, um darauf zu reagieren. Charité? Sagte Daniel vorhin nicht, er habe keine Zusage bekommen? Oder habe ich mich da verhört? Mein Gehirn fährt Achterbahn. Was hat Daniel noch mal genau gesagt? Und wieso weiß Annika von Daniels Plänen? Ich schließe meine

Augen, massiere mit den Fingernägeln meine Kopfhaut und versuche mich zu konzentrieren, aber ich kann keinen klaren Gedanken fassen.

Als die Tür zum Schockraum sich öffnet, zucke ich erschrocken zusammen und springe auf. Mein Blick sucht den des Arztes. Er lächelt. Erleichtert atme ich auf.

»Wir haben Ihre Großmutter auf die Intensivstation gebracht. Das Herz schlägt wieder, allerdings ist der Eigenrhythmus sehr instabil. Sie schwebt noch immer in Lebensgefahr, deswegen haben wir einen provisorischen Schrittmacher durch die Vene gelegt und sie in ein künstliches Koma versetzt.«

»Danke.« Ich bleibe noch einen Moment stehen, um mich zu sammeln. Omas Zustand ist natürlich noch weiterhin kritisch, etwas anderes habe ich nicht erwartet, aber sie lebt noch. Das ist gut, sage ich mir. Sie wird das schaffen! Sie leidet nicht unter irgendwelchen Vorerkrankungen – und sie ist stark.

Oma liegt jetzt im ersten Stock. Auf dem Weg nach oben schicke ich eine Nachricht an Pia, Jana und Thea, damit sie wissen, dass Oma zwar den ersten Schritt geschafft hat, aber immer noch in Lebensgefahr schwebt. Und dass ich ab jetzt nicht mehr erreichbar bin, da ich mein Handy ausschalten muss.

Und dann stehe ich auch schon vor der Intensivstation. Ich muss mich anmelden und um Einlass bitten, wie jeder normale Angehörige hier. Die große runde Uhr im Eingangsbereich zeigt Viertel nach neun. Als die Tür endlich geöffnet wird, sind zehn Minuten vergangen.

»Hi«, sage ich erfreut, als ich die Intensivschwester erkenne, die mich abholt. Franziska habe ich schon immer gemocht. Ab und an haben wir in der Cafeteria gemeinsam ein Stück Kuchen gegessen, wenn es die Zeit erlaubt hat und wir wieder mal Nervennahrung brauchten. Ihre positive Einstellung zu ihrem Beruf habe ich stets bewundert.

Sie strahlt mich an. »Katharina, das ist ja schön!« Sie stutzt und mustert mich. »Oder bist du wegen eines Patienten hier?«

»Meine Oma ist gerade hochgebracht worden.«

»Oh. Der Schrittmacher. Komm her.«

Sie nimmt mich in den Arm und drückt mich fest. Die plötzliche Nähe löst die Anspannung in mir. Tränen schießen mir in die Augen, und ich kann ein Schluchzen nicht unterdrücken.

»Hier.« Franziska reicht mir mit einem aufmunternden Lächeln ein Taschentuch, als wir uns voneinander lösen. »Ich habe sie immer in der Kitteltasche, für alle Fälle. Deiner Oma geht es aber so weit ganz gut. Ich war gerade noch bei ihr. Sie liegt auf einem Einzelzimmer. Komm ...«

Ich gehe hinter Franziska her. »Der Arzt wird auch gleich vorbeischauen«, sagt sie, als wir durch die Station gehen. »Du kennst ihn.« Ein kleines Lächeln huscht über ihr Gesicht. »Es ist Malte.«

Franziskas Strahlen spricht Bände. »Seid ihr endlich ein Paar?«, frage ich.

»Ja«, antwortet sie. Aber das nehme ich nur noch am Rande wahr, denn wir sind mittlerweile an Omas Zimmer angekommen.

»Ich lass euch einen Moment allein«, sagt Franziska und schiebt die Tür auf. »Wenn irgendwas ist ...«

»Danke.«

Mein Blick geht zuerst zu den Monitoren. Ich kontrolliere Herzfrequenz, Blutdruck, Körpertemperatur und schaue nach, welche Medikamente Oma bekommen hat, bevor ich mich zu ihr setze und ihre eiskalte Hand in meine nehme.

»Ich bin bei dir, Oma«, sage ich. Ich weiß, dass sie mich nicht hören kann, hoffe aber, dass meine Worte trotzdem ihren Weg finden und Oma meine Anwesenheit fühlt. Und auch mir tut es gut. Ich spreche nicht nur Oma, sondern auch mir Mut zu, als ich sage: »Du bist stark, du schaffst das. Nur dein Herz hat ein bisschen verrücktgespielt. Jetzt musst du schlafen, damit dein Körper sich erholen kann.«

Mein Blick wandert immer wieder zum Monitor. Es ist ein beruhigendes Gefühl zu wissen, dass Oma hier gut überwacht wird durch all die Geräte, an die sie angeschlossen ist. Kardiologie ist ein sehr techniklastiger Bereich der Medizin. Und genau das war es, was mir an der Arbeit nicht gefallen hat, wird mir klar, als ich immer wieder zu den Geräten schaue. Ich kann nicht zählen, wie viele Herzultraschalle und EKGs ich in den letzten beiden Jahren ausgewertet habe, anstatt direkt mit den Patienten zu arbeiten. Jetzt bin ich jedoch froh, dass eine Maschine Omas Herzschlag überwacht. Und dass ich schnell bei Oma war, nachdem ich das Poltern gehört habe. Wenn ich fünf Minuten länger geduscht hätte, würde es jetzt wesentlich schlechter um Oma stehen. Aber ich war sofort bei ihr. Es hat nicht lange gedauert, bis ich mit der Reanimation begonnen habe. Sie hat gute Chancen, es zu schaffen.

»Ich soll dir liebe Grüße von Thea ausrichten und dir sagen, sie freut sich auf eure Alten-WG. Hat sie das ernst gemeint? Wollt ihr zusammenziehen? Das ist eine schöne Idee«, fahre ich in meinem Monolog an Oma fort.

Als ich eine männliche Stimme höre, drehe ich mich um. Es ist Malte, der vor der Tür mit Franziska spricht. Kurz darauf kommt er zu mir.

»He du«, sagt er. Er stellt sich hinter mich und legt seine Hand kurz auf meine Schulter.

»Schön, dass du heute Abend Dienst hast.« Ich habe immer gerne mit Malte gearbeitet. Er bleibt stets ruhig und gelassen. Ich schaue zu ihm hoch. »Dein Bart ist ab, steht dir gut.«

»Findest du? Ich muss mich noch dran gewöhnen.« Er zeigt auf den Monitor. »Ihr Herz schlägt Kapriolen. Kannst du mir etwas mehr erzählen? Vorerkrankungen, Medikamente?«

»Wasser in den Beinen, sonst weiß ich von nichts. Oma hat nie geraucht, lebt gesund, bewegt sich viel. Ihr Hausarzt ist vor knapp zwei Jahren verstorben, sie war beim alten Brinkmann in Sagard. Den neuen kenne ich nicht, wenn sie überhaupt einen hat.«

»Na gut, dann checken wir sie komplett durch und warten erst einmal ab. Du hast sie gefunden?«

»Ja«, ich seufze. »Zum Glück habe ich ein Poltern gehört, als sie umgekippt ist. Ich bin sofort zu ihr gelaufen und habe mit der Reanimation begonnen, bis der Rettungswagen eingetroffen ist«, spreche ich meine Überlegungen von eben laut aus.

»Das ist gut.« Malte überprüft Omas Werte. »Wir lassen sie auf jeden Fall erst einmal schlafen, der Herzrhythmus ist noch zu instabil. Sie braucht Ruhe, damit der Körper sich erholen kann. Wenn sie die Nacht gut übersteht, lassen wir ihr noch etwas Zeit, ich denke mal, zwei, maximal drei Tage, dann holen wir sie zurück. Du weißt ja, wie das läuft.«

»Ja. Nur dass ich diesmal nicht die behandelnde Ärztin, sondern eine Angehörige und sozusagen eine Zuschauerin bin, die keine Entscheidungen treffen kann, was die Behandlung angeht. Und das macht mir momentan eine Heidenangst«, gebe ich offen zu. Jetzt bin ich Ärztin und kann wieder nichts ausrichten, weil Oma eine Angehörige ist. »Auch wenn ich weiß, dass meine Großmutter hier in absolut guten Händen ist.«

»Das kann ich gut verstehen. Wir sind eben auch nur Menschen.« Malte lächelt und sucht meinen Blick. Ich habe schon ein paar Mal mitbekommen, wie sensibel er mit Angehörigen umgeht. Jetzt, wo ich selbst betroffen bin, verstärkt sich dieser Eindruck. Seine Stimme klingt warm, fast fürsorglich. »Wir passen hier gut auf deine Oma auf.«

»Ich weiß.«

Malte schaut auf seine Uhr. »Ich würde gerne noch mit dir reden, aber die Bude ist voll.«

»Wie immer ... Wie lange bist du heute schon hier?«

»Viel zu lange.« Er zuckt mit den Schultern und seufzt wehleidig, aber ein Lächeln umspielt dabei seine Lippen. »Du kennst das ja. Es gehört zu unserem Job.«

»Stimmt – und doch kann ich mir keinen schöneren vorstellen. Ganz schön verrückt, oder?«

»Du sagst es! Übrigens finde ich es immer noch schade, dass du nicht mehr hier bist.«

»Ich auch, das alles fehlt mir – ihr fehlt mir.« Ich habe meine alten Freunde hier auf Rügen vernachlässigt, genau wie Oma. Ich drücke ihre Hand und hoffe, dass ich die Gelegenheit bekomme, das wiedergutzumachen. »Ich bin froh, meine Oma hier bei euch zu wissen.«

Auch Malte greift jetzt nach Omas Hand. »Ich werde ganz oft nach ihr schauen, wenn du wieder weg bist, und auch den Kollegen Bescheid geben, dass sie ganz besonders auf sie aufpassen sollen.«

»Das ist lieb von dir, danke.« Ich weiß, dass hier jeder Patient die gleiche Aufmerksamkeit erfährt, und das ist auch richtig so, aber Maltes Zuspruch tröstet mich trotzdem.

»Jetzt muss ich mich allerdings um die anderen Patienten kümmern«, sagt er. »Wir haben kurz vor deiner Oma eine Sepsis und fast gleichzeitig einen Schlaganfall reinbekommen.«

»Natürlich, geh nur, ich komme klar.« Ich schaue mich im Raum um. Seit dem letzten Jahr hat sich tatsächlich nichts geändert. »Ich kenn mich ja hier aus.«

»Okay, dann bis gleich. Wir sehen uns bestimmt noch.«

»Bis später.«

Ich bleibe sitzen, halte weiterhin Omas Hand. »Was hat dich nur so dermaßen aus dem Takt gebracht?«, frage ich. »Hat Erika dich geärgert? Thea ist nicht gerade gut auf sie zu sprechen. Es ist übrigens schön, dass du so eine gute Freundin hast. Wie lange kennt ihr euch jetzt?« Ich rede mit Oma, lasse den Monitor dabei aber nicht aus den Augen. Ihr Herz schlägt sehr unregelmäßig. »Du musst wieder gesund werden, Oma.« Ich lege meine Unterarme auf die Matratze und meinen Kopf darauf. Mit geschlossenen Augen lausche ich einen Moment dem pumpenden Geräusch des Beatmungsgerätes. Um mich rum piept es in den unterschiedlichsten Tönen. Irgendwo an einem anderen Bett geht ein Alarm an. Jede Station klingt anders, denke ich. Auch die Gerüche sind verschieden. In der Inneren roch es aus einem nicht erklärbaren Grund sehr oft nach Salzstangen, obwohl dort keine gegessen wurden. Die Bonbondose war stets mit Gummibärchen gefüllt. Und ab und an stand eine Schachtel Pralinen herum, die ein Patient als Dankeschön dagelassen hatte. Hier auf der Intensivstation hängt der Geruch von starken Desinfektionsmitteln im Raum. Oma allerdings duftet sehr intensiv nach dem Haarspray, das Thea schon seit Jahren zum Frisieren benutzt. Moschus, denke ich, da tippt mir jemand auf die Schulter. Es ist Franziska.

»Viertel nach zehn«, sagt sie. »Meine Schicht ist für heute vorbei. Ich wollte nur kurz Tschüss sagen. Morgen bin ich ab vierzehn Uhr wieder hier.«

»Spätschicht?«

»Ja, mag ich gar nicht. Irgendwie hat man dabei gar nichts

vom Tag.« Franziska deutet mit dem Kopf auf Oma. »Sie ist zäh, sie schafft das. Du weißt, dass ich so etwas nie leichtfertig sagen würde, aber ich habe da ein gutes Gefühl.«

»Danke.«

Franziska lächelt mich an. »Was hältst du von einer Tasse Kaffee – wie in alten Zeiten? Ich könnte morgen eine halbe Stunde früher kommen. Natürlich nur, wenn du den Kopf dafür frei hast.«

»Gerne – vorausgesetzt, Oma bleibt bis dahin stabil.«

»Dann bin ich morgen um eins hier. Wenn du Lust hast, gehen wir in die Cafeteria. Wenn nicht, ist es auch gut.«

»Okay.«

»Gut, dann düse ich mal los. Du solltest auch nicht mehr so lange machen. Kann ich dich vielleicht irgendwohin mitnehmen?«

»Lieb von dir, aber ich bleibe noch ein bisschen.«

»Dann sage ich meiner Ablösung Bescheid, dass sie dich nicht rausschmeißt. Sie heißt Christel. Bei ihr ist deine Oma sehr gut aufgehoben.«

»Danke.«

Ich bleibe noch eine Weile still neben Oma sitzen und beobachte den Monitor. Mir wäre wohler, wenn sich das Herz langsam beruhigen würde. Ob ich irgendetwas übersehen habe? Noch einmal gehe ich im Kopf die Geschehnisse des Tages durch. Oma wirkte die ganze Zeit zufrieden und ausgeglichen. Sie hat kaum geschnauft, als sie vor mir den Hügel hochgestapft ist. Sie war auch nicht erkältet. Nichts hat darauf hingedeutet, dass ihr Herz drei Stunden später versagen würde. Nein, ich habe nichts übersehen. Oder doch? Vielleicht war ich zu sehr mit mir und Daniel beschäftigt?

Ich schüttele den Kopf. Es bringt nichts, mir weiter Gedanken darüber zu machen, ob ich es hätte verhindern können. Es

ist, wie es ist. Oma liegt auf der Intensivstation und kämpft um ihr Leben. Ich muss mit Jana und Pia sprechen. Außerdem brauche ich etwas frische Luft. Ich sage Christel Bescheid, dass ich rausgehe, aber noch mal wiederkomme. Kurz darauf sitze ich auf einem der Besucherstühle vor der Station. Pia hat versucht, mich anzurufen. Und geschrieben hat sie mir auch.
Ruf bitte an, sobald du kannst!
Sie geht sofort ran. »Was ist passiert, wie geht es Oma?«
»Oma liegt auf der Intensivstation. Sie haben sie in ein künstliches Koma versetzt, damit ihr Körper erst einmal ein bisschen Ruhe hat und sich erholen kann. Ich kam gerade aus der Dusche, als ich ein Scheppern gehört habe …«
Pia hört zu, bis ich zu Ende berichtet habe. »Gut, dass ihr gerade da wart«, sagt sie. »Nicht auszudenken, was passiert wäre, wenn Oma allein gewesen wäre. Ich habe schon nachgesehen. Ich kann morgen früh einen Flug von London nach Hamburg nehmen. Um zehn Uhr zwanzig wäre ich in Hamburg und um kurz nach drei in Bergen am Bahnhof.« Sie legt eine kleine Pause ein. »Meinst du, Oma schafft es?«
»Ich hoffe es.«
»Komm schon, Rina, geh kurz in dich, und dann lass deine ärztliche ungefilterte Meinung hören, ohne Rücksicht. Ich möchte wissen, was Sache ist. Oder kannst du nicht reden? Ist Jana bei dir?«
»Nein, ich erreiche sie nicht. Es ist Freitagabend, vielleicht ist sie irgendwo feiern. Und was Oma angeht … Ihr Zustand ist kritisch, das kann man nicht anders sagen. Wir kennen die Ursache für die Herzprobleme nicht. Hat sie dir mal irgendwas erzählt? Weißt du, ob sie in der letzten Zeit beim Arzt war?«
»Nein. Aber ich denke nicht. Oma war doch immer gesund. Sie fährt jeden Tag Rad, geht spazieren und hüpft auch bei

Temperaturen ins Meer, bei denen wir unsere Pullis aus dem Schrank holen. Ich kann mich noch nicht mal daran erinnern, wann sie das letzte Mal eine Erkältung hatte. Dieses Jahr auf jeden Fall noch nicht. Sie war immer fit wie ein Turnschuh.«

»Du hast recht. Es kam einfach so überraschend.«

»Sie schafft es!«, sagt Pia. »Wenn sie hätte sterben sollen, wäre sie nicht ausgerechnet dann umgekippt, als zwei Ärzte im Haus waren.«

»Eine Ärztin«, korrigiere ich. »Daniel ist wieder gefahren.«

»Notdienst?«

»Wir haben Stress, aber das erzähle ich dir lieber in Ruhe.«

»Gut, dann können wir uns gegenseitig ausheulen, wenn Oma über den Berg ist. Hier läuft es nämlich auch nicht gerade rund. Aber auch das, wenn wir uns sehen. Sag Oma, wir brauchen sie noch.«

»Das mach ich. Ich leg jetzt mal auf, da klopft jemand an, bestimmt unsere kleine Schwester.«

Es ist wirklich Jana. »Rina? Gut, dass du rangehst! Was ist los? Wie geht es Oma? Bist du noch im Krankenhaus? Ich bin schon auf dem Weg. Spätestens in einer Dreiviertelstunde bin ich da. Oma geht es doch gut, oder?«

»Sie hat das Schlimmste erst einmal überstanden, ihr Zustand ist aber noch kritisch. Alles andere erzähle ich dir später. Sitzt du schon im Auto? Dann konzentriere dich lieber aufs Fahren.«

»Ich hab was getrunken, ich fahre nicht selbst. Jetzt erzähl schon.«

»Na gut …« Noch einmal berichte ich in allen Einzelheiten, was vorgefallen ist. Anders als Pia stellt Jana häufig Zwischenfragen. Sie wollte schon immer alles ganz genau wissen. Als ich jedoch nachfrage, wer sie von Greifswald bis nach Bergen fährt, weicht sie aus. »Ein Freund«, sagt sie. »Kennst du nicht.«

»Dann sag deinem Freund bitte, er soll vorsichtig fahren. Ich warte unten vor der Klinik auf dich.«
»Okay, so gegen zwölf bin ich da.«
»Bis gleich.«
Ich schreibe gerade eine kurze Nachricht an Thea, da kommt eine junge Frau, etwa in meinem Alter, aus der Intensivstation. Sie weint.
Am liebsten würde ich ihr sagen, dass alles wieder gut wird. Aber ich weiß, dass das leider nicht immer der Fall ist, wenn man einen Angehörigen hat, der hier auf der Station liegt. Irgendjemand hat mal gesagt, es würde mit den Jahren einfacher werden, aber ich leide auch heute noch mit, wenn ich Angehörige über den Tod eines Familienmitglieds unterrichten muss. Das liegt vielleicht auch daran, dass ich ganz genau weiß, wie es sich anfühlt, wenn man hofft und bangt, nur um dann zu erfahren, dass der geliebte Mensch es nicht geschafft hat. Es ist jetzt sechzehn Jahre her, aber noch heute habe ich das Bild im Kopf, wie der Arzt mit hängenden Schultern und diesem bestimmten Blick, einer Mischung aus Bedauern und schlechtem Gewissen, auf uns zukam, um uns zu sagen, dass unsere Mutter bei der OP verstorben ist. Auch an sein Aussehen kann ich mich noch ganz genau erinnern. Dunkelblondes, zum Seitenscheitel frisiertes Haar, gebräunte Haut, weiße Birkenstock-Sandalen …
Damals war ich unbeschreiblich wütend. Ich war davon ausgegangen, dass er einen Fehler gemacht haben muss. Heute weiß ich, dass das nicht der Fall war. Dass solche Verluste meistens eine Verkettung unglücklicher Umstände sind – und dass das schlechte Gewissen manchmal einfach zum Job gehört. Wenn Menschen sterben, fragt man sich zwangsläufig, ob man wirklich sein Bestes gegeben oder vielleicht doch irgendetwas übersehen hat.

5. Kapitel

Es ist immer noch heiß und schwül. Ein reinigendes Gewitter wäre jetzt gar nicht schlecht. Wie hat Oma gesagt? Auf ihre alten Knochen sei Verlass. Einen davon habe ich gebrochen. Das leise knackende Geräusch ihrer Rippe habe ich immer noch im Ohr.

Ich gehe am Gebäude vorbei über die kleine Holzbrücke in den an das Krankenhaus angrenzenden Waldpark. Es ist mittlerweile dunkel, ein paar Laternen am Wegesrand spenden dämmriges Licht. Über den Sträuchern fliegen kleine Glühwürmchen und leuchten auf Partnersuche um die Wette. Ich setze mich auf eine Bank und beobachte das Schauspiel eine Weile. Auch in Omas Garten haben wir früher oft die kleinen Lichter beobachtet. Pia war damals überzeugt davon, dass es sich dabei um gute Seelen von Verstorbenen handelt. Oma hat uns darüber aufgeklärt, dass die Würmchen eigentlich Käfer sind und nur die männlichen fliegen können. Die weiblichen sitzen unten auf dem Boden und warten, bis sich ein Männchen zielgenau auf eines drauffallen lässt. Aber Pia ließ sich nicht von Oma überzeugen, sie hatte schon immer ihre eigene Vorstellung von bestimmten Dingen. Jana hingegen hat sofort ein Käferchen gefangen und überprüft, ob es Beine hat. Und dann hat sie sich fürchterlich darüber aufgeregt, dass die Weibchen sich ihren Partner nicht selbst aussuchen und einfach nur dumm leuchtend auf dem Boden sitzen. Jana war sechs Jahre alt, als sie uns mitteilte, dass sie froh sei, nicht als Glühwürmchen zur Welt gekommen zu sein. Ich hingegen denke gerade, dass es viel einfacher wäre, die Entscheidung abgenommen zu bekommen, und schüttele unwillkürlich den Kopf. Das ist Blödsinn. Trotz meines ausgiebigen Mittagsschläfchens fühle ich mich erschöpft und müde. Ich kann anscheinend keinen klaren Gedanken mehr fassen. Aber ich weiß, dass es einfacher wäre, wenn Daniel jetzt hier bei mir wäre. In Stresssituationen bewahrt auch er immer den Überblick, das hat er mit Malte gemein. Wenn ich ernsthaft krank wäre oder operiert werden müsste, würde ich mich ohne zu zögern in seine Hände begeben. Und auch jetzt im Moment fehlt er mir. Weil es einfach schön wäre, wenn ich mich an seiner Schulter anlehnen könnte. Auf einmal fällt mir auch wieder ein, was er geantwortet hat, als ich ihn nach seinem Forschungsprojekt gefragt habe: *Wer weiß ... ?* Und dabei hat er sehr geheimnisvoll gelächelt. Bestimmt hatte er vor, es mir nach dem Heiratsantrag zu erzählen. Aber dazu ist es ja dann nicht mehr gekommen.

Ich werfe einen Blick auf mein Handy. Es ist Viertel vor zwölf. Daniel war das letzte Mal um kurz nach zehn online. Ob er schon schläft?

Ohne weiter darüber nachzudenken, tippe ich *Bist du noch wach? Oma liegt mit Herzrhythmusstörungen auf der Intensiv* in mein Handy. Und bevor ich die Nachricht abschicke, schreibe ich *Du fehlst mir* dazu.

Ich bleibe noch eine Weile sitzen, schaue den Glühwürmchen zu, die immer weniger werden, und hänge meinen Gedanken nach. Um Punkt zwölf stehe ich auf und gehe zum Krankenhauseingang. Keine fünf Minuten später kommt meine kleine Schwester auf mich zugestürmt und lässt sich in meine ausgebreiteten Arme fallen. Ich streiche über ihr rotes Haar, das sich bei dem schwülen Wetter zu vielen kleinen Locken gekringelt hat. Sie war gerade mal fünf Jahre alt, als wir zu Oma gezogen sind, und sie hat eine besonders innige Bindung zu ihr.

»Gibt es etwas Neues?«, fragt sie.

»Nein, bisher nicht.«

Jana löst sich von mir. »Können wir zu ihr?«

»Ich habe Bescheid gesagt, dass wir noch mal kommen.«

»Gut.«

Ich weiß nicht, wie oft ich um diese Uhrzeit schon durch das Krankenhaus gegangen bin. Die eine oder andere Nachtschicht habe ich in den vier Jahren meiner Tätigkeit hier auf jeden Fall abgeleistet. Anders als viele meiner Kollegen habe ich gerne nachts gearbeitet. Die langen, neonhellen Gänge der Klinik sind um diese Zeit leer und still. Aber die Ruhe täuscht. Irgendwas ist immer. Ein Bein ist gebrochen, ein Magengeschwür geplatzt, ein Gallenstein gewandert – oder ein Herz schlägt unregelmäßig, wie bei Oma. Teilweise habe ich vierundzwanzig Stunden am Stück Dienst gehabt, manchmal auch länger, zwischendurch mal eine Viertelstunde geschlummert, oder auch eine halbe. Immer am Limit, aber es hat mir Spaß gemacht.

Ich gehe mit Jana die Treppe nach oben. Sie hält sich dabei am Handlauf fest. »Geht es?«, frage ich. »Wie viel hast du getrunken?«

»Nichts Hochprozentiges, nur ein bisschen Sekt.« Jana bleibt stehen. »Irgendwie vertrage ich den anscheinend nicht. Nur ein Glas – und ich bin knülle. Und einen dicken Kopf bekomme ich davon auch.«

»Warum trinkst du ihn dann?«

»Weil er schmeckt.« Sie geht weiter. »Und weil es Spaß macht. Kann ja nicht jeder so vernünftig sein wie du.« Sie schlägt sich auf den Mund. »Ups, das wollte ich nicht. Tut mir leid.«

»Schon gut.« Ich habe meine Gründe dafür, dass ich nur ganz selten Alkohol trinke. Jana kann sich nicht daran erinnern, sie war noch zu klein, aber unser Vater hat gerne mal viel zu tief ins Glas geschaut, auch an dem Abend, an dem unsere Eltern verunglückten. Er ist zwar nicht gefahren, unsere Mutter saß hinter dem Steuer, aber ich weiß, dass die beiden sich kurz vorher wegen seiner Trinkerei gestritten hatten. »Vielleicht solltest du erst mal einen Kaffee trinken?«

»Nein, es geht schon. Ich bin schon fast wieder nüchtern.«

Wir gehen schweigend bis zur Station. Kurz bevor ich den Klingelknopf drücke, sage ich: »Oma ist an einige Geräten angeschlossen. Außerdem wird sie künstlich beatmet. Das sieht schlimm aus, ist aber wichtig, damit sie entlastet wird.«

Jana nickt, erschrickt aber trotzdem, als wir an Omas Bett stehen. Omas Anblick ist wirklich nicht schön. Sie sieht unheimlich zerbrechlich aus.

»Sie schläft tief und fest«, erkläre ich.

Jana beißt sich auf die Unterlippe, dann strafft sie ihre Schultern. Es dauert einen Moment, bis meine kleine Schwester sich wieder gefangen hat. Aber ihre Stimme klingt relativ fröhlich, als sie sagt: »Oma, was machst du denn für Sachen?« Sie greift nach ihrer Hand und flüstert: »Warum haben sie Oma die Haare abgeschnitten?

»Das war Thea, heute Nachmittag«, erkläre ich leise. »Oma hatte keine Lust mehr auf ihren Bob.«

Jana nickt und beißt sich wieder auf die Unterlippe. Ich kenne meine kleine Schwester. Sie kämpft gegen die Tränen an, schluckt sie aber herunter.

»Eigentlich wollte ich Oma letztes Wochenende besuchen, aber irgendwie habe ich es wieder mal nicht geschafft. Und die beiden Wochen davor auch nicht«, sagt sie leise zu mir, bevor sie sich wieder an Oma wendet. »Wenn du wieder gesund bist, komme ich dich ganz oft besuchen, versprochen. Und jetzt sind ja auch erst einmal Semesterferien. Da habe ich ganz viel Zeit für dich.«

»Ich bleibe die nächsten beiden Wochen auch hier«, sage ich.

Jana streicht mit dem Zeigefinger sanft über Omas Wange, hält aber weiterhin ihre Hand und spricht zu ihr. Ich kontrolliere noch einmal die Werte auf dem Monitor, als Malte zu uns kommt.

»Seid mir nicht böse, aber es ist schon halb eins ... Ich glaube, es wäre besser, wenn eure Oma jetzt Ruhe hat. Und euch würde es auch guttun.«

»Malte hat recht«, sage ich zu Jana.

»Meinst du nicht, wir sollten bei ihr bleiben?«, fragt meine kleine Schwester. Sie sieht besorgt aus. »Wir könnten uns doch abwechseln. Es hilft Oma bestimmt, wenn sie spürt, dass jemand bei ihr ist.«

»Ja, da hast du sicher recht. Oma fühlt, dass wir da sind, auch wenn sie schläft. Trotzdem braucht sie Ruhe – genau wie wir, damit wir morgen fit sind. Außerdem ist Oma bei Malte in guten Händen. Du rufst uns doch sofort an, wenn der Zustand sich verändert, oder Malte?«

»Natürlich. Ihr könnt euch darauf verlassen. Wenn ihr nichts hört, geht es ihr so weit gut. Ich melde mich nur, wenn ich mir Sorgen mache.«

»Das ist lieb. Dann rufe ich uns jetzt ein Taxi«, sage ich, bevor Jana protestieren kann.

Es ist halb zwei, als wir langsam den Hügel zu Omas Haus hinauffahren. Vom Küchenfenster aus leuchtet uns warmes Licht entgegen.

»Was ist das denn?«, frage ich.

»Ich glaube, das sind Windlichter«, antwortet Jana. Das muss Thea gewesen sein, sie hat doch einen Schlüssel.«

Windlichter in einem Reetdachhaus, ohne Aufsicht? »Dann hoffe ich, Thea sitzt in der Küche und passt auf, dass das Haus kein Feuer fängt.«

»Das glaube ich nicht. Aber ich gehe stark davon aus, dass Thea nicht so leichtsinnig ist und Kerzen ins Fenster stellt. Sie hat Oma zu Ostern LED-Leuchten in hübschen Gläsern aus Milchglas geschenkt«, sagt Jana. »Sie flackern wie echtes Kerzenlicht.«

»Gut.« Ich atme erleichtert auf.

»Es sieht wunderschön aus.« Jana schaut durch das Autofenster. »Es ist überhaupt wunderschön hier. Das wird mir immer dann besonders bewusst, wenn ich nach längerer Zeit wieder nach Hause komme.«

Jana spricht aus, was auch ich heute früh am Strand gedacht habe. Jetzt gerade sieht Omas Haus aus wie gemalt. Die Lichter, die einladend im Fenster flackern, das dunkle Reetdach, das sich kontrastreich von der weiß getünchten Fassade abhebt, die im Mondlicht leuchtet. Türen und Fensterrahmen sind dunkelgrün gestrichen. Wie die Kreidefelsen und der Buchenwald, denke ich. Es fehlt nur das Türkis des Meeres.

»Das ging mir vorhin auch so, als ich am Wasser war«, erzähle ich. »Da habe ich gemerkt, wie sehr ich das alles vermisse.«

Jana dreht sich zu mir und grinst. »Und dabei hast du dir einen fetten Sonnenbrand eingefangen. Das ist mir vorhin schon aufgefallen. Hat Oma doll geschimpft?«

»Klar – und dann hat sie mir eine Quarkmaske verpasst.«

»Oma ist die Beste.«

»Das ist sie.«

»Alles Gute für Ihre Großmutter«, sagt der Taxifahrer und lächelt mich aufmunternd an, als ich die Fahrt bezahle. »Ich werde sie in meine Gebete einschließen.«

»Danke, das ist nett von Ihnen.« Ich wende mich an Jana. »Bleiben wir noch einen Moment draußen? Ich brauche etwas frische Luft.« Mir hängt der Geruch der Desinfektionsmittel noch in der Nase.

Wir setzen uns nebeneinander auf die große Holzbank unter Omas Küchenfenster.

»Ich habe auf der Fahrt ins Krankenhaus auch gebetet«, sagt Jana.

»Echt?« Jana glaubt nicht an Gott, niemand aus unserer Familie. Zumindest dachte ich das bisher immer.

Jana grinst. »Nur für den Fall, dass der Kerl doch existiert.«

Ich muss lachen. Das ist typisch Jana. Sie überrascht mich immer wieder mit ihren manchmal sehr verqueren Gedankengängen.

»Es hat aber trotzdem irgendwie gutgetan«, erklärt sie und klingt dabei sehr ernst. »An Gott glauben zu können, würde vieles einfacher machen.«

»Das stimmt.« Ich überlege einen Moment. »Oder würde es dann vielleicht noch schwieriger werden? Du würdest seine Entscheidungen doch sicher hinterfragen.«

»Hm«, macht Jana. »Du hast recht. Wenn ich wieder mal bete, schlage ich ihm vor, zu mir in Therapie zu kommen, sobald ich mit meinem Psychologiestudium fertig bin. Damit er in Zukunft nicht mehr so viel Scheiße baut.«

»Gute Idee.«

»Finde ich auch. Apropos Gott, wo steckt eigentlich Daniel?«

»He!« Ich knuffe Jana in die Seite.

»Ach komm, stimmt doch. Ich kenne keinen Mann, der so dermaßen überzeugt von sich ist wie Daniel, besonders, wenn er seinen weißen Kittel trägt.«

So ganz unrecht hat meine kleine Schwester da nicht, sie übertreibt allerdings ein wenig. »Er ist wieder in Berlin.« Und gemeldet hat er sich auf meine Nachricht bisher auch nicht. Er hat also doch schon geschlafen, sonst hätte er sie zumindest gelesen.

»Habt ihr Stress?«

Ich schaue Jana überrascht an. Oma und Pia haben sofort an einen Notfall gedacht. Die jüngste von uns Schwestern hatte jedoch schon immer ein gutes Gespür dafür, wenn etwas nicht stimmt.

»Sozusagen. Aber sei mir nicht böse. Ich habe absolut keine Lust, jetzt darüber zu reden.«

»Alles klar, versteh ich. Ich bin schon still! Ich habe den Schock wegen Oma noch immer nicht ganz überwunden. Was für ein Glück, dass du gerade da warst, als es passiert ist!«

»Ja, ich bin auch sehr froh.« Ich verscheuche schnell das Bild, das in mir aufblitzt ... Oma, wie sie leblos vor dem Wohnzimmertisch liegt. »Was meinst du? Sollen wir ein bisschen schlafen?«

Jana zuckt mit den Schultern. »Ich glaub zwar nicht, dass ich jetzt ein Auge zukriege, aber wir können es ja versuchen.«

Wir gehen ins Haus und bleiben beide wie angewurzelt stehen. Durch die geöffnete Küchentür fällt das warme Licht der flackernden Windlichter bis in den Hausflur.

Jana hebt ihren Arm hoch. »Ich hab Gänsehaut.«

»Ich auch.«

Thea hat nicht nur das Fensterbrett in der Küche mit Windlichtern bestückt. Auf dem Küchentisch steht auch eins – an dem Platz, an dem Oma immer sitzt.

»Oh Mann.« Jana seufzt tief. »Ich hoffe, Oma wird bald wieder gesund.«

»Das hoffe ich auch.«

Wir gehen gemeinsam in die Küche.

»Thea ist ein Schatz«, sage ich und zeige auf den Tisch. Darauf steht nicht nur das Windlicht. »Der Hefezopf auf dem Holzbrett war vorhin noch nicht da. Den muss Thea gebracht haben. Und aufgeräumt hat sie auch. In der Hektik vorhin sind die Kartoffeln angebrannt.«

Jana zeigt auf mein Bein. »Und das? Das sehe ich jetzt erst.«

»Oma hat ein Tablett mit Geschirr getragen, als sie zusammengebrochen ist. Ich hab mich in die Scherben gekniet.« Ganz plötzlich wird mir kalt. Ich reibe meine Arme.

»Das war bestimmt schlimm für dich. Gut, dass du Ärztin bist.« Jana greift nach dem Messer, das Thea neben den Zopf gelegt hat. »Nervennahrung mit Zuckerguss und Mandeln, du auch, Rina?«

Ich nicke. Meine Schwester schneidet zwei dicke Scheiben ab und reicht mir eine davon. Wir lehnen uns nebeneinander mit dem Rücken an die Arbeitsplatte und genießen den Moment schweigend. Die Stille tut gut. Das ständige Piepen der Geräte auf der Intensivstation ist mir noch nie so aufgefallen wie heute. Im Wohnzimmer steht Omas große Standuhr. Wenn niemand spricht, kann man das Ticken bis in die Küche hören. Zu jeder vollen Stunde ertönt ein lauter Gongschlag. Aber der klingt dunkel und hat etwas Beruhigendes an sich. Im Winter gesellt sich das Prasseln des Kaminfeuers dazu, und ab und an knackt es im Gebälk, oder die Holzdielen knarren, wenn jemand darüberläuft. Alle Geräusche hier im Haus sind ruhig und warm, genau wie Oma. Ich kenne keinen fürsorglicheren und herzlicheren Menschen als sie.

Auch Jana denkt anscheinend gerade an Oma. »Sie muss es

einfach schaffen!«, sagt sie und schüttelt sich. »Ohne dich würde Oma jetzt wahrscheinlich nicht mehr leben. Wenn ich hier gewesen wäre, hätte ich vor Aufregung wahrscheinlich alles falsch gemacht. Mein Erste-Hilfe-Kurs für den Führerschein ist jetzt zwei Jahre her.«

»Instinktiv hättest du ganz sicher richtig gehandelt. Aber davon mal ganz abgesehen, könntest du Erste Hilfe ruhig mal wieder auffrischen. Sinnvoll ist es auf jeden Fall.«

»Okay. Sobald sich alles wieder beruhigt hat. Wir fragen Pia, ob sie auch mitmacht, und du gibst uns dann Nachhilfe im Lebenretten.«

So war das zwar nicht gemeint, aber die Idee ist gut. Nicht auszudenken, was passiert wäre, wenn ich nicht zufällig mitbekommen hätte, wie Oma gestern Abend zusammengesackt ist. Bei dem Gedanken läuft es mir kalt den Rücken hinunter. Noch nie im Leben hatte ich so viel Angst, zu versagen, wie in diesem Moment. Ich sollte meine Schwestern unbedingt darin unterstützen, in solchen Situationen richtig handeln zu können.

»Das machen wir, versprochen. Und jetzt lass uns schlafen. Mein Handy ist an, falls Malte sich meldet.«

»Na gut.«

Wir schalten die kleinen Lichter aus.

»Schön, dass Oma eine so gute Freundin hat«, sage ich, als wir fertig sind und gemeinsam die Treppe nach oben gehen. Dabei fällt mir wieder ein, was Thea mir am Telefon erzählt hat. »Sag mal, wusstest du, dass Oma Streit mit Erika hat? Thea hat erzählt, die beiden würden seit zwei Monaten nicht mehr miteinander sprechen.«

»Nein! Warum das denn?«

»Keine Ahnung. Aber Thea hat gesagt, die Sache habe Oma ganz schön zu schaffen gemacht.«

»Hm, komisch. Oma hat nie etwas darüber erzählt. Ich kann es mir ehrlich gesagt auch gar nicht vorstellen, dass man Streit mit ihr bekommen kann. Oma hat doch immer für jeden und alles Verständnis. Und Erika ...« Jana zuckt mit den Schultern. »Du weißt ja, mein Fall war sie früher nicht unbedingt mit ihren altertümlichen Erziehungsansichten, aber eigentlich ist sie doch ganz nett. Und vor allen Dingen vernünftig. Man kann mit ihr reden, wenn man ein Problem mit ihr hat.«

»Eben deswegen wundert es mich ja. Irgendwas muss da aber vorgefallen sein.«

»Vielleicht übertreibt Thea ja auch, du weißt ja, wie theatralisch sie manchmal ist«, erwidert Jana. »Also, ich kann mir nicht vorstellen, dass wir drei uns mal so heftig streiten, dass wir nicht mehr miteinander reden. Klar, wir haben alle unsere Macken und Mucken, aber wir sind doch Schwestern, so wie Oma und Erika.«

Jana hat absolut recht. Ich liebe meine Schwestern gerade für all die kleinen Macken und Mucken, wie Jana es nennt.

»Ich hab dich lieb«, entfährt es mir spontan. Das habe ich Jana schon lange nicht mehr gesagt. Genau genommen ist es jetzt bestimmt sechs oder sieben Jahre her.

Ein Lächeln huscht über Janas Gesicht. »Ich dich auch.« Wir stehen mittlerweile vor Janas Zimmertür. »Morgen müssen wir Erika anrufen, um ihr zu sagen, dass Oma im Krankenhaus liegt. Es ist immerhin ihre Schwester. Vielleicht erzählt sie uns ja, was da los ist zwischen den beiden.«

»Habe ich heute schon versucht, sie ist nicht rangegangen, aber vielleicht haben wir morgen mehr Glück.« Im Wohnzimmer schlägt der Gong zur vollen Stunde. »Oder besser gesagt heute, es ist schon drei Uhr.« Ich drücke meiner Schwester einen Kuss auf die Wange. »Gute Nacht.«

»Nacht, Schwesterchen.«

Ich bin schon fast die Treppe hoch, da geht Janas Zimmertür noch einmal auf. »Wenn Daniel, aus welchem Grund auch immer, wieder abgehauen ist, ist er ja somit offiziell nicht über das Wochenende hier.«

»Was? Wie kommst du denn jetzt darauf?«

»Keine Ahnung. Ist mir gerade einfach so eingefallen. Die Wette habe ich dann auf jeden Fall gewonnen.«

»Das stimmt wohl. Was hast du denn gewonnen?«

»Pia muss mir ein Bild malen.«

»Was? Das hätte sie doch auch so gemacht.« Pia hat Kunstpädagogik und Deutsch auf Lehramt studiert, sich aber gegen die Schule entschieden. Sie ist Künstlerin und versorgt uns liebend gerne mit ihren Bildern.

»Ich weiß, aber ich darf das Motiv selbst bestimmen. Und momentan tendiere ich zu einem Einhorn – in Glitzerfarben.«

Ich muss lachen. »Ich würde gerne Pias Gesicht sehen, wenn du ihr das sagst.«

Daniel ist weg, Oma liegt im Krankenhaus ... Aber meine kleine Schwester ist hier. Und ich habe mich ihr schon lange nicht mehr so nahe gefühlt.

Tag 2

Meine Schwester hat uns verraten, Georg. Sie hat mir ein Betäubungsmittel eingeflößt und hält mich gefangen. Um das Bett herum hat sie Glasscherben gestreut. Sie hat gedacht, ich bekomme es nicht mit, aber ich konnte hören, wie sie das Glas auf dem Boden verteilt hat. Türen und Fenster sind verriegelt. Eine sinnlose Sache, wenn man bedenkt, dass ich mich sowieso nicht bewegen kann. Und um Hilfe rufen kann ich auch nicht.

Ich öffne den Mund, es kommen jedoch keine Töne heraus. Niemand hört meine lautlosen Schreie. Aber ich kann die anderen hören. Wie sie flüstern und lachen und heimlich Pläne schmieden. Sie gönnen uns unser Glück nicht. Meine eigene Schwester will mir das Haus wegnehmen. Sie könnte es haben, wenn sie mich gehen lassen würde. Aber das ist ihr nicht genug. Sie will auch meine roten Lederstiefel. Die, die du so sehr an mir liebst. Ich habe gehört, wie sie zu unseren Eltern gesagt hat, dass sie Judith aus mir herausschneiden wird, wenn ich ihr nicht verrate, wo ich die Stiefel versteckt habe.

Oh, mein Gott, bitte hilf mir, Georg!

Fühlst du nicht, dass ich in Gefahr bin? Du müsstest doch wissen, dass ich dich niemals warten lassen würde.

6. Kapitel

»Rina?«

Jana steht in der Tür. Ich bin sofort hellwach. »Ja?«

»Es ist halb neun. Gibt es was Neues?«

»Nein.« Ich greife nach meinem Handy, um vorsichtshalber nachzuschauen, ob Malte sich doch gemeldet hat und ich es überhört habe. Ich habe unruhig geschlafen und war immer wieder zwischendurch wach. Oma spukte mir im Kopf rum – und Daniel. Außerdem war es immer noch extrem warm, die Luft hat sich auch in der Nacht kaum abgekühlt. Um sieben habe ich kurz mit Pia geschrieben. Danach wollte ich eigentlich aufstehen, bin aber liegen geblieben und dann noch mal tief und fest eingeschlafen. Seitdem hat sich niemand mehr gemeldet, wie ein schneller Blick auf mein Smartphone mir verrät. »Lass uns direkt mal anrufen und nachfragen.« Ich rutsche auf der Matratze zur Seite, damit Jana sich zu mir legen kann. Sie trägt hellblaue Hotpants und ein weißes Top mit Snoopy-Aufdruck. Ihre Haare sind zerzaust. Obwohl sie sehr schlank ist, ist sie trotzdem weiblich gebaut, mit den Rundungen an den richtigen Stellen, wie man so schön sagt. Ohne Zweifel ist sie eine echte Schönheit. Und dabei kein bisschen eitel.

»Ich habe von Oma geträumt«, erzählt sie, als sie sich im Schneidersitz zu mir auf das Bett setzt. »Sie hat mit mir geschimpft, weil ich mir ein Tattoo habe stechen lassen. Ich werte das mal als positives Zeichen.«

»Hast du das denn immer noch vor?« Als Jana fünfzehn war, gab es ordentlich Stress deswegen, weil Oma es ihr nicht erlaubt hat. Das ist jetzt sechs Jahre her. Wie die Zeit vergeht.

Jana schüttelt den Kopf, und ich wähle die Durchwahl zur Intensivstation. »Hallo, hier ist Katharina Kuhlmann, ich wollte mich nach meiner Großmutter erkundigen, Frau Marianne Melchow ...«

»Sie lassen sie weiter schlafen«, sage ich zu Jana, nachdem ich aufgelegt habe. »Das Herz klopft noch unruhig, aber ansonsten ist sie stabil. Lass uns duschen, eine Kleinigkeit frühstücken und dann ins Krankenhaus fahren.«

»Okay.« Jana steht sofort auf. »Mir ist da übrigens gestern Nacht noch was eingefallen, von wegen Streit mit Erika und so weiter ... Oma hat sich in letzter Zeit öfter mal einen Tee aus Johanniskraut gekocht. Und Pillen hatte sie auch. Sie hat gesagt, sie würden ihr beim Einschlafen helfen. Als ich sie gefragt habe, warum sie schlecht schlafen würde, hat sie geantwortet, das wäre eine Alterserscheinung. Aber vielleicht war ja auch der Streit mit Erika der Grund.«

»Das kann natürlich sein ...«

»Was ist, warum guckst du so skeptisch? Johanniskraut ist doch harmlos, oder?«

»Prinzipiell schon. Pillen sagst du? Und du bist dir sicher, dass es Johanniskraut war?«

»Jepp. Es stand auf der Verpackung. Das habe ich gesehen, weil ich genau neben ihr stand, als sie welche davon geschluckt hat.«

Ob Oma doch einen schlimmen Streit mit ihrer Schwester hatte? »Ich ruf Erika noch mal an!«, sage ich und wähle direkt ihre Nummer. Wieder habe ich kein Glück. »Sie geht nicht ran. Nach halb neun, um die Uhrzeit ist sie normalerweise längst wach.«

»Vielleicht ist sie einkaufen?«

»Kann sein, dann versuchen wir es gleich noch mal.« Ich

klettere aus dem Bett. »Willst du zuerst duschen? Dann koche ich schon mal Kaffee.«

»Gerne.«

»Wohin hat Oma die Pillen gepackt, nachdem sie sie eingenommen hat?«, frage ich, als ich schon auf dem Weg nach unten bin. »In die Medikamentenkiste im Wohnzimmerschrank?«

»Ich glaube, in ihr Nachtschränkchen«, ruft Jana.

Omas Schlafzimmer liegt auf dem Weg ins Wohnzimmer. Ich öffne die Tür und halte einen Moment inne. Es riecht nach Lavendel. Oma füllt die duftenden Blüten in kleine Säckchen und legt sie zwischen die Wäsche. An der Wand über dem Bett hängt ein großer Traumfänger, der eindeutig Pias Handschrift trägt. Er ist aus Naturmaterialien gefertigt. Kleine Hühnergötter, Muscheln, Holzstücke, Möwenfedern … Ich habe ihn noch nie gesehen, muss mir aber eingestehen, dass ich auch schon Ewigkeiten nicht mehr Omas Schlafzimmer betreten habe. Wenn ich sie besucht habe, haben wir uns in der Küche oder im Wohnzimmer aufgehalten. Es sieht hier noch genauso aus wie vor sechzehn Jahren, als wir nach dem Tod unserer Eltern zu Oma gezogen sind. Derselbe wuchtige Eichenschrank, dasselbe Bett, dasselbe Nachttischchen, auf dem außer einem Foto von Pia, Jana und mir noch eine angebrochene Flasche stilles Wasser und ein halb volles Glas stehen. Sogar die Tiffanylampe, die von der Decke baumelt, ist noch dieselbe. Oma hat für uns die oberen Etagen ausbauen lassen, damit wir es schön haben, aber selbst hat sie verzichtet. Jetzt ist sie alt, wir sind alle aus dem Haus, und wenn Thea recht hat, hat sie auch keinen Kontakt mehr zu ihrer Schwester. Kein Wunder, dass Oma Johanniskraut eingenommen hat. Sie hat sich bestimmt einsam gefühlt. Und jetzt liegt sie im Krankenhaus.

Ich ziehe die kleine Schublade des Nachtschränkchens auf – und traue meinen Augen nicht.

Die weiß-rote Packung fällt mir sofort auf. Oma hat Herzmedikamente in ihrem Schlafzimmer deponiert! Noch dazu welche, von denen ich weiß, dass sie zu gefährlichen Nebenwirkungen führen können, wenn man gleichzeitig Johanniskraut einnimmt. Ich greife nach der Packung und kontrolliere, wie viele Tabletten fehlen. Zwei von drei Lagen sind leer, bei der anderen fehlt schon die Hälfte.

Ich laufe in den Flur. »Jana? Bist du schon im Bad?«

Sie schaut über das Treppengeländer nach unten. »Auf dem Weg dorthin, was ist los?«

»Weißt du, zu welchem Hausarzt Oma jetzt geht?« Ich halte das Medikament hoch. »Die habe ich in Omas Nachtschränkchen gefunden. Es sind Tabletten, die man bei Herzschwäche einnimmt. Wenn Oma dazu Johanniskraut eingenommen hat, hat das Johanniskraut die Wirkung der Herztabletten gehemmt. Eigentlich ist das kein großes Problem, es sei denn, Oma hat das Johanniskraut plötzlich abgesetzt, aber das Herzmedikament weiter genommen. Dadurch fällt die hemmende Wirkung des Johanniskrauts weg, und die Wirkkraft des Herzmedikaments steigt relativ gesehen an. Das kann zu Herzrhythmusstörungen geführt haben.« Die Vorgänge dabei sind natürlich komplizierter, aber ich denke, das trifft es ungefähr.

»Puh!«, macht Jana und fährt sich durchs Haar. »Das ist ja ein Ding.« Sie überlegt einen Moment. »Ist das gut oder schlecht?«

»Wie meinst du das?«

»Wenn die Ursache für Omas Probleme durch die Kombination der beiden Wirkstoffe hervorgerufen wurde.«

»Gut, zumindest theoretisch gesehen, denn dann wissen wir wenigstens, wo wir ansetzen können. Kennst du Omas neuen Arzt? Weißt du, wie er heißt?«

»Nein, aber wo die Praxis ist. Ich hab Oma hingebracht, als sie sich den Fuß verstaucht hatte. Davon mal ganz abgesehen, ist es nicht schwer, seinen Namen herauszufinden. Es gibt ja nicht so viele in Sagard. Aber heute ist Samstag, da ist die Praxis nicht geöffnet.«

»Mist, da hast du recht.«

»Obwohl, ich glaube, der wohnt da auch. Es war ein großes Haus. Wenn wir Glück haben, hat er auch seinen privaten Anschluss eintragen lassen. Dann können wir ihn anrufen.«

»Lass uns lieber direkt hinfahren, ich würde am Telefon auch keine Infos zu Patienten rausgeben.«

»Jetzt sofort?«

Ich überlege kurz. »Nein, wir duschen und frühstücken erst. Aber ich rufe schon mal in der Klinik an. Wenn Oma tatsächlich die Tabletten geschluckt hat, sollten die Ärzte das wissen.«

»Okay.« Jana geht ins Bad. »Ich beeil mich«, ruft sie noch, bevor sie die Tür mit einem Knall zuwirft.

Eine halbe Stunde später stehen wir vor dem Haus an meinem Auto. Es ist neu. Mein altes hatte einen Motorschaden, und eine Reparatur hätte sich nicht mehr gelohnt.

»Schicker Wagen«, sagt Jana. »Es hat eben auch Vorteile, wenn man gut verdienende Ärztin ist.«

»Es ist finanziert«, erkläre ich.

»Klar, aber du kannst dir die monatlichen Raten leisten.«

»Das wirst du auch können, wenn du fertig mit deinem Studium bist. Psychologinnen verdienen meines Wissens wesentlich besser als klassische Ärzte.«

»Ich weiß, aber das dauert noch sehr lange.«

»Möchtest du?« Ich halte Jana den Schlüssel hin.

Sie greift sofort zu. »Na klar!«

Ich setze mich mit einem mulmigen Gefühl auf den Beifahrersitz. Jana hat seit zwei Jahren ihren Führerschein, aber ich bin noch nie mit ihr gefahren. Allerdings kann ich mich noch gut daran erinnern, wie sie mit ihrem Mofa früher immer gerast ist.

Auf meinen Knien steht Omas Medizinkiste, die ich vorsichtshalber aus dem Wohnzimmerschrank mitgenommen habe. Es ist ein alter Schuhkarton, vollgepackt mit Medikamenten. Jana lässt den Wagen langsam und gesittet den Hügel hinunterrollen. Ihren früheren Fahrstil hat sie also abgelegt. Gut, denke ich und inspiziere Omas Tablettenarsenal. Neben einer weiteren Packung des Herzmedikaments finde ich eine noch verschlossene Dose mit Johanniskrautkapseln. Die anderen Medikamente scheinen mir unbedenklich, es handelt sich um die klassischen Produkte, die man in jeder Hausapotheke findet. Paracetamol, Pfefferminzöl, jede Menge Pflaster, Desinfektionsspray ...

»Und?«, fragt Jana.

»Oma hat sich einen kleinen Vorrat an Herztabletten zugelegt.« Ich runzle die Stirn. Warum hat sie uns nur nie etwas davon gesagt? Und besonders mir, immerhin bin ich Ärztin ...

»Meinst du, sie hat ernsthafte Herzprobleme? Das hätte sie uns doch bestimmt erzählt«, sagt Jana prompt.

»Ich weiß es nicht. Viele Menschen klagen im Alter über Kreislaufprobleme oder fühlen sich schwach. Dann kommt es schon mal vor, dass der Arzt so was verschreibt. Aber der hätte Oma auch über die Nebenwirkungen informieren müssen. Es können Symptome ähnlich einer Depression auftreten. Vielleicht hat Oma deswegen Johanniskraut genommen. Ein verzwickter Kreislauf ...«

»Arme Oma. Hoffentlich ist der Doc da.«

Jana zeigt auf das Praxisschild. »*Dr. med. Miroslaw Szymanski.* Hört sich polnisch an.«

»Kann sein.« Ich schaue mich um. Praxis und Wohnhaus scheinen tatsächlich eins zu sein. Aber es befindet sich nur eine Klingel neben der Tür, und darüber steht *Praxis*.

»Bestimmt ist hinten noch ein Eingang«, sagt Jana und geht auch schon los.

»Warte!« Ich laufe hinter ihr her. Kurz darauf stehen wir vor der Haustür. Es hat eben auch Nachteile, wenn man die Praxis in das Wohnhaus integriert hat. Jana drückt den Klingelknopf, zweimal kurz, einmal lang – sehr lang, ganz genau genommen, so wie sie das immer macht. Ein großer Mann mit dunklem, welligem Haar und Dreitagebart öffnet uns die Tür. Ich schätze ihn auf Ende dreißig bis Anfang vierzig. Er trägt Laufkleidung und sieht verschwitzt aus.

»Ja?« Er mustert uns eingehend.

»Hallo, wir sind die Enkelinnen von Frau Melchow«, sage ich und halte ihm unverzüglich das Medikament hin. »Können Sie uns sagen, ob Sie die verschrieben haben? Und dazu eventuell auch noch Johanniskraut?«

Er schaut auf meine Hand, dann auf mich, dabei zieht er eine Augenbraue hoch, antwortet jedoch nicht. »Es ist wichtig«, sage ich. »Unsere Oma liegt seit gestern Abend mit einer malignen Arrhythmie im Krankenhaus, und wir können uns den Zustand nicht erklären.«

Er schüttelt den Kopf. »Ich hätte niemals diese beiden Medikamente gemeinsam verschrieben. Und an eine Frau Melchow kann ich mich auch nicht erinnern. Sind Sie sicher, dass Sie hier an der richtigen Adresse sind?«

»Ich habe meine Oma mal zu Ihnen gefahren, das müsste jetzt etwa ein Jahr her sein«, erklärt Jana. »Es tut uns leid, dass wir Sie am Wochenende stören, aber es ist dringend, unserer

Oma geht es nicht gut. Sie liegt im künstlichen Koma und hat einen provisorischen Herzschrittmacher bekommen.«

»Das tut mir leid.« Seine Stimme klingt nun weicher. »Ich kann verstehen, dass Sie sich Sorgen machen.« Er zögert einen Moment. »Warten Sie bitte kurz, ich hole den Praxisschlüssel, dann schauen wir mal nach.«

»Mensch, Rina, du musst freundlicher sein, wenn du was willst. So, wie du mit dem geredet hast, kannst du froh sein, dass er uns nicht die Tür vor der Nase zugeknallt hat«, sagt Jana zu mir, als der Arzt aus unserem Blickfeld verschwunden ist.

»Ich war doch freundlich.«

»Quatsch! Deine Stimme war total vorwurfsvoll. Du gibst ihm jetzt schon die Schuld für Omas Zustand, obwohl du gar nicht weißt, ob sie die Tabletten von ihm hat. Außerdem hast du total arrogant gewirkt, so als hättest du deinen weißen Kittel an.«

Ich komme nicht mehr dazu, Jana zu antworten, denn der Arzt erscheint wieder in der Tür.

»Es tut mir leid, wenn ich Sie eben überrumpelt habe«, sage ich schnell, »aber ich mache mir wirklich sehr große Sorgen um meine Großmutter, seitdem sie gestern Abend einfach in sich zusammengesackt ist. Und es würde uns helfen, wenn wir wüssten, ob sie die Tabletten eingenommen hat, und wenn ja, warum. Wenn Sie Bedenken wegen der ärztlichen Schweigepflicht haben, können Sie sich auch an das Krankenhaus in Bergen wenden und nachfragen. Es existiert ja sozusagen ein rechtfertigender Notstand.«

»Ich nehme meine Schweigepflicht in der Tat sehr ernst«, antwortet er, als wir zur Praxis gehen.

»Verstehe ich sehr gut.« Ich beobachte ihn von der Seite. Er hat eine verdammt gute Figur, sieht sehr sportlich aus in den schwarzen Lauftights und dem engen weißen Shirt. Die Haare sind verschwitzt vom Joggen. Im Dreitagebart verstecken sich erste graue Härchen. Es ist ein durchaus gut aussehender Mann. Aber er wirkt mürrisch, vertrauenerweckend auf jeden Fall nicht unbedingt. Und an irgendjemanden erinnert er mich, aber ich weiß nicht, an wen.

»Sonnenbrand?« Er zeigt auf mein Gesicht, während wir Richtung Praxiseingang gehen.

»Ja.« Es ist doch offensichtlich.

»Sieht übel aus.«

»Ich weiß, war ja auch keine Absicht.« Die Bemerkung hätte er sich sparen können. Natürlich war es das nicht. Wer ist schon so blöd und fängt sich vorsätzlich eine Hautverbrennung ersten Grades ein?

»Da wären wir.«

Die Praxis ist überraschend hell und freundlich eingerichtet. An den Wänden hängen hübsche Aquarelle mit Meeresmotiven. Es sind keine einfachen Kalenderdrucke, sondern Originale. *M. Szymanski,* lese ich. Die geschwungene Signatur am unteren rechten Bildrand fällt sofort auf. Sie ist viel zu groß. Da nimmt sich jemand sehr wichtig, würde Pia jetzt sagen. Sie signiert ihre Bilder so, dass die Signatur nicht weiter auffällt und Nebensache bleibt. *M.,* ob er die Bilder selbst gemalt hat? Das würde mich wundern. Die Aquarelle sind farbenfroh und leicht, das passt nicht zu ihm.

Im Wartezimmer steht auf einem Tisch ein Tablett mit zwei Wasserflaschen und einigen Gläsern, wie ich aus den Augenwinkeln sehen kann, als wir in sein Behandlungszimmer gehen. Auf einem anderen Tisch liegen die klassischen Zeitschriften. Und eine Spielecke für Kinder gibt es auch. Alles in allem wirken die Räume sehr ansprechend, ganz im Gegenteil zu dem Arzt, der mich mit zusammengezogenen, viel zu buschigen Augenbrauen mustert, nachdem er den Computer hochgefahren hat.

»Melchow, und der Vorname?«, fragt er.

»Marianne«, antworten Jana und ich gleichzeitig.

Er vertieft sich in sein Programm. »Hm ... Eine Überweisung zum Knochenkollegen, sonst nichts.«

»Das war, als Oma sich den Fuß verknackst hat«, erklärt Jana.

»Mist!«, entfährt es mir. »Ich hatte gehofft, wir könnten hier vielleicht etwas mehr erfahren.«

»Sie war wegen der Überweisung zum ersten Mal bei mir. Vorher muss sie demnach bei einem Kollegen gewesen sein. Vielleicht hat sie es von ihm?« Er streckt seine Hand aus. »Darf ich?«

Ich reiche ihm das Medikament.

Er sieht sich die Verpackung genauer an und sagt: »Es ist schon vor vier Jahren abgelaufen.«

»Was?« Dass ich nicht selbst darauf gekommen bin, mal auf das Verfallsdatum zu schauen.

»Dann hat sie es bestimmt vom alten Brinkmann«, sagt Jana. »Aber den können wir ja nicht mehr fragen.«

»Tut mir leid, ich wünschte, ich könnte Ihnen weiterhelfen.« Omas Arzt sieht mich an. »Sind Sie eine Kollegin?«

»Ja, wie kommen Sie darauf?«

»Die Sache mit dem ›rechtfertigenden Notstand‹. Dazu Ihr kaum verdeckter Vorwurf, dass ich ihr die beiden Medikamente zusammen verschrieben haben könnte. Sie haben mich an die Oberärztin erinnert, die mir während der Fachausbildung das Leben zur Hölle gemacht hat.«

Jana fängt an zu kichern. Ich stupse sie in die Seite. Hitze steigt in mir auf, und ich werde tatsächlich rot. Ich hoffe nur, dass das durch meinen Sonnenbrand nicht weiter auffällt.

»Ich arbeite als Ärztin für Innere Medizin in einem Berliner Krankenhaus«, erkläre ich schnell.

»Katharina wird Kardiologin.« Jana klingt stolz, als sie das sagt. Meine rote Gesichtsfarbe vertieft sich. Ich habe vor, Kardiologin zu werden, weiß aber nicht, dass meine Oma anscheinend Herztabletten geschluckt hat.

»So ganz sicher ist es noch nicht. Es hat sich da noch eine andere Option ergeben«, erkläre ich.

»Ach, echt? Was denn?«, fragt meine kleine Schwester.

»Ich denke darüber nach, ob ich stattdessen lieber Gastroenterologie …«

»Klingt sympathisch«, sagt Omas Arzt. »Kardiologen sind in der Regel nicht so mein Fall.«

»Ach, und warum nicht?«, frage ich und ärgere mich im nächsten Moment über mich selbst, weil ich mich auf diese Diskussion einlasse.

»Na ja, das sind in der Regel die ehrgeizigen Typen, die konsequent ein bestimmtes Ziel verfolgen.«

»Und das machen Gastroenterologen nicht?«

»Auf andere Art. Es sind Ärzte, die eher nach innen schauen. Der Patient steht im Vordergrund, Kardiologen hingegen sind sehr gute Techniker.«

»Danke, das hilft mir bei meiner Entscheidungsfindung sicherlich weiter«, antworte ich. Meine Stimme klingt schnippisch, das merke ich selbst. Aber ich kann nichts dagegen machen. Es ärgert mich, dass er gewissermaßen recht hat. Gestern habe ich Ähnliches gedacht.

»Schön.« Er lächelt zurück. »Wenn Sie sich für die sympathische Variante entscheiden und einen Job in einer Allgemeinarztpraxis suchen sollten, melden Sie sich gerne. Ich habe hier wahnsinnig viel zu tun und könnte Unterstützung gebrauchen.«

»Das wäre toll, dann kommst du zurück nach Rügen«, sagt Jana fröhlich. Ich werfe ihr einen bösen Blick zu, aber den ignoriert sie einfach. »Du hast gestern gesagt, dass du das hier alles vermisst.«

»Ich bin Fachärztin für Innere Medizin«, erkläre ich Jana, »keine Allgemeinärztin. Und jetzt schauen wir erst einmal, wie wir Oma wieder fit kriegen. Um meine Zukunft kann ich mich danach kümmern.«

»Wie Sie meinen, war nur ein Angebot.« Der Arzt schaltet seinen PC aus. »Kann ich sonst noch irgendwie helfen? Ich müsste nämlich dringend unter die Dusche. Sie hatten Glück, dass Sie mich erwischt haben. Ich bin gerade von meiner Joggingrunde zurückgekommen.«

»Nein, wir machen uns jetzt sofort auf den Weg ins Krankenhaus«, sage ich. »Wer weiß, woher Oma das Medikament hat! Immerhin wissen wir, dass sie es wahrscheinlich in Kombination mit Johanniskraut eingenommen hat. Das hilft uns schon mal weiter.«

»Ich drücke die Daumen. Alles Gute für Ihre Großmutter.« Er zieht eine Schublade auf, die voll mit Medikamenten ist, greift hinein und hält mir eine Tube hin. »Hydrocortison gegen die Entzündung durch den Sonnenbrand. Zwischendurch ruhig immer wieder kühlen, am besten mit Joghurt oder Quark, das entspannt die Haut und lindert die Schmerzen.«

»Habe ich schon.« Ich greife zu. »Danke.«

»Gerne.« Er steht auf. »Es wäre schön, wenn Sie mich in der Klinik als behandelnden Arzt angeben würden, damit ich den Bericht zugeschickt bekomme.« Er schreibt eine Handynummer auf einen Notizzettel. »Und wenn irgendwas ist, scheuen Sie sich nicht davor, mich anzurufen.«

»Klar, das machen wir.« Jana schnappt sich den Zettel. Und warum auch nicht, er ist immerhin Omas Arzt. Und er war nicht derjenige, der ihr unbedacht das Medikament verschrieben hat.

»Danke«, sage ich noch einmal und reiche ihm meine Hand, um mich zu verabschieden.

»Ausnahmen bestätigen übrigens immer noch die Regel«, sagt er.

»Sie kennen also auch nette Kardiologen?«

Er nickt.

»Ich auch.«

7. Kapitel

»Der sieht aus wie Mark Ruffalo«, sagt Jana, als wir wieder im Auto sitzen.

»Findest du?«

»Total! Jetzt sag bloß, das ist dir nicht aufgefallen.«

»Nicht wirklich, ich habe mich zwar gefragt, an wen er mich erinnert, aber ich bin nicht darauf gekommen.«

»Komisch, wo du doch so auf den stehst. Ich dachte im ersten Moment, da steht der etwas abgewrackte Musikproduzent in der Tür, den Mark Ruffalo in *Can a Song Save Your Life?* spielt.«

Ich überlege einen Moment. »Du hast recht, er sieht ihm ähnlich. Aber Omas Arzt fehlt die Ausstrahlung. Und das ist genau das, was Mark Ruffalo ausmacht.«

Jana grinst, als sie den Wagen startet. »Er steht auf dich. Obwohl oder vielleicht gerade, weil du so bossy mit ihm warst.«

»Is' klar!« Ich knuffe Jana leicht in die Seite. »Du hattest schon immer eine recht überschäumende Fantasie.«

»Und du zu wenig davon«, kontert sie grinsend.

»Danke.«

»Wer austeilt, muss auch einstecken können.«

»Stimmt, tut mir leid.«

»Mir nicht, ist doch wahr. Wir sind eben verschieden. Ich bewundere dich dafür, dass du immer alles so nüchtern siehst und vernünftig bist.«

»Hört sich prickelnd an. Bin ich so langweilig?«

»Quatsch, natürlich nicht!«, ruft Jana aus. Sie wirft mir einen kurzen Blick zu. »Im Gegenteil, ich finde dich total interessant. Nur manchmal eben ein bisschen zu verkopft. Aber wie gesagt, ich wünschte, ich wäre manchmal etwas mehr wie du. Das habe ich ernst gemeint.«

Ich ziehe spielerisch eine von Janas Locken lang. »Du bist genau richtig, so wie du bist.«

»Finde ich nicht. Aber wer ist schon zufrieden mit sich selbst?«

»Da sagst du was! Du hast vorhin behauptet, ich habe arrogant gewirkt. Hast du das ernst gemeint?«

»Ja, das ist oft so, wenn du jemanden nicht kennst. Aber das ist irgendwie auch okay so. Du stellst was dar, vor dir hat man automatisch Achtung. Liegt vielleicht wirklich an dem weißen Kittel, den du bei der Arbeit anhast. Du trägst wahnsinnig viel Verantwortung. Das prägt eben.« Sie wirft mir noch einen kurzen Blick zu.

»Guck nach vorn!«, mahne ich. »Konzentrier dich aufs Fahren.«

Jana seufzt. »Okay ... Das war vorhin wirklich nicht als Kritik, sondern eher so als taktischer Ratschlag gemeint. Wer was will, muss freundlich sein.«

»Du bist erwachsen geworden.« Ich betrachte meine kleine Schwester von der Seite. »Daran muss ich mich erst noch gewöhnen.«

»Ich fühle mich aber nicht so«, antwortet Jana und fängt im nächsten Moment an zu fluchen. »Ja, du Idiot, fahr doch gleich hinten drauf ... Blöder Arsch!«

Ich eigne mich nicht besonders gut als Beifahrerin. Wenn ich mit Daniel fahre, muss ich mich immer sehr zusammenreißen, um ihn nicht mit meinen Kommentaren über seinen Fahrstil zu nerven. Die Bundesstraßen auf Rügen sind nicht gerade breit gebaut, und die Einheimischen pflegen hier oftmals einen rasanten Fahrstil. Und nicht zuletzt sind unsere Eltern bei einem Verkehrsunfall ums Leben gekommen.

Ich sehe im Rückspiegel, dass ein Lieferwagen viel zu nah aufgefahren ist. Überholen kann er nicht, es kommen uns zu viele Fahrzeuge auf der Gegenfahrbahn entgegen.

»Hier ist nur siebzig erlaubt, lass dich nicht nervös machen«, sage ich, aber Jana hat schon das Fenster runtergelassen, fährt demonstrativ noch ein wenig langsamer und hält ihre Hand nach draußen, um dem Drängler den Stinkefinger zu zeigen.

»Jana ...«

»Ist ja schon gut.« Sie blinkt und hält an einem abzweigenden Forstweg weg an. Ich atme erleichtert auf.

Der Lieferwagen braust in schnellem Tempo an uns vorbei.

»Das wird teuer, wenn er Pech hat, kostet es ihn sogar seinen Lappen.« Meine kleine Schwester grinst mich an. »Sie stehen etwas weiter vorn und blitzen. Hat Henrik mir vorhin gesagt, als wir kurz telefoniert haben. Ich soll aufpassen, wenn ich zu Oma ins Krankenhaus fahre. Gut, wenn man einen Kumpel bei der Polizei hat.«

Wie gesagt, ich war noch nie eine gute Beifahrerin. Es ist mir lieber, wenn ich selbst fahre. Ich atme tief durch.

»Alles gut?«, fragt meine Schwester. Im nächsten Moment schlägt sie sich vor die Stirn. »Wir sind doof, wir hätten Thea fragen sollen, ob sie irgendwas über Omas Tabletten weiß.«

»Das habe ich schon, als wir gestern telefoniert haben.«

»Aber die Tabletten sind schon vier Jahre alt, das wusstest du gestern selbst noch nicht. Es könnte ja sein, dass Thea in der Aufregung gar nicht so weit zurückgedacht hat. Ruf sie doch mal an und frag nach.«

»Du hast recht.« Ich ziehe mein Handy aus der Tasche.

»Thea, hier ist Katharina ... Nein, soweit unverändert, aber halbwegs stabil ... Sag mal, weißt du, ob Oma vor ein paar Jahren vielleicht mal über Kreislaufprobleme geklagt hat? Ich habe Herztabletten in ihrer Schublade gefunden, die dagegen verschrieben werden.«

»Was?«, ruft Thea aus. »Davon hat sie mir nichts erzählt. Bist du sicher?«

»Natürlich, allerdings weiß ich nicht, ob sie sie auch eingenommen hat. Sie sind schon seit vier Jahren abgelaufen. Das heißt, sie hat sie eventuell vor sechs bis sieben Jahren verschrieben bekommen.«

Ich höre, wie Thea tief durchatmet. »Vor ungefähr sechs Jahren, sagst du? Da war Anni siebenundsechzig ... Ich denk mal drüber nach.«

»Das wäre lieb.« Ich will gerade das Gespräch beenden, da schubst Jana mich leicht an und flüstert: »Die Windlichter ...«

Wie konnte ich das nur vergessen? »Ach, Thea, es tut mir leid, ich habe in der ganzen Aufregung ganz vergessen, mich bei dir zu bedanken«, gebe ich ehrlich zu. »Deine Windlichter in der Küche gestern Abend waren wunderschön. Wir haben beide Gänsehaut bekommen, als wir ins Haus gegangen sind. Und der Hefezopf war *so* lecker.«

»Das stimmt«, ruft Jana laut. »Das war echt toll, Thea.«

»Oma kann froh sein, dass sie eine Freundin wie dich hat. Also, wir sind sehr froh darüber«, ergänze ich.

Thea klingt gerührt, als sie sagt: »Anni ist der wichtigste Mensch der Welt für mich. Die Lichter waren für sie, damit sie die Hoffnung nicht aufgibt und nach Hause findet. Der Zopf war für euch, damit ihr nicht verhungert.«

»Wir haben uns sehr darüber gefreut, Thea. Und ich bin mir sicher, dass die Lichter Oma helfen. Sie hat eine Freundin, die für sie da ist. Das gibt ihr Kraft.«

»Das hast du schön gesagt. Ich danke dir, Liebes.« Thea räuspert sich. »Hast du Erika schon erreicht?«

»Nein, sie geht nicht ans Telefon.«

»Ich bin gespannt, was sie sagt, wenn sie erfährt, dass ihre Schwester ihretwegen im Krankenhaus liegt.« Die eben noch so sanfte Thea hat auf einmal Haare auf den Zähnen.

»Ich glaube nicht, dass Erika daran schuld ist. So wie es aussieht, hat Oma zwei Medikamente eingenommen, die sich nicht vertragen«, erkläre ich.

»Und warum hat sie die Dinger überhaupt geschluckt?«, ruft Thea aufgebracht. »Frag mal Erika!

»Jetzt rück schon mit der Sprache raus, Thea«, sage ich streng. »Oma geht es schlecht. Und wenn du Erika dafür verantwortlich machst, sollten wir wissen, warum.«

»Na gut. So wie ich das verstanden habe, fordert Erika ihr Erbe ein.«

»Von wem? Ist denn jemand gestorben?«

»Deine Urgroßeltern, Liebes. Anni und Erika haben das Haus damals gemeinsam geerbt«, erklärt Thea. »Na ja, und jetzt möchte die gute Erika ihren Anteil.«

Ich kann nicht glauben, was Thea da gerade erzählt. »Aber das ist doch über fünfzig Jahre her.«

»Und jetzt verlangt sie ihre Hälfte des Hauses oder, besser gesagt, den monetären Gegenwert. Anni soll sie auszahlen.«

»Das ist ja ein Ding.« Es ist das erste Mal, dass ich davon höre, dass das Haus beiden Schwestern gehört. »Warum hat Oma uns denn nichts davon erzählt? Gemeinsam hätten wir doch bestimmt eine Lösung gefunden.«

»Ach, du weißt doch, wie sie ist. Probleme macht sie erst einmal mit sich selbst aus. Und euch wollte sie in die Angelegenheit nicht mit reinziehen.«

»Ich versuche später noch mal, Erika zu erreichen«, sage ich. So ganz glauben kann ich die Geschichte noch nicht.

»Mach das. Und melde dich bitte sofort, wenn du weißt, wie es Anni geht.«

»Natürlich, bis später. Und, Thea, danke noch mal für die Windlichter gestern Nacht. Das war wirklich wunderschön.«

»Habe ich gerne gemacht. Bringt mir Anni heil zurück, ja?«

»Machen wir«, ruft Jana. »Ich habe alles gehört«, erklärt sie, als ich aufgelegt habe. »Kannst du dir vorstellen, dass Oma und Erika tatsächlich um Geld streiten? Also ich nicht ...«

»Hm«, mache ich. »Bei Geld hört die Freundschaft ja bekanntlich auf. Und wenn Erika wirklich einen Anspruch auf die Hälfte des Hauses hat ...«

»Dann hatte sie ihn schon fünfzig Jahre lang. Warum sollte sie ihn dann jetzt geltend machen? Sie hat doch ein eigenes Haus. Und finanziell geht es ihr auch nicht gerade schlecht.«

»Ganz ehrlich, ich habe keine Ahnung. Das werden wir wohl erst erfahren, wenn wir Erika erwischen – oder wenn Oma wieder wach ist.«

»Die Arme.« Jana atmet tief ein und wieder aus. »Wir müssen uns mehr um Oma kümmern, sobald sie wieder zu Hause ist.«

Das stimmt. Unsere Oma war immer für uns da. Und jetzt ist es an der Zeit, ihr etwas zurückzugeben.

»Ich hätte nicht nach Berlin ziehen sollen«, sage ich.

»Quatsch, du hast als Älteste von uns all die Jahre schon genug Verantwortung übernommen. Es ist gut, dass du auch mal nur an dich gedacht hast. Du wolltest doch so gerne zurück nach Berlin. Jetzt genieße es. Pia und ich machen das schon.«

Das stimmt nicht so ganz. Ich wollte einfach nur aus der Rügener Klinik weg, weil ich Daniels Liebschaft dort nicht mehr über den Weg laufen wollte. Und weil es mir peinlich war, dass alle darüber Bescheid wussten. Da kam mir Berlin gerade recht. Die Entscheidung habe ich kopflos getroffen – und alles andere als vernünftig, auch wenn es beruflich gesehen eine gute Lösung war.

»Das weiß ich«, sage ich, »aber ehrlich gesagt genieße ich es gar nicht. Die Arbeit in einer kleineren Klinik hat mir besser gefallen. Und Berlin kommt mir plötzlich laut, unübersichtlich und unpersönlich vor ...«

»Oh, das wusste ich gar nicht. Du hast nie was davon erzählt. Was sagt denn Daniel dazu? Habt ihr deswegen Stress miteinander?«

»Nein, ja, irgendwie schon. Es hängt alles zusammen. Er hat mir gestern einen Heiratsantrag gemacht. Ich habe ihn abgelehnt, zumindest erst einmal. Daniel hat mir bis Montag Zeit gegeben, um noch einmal darüber nachzudenken. Kurz darauf ist das mit Oma passiert. Und ehrlich gesagt weiß ich im Moment nicht, wo mir der Kopf steht. Ich kann mich nicht entscheiden.«

»Moment, stopp! Er hat dir einen Heiratsantrag gemacht, du hast abgelehnt, und das sagst du so in einem Nebensatz? Ich dachte, ihr seid glücklich. Ihr saht immer so perfekt zusammen aus. Puh! Das ist krass ...« Jana streicht mir über den Arm, so wie Oma das gestern auch gemacht hat, als ich mit ihr über Daniel geredet habe. »Sag ihm, du brauchst etwas mehr Zeit. Er wird doch sicher verstehen, dass du jetzt andere Sachen im Kopf hast.«

»Ich habe Daniel gestern Nacht geschrieben, dass Oma im Krankenhaus liegt, aber er hat noch nicht geantwortet.« Ich ziehe mein Handy aus der Tasche und überprüfe meine Nachrichten. »Bis jetzt hat er es noch nicht mal gelesen. Sieht so aus, als hätte er das Telefon ausgeschaltet.« Es ist zehn nach zwölf.

Daniel ist ein Frühaufsteher, auch am Wochenende steht er in der Regel so gegen acht auf, wenn er den Abend davor nicht arbeiten musste. Dass er die Nachricht noch nicht gelesen hat, ist ungewöhnlich.

»Vielleicht hat er sich die Kante gegeben und schläft jetzt seinen Rausch aus.«

»Kann sein, glaube ich aber eher nicht.« Ich stecke mein Handy wieder ein. »Ist jetzt auch egal, lass uns weiterfahren. Oma ist im Moment wichtiger.«

»Okay.« Jana dreht den Zündschlüssel. »Oder willst du lieber hinters Steuer? Ich sehe doch, wie du leidest.«

»Nein, du machst das super, fahr du. Ich versuche es noch mal bei Erika.«

»Du hast noch nie gut gelogen.« Meine kleine Schwester schüttelt schmunzelnd den Kopf, fährt aber los.

Wieder wähle ich Erikas Festnetznummer, aber sie nimmt nicht ab. »Wir könnten Erikas Sohn anrufen. Er hat sein Büro in Rostock, die Telefonnummer sollten wir schnell rausfinden.«

»Wie gesagt, heute ist Samstag ... Aber wenn wir Glück haben, hat er sich im Telefonbuch eintragen lassen.«

»Gute Idee, ich guck nach.« Aber wir haben kein Glück, ich finde Omas Neffen nicht.

»Ha!«, ruft Jana. »Geschieht ihm recht. Idiot! Hat er jetzt davon.«

Ich schaue aus dem Fenster. Der Lieferwagen steht am Straßenrand. Der Fahrer ist ausgestiegen und wird von zwei Polizisten kontrolliert. Jana hupt kurz und winkt, als wir an ihnen vorbeifahren.

Es ist zwanzig vor eins, als wir endlich wieder bei Oma sind. Jana setzt sich gleich ans Bett, während ich einen Blick auf die Anzeigen der Geräte werfe und die Medikamentengabe überprüfe. Gerade als ich mich zu Jana gesellen möchte, winkt der Stationsarzt mich zu sich. Ich kenne ihn nicht, habe aber vorhin kurz mit ihm wegen der Tabletten telefoniert.

»Hallo, Frau Kollegin«, sagt er. »Was gibt es Neues in Sachen Herztabletten?«

»Hallo, Herr Dr. Kerner.« Ich gebe ihm die angebrochene Packung. »Sie sind seit vier Jahren abgelaufen, aber ich habe sie im Nachtschränkchen meiner Oma gefunden, was dafürspricht, dass sie sie eingenommen hat. Daneben lagen Johanniskrautkapseln. Ich kann mir momentan noch nicht recht erklären, wieso sie das gebraucht haben könnte. Allerdings gab es wohl einen Streit mit einer Familienangehörigen. Ich vermute, dass unsere Oma die Herztabletten und das Johanniskraut eine Zeit lang zusammen eingenommen hat. Und dann hat sie das Johanniskraut abgesetzt.«

»Was zu einer relativen Überdosierung geführt haben kann. *Ts...*« Er schüttelt den Kopf. »Da hat Ihre Großmutter entweder unwissentlich selbst experimentiert, oder ein Kollege von uns hat einen ernsthaften Fehler gemacht. Wie auch immer, der Eigenrhythmus Ihrer Großmutter ist zwar noch instabil, aber es wird zusehends besser – ein Zeichen dafür, dass der Wirkstoff allmählich abgebaut wird.« Er lächelt. »Wir haben aber auch etwas Positives ... Ich würde Ihre Großmutter gerne schon morgen im Laufe des Tages langsam zurückholen.«

Ich atme erleichtert auf. Eine zentnerschwere Last fällt von mir ab. »Das klingt gut. Danke«, sage ich und drücke Herrn Dr. Kerner dankbar zum Abschied die Hand, bevor ich mich zu Jana an Omas Bett geselle.

»Du wirst morgen wieder aufgeweckt, Oma«, verkünde ich.

Meine kleine Schwester strahlt über das ganze Gesicht. Ich hoffe, dass Omas Abenteuer ohne Folgen bleibt und der

Sauerstoffmangel im Gehirn, auch wenn er nur eine kurze Zeit anhielt, keinen Schaden angerichtet hat. »Wenn alles gut geht, bist du bald wieder zu Hause.«

»Ich bin gespannt, wie du mit den kurzen Haaren aussiehst, Oma«, sagt Jana. »Ich meine, wenn sie frisch geföhnt sind. Thea freut sich auf dich. Wir sollen dich ganz lieb grüßen. Und Pia kommt auch in zwei Stunden in Bergen an.«

In zwei Stunden? Es ist schon kurz vor eins. Was sagte Franziska noch mal? Treffen wir uns hier bei Oma oder direkt in der Cafeteria?

»Kann ich dich eine halbe Stunde allein lassen, Jana? Ich möchte mich gerne mit der Intensivschwester, die Oma gestern hier aufgenommen hat, treffen.«

»Klar, geh nur.«

»Ich bin unten in der Cafeteria, wenn du mich suchst.«

Im Flur schalte ich mein Handy wieder ein. Daniel hat angerufen, endlich! Und eine Nachricht hat er mir auch geschickt.

Shit! Wie geht es deiner Oma? Sorry, bin gestern bei Achim in Stralsund versackt und hatte das Handy aus. Achim ist gerade mit meinem Auto unterwegs. Sobald ich es zurückhabe, fahre ich los. Spätestens so gegen halb drei bin ich da.

Achim ist Daniels Freund und Kollege aus der Klinik hier in Bergen. Daniel hat es also gar nicht bis Berlin geschafft. Jana hat recht, er hat seinen Frust in Alkohol ertränkt. Ich überlege gerade, ob ich Daniel zurückrufe, da sehe ich Franziska den Gang entlangkommen.

Bin im Krankenhaus, tippe ich schnell. *Oma ist stabil.* Ich schicke die Nachricht ab und lasse das Handy in der Tasche verschwinden.

»Hi.« Franziska drückt mich. »Wie geht es deiner Oma?«

»Morgen wird sie zurückgeholt, wenn alles gut geht, hat Dr. Kerner mir gerade mitgeteilt.«

»Schön, das freut mich.«

Während ich mit Franziska zur Cafeteria gehe, erzähle ich kurz von dem Tablettenfund. Und dann sind wir auch schon da. Wir holen uns jeweils ein großes Stück Apfelkuchen und einen Milchkaffee und setzen uns damit an einen Tisch am Fenster, so wie früher. Etwas weiter weg schräg gegenüber sitzen zwei Ärztinnen. Eine davon winkt mir zu. Sie hat mich erkannt, auch ohne Kittel. Ich winke zurück, kurz darauf hebt auch die andere die Hand zum Gruß.

»Hast du schon viele alte Kollegen getroffen?«, fragt Franziska.

»Nicht wirklich. Annika aus der Notaufnahme, Malte, dich ... Du kannst dir nicht vorstellen, wie sehr ich mich gefreut habe, dass du gestern Abend Dienst hattest.«

»Ja, ein glücklicher Zufall, obwohl ich mir für unser Wiedersehen einen anderen Grund gewünscht hätte.«

»Es tut mir leid, dass ich mich nie gemeldet habe. Irgendwie befinde ich mich im Dauerstress, seit wir nach Berlin gezogen sind.«

»Schon okay, ich versteh das. So war das auch nicht gemeint. Ich wünschte nur, dass deine Oma gar nicht erst eingeliefert worden wäre. Aber sag, wie ist es in Berlin?«

»Es geht so. Ehrlich gesagt bin ich mir gar nicht mehr so sicher, ob ich die richtige Entscheidung getroffen habe.«

Das Gespräch mit Franziska tut gut. Die Zeit verfliegt wie im Nu. Es ist schön, auch Neuigkeiten hier aus der Klinik zu erfahren.

»Ich habe immer gewusst, dass aus Malte und dir mal ein Paar wird«, sage ich gerade, da piept mein Handy. »Ich habe es angelassen, damit Jana und Pia mich notfalls erreichen können«, erkläre ich und schaue schnell nach, wer es ist. »Daniel. Er ist in Stralsund bei Achim, kommt aber auch gleich.« Er fahre etwas später los, aber gegen drei sei er da, schreibt er. Um die Uhrzeit kommt auch Pia an. Aber die kann Jana abholen.

Freu mich, bis gleich!, antworte ich und sage zu Franziska: »So, das war's schon.«

»Kein Problem. Schön, dass ihr noch zusammen seid. Ich habe dich damals dafür bewundert, wie souverän du die Sache mit der Assistenzärztin weggesteckt hast – die ich übrigens von Anfang an nicht leiden konnte. Sie hat zwar immer einen auf freundlich gemacht, aber das war nur aufgesetzt.«

Franziska ist die erste Kollegin, die mich direkt auf Daniels Verhältnis anspricht. Komischerweise stört es mich in diesem Moment gar nicht. Im Gegenteil, es ist befreiend, endlich mal darüber zu sprechen.

»So souverän war ich gar nicht. Ehrlich gesagt hat mich das total aus der Bahn geworfen. Und ich habe die erste Gelegenheit genutzt, um Land zu gewinnen, weil ich keine Lust hatte, ihr jeden Tag zu begegnen und daran erinnert zu werden, was die beiden miteinander getrieben haben, wenn ich arbeiten musste, aber Daniel freihatte. Es wundert mich, dass sie mir noch gar nicht über den Weg gelaufen ist.«

Franziska sieht mich mit großen Augen an. »Sie arbeitet nicht mehr hier. Ich dachte, du wüsstest das.«

»Echt? Dann kann ich ja zurückkommen«, scherze ich. Franziska geht nicht darauf ein. Sie räuspert sich und sagt: »Sie hat unsere Klinik vor zwei Monaten verlassen, weil sie eine Stelle in Berlin angenommen hat – in der Charité.«

Mir wird augenblicklich schlecht. Annikas Worte schießen mir durch den Kopf. *Viel Spaß in der Charité. Schön, dass es mit seinem Forschungsprojekt geklappt hat.*

»Na, ganz toll!«, entfährt es mir.

»Es tut mir leid, ich dachte, du wüsstest das. Achim und Daniel sind gut befreundet. Ich bin davon ausgegangen, er hat es ihm erzählt.«

»Mit Sicherheit.« Die beiden telefonieren regelmäßig und schreiben sich Nachrichten. Nur hat Daniel anscheinend vergessen, es mir zu sagen. Wut flammt in mir auf. »So ein Vollidiot!«

»Sie arbeitet ja nicht in eurer Klinik«, sagt Franziska. Es steht ihr ins Gesicht geschrieben, dass es ihr leidtut, mir das gesagt zu haben. »Und Berlin ist groß.«

»Aber die Charité gibt es nur einmal. Und so wie es aussieht, hat Daniel dort auch eine Zusage bekommen.« Nur dass er anscheinend auch vergessen hat, mir das zu erzählen. Ich schüttele leicht den Kopf. Wie kann es sein, dass alle anscheinend Bescheid wissen, nur ich nicht, obwohl ich Morgen für Morgen neben Daniel aufwache, wenn nicht einer von uns gerade Frühdienst hat? »Das bedeutet, dass Daniel und seine Bettgeschichte demnächst im selben Krankenhaus arbeiten.« Ich zucke mit den Schultern und sage ironisch: »Schön, mein Leben wird nie langweilig.« Jetzt weiß ich wenigstens, warum ich den Antrag abgelehnt habe.

Franziska zieht beide Augenbrauen hoch. »Vielleicht hat sie tatsächlich ihre Hände im Spiel. Zutrauen würde ich es ihr. Soweit ich weiß, forscht ihr Onkel dort. Ich meine sogar, er sitzt im Vorstand. Frag Daniel doch mal, wie er an die Stelle gekommen ist. Es kann natürlich alles auch Zufall sein …«

Ist es nicht, da bin ich mir sicher. Genauso wenig, wie es Zufall war, dass mir seine blöde Bettgeschichte ständig über den Weg gelaufen ist, nachdem ich von ihrer Affäre mit Daniel erfahren habe. Vorher habe ich sie kaum gesehen, und dann war sie plötzlich überall präsent. Nur um mir zum hundertsten Mal zu versichern, wie leid ihr das alles tat und wie sehr sie es bereute, sich auf die Affäre eingelassen zu haben. Alles Berechnung, da war ich mir damals sicher. Und daran hat sich bis heute nichts geändert.

»Es tut mir leid, Katharina. Ich hätte das für mich behalten sollen. Du hast wahrlich momentan genug andere Sorgen.«

»Nein, das kam genau im richtigen Moment.« Auf einmal sehe ich alles ganz klar. »Du hast mir gerade geholfen, eine Entscheidung zu treffen.«

»Echt? Also ...« Franziska sieht betroffen aus.

»Alles gut, wirklich. Genau genommen habe ich die Entscheidung gestern schon getroffen. Da habe ich Daniels Heiratsantrag abgelehnt. Jetzt weiß ich wenigstens, dass ich deswegen kein schlechtes Gewissen haben muss.«

»Vielleicht weiß er es aber auch wirklich nicht.« Franziska versucht noch einmal, die Wogen zu glätten. »Ich meine, er hat dir einen Antrag gemacht? So was überlegt man sich doch gut. Es könnte zumindest sein ...«

»Daniel hat regelmäßig Kontakt zu Achim. Wenn du es weißt, weiß er es auch, ist doch immer so. Neuigkeiten verbreiten sich hier wie ein Lauffeuer.« Wahrscheinlich weiß es jeder, der auch nur ansatzweise etwas mit dieser Klinik zu schaffen hat. Mit anderen Worten: Alle wissen es, und ich bin wieder die Letzte, die davon erfährt – wie damals bei dem Seitensprung.

8. Kapitel

Franziska hat recht. Ich habe momentan wirklich andere Sorgen. Oben liegt Oma immer noch mit Herzrhythmusstörungen und ist immer noch nicht ganz über den Berg. Aber ich sitze trotzdem auf der Bank, auf der ich gestern Nacht die Glühwürmchen beobachtet habe, und warte auf Daniel. Ich habe darüber nachgedacht, ob ich mir mit dem klärenden Gespräch Zeit lasse, bis es Oma wieder besser geht und ich zurück in Berlin bin, aber das kann ich nicht. Was Franziska mir da gerade erzählt hat, brennt mir auf der Seele. Und ich möchte wissen, was Daniel dazu sagt.

Als ich sehe, wie er den Weg entlang auf mich zukommt, schlägt mein Herz schneller. Ruhe bewahren, denke ich, aber der wichtigste Muskel meines Körpers lässt sich nicht austricksen; er klopft laut von innen gegen meine Brust. Omas Streit mit Erika schießt mir durch den Kopf. Ob Thea recht hat? Hat Oma sich die Sache vielleicht im wahrsten Sinne des Wortes zu sehr zu Herzen genommen?

Daniel bleibt vor mir stehen. Er sieht zerzaust aus und ist unrasiert. »Lange Nacht?«, frage ich.

Er nickt zerknirscht und setzt sich neben mich. Als er seinen Arm um mich legt und mich kurz an sich zieht, nehme ich den Geruch von Alkohol wahr. Daniel trinkt gerne mal ein Glas Rotwein, manchmal auch einen guten Whisky. Gestern hatte er anscheinend reichlich davon.

»Wie geht es deiner Oma?«

»Unverändert.« Ich rücke ein Stück von ihm weg und

komme gleich zur Sache.« »Ich soll dir von Annika viel Spaß in der Charité wünschen.«

»Hm«, macht Daniel. »Woher weiß sie das denn? Ich habe es noch keinem erzählt, außer Achim, aber das war erst gestern Abend.«

»Vielleicht von deinem Techtelmechtel? Hast du gewusst, dass sie seit zwei Monaten in der Charité arbeitet?«

Daniel fährt sich mit der Hand durch das Haar und seufzt. »Also ja.«

Er nickt. »Ich wusste nicht, wie ich es dir sagen soll, ohne dass du gleich wieder überreagierst.«

»Überreagierst?« Ich schüttele den Kopf. »Oh Mann! Und wann wolltest du es mir erzählen? Nach deinem ersten Arbeitstag in der Charité, wenn du ihr, rein zufällig natürlich, über den Weg gelaufen wärst?«

Daniel schweigt, was die ganze Angelegenheit nicht besser macht.

»Wie wäre es denn jetzt mal mit der Wahrheit?«, frage ich. Meine Wut verwandelt sich nach und nach in Gleichgültigkeit. Es überrascht mich selbst, wie ruhig und abgeklärt ich mich gerade fühle.

»Achim hat es mir erzählt, vor ein paar Wochen ...«, sagt Daniel und schiebt schnell hinterher: »Aber da lief es zwischen dir und mir endlich wieder ganz gut, und ich wollte kein Salz in die Wunden streuen.«

»Und dann hast du die Zusage für dein Projekt erhalten. Aber anstatt es mir zu erzählen, hast du mir lieber einen Heiratsantrag gemacht.« Ich schüttele den Kopf. »Unglaublich!«

Daniel schaut auf seine Schuhspitzen – oder, besser gesagt, auf seine nackten Zehen. Er trägt noch immer die Wildledersandalen. »Ich wollte es dir ja sagen.«

»Hast du aber nicht. Und sie? Weiß sie es?«

Er wird tatsächlich rot. Es liegt mir auf der Zunge, ihn auf seine Gesichtsfarbe hinzuweisen, so wie er das gerne macht, wenn mir etwas unangenehm ist und Hitze in mir aufsteigt. Aber ich verkneife es mir.

»Hast du sie getroffen?«, frage ich stattdessen. Im nächsten Moment ärgere ich mich. Eigentlich möchte ich die Antwort gar nicht mehr hören. Viel lieber würde ich aufstehen und gehen. Auf der anderen Seite bin ich neugierig und möchte es wiederum auch ganz genau wissen.

»Nein, aber sie hat mich angerufen«, erklärt Daniel.

»Wann?«

»Vor etwa drei Wochen«, antwortet Daniel gereizt. »Wird das jetzt ein Verhör?«

Ich rutsche noch etwas weiter von ihm weg. »Okay, das war's dann wohl wirklich.«

»Ach, komm schon, Katharina, was hätte ich denn machen sollen? Luisa hat mir angeboten, ihre Kontakte spielen zu lassen. Ihr Onkel hat in der Charité einiges zu sagen. Ich konnte doch nicht wissen, dass sie auch dort anfängt. Ich wollte ganz in Ruhe mit dir darüber reden, nachdem ich dir den Antrag gemacht habe. Außerdem kann ich immer noch absagen. Das mit Luisa ist vorbei, war es damals schon. Ich habe keinerlei Interesse mehr an ihr.«

Es dauert einen Moment, bis ich die ganze Tragweite begreife. Ich hatte also recht: alles Berechnung. Sie wusste, dass es Daniels Traum war. Ihr Onkel muss eine Koryphäe sein, wenn er gleich beide dort unterbringen konnte. Aber das spielt jetzt keine Rolle mehr.

»So ein Zufall aber auch, dass ihr dann beide in der Charité arbeitet.«

»Ihr Onkel arbeitet dort. Rügen war von Anfang nur eine Zwischenstation für Luisa. Sie hat nur auf die freie Stelle gewartet und zugeschlagen, als sie ihr angeboten wurde. Ich kann verstehen, dass du sie nicht ausstehen kannst, aber sie wollte mir einfach nur helfen ...«

»Wie nett von ihr! Und so uneigennützig.« Ich muss tatsächlich lachen. »Das glaubst du doch nicht ernsthaft.«

Daniel seufzt. »Ehrlich gesagt schon. Du kennst sie nicht. Nur weil sie mit mir ins Bett gegangen ist, muss sie nicht unbedingt ein schlechter Mensch sein. Das würde dann im Umkehrschluss für mich auch gelten.«

»Hm«, mache ich. »Da sagst du was. Darüber habe ich noch gar nicht nachgedacht.« Schon im nächsten Moment bereue ich, was ich da gerade gesagt habe. »Es tut mir leid, das war fies. Ich bin einfach gerade tierisch sauer.«

»Das ist okay«, sagt Daniel und versucht zu lächeln. »Emotionen sprechen dafür, dass du noch etwas für mich empfindest. Außerdem kann ich die Stelle auch noch absagen.«

»Darum geht es doch gar nicht, Daniel. Wir haben eine ganz klare Vereinbarung getroffen. Du sagst mir, wenn sie sich bei dir meldet oder sie irgendwie versucht, Kontakt aufzunehmen. Keine Heimlichkeiten mehr. Du hast dich nicht daran gehalten. Mein Vertrauen hat eh schon einen Knacks bekommen. Das macht es nicht gerade besser. Davon mal ganz abgesehen, möchte ich nicht der Grund für deine verpasste Chance sein. Irgendwann würdest du es mir vorwerfen, dass du meinetwegen abgelehnt hast. Also, wann fängst du dort an?«

Daniel zögert einen Moment. »Im September.«

Ich straffe die Schultern. »Behältst du die Wohnung, oder soll ich sie nehmen?«

»Ach, Katharina ...«

»Nägel mit Köpfen, Daniel. Das hilft mir, mich auf die wesentlichen Dinge zu konzentrieren. Da oben liegt meine

Oma. Noch mehr Ungewissheit ist das Letzte, was ich jetzt brauche.«

»Du nimmst die Wohnung, sie liegt in unmittelbarer Nähe zu deinem Arbeitsplatz. Alles andere wäre Blödsinn. Ich schau mal, ob ich kurzfristig ein möbliertes Zimmer mieten kann, bis ich was Größeres finde.«

Und zur Not kann er ja auch erst einmal bei Luisa Unterschlupf finden, denke ich, aber ich will jetzt nicht garstig werden. »Klingt vernünftig. Ich bleibe die nächsten zwei Wochen hier. Das mit den Möbeln wird ja so weit kein Problem geben.«

Die Küche haben wir gemeinsam gekauft, aber die anderen Einrichtungsgegenstände haben wir immer getrennt voneinander gezahlt. Die Couch gehört mir, der Esstisch Daniel. Den schönen Buffetschrank hat Oma mir geschenkt. Und Daniel hat das Bett bezahlt ...

»Oh Mann.« Daniel schüttelt den Kopf. »Wie kannst du nur so dermaßen abgeklärt sein?«

»Was erwartest du?«, frage ich und stehe auf. »Ich habe deinetwegen schon genug geheult.«

»Das tut mir leid, Dropje, wirklich. Ich wollte dich nicht noch einmal verletzen. Glaube mir.«

Als ich sehe, dass Daniel mit den Tränen kämpft, werde ich weich. Ich setze mich wieder zu ihm.

»Bist du dir wirklich sicher?«, fragt Daniel. »Du weißt, dass man in extremen Belastungssituationen keine wichtigen Entscheidungen fällen sollte. Willst du nicht warten, bis es deiner Oma besser geht?«

Gestern habe ich spontan Nein gesagt, als Daniel mir den Antrag gemacht hat. Das war, bevor Oma kollabiert ist. »Ich glaube, es soll einfach nicht sein mit uns beiden, Daniel. Wir hatten eine schöne Zeit miteinander. Daran werde ich immer gerne zurückdenken. Aber nun ist die Charité genau richtig für dich, unabhängig davon, dass ...« *Deine Affäre*, liegt mir auf der Zunge, aber ich halte mich wieder zurück und nenne sie beim Namen. »... Luisa dort arbeitet. Das Forschungsprojekt ist das, was du immer wolltest. Es war dein Ziel, seit ich dich kenne. Und du hast es verfolgt. Ich wünschte, ich könnte das auch von mir sagen, aber ich bin immer noch unentschlossen. Du nicht, mach was draus.«

Daniel lächelt mich an. »Du bist und bleibst die tollste Frau, die ich kenne.«

»Danke, jetzt muss ich nur noch rausfinden, was ich will.«

»Vielleicht doch mich?«

Obwohl ich traurig bin, lächle ich. »Ja und nein, es reicht nicht für ein ›Für immer‹. Davon mal ganz abgesehen, würde ich krank werden vor Eifersucht, wenn du jeden Tag mit deiner Exgeliebten zu tun hast, auch wenn es nur beruflich ist.«

»Wie gesagt, ich könnte auch absagen.«

»Das ist Blödsinn, und das weißt du auch.«

»Und jetzt?«

»Jetzt muss ich hoch zu Oma. Und du suchst dir eine Wohnung.«

Ich stehe auf und gehe. Mein Herz klopft wieder normal, aber meine Beine fühlen sich etwas wackelig an.

Diesmal ist es Daniel, der mir hinterherruft.

»Katharina?«

Ich bleibe stehen. »Ja?«

»Hältst du mich auf dem Laufenden, was deine Oma angeht?«

»Mach ich«, sage ich, drehe mich aber nicht noch einmal zu ihm um, denn in diesem Moment kommen mir die Tränen.

»Und? Alles gut?«, fragt Franziska leise, als ich die Intensivstation wieder betrete.

»Ja, nein, erzähl ich dir mal in Ruhe – beim nächsten Kaffee. Jetzt muss ich mich erst einmal auf meine Oma konzentrieren.« Ich habe mich für etwa zehn Minuten im Waschraum verschanzt, mich ausgeheult und dann mit kaltem Wasser erfrischt, bis ich wieder einigermaßen vorzeigbar aussah. Durch den Sonnenbrand sehe ich sowieso etwas aufgequollen aus. Da fällt es gar nicht so sehr auf, wenn die Augen vom Weinen auch noch rot sind. Davon mal ganz abgesehen, ist das auf der Intensivstation auch kein ganz ungewöhnlicher Zustand. Viele Angehörige können hier nicht mehr anders und geben ihrer Angst, Verzweiflung und Trauer nach.

»Verstehe ich«, sagt Franziska. »Die Werte deiner Oma sind ganz gut, wenn dich das ein bisschen aufmuntert. Aber du schaust bestimmt gleich selbst nach.«

»Ja! Sind meine Schwestern schon da?«

»Seit ungefähr zehn Minuten. Malte hat heute frei. Es kann sein, dass der Stationsarzt Stress macht. Du weißt ja, normalerweise sind maximal zwei Angehörige pro Besuch erlaubt.«

»Okay.« Ich atme noch einmal tief durch. Daniel ist Vergangenheit …

Pia und Jana stehen nebeneinander an Omas Bett. Sie lachen beide. So leise, dass es von den anderen Geräuschen übertönt und kein anderer Patient gestört wird, aber ich kann es trotzdem hören. Bestimmt erzählen sie Oma lustige Geschichten. Ich bleibe stehen und beobachte sie, bis ich Dr. Kerner bemerke, der auf mich zukommt.

»Ich weiß, normalerweise nur zwei Angehörige pro Besuch. Ich sag meinen Schwestern kurz Bescheid, dass ich solange draußen warte.«

»Ach was, das ist überhaupt kein Problem. Sie sind Ärztin und haben Erfahrung in der Kardiologie. Sie können am besten abschätzen, was für Ihre Großmutter gut ist und was nicht. Bleiben Sie.«

»Das ist nett, danke.«

»Vielleicht ist Lachen doch die beste Medizin. Man hört es viel zu selten hier auf der Station.«

»Das stimmt.«

»Wir werden schon im Laufe der Nacht damit beginnen, das Narkosemittel schrittweise zu verringern, sodass Ihre Großmutter irgendwann am Morgen wieder voll da sein dürfte, je nachdem, wie sie darauf reagiert.«

»Das ist gut.« Ich schaue rüber zu meinen Schwestern und merke, wie sich plötzlich eine innere Anspannung in mir löst. Es gelingt mir nicht, die Tränen wegzublinzeln. Sie laufen einfach. »Unsere Oma bedeutet uns sehr viel«, erkläre ich und wische mir mit dem Handrücken über die Wange.

»Dann habe ich mich gerade geirrt – nicht Lachen, Liebe ist die beste Medizin.«

»Meine Oma hat gestern erst zu mir gesagt, Schlafen sei die beste Medizin.«

»An der Sache ist was dran. Dabei erholt der Körper sich und schöpft neue Kraft.«

Als ich zu meinen Schwestern gehe, habe ich mich wieder gefangen.

Pia sieht müde aus. Das erkenne ich an ihren Augen, die leicht geschwollen sind. Bestimmt hat sie die ganze Nacht nicht geschlafen. Wir umarmen uns, und der frische Duft von Zitrusfrüchten und Kräutern steigt in meine Nase. Pia kreiert ihre Parfums selbst. Manchmal sind sie recht gewöhnungsbedürftig, aber dieses hier gefällt mir. »Du riechst lecker.«

»Eine neue Mixtur, Hauptbestandteil ist Orangenöl. Sie geht ein Stück von mir weg. »Ach herrje, wie siehst du denn aus? Ist das Sonnenbrand?«

Ich nicke.

»Sieht schlimm aus, hoffentlich schält es sich nicht irgendwann.« Pia schiebt sich eine ihrer langen Haarsträhnen hinter das Ohr. Von Natur aus sind wir alle aschblond. Ich bin mit den Jahren immer dunkler geworden, Jana experimentiert gerne und hat momentan Hennarot für sich entdeckt. Nur Pia hat noch nie nachgeholfen. Aber Sonne und Salzwasser haben leuchtende Reflexe in ihr Haar gezaubert, die durch ihren leicht gebräunten Teint besonders gut zur Geltung kommen.

»Hör bloß auf, das fehlt mir noch.« Ich schnuppere noch einmal an Pias Hals. »Orange. Und was noch?«

»Zitronengras und ein Hauch Thymian. Gut, oder? Ich habe es *Happy Day* genannt.«

»Sehr gut. Und genau das, was Oma jetzt braucht.«

»Hast du gehört Oma?«, fragt Jana. »Pia hat dir einen glücklichen Tag mitgebracht. Den gibt es jetzt zum Aufsprühen. Ich hätte dann gerne demnächst *Lots of Money*. Und etwas *Very Much Beauty* wäre auch nicht verkehrt.«

»Jana bekommt *Bescheidenheit* von mir, Oma«, kontert Pia. »Was hältst du von *Some Modesty*, Jana?«

Mit meinen Schwestern fühlt sich alles leichter an. Ich weiß, dass es beim Aufwecken immer noch zu Komplikationen kommen kann, aber so zuversichtlich wie jetzt im Moment habe ich mich nicht mehr gefühlt, seit ich Oma gestern auf dem Boden liegen sah.

Es ist kurz nach fünf, als wir das Krankenhaus verlassen. Mit dem Arzt haben wir vereinbart, dass wir heute Abend noch mal anrufen und dann morgen früh gegen neun Uhr wiederkommen, damit Oma jemanden bei sich hat, wenn sie die Augen öffnet.

»Kann denn irgendwas schieflaufen bei der Sache?«, fragt Pia. »Wie stehen denn die Chancen, dass Oma einfach so wieder aufwacht?«

»Momentan sieht alles sehr gut aus. Der Herzrhythmus hat sich stabilisiert, sie befindet sich nicht mehr in Lebensgefahr. Aber natürlich kann auch mal was aus dem Ruder laufen«, erkläre ich. »Es könnte durchaus passieren, dass sie erst einmal nicht von allein atmet oder verwirrt ist. Im schlimmsten Fall kommt es wieder zu Herzrhythmusstörungen oder sogar zu einem Herzinfarkt.«

»Hört sich nicht gerade prickelnd an«, sagt Jana. »Arme Oma.«

»Ein Spaziergang wird es nicht. Aber Oma ist stark, und ich denke, dass alles gut verläuft. Trotzdem solltet ihr wissen, dass es zu Komplikationen kommen an.«

»So wie damals bei Mama ...«, sagt Pia.

Ich nicke. Es war nur ein Trümmerbruch des Oberschenkels gewesen, der operiert werden sollte. Eine anspruchsvolle, aber nicht lebensbedrohliche Operation – eigentlich. Doch dann war eine Fettembolie aus dem Knochenmark dazugekommen, die Mamas Adern in der Lunge verstopft und zu einem Kreislaufzusammenbruch und schließlich zu Herzversagen geführt hatte. Heute verstehe ich die komplizierten Vorgänge. Damals war ich einfach nur unendlich wütend.

»Oma schafft das«, sagt Pia. »Das sagt mir mein Bauch.«

»Das glaube ich auch. Oma erholt sich wieder. Aber jetzt mal was anderes ...« Jana zeigt auf ihren Bauch. »Meiner sagt mir, dass ich Hunger habe. Was machen wir denn jetzt? Kommst du mit zu Oma, oder willst du nach Hause, Pia?«

Pia schüttelt den Kopf. »Allein zu Hause drehe ich durch. Kann eine von euch mich nach Putbus bringen? Ich würde dann ein paar Sachen einpacken und mit meinem Auto nachkommen.«

»Klar«, antworte ich. »Wir sind mit meinem Wagen hier. Jana hat sich gestern Abend bringen lassen. Ihr Auto steht in Greifswald.« Ich wende mich an Jana, die gerade mit ihrem Handy beschäftigt ist. »Was ist mit dir? Musst du auch noch Sachen holen?«

Sie schüttelt den Kopf. »Erstmal nicht; alles, was ich brauche, habe ich bei Oma. Mein Laptop wäre nicht schlecht. Es reicht allerdings, wenn ich den Anfang der Woche hole. Ich muss eine Hausarbeit schreiben, aber das kann ich momentan eh vergessen. Damit fange ich an, wenn es Oma besser geht.«

»Gut, also zuerst zu Pia, danach in Omas Haus«, sage ich. »Oma hat Pfefferlinge gemacht. Die können wir gleich essen. Kartoffeln hat sie ja immer vorrätig.«

»Hm, klingt gut.« Jana packt ihr Handy weg und zieht den Autoschlüssel aus der Hosentasche. »Ich fahre.«

Pia sieht mich an und grinst. »Oje!«

»Ich wollte ja eigentlich warten, bis wir zu Hause sind, aber ich platze vor Neugierde. Was ist mit Daniel?«, fragt Jana, als wir alle im Auto sitzen und sie losfährt.

»Nichts mehr«, antworte ich und bin überrascht, wie selbstverständlich sich das anfühlt.

»Echt? Dann können wir uns gegenseitig bemitleiden. Ich bin auch wieder Single«, kommt es von der Rückbank.

Ich drehe mich zu Pia. Sie lächelt mich traurig an. »Das tut mir leid«, sage ich. »John geht also tatsächlich zurück nach England?«

Sie zuckt mit den Schultern. »Ja, aber ich möchte hier auf Rügen bleiben. Und auf eine Fernbeziehung habe ich keine Lust. Ich dachte, ich würde meine Meinung vielleicht ändern, wenn mir England gefällt, sonst wäre ich gar nicht erst mit ihm gefahren. Es ist ja auch wirklich schön dort, besonders in Cornwall, wo seine Eltern leben. Ich habe ernsthaft darüber nachgedacht und mir die Entscheidung nicht leicht gemacht. Und dann kam dein Anruf ... Ich kann doch nicht nach England ziehen, wenn es Oma schlecht geht. Auch wenn sie das jetzt übersteht und wieder gesund wird, sie wird doch auch nicht jünger ...«

»Warum bleibt er nicht hier?«, fragt Jana.

»Tja, frag mich was Besseres.« Pia schaut aus dem Fenster. Sie sieht fertig aus. Ich weiß, dass ihr die Entscheidung schwergefallen ist. Erst vor einem Jahr ist sie gemeinsam mit John in eine größere Wohnung gezogen. Die beiden hatten Pläne für eine gemeinsame Zukunft, so wie Daniel und ich. Allerdings hat mein Freund mich betrogen. Gefühlsmäßig bin ich seitdem auf Abstand gegangen. Vielleicht bin ich deswegen momentan eher sauer und genervt statt traurig, so wie Pia.

»Warum habt ihr euch eigentlich getrennt, Rina?«, fragt Jana prompt.

»Letztendlich lag es daran, dass wir uns zu viel um unseren Job und zu wenig um uns gekümmert haben«, erkläre ich. »Das ist jetzt erst mal die Kurzversion, aber ich denke, das trifft die Sache auf den Punkt.«

»Hm«, macht Jana. »Euch ist schon klar, dass wir alle irgendwie beziehungsunfähig sind, oder?«

»Erst ein Semester Psychologie!« Pia seufzt. »Das kann ja noch was werden, wenn unser Schwesterchen erst einmal eine echte Psychologin ist.«

»Stimmt doch aber. Du suchst dir ständig irgendwelche Typen, die dann wieder verschwinden. Der Kerl vor John war Biologe, und es war von vornherein klar, dass er nur ein halbes Jahr auf Rügen bleibt. Der davor war irgendein Künstler, der ein Aufenthaltsstipendium auf der Insel gewonnen hatte. Und Rina schießt ihre Kerle nach einer Weile immer ab. Sie ist noch nie verlassen worden. Wenn es zu ernst wird, sucht sie das Weite.«

Mir fehlen die Worte – und Pia auch. Stattdessen verzieht sie das Gesicht und zeigt Jana einen Vogel.

»Stimmt doch!«, sagt Jana noch einmal und schaut kurz rüber zu mir. »Ist nicht böse gemeint. Liegt wahrscheinlich daran, dass wir unter Verlustängsten leiden, weil unsere Eltern so früh gestorben sind.«

»Hast du das aus irgendeinem deiner Seminare?«, fragt Pia von hinten. Sie klingt belustigt.

»Nein, aber es ist doch wohl offensichtlich. Wenn ihr so weitermacht, endet ihr als alte Jungfern.«

»Hast du das gehört?«, fragt Pia mich. »Unsere kleine Schwester ist ganz schön frech!«

Ich muss lachen und halte meine Hand nach hinten. Pia greift zu. »Dann ziehen wir zusammen und haben wenigstens keinen Stress mehr mit irgendwelchen Männern.«

»Gute Idee. Und unsere Schwester bekommt Hausverbot«, flachst Pia. Die traurige Stimmung ist dank Jana verflogen.

»Hallo!«, sagt Jana grinsend. »Das mit den Jungfern war ein Spaß, entspannt euch. Aber an der Sache mit der Beziehungsunfähigkeit ist was dran.«

»Anstatt dich in Küchenpsychologie zu versuchen, solltest du dich lieber aufs Fahren konzentrieren.« Ich zeige auf den Tacho. »Hier ist maximal siebzig erlaubt, du fährst neunzig.«

»Sorry, das war keine Absicht. Mit dem Auto merkt man die Geschwindigkeit gar nicht.« Jana geht sofort runter vom Gas.

»Wo wir schon mal beim Thema sind, was ist eigentlich mit dir, Jana?«, frage ich. »Wer ist der geheimnisvolle Freund, der dich mitten in der Nacht von Greifswald bis nach Bergen fährt?«

»Genau, erzähl mal!« Pia beugt sich nach vorn. »Wir sind ganz Ohr.«

»Da gibt es nichts zu erzählen – leider.« Jana wendet den Kopf kurz zu mir. »Hast du Pia schon erzählt, dass Oma und Erika Streit haben, Rina?«

»Oha, Themenwechsel«, sage ich und drehe mich schmunzelnd zu Pia. Wir haben heute Abend noch genügend Zeit, um in Ruhe über unsere gescheiterten Beziehungen zu reden. »Also gut ...« Ich erzähle Pia, was wir von Thea erfahren haben – und dass wir Erika nicht erreichen.

Als ich fertig berichtet habe, sagt Pia: »Habt ihr mal in Omas Handy nachgesehen? Vielleicht hat Erika ja auch eine Mobilfunknummer.«

»Daran haben wir gar nicht gedacht!«, sagt Jana. »Gute Idee!«

Es sind nur knapp zehn Kilometer bis nach Putbus. Wir sind mittlerweile angekommen. Jana biegt von der Alleestraße auf den Markt ab. Wir fahren am Theater und an dem kleinen Café vorbei, in dem Pia hin und wieder ihre Bilder ausstellt.

»Ich habe wieder einen Auftrag für ein großes Jachtbild bekommen«, erzählt Pia, aber sie hört sich nicht gerade begeistert an. »Ein Meter fünfzig mal zwei.«

»Ganz schön groß, für wen denn?«, frage ich.

»Ach, irgend so ein Firmenchef, dessen Tochter letztens bei mir einen Malkurs belegt hatte. Er hat schon eine Anzahlung geleistet und gar nicht um den Preis verhandelt.«

Ich weiß, dass Pia nicht gerne solche Auftragsarbeiten übernimmt, aber sie sichern ihr Einkommen, ebenso wie die Blumen- und Landschaftsmalkurse, die sie regelmäßig in Binz gibt.

»Irgendwann kommst du noch mal ganz groß raus«, sagt Jana. »Dann musst du diesen Mist nicht mehr machen. Deine Bilder sind so was von genial. Sie müssen nur noch entdeckt werden.«

»So, meinst du …«, sagt Pia.

»Nein, das weiß ich!« Jana hält vor dem Haus, in dem Pia seit einem Jahr wohnt. Sie hat gemeinsam mit John die untere Wohnung samt Gartenhaus gemietet, in dem sie sich ein Atelier eingerichtet hat. John hat sich zur Hälfte an der Miete beteiligt. Das wird jetzt wegfallen.

»Jana hat recht, Pia. Deine Bilder und deine Kunstwerke aus den Fundstücken sind toll. Vielleicht solltest du doch noch mal über ein eigenes Ladenlokal nachdenken, in dem du sie direkt verkaufen kannst, was meinst du?«

Pia seufzt. »Mach ich doch schon die ganze Zeit. Ich habe sogar schon eins ins Auge gefasst. Das kleine Teegeschäft etwas weiter oben neben dem Friseur wird wahrscheinlich schließen. Aber ich wollte mir England wenigstens mal angucken.« Sie steigt aus. »Das mit dem eigenen Laden hat Zeit. Jetzt müssen wir zuerst Oma wieder auf die Beine kriegen. Lasst uns heute Abend mal darüber reden, wie es weitergehen soll, wenn sie aus dem Krankenhaus entlassen wurde.«

»Schwesternrat«, sage ich. »Nach dem Abendessen.«

9. Kapitel

»Hier ist es!« Jana hält triumphierend Omas Handy nach oben. Sie hat sofort angefangen, danach zu suchen, während ich mich für ein paar Minuten einfach nur draußen auf die Bank gesetzt habe. »Du errätst nie, wo es war.«
»In der Kommode im Flur oder im Wohnzimmerschrank.«
»Falsch, in der zweiten Besteckschublade. Zwischen den Batterien, Gummis und dem ganzen Kram, den Oma hortet, aber ganz selten oder nie braucht.«
»So wie das Handy, das passt! Sie hat bestimmt noch nie damit telefoniert.«
»Glaub ich auch. Es ist aus. Wir müssen es erst aufladen, bevor wir nachschauen können. Ich stöpsele es eben an. Das Kabel war zum Glück dabei.«

Jana verschwindet wieder im Haus. Es ist immer noch ungewöhnlich heiß. Ich schaue nach oben. Am Himmel haben sich dicke weiße Quellwolken gebildet. Ob Oma mit ihrer Prophezeiung recht hatte und es heute noch regnet oder gar gewittert?

»Erledigt!« Jana steht wieder in der Tür. »Ich glaub, Pia kommt.« Sie macht einen langen Hals und schaut den Hügel hinunter.

»Das ging aber schnell.« Wir sind gerade mal eine Viertelstunde hier. Von der Bank aus kann man die Straße, die nach oben führt, nicht sehen, aber ich bin zu bequem, um aufzustehen. Die letzten beiden Tage haben mich ganz schön geschlaucht. »Oder warte, nein, das ist Ludwigs Kombi.« Jana stellt sich auf die Zehenspitzen. »Die kommen nicht zu uns. Er biegt ab.«

Ich seufze. »Wir haben gleich halb sieben. Thea wartet bestimmt schon auf meinen Anruf.«

»Das kann ich machen. Oma hat die Nummer im Festnetz abgespeichert. Bleib du sitzen, ruh dich ein bisschen aus.«

»Danke.«

Jana verschwindet, nur um kurz darauf mit einem Kissen wiederaufzutauchen. »Hier!«

»Du bist ein Engel.«

Ich platziere das Kissen über der Seitenlehne der Bank und mache es mir auf dem Rücken liegend bequem, die Beine angewinkelt, die Arme hinter dem Kopf verschränkt. So habe ich früher viel Zeit verbracht, wenn ich auf Nick gewartet habe, meinen ersten Freund hier auf Rügen. Ich war damals siebzehn, er neunzehn, und er fuhr schon Auto, was sich als ungemein praktisch erwies, wenn man weit ab vom Schuss auf einem Hügel wohnt, zwei Kilometer von der nächsten Bushaltestelle entfernt. Nick war toll. Als wir uns kennenlernten, hat er gerade seinen Zivildienst in einem Jugendheim abgeleistet. In seiner Freizeit hat er die Kinder des Leichtathletikvereins trainiert, in dem auch ich Mitglied war. Nick hatte nie schlechte Laune. Mit seinem sonnigen Gemüt hat er mein Leben leichter gemacht. Unsere Beziehung ging in die Brüche, nachdem ich zum Studieren in ein Wohnheim nach Greifswald zog. Anfangs fuhr ich noch jedes Wochenende nach Hause, aber immer öfter musste ich dann auch für Klausuren lernen oder den anspruchsvollen Stoff nacharbeiten. Ich hatte kaum noch Zeit für Nick ... und wir lebten uns irgendwie auseinander. Auch die nächste Liebe scheiterte. Jörn hat Medizin studiert, genau wie ich. Anfangs lief alles gut, aber für mich lief es immer ein bisschen besser, zumindest was unsere Studiennoten anging. Er warf mir vor, ich sei zu ehrgeizig und würde ihm nicht genug Aufmerksamkeit schenken. Ja, ehrgeizig war ich – und deswegen beschloss ich, eine dreijährige Männerpause einzulegen, um mich ganz auf mein Studium zu konzentrieren. Und dann kam Daniel ... Er hat mich immer unterstützt, wenn es um den Job ging, und mir nie Vorwürfe gemacht, wenn ich keine Zeit hatte. Und umgekehrt verhielt es sich genauso. Wir waren beide mit unserem Beruf verheiratet. Umso mehr hat es mich verletzt, als ich von seinem Seitensprung erfahren habe. Jana hat recht, letztendlich habe ich jede meiner Beziehungen beendet. Immer spielte dabei mein Beruf eine Rolle. Und genau der ist es, der mir auf einmal nicht mehr richtig vorkommt, zumindest was die Auswahl meiner Spezialisierung angeht.

»Das ist doch Quatsch!«, entfährt es mir im nächsten Moment, und ich richte mich auf. Ich wollte Kardiologin werden, seit ich sechzehn bin.

»Was?«, fragt Jana. Sie sitzt auf der anderen Seite neben der Tür im Schneidersitz auf dem Boden, ich habe nicht mitbekommen, dass sie wieder nach draußen gekommen ist.

»Hab nur laut über etwas nachgedacht.«

»Hat man gehört. Und was?«

»Darüber, ob Kardiologie das Richtige für mich ist«, erkläre ich.

»Das war es, als du noch auf Rügen gearbeitet hast.«

»Da ist was dran.«

Jana grinst. »Komm doch zurück und arbeite bei Mark Ruffalo. Jetzt, wo du wieder allein bist.« Ich greife hinter mich und werfe das Kissen, aber Jana reagiert schnell. Sie fängt es. »Danke, wurde schon unbequem«, und schiebt es hinter ihren Rücken. »Liebe Grüße von Thea, wenn wir irgendwas brauchen, sollen wir uns melden. Ich habe ihr versprochen, morgen sofort anzurufen, wenn Oma wach ist.«

»Das kann allerdings eine ganze Weile dauern.«

»Hab ich ihr gesagt.« Jana steht auf. »Da kommt Pia. Diesmal ist sie es wirklich.«

Pia fährt einen praktischen Kastenwagen, mit dem sie ihre Kunstwerke und Fundstücke transportieren kann. Sie stellt das Auto neben meinem ab, steigt aus und ruft: »Kommt mal helfen.«

Jana sieht mich an. »Skulptur oder Gemälde?«

»Skulptur«, tippe ich – aber wir irren uns beide. Pia befördert ihre Staffelei, drei leere Leinwände, jede Menge Farben sowie Pinsel in zwei Klappkörben und eine große Reisetasche aus ihrem Kofferraum.

»Ich habe gedacht, wir malen endlich mal ein Bild zusammen«, erklärt sie. »Ein Schwestern-Triptychon.«

»Tolle Idee.« Jana grinst mich an.

»Wo wir doch so begabt sind«, sage ich mit vor Ironie triefender Stimme. »Wird bestimmt ein Meisterwerk.«

»Stellt euch nicht so an. Wir arbeiten abstrakt, das kann jeder.« Pia hängt sich die Reisetasche über die Schulter und greift nach den Leinwänden. »Ihr nehmt die Körbe.«

»Okay ...« Ich will kein Spielverderber sein und gehe hinter Jana und Pia her. Als Wind über den Hügel pfeift, bleibe ich überrascht stehen. Oma hat mir früher mal erklärt, dass sich ein Hitzegewitter durch Quellwolken und plötzlich auftretenden Wind ankündigt. Und gestern hat sie gesagt, dass sich der Himmel spätestens heute entladen wird.

»Was ist?«, ruft Pia. »Ist die Kiste zu schwer?«

»Nein, ich komme schon.«

»Wohin damit?«, frage ich, als wir im Haus sind.

»Die Malsachen am besten erst mal ins Wohnzimmer. Die Reisetasche bringe ich nach oben in mein Zimmer. Ich komm dann runter zu euch.«

»Ich setze Pellkartoffeln auf«, sagt Jana. »Essen wir im Wohnzimmer oder in der Küche?«

»Küche«, antworten Pia und ich gleichzeitig.

Im Wohnzimmer steht ein schöner großer Esstisch aus Eichenholz, aber wir haben früher trotzdem am liebsten in der Küche gegessen. Nur wenn Besuch da war, haben wir uns ins Wohnzimmer gesetzt.

»Wir sollten Oma mal eine neue Wachstischdecke kaufen. Die hier fängt an zu bröseln, sie hat bestimmt schon Antiquitätenwert.« Ich stelle die Teller auf den Küchentisch. »Das Ding ist bestimmt zehn Jahre alt. Und besonders hübsch ist sie auch nicht.« Wir haben sie Oma damals zum Geburtstag geschenkt, weil Margeriten ihre Lieblingsblumen sind. Aber der Grünton, der den weißen Blümchen als Untergrund dient, ist viel zu grell. Er beißt richtig in den Augen.

»Im Wäscheschrank sind noch andere. Ich habe ihr letztes Jahr erst eine mitgebracht«, sagt Jana. »Aber du weißt doch, wie Oma an alten Sachen hängt.«

»Stimmt.« Immerhin hat sie sich letztes Jahr endlich von den verschlissenen Polstern der Eckbank getrennt und sie durch gemütliche Sitzkissen ersetzt. Sie sind blau, ebenso wie die hübsche große Obstschüssel aus Keramik und die zwei dazu passenden Vasen mit getrockneten Ästen, Blumen und Kräutern. Aber das sind auch schon so ziemlich die einzigen wirklich schönen Gegenstände hier, abgesehen von Pias kleiner Skulptur aus Treibholz, die auf dem Regal neben den alten Kochbüchern steht. »Genau genommen könnte Oma generell eine neue Küche gebrauchen«, stelle ich fest, als ich mich weiter umschaue. Die weiß furnierten Küchenmöbel sind uralt. Die Tür unter dem Spülschrank schließt nicht mehr richtig. An den Ecken der anderen Türen löst sich langsam das Furnier. Der Kühlschrank ist relativ neu, er wurde vor zwei Jahren ausgetauscht, aber der Herd müsste auch mal ersetzt werden. Von den vier Kochplatten funktionieren nur noch drei.

»Hier müsste so einiges ersetzt werden, aber Oma sagt, solange die Sachen noch funktionieren, kommt nichts Neues ins Haus.« Jana schaut in den Kühlschrank. »Oma hat gut eingekauft für das Wochenende.« Sie zieht eine große flache Schüssel raus. »Pute, Schwein und Rind, sie wollte bestimmt Ofenfleisch für Daniel machen.«

»Ist gut möglich. Die Pfefferlinge waren auch für ihn gedacht.«

»Jetzt essen wir sie.« Jana hält die Schüssel hoch. »Das sind bestimmt vier Kilo Fleisch. Am besten schieben wir es heute vor dem Schlafengehen in den Ofen. Nicht dass es sonst verdirbt.«

Omas berühmtes Ofenfleisch gart viele Stunden bei sehr niedriger Temperatur. So bleibt es zart und zerfällt fast von allein, wenn man es mit einer Gabel zerteilt. Es ist eine von Daniels Leibspeisen – neben Omas Pfefferlingen und ihren Kohlrouladen. Ein leichtes Ziehen macht sich in meiner Magengegend breit. Es kommt mir momentan noch sehr unwirklich vor, dass wir uns tatsächlich getrennt haben sollen. Hier bin ich abgelenkt, aber irgendwann werde ich zurück in Berlin sein – ohne Daniel.

Ich hole das Besteck und Gläser, während Jana eine Creme aus Sauerrahm und Kräutern anrührt.

Als Pia nach unten kommt, stehen Fisch, Kartoffeln und die Kräutercreme schon auf dem Tisch.

»Hab direkt meine Klamotten in den Schrank geräumt«, sagt sie und setzt sich auf die lange Seite der Bank. Jana lässt sich neben sie fallen. Und ich mache es mir auf dem kurzen Stück bequem.

»So wie früher«, stellt Jana traurig fest. »Nur dass Oma fehlt.«

Wir pellen schweigend die Kartoffeln. Pia legt uns jeweils drei Pfefferlinge auf den Teller und schüttet etwas des Suds darüber, in dem die Fische eingelegt waren. Der beißende, aber dennoch appetitliche Geruch von Essig, Zwiebeln und Gewürzen zieht in meine Nase. Jana verteilt die Creme dazu.

»Lecker«, sage ich, als ich das erste Stück Fisch gegessen habe, »total zart.«

»Oma hat schon jede Menge Abnehmer dafür. Sie beliefert mittlerweile fünf Restaurants. Und letztens hat jemand angefragt, der die Pfefferlinge auf dem Markt in Thiessow zum Verkauf anbieten will.«

»Wie viel verlangt sie denn jetzt dafür?«, fragt Jana. »Hat sie endlich erhöht?«

»Zwölf Euro für fünfhundert Gramm. Reine Kosten hat sie fünf, sie verdient also sieben Euro pro Packung.«

»Hört sich fair an.« Jana piekt einen Fisch auf ihre Gabel. »Ist doch ein netter Nebenverdienst.«

»Ja, aber auch viel Arbeit. Wir sollten uns Gedanken machen, wie es weitergeht, wenn Oma wieder zu Hause ist. Was meinst du, Rina, wie lange wird sie noch im Krankenhaus sein?«

»Zwei Tage Intensiv, danach ein paar Tage zur Beobachtung auf der normalen Station, also ungefähr eine Woche. Aber nur, wenn auch wirklich alles gut geht. Die Woche drauf wäre ich dann auf jeden Fall noch hier.«

»Danach kann ich kommen«, schlägt Jana vor. Ich habe drei Monate Semesterferien, und meine Hausarbeiten kann ich auch hier schreiben. Allerdings müsste ich dann schauen, ob ich irgendwo in der Nähe einen Job für nebenbei finde. Ich bin nämlich pleite.«

»Ich könnte Karin, fragen, meine Nachbarin«, schlägt Pia vor. »Sie hat die Leitung in der Jugendherberge übernommen. In den Sommermonaten brauchen sie immer Hilfe. Und wenn du arbeiten bist, Jana, kümmere ich mich um Oma. Wir müssten dann nur unsere Termine abgleichen.«

»Oh ja, das ist eine gute Idee«, sagt Jana.

»Sehr schön!« Pia klatscht in die Hände. »Dann sind die nächsten drei Monate ja schon geklärt. Und danach gucken wir weiter. Jana, du könntest ja dann am Wochenende öfter bei Oma vorbeischauen. Und ich fahre jeden Tag unter der Woche wenigstens einmal hier vorbei. Und ab und an kann ich ja auch hier schlafen.«

»Was ist mit der Vermietung?«, fragt Jana. »Diese Woche hat Oma das Zimmer nicht vergeben, weil Rina sich angemeldet hat. Aber danach hat sie bestimmt Feriengäste.«

»Lass uns gleich mal in Omas schlauem Buch nachschauen«, schlägt Pia vor.

Ich höre meinen Schwestern dabei zu, wie sie ihre Zeit mit Oma planen. Es ist schön, dass sie sich um Oma kümmern wollen. Aber es gefällt mir ganz und gar nicht, dass ich so weit weg bin.

Jana sieht mich an. »Siehst du, Rina. Ich hab dir doch gesagt, Pia und ich kriegen das hin.« Sie häuft sich noch ein paar Kartoffeln auf den Teller. »Möchtest du auch noch was?«

»Nein, danke, ich bin pappsatt.«

»Du, Pia?«

»Ich bekomme auch nichts mehr runter.« Pia legt Gabel und Messer auf den Teller. »Es ist beruhigend zu wissen, dass du die erste Woche komplett hier bei Oma bist, Rina. Und wenn du Zeit hast, kannst du ja auch mal an den Wochenenden nach Oma schauen.« Pia ahnt, wie ich mich gerade fühle. »Bei dir ist Oma nach dem Krankenhaus auf jeden Fall in guten Händen.«

»Stimmt.« Jana strahlt mich an. »Wie praktisch, dass wir eine Frau Doktor med. in der Familie haben!«

Ich bin Ärztin, aber in erster Linie auch Omas Enkeltochter, genau wie Pia und Jana. Momentan wohne und arbeite ich zwar in Berlin, aber das kann ich ändern.

»Ihr könnt mich in eure Planung einbeziehen.« Ich atme tief ein und wieder aus, bevor ich weiterrede. »Ich komme zurück nach Rügen.«

»Echt?«, fragt Jana mit großen Augen.

»Ja.« Wie sagte Oma doch gleich? *Fühlen, nicht wissen ...* Die Entscheidung, die ich gerade in dieser Sekunde getroffen habe, fühlt sich richtig an. »Was soll ich noch in Berlin? Der Job dort in der Klinik ist nicht der richtige für mich, und Daniel war es auch nicht. Ihr seid hier – und Oma auch.«

Pia beugt sich quer über den Tisch. »Komm her.« Sie umarmt mich. »Das finde ich total schön!«

»Ich auch!« Jana strahlt wie ein Honigkuchenpferd.

»Und ich erst.« Während ich es ausspreche, merke ich, wie wahr es ist. Genau das ist es, was ich brauche: meine Familie, Rügen, mein Zuhause. Vielleicht finde ich dann auch heraus, was ich wirklich für meine Zukunft will.

»Wie stehen denn deine Chancen, hier eine Stelle zu bekommen?«, fragt Pia, als wir uns voneinander gelöst haben.

»Gut. Wenn es in Bergen nicht klappt, kann ich es auch in

Stralsund versuchen. Und notfalls auch in einer Praxis als Internistin.« Ich wende mich an Jana. »Und bevor du auf falsche Gedanken kommst, nein, nicht bei Mark Ruffalo.«

»Dem Schauspieler?«, fragt Pia.

»Omas Hausarzt«, sagt Jana. »Er sieht ihm ähnlich.« Sie grinst breit. »Und er steht auf Rina. Er hat ihr eine Stelle angeboten.«

»So ein Blödsinn, Jana!«, sage ich streng. »Und unabhängig davon würde ich eh nicht für einen Arzt arbeiten, der auf mich steht. Da sind Komplikationen vorprogrammiert. Und davon habe ich erst einmal genug.«

»Stimmt: *Never fuck the company*«, erwidert Jana. »Man sollte Liebe, Sex und den Arbeitsalltag strikt voneinander trennen. Auch wenn das manchmal nicht leicht ist.«

»Du sagst es!« Ich stelle die Teller zusammen. Was würde ich ohne meine Schwestern tun? Plötzlich fühle ich mich wieder leichter und voller Energie. »Wir müssen noch in Omas Organizer nach der Zimmervermietung schauen. Und wir haben vergessen, in ihrem Handy nach Erikas Mobilfunknummer zu suchen.«

»Ihr habt gekocht und den Tisch gedeckt, ich räume ab und spüle das Geschirr.«

»Ich suche das Buch«, sage ich.

»Dann übernehme ich das Handy.« Jana steht auf, ihr Blick geht zum Fenster. »Es ist ganz schön stürmisch geworden. Und es hat angefangen zu regnen. Wir sollten vorher besser die Mülltonnen reinschieben. Sonst können wir sie später den Hügel wieder raufschleppen. So wie damals, wisst ihr noch?«

»Natürlich«, sage ich lachend. »Oma war stinksauer auf uns, weil die Dinger sich selbstständig gemacht hatten, obwohl wir ihr hoch und heilig versprochen haben, sie in den Schuppen zu bringen.«

Jana dreht sich zu Pia. »Daran warst du schuld. Du hast uns damals ganz verrückt gemacht mit deiner Hühnergöttertheorie.«

»Stimmt.« Pia war überzeugt davon, die Kikimora, eine alte slawische Gottheit, würde Omas Hühner aus dem Stall klauen. Den Fuchs hat sie nicht gelten lassen, obwohl der sehr offensichtlich regelmäßig hier in der Umgebung auf Beutezug gewesen war. Deswegen hat Pia stundenlang Feuersteine mit Löchern am Strand gesucht. Und wir mussten ihr dann helfen, sie mit unterschiedlich langen Kordeln an Äste zu knoten, die sie überall vor dem Haus und dem Stall aufgehängt hat. Die Hühnergötter sollten die Kikimora daran hindern, weiter ihr Unwesen auf dem Grundstück zu treiben.

»Es hat funktioniert«, sagt Pia.

»Ja, weil irgendjemand den Fuchs abgemurkst hat«, kontert Jana. »Oder, Rina? Der war auf einmal verschwunden.«

»Vielleicht hat die Kikimora ihn geholt, weil sie sich nicht mehr an die Hühner getraut hat«, unke ich.

»Genau, so wird es gewesen sein!«, pflichtet Pia mir bei. »Danke Rina, darauf bin ich noch gar nicht gekommen.«

»Du warst schon immer die Verrückteste von uns dreien, Pia«, sagt Jana. »Liegt wahrscheinlich daran, dass du das Sandwichkind bist. Wenn du als Mittlere geboren wirst, musst du eben ein bisschen bekloppter sein als deine Schwestern, wenn du auffallen willst. Deswegen bist du auch Künstlerin geworden.«

»Ah, da ist sie wieder, die Psychologin.« Pia sammelt das Besteck vom Tisch.

»Ist doch gut, wenn ihr eine Psychologin in der Familie habt«, kontert Jana. »Die könnt ihr beide gut gebrauchen.«

Wir kommen nicht dazu, auf den Kommentar unserer Schwester zu antworten, denn ihr Handy klingelt.

»Da muss ich rangehen«, sagt sie und verlässt die Küche. »Bin gleich wieder da«, ruft sie uns noch zu, während ich ihre Schritte schon die knarzenden Stufen der Treppe hinaufhasten höre.

»Das kann dauern.« Pia zeigt auf das Geschirr. »Und das kann warten, komm, lass uns die Tonnen reinschieben.«

10. Kapitel

Wir stehen in der Haustür, sehen uns noch einmal an, zählen laut bis drei und laufen dann beide gleichzeitig los. Wind fegt über die Anhöhe und peitscht uns Regen ins Gesicht. »Ich werde mich nie daran gewöhnen, dass das Wetter sich hier oben von einer Minute auf die andere blitzartig verändert«, ruft Pia. »Aber es war nur eine Frage der Zeit, bis sich die Atmosphäre entladen würde, so heiß und schwül, wie es die letzten Tage war. Ganz sicher wird es auch bald anfangen, zu blitzen und zu donnern.«

So wie Oma es vorausgesagt hat. »Der Himmel wird schon dunkel.« Es braut sich ein richtiges Unwetter zusammen, und es wird nicht mehr lange dauern, bis es hier bei uns angekommen ist.

Die Tonnen stehen neben dem Haus. Ich greife nach der grauen, Pia nach der gelben. Meine ist fast voll und sehr schwer, wie ich bemerke, als ich sie über das unebene Gelände in Richtung des Schuppens ziehe.

»Wurden die nicht erst am Donnerstag geleert?«, frage ich.

»Nein, der Wagen kommt nächste Woche. Oma hat den Rhythmus auf vierzehntägig umgestellt – kurz nachdem ich ausgezogen bin. Das war vor vier Jahren.«

»Ach, echt?«

»Eine Tonne reicht normalerweise dicke für zwei Wochen, zumal Oma den Biomüll im Garten kompostiert. Dass sie jetzt so voll ist, liegt daran, dass Oma dein Zimmer für zwei Wochen vermietet hatte. Der Typ hat anscheinend noch nie was von Mülltrennung gehört. Und auch sonst scheint er nicht ganz dicht gewesen zu sein. Er hat das Haus so gut wie nie verlassen. Oma hat erzählt, er sei die ganze Zeit in seinem Zimmer hin und her gelaufen. Du weißt ja, wie die Dielen hier knarzen. Sie war froh, als er endlich wieder abgereist ist. Die Vermietung macht ihr mittlerweile sehr zu schaffen.«

Wir sind am Schuppen angekommen. »Das wusste ich gar nicht«, sage ich, während Pia mit ihrem Hintern gekonnt die Tür aufdrückt. »Ich habe gedacht, es macht ihr Spaß – und sie freut sich, dass sie was zu tun hat.«

»Je nachdem, wie die Gäste sind. Sie hat ein paarmal Pech gehabt. Davon mal ganz abgesehen, wird es ihr generell zu viel. Thea hat es mir letztens erzählt. Oma rückt ja von sich aus nicht mit der Sprache raus.«

»Hier muss sich einiges ändern«, sage ich. Auch vor diesem Hintergrund ist es natürlich gut, wenn ich wirklich wieder zurückkomme.

»Sehe ich auch so!« Pia sieht durch das kleine Schuppenfenster nach draußen. »Sollen wir wieder?«

Innerhalb von Minuten haben sich große Pfützen auf dem Boden gebildet. Wasser spritzt an unseren Beinen hoch, als wir durch sie hindurchrennen. Und von oben fällt prasselnd der Regen auf uns herab. »Was für ein Mistwetter!«, rufe ich, muss dabei aber lachen.

Im Flur streifen wir hastig die matschverschmierten nassen Gummistiefel von den Füßen, und kurz darauf stehen wir nebeneinander im Badezimmer und rubbeln uns die Haare trocken.

Pia lässt sich auf den Badewannenrand sinken. »Was für ein Scheiß, oder? Irgendwie kommt doch immer alles auf einmal.« Sie schüttelt den Kopf. »Du kannst dir nicht vorstellen, wie fies John geworden ist, als ich ihm gesagt habe, dass ich nicht mit ihm nach England ziehen kann, richtig jähzornig, und das ist noch milde ausgedrückt.«

»Ist er etwa handgreiflich geworden?«

»Nein, das nicht, aber es stand ihm ins Gesicht geschrieben, dass er mir am liebsten eine geknallt hätte.«

»Wann hast du es ihm denn gesagt?«

»Am Flughafen. Es waren jede Menge Menschen um uns rum, aber es musste einfach raus, auch wenn es nicht der ideale Ort war, das weiß ich. Er ist trotzdem total ausgerastet und laut geworden.«

»Wärst du denn nach England gezogen, wenn das mit Oma nicht passiert wäre?«

»Keine Ahnung, aber das ist letztendlich auch egal.« Pia zieht die Augenbrauen zusammen. »Ich zeig dir später mal seine Nachrichten, die er mir seitdem geschickt hat. Die gehen alle unter die Gürtellinie. Außerdem fordert er jede Menge Geld von mir zurück für allen möglichen Kram, den er bezahlt hat. Angefangen von den Kosten für den Flug bis hin zu den Renovierungskosten für die Wohnung, an denen er sich beteiligt hat.«

»Puh, das ist ja ätzend. Und was hast du jetzt vor? Du zahlst doch nicht etwa, oder?«

»Nicht alles. Das mit den Flugkosten sehe ich ein. Aber als wir vor einem halben Jahr die Wohnung renoviert haben, stand noch nicht zur Debatte, dass er zurück nach England will. Er ist davon ausgegangen, dass er hierbleibt. Außerdem will er noch Geld für etliche andere Sachen. Er hat sogar das Besteck und die Bettwäsche auf seine Liste geschrieben, die wir mal in einem Billigladen gekauft haben. Insgesamt kommt er auf über viertausend Euro.«

»Sag ihm, er kann das Zeug bei dir abholen, und gut ist.«

»Bloß nicht!« Pia hebt abwehrend ihre Hände. »Der soll direkt in England bleiben. Ich habe mal nachgerechnet. Zweitausend Euro wären fair, die zahle ich ihm in monatlichen Raten, anders geht es momentan nicht.«

»Ich geb dir das Geld, und du zahlst alles auf einmal. Dann hast du einen klaren Schnitt und nichts mehr mit ihm zu tun.« Ich kann es gar nicht gut ertragen, meine Schwestern leiden zu sehen. Das war schon früher so. Hatten sie Liebeskummer, habe ich meinen eigenen vergessen.

Pia zögert einen Moment, aber dann sagt sie: »Das ist lieb von dir, danke, das Angebot würde ich gern annehmen, wenn ich das einfach so sagen darf.«

Pia wickelt sich einen Handtuchturban um den Kopf. Aber er hält nicht und fällt auf den Boden.

»Ach, Scheiße!« Sie schluchzt auf. »Warum kommt auch immer alles auf einmal?«

Ich setze mich zu ihr auf den Wannenrand und nehme sie ihn den Arm. Pia lässt ihren Tränen freien Lauf. Ich kann gar nicht anders, als mitzuheulen.

Prompt steht Jana in der Tür. »Was ist passiert? Ist was mit Oma?«

Wir schauen beide auf. Angst steht unserer kleinen Schwester ins Gesicht geschrieben.

»Nein«, sagt Pia und schnieft. »Wir reden über Männer.«

»Gut! Ich dachte schon ...« Jana atmet erleichtert auf und setzt sich im Schneidersitz auf die Badematte. In der Hand hält sie Omas Telefon. »Und warum darf ich dann nicht mitheulen?« Jana schafft es irgendwie, uns in jeder Situation ein Lachen zu entlocken. »Also«, fährt sie dann ernster fort, »Erika ist darin nur mit ihrer Festnetznummer gespeichert. Aber dafür habe ich Jürgens Nummer gefunden. Den können wir gleich anrufen.« Sie streichelt Pias Bein. »So schlimm?«

»John hat sich als Fiesling entpuppt«, erkläre ich. »Er hat

jähzornig und beleidigend reagiert, als Pia ihm ihre Entscheidung mitgeteilt hat.«

»Wundert mich nicht. Ich konnte den Typen noch nie ausstehen.« Jana streicht weiter über Pias Bein. »Du überlegst es dir aber nicht noch mal anders, oder?«

»Nein, auf gar keinen Fall!« Pias Antwort kommt wie aus der Pistole geschossen.

»Gut, John ist nämlich voll der Gimpel!«, sagt Jana.

»Ein was?« Pia sieht mich fragend an.

Ich schüttele den Kopf: »Hab ich auch noch nie gehört.«

»Na, ein Gimpel halt. Eine Dumpfbacke, jemand, der meint, alles besser zu wissen, aber eigentlich doof ist. Er sieht ja ganz gut aus, vorausgesetzt, man steht auf diese eher blassen Engländertypen mit rötlich blondem Haar ...« Jana schüttelt sich. »Mein Typ war er aber auf jeden Fall nicht.« Sie schaut zu mir. »Daniel hingegen war da schon eine andere Hausnummer, aber das nur am Rande. Bestimmt ist John Boy gemein geworden, weil du seine Ehre gekränkt hast. Er nimmt dich mit zu seinen Eltern und den Verwandten, stellt dich als seine tolle Freundin aus Deutschland vor ... Ich meine, schau dich doch mal an, Pia, du bist bildschön, und du bist Künstlerin. Mit dir konnte er angeben. Und dann lässt du ihn sitzen. Wie steht er denn jetzt da?«

Pia sieht Jana völlig verdattert an – und ich fange lauthals an zu lachen. »Gimpel«, wiederhole ich, als ich mich wieder beruhigt habe. »Das muss ich mir merken.«

»Auf Daniel trifft es allerdings nicht zu«, erklärt Jana mir. »Der sieht nicht nur gut aus, der weiß tatsächlich alles besser. Sorry, Pia, aber Daniel ist im Gegensatz zu John echt intelligent. Und er hat Charme, auch wenn er eine Spur zu eingebildet ist. In Sachen Männer hat Rina zumindest diesmal die bessere Wahl getroffen. Schade, dass es trotzdem nicht geklappt hat.«

»Tut mir leid«, sage ich und wuschele Jana durch das Haar. »Ich weiß, dass du Daniel sehr gernhast.«

»Quatsch!« Jana zeigt mir einen Vogel und grinst dabei. »Wie bist du denn auf einmal drauf? Ihr seid meine Schwestern. Ihr könntet auch Johnny Depp oder meinetwegen sogar Elias M'Barek abschießen, ich bin immer auf eurer Seite.«

»Die hätten wir allerdings ganz sicher behalten«, wirft Pia ein. Immerhin lächelt sie wieder. »Oder was meinst du, Rina?«

Ich komme nicht mehr dazu, eine Antwort zu geben. Ein lautes Krachen lässt uns alle drei zusammenzucken.

»Es dönert«, sagt Jana und zieht eine Schnute. Schon als Kind hatte sie panische Angst vor Gewitter. Und auch heute fühlt sie sich noch sehr unwohl dabei. Deswegen erfindet sie dafür gerne lustige Umschreibungen wie »Der Himmel gibt ein Rockkonzert« oder »Der liebe Gott spielt Schlagzeug«. *Dönern* ist neu.

»Es hört bestimmt bald auf.« Ich stehe auf. »Sollen wir alle zusammen ins Wohnzimmer gehen?« Ich reiche Jana die Hand und helfe ihr auf. »Wir ziehen uns was Gemütliches an und gucken einen Film, sobald sich das Gewitter verzogen hat. Irgendwas ganz Banales. Vielleicht haben wir Glück, und es läuft was im Abendprogramm.«

»Okay.« Jana gibt mir Omas Handy. »Rufst du Jürgen gleich an? Du kannst am besten erklären, was passiert ist.«

»Mach ich, aber erst muss ich aus den nassen Klamotten raus.«

»Ich auch.« Pia rubbelt sich noch einmal mit dem Handtuch über die Haare. »Couch und Fernsehen klingen gut, ich bin total platt.«

»Ich würde zu gerne wissen, wieso ich so eine Gewitter-Schisserin bin«, sagt Jana, als wir die Treppe hinauf zu unseren Zimmern gehen. »Was meint ihr, vielleicht hatte ich als Kind irgendein schlimmes Erlebnis, als zufällig gerade ein Gewitter war. Und jetzt verbinde ich es unbewusst damit.«

»Du hast schon als Baby angefangen zu schreien, wenn es gedonnert hat«, antworte ich. »Ich glaube, dass es schlicht die Lautstärke war, die dich erschreckt hat. Vielleicht hat sich das irgendwie manifestiert.«

»Denke ich auch«, pflichtet Pia mir bei. »Du warst immer eine kleine Prinzessin, die alle lieb gehabt haben. Außerdem kann ich mich nicht an ein schlimmes Erlebnis erinnern, das du als Kind gehabt hast, von Papas und Mamas Unfall mal abgesehen. Aber da warst du schon fünf.«

»Ich meine ja auch nicht was wirklich Schlimmes«, überlegt Jana. »Nur etwas, was ich damals so empfunden habe.«

»Du hattest eine Dreimonatskolik«, scherze ich. »Die ist ziemlich schmerzhaft. Und du hast dabei sozusagen selbst gedonnert. Vielleicht hängt es damit zusammen.«

»Haha, sehr komisch.« Jana rollt mit den Augen.

Ich bleibe auf der Treppe stehen und warte, bis meine Schwestern ihre Zimmer erreicht haben. Beide öffnen die Türen und drehen sich noch einmal um. Keine von uns sagt etwas, wir lächeln uns einfach nur an.

»Erika ist auf Teneriffa«, sage ich. »Sie kommt erst am Freitag zurück. Ein Handy hat sie nicht. Jürgen ruft aber im Hotel an und lässt ihr ausrichten, dass sie sich hier melden soll.«

»Gut!« Pia sitzt auf der Couch und tippt etwas in ihr Handy.

Jana hat es sich in Omas Sessel bequem gemacht. Sie umschlingt mit den Armen ihre angezogenen Beine und sieht zum Fenster. Es ist noch immer sehr stürmisch.

»Aber schön ist es schon irgendwie«, sagt sie, als ein Blitz den Himmel erhellt. Nur wenige Sekunden danach folgt der

Donner. »Ganz schön laut. Den Fernseher sollten wir besser auslassen. Ich hab den Stecker schon gezogen.«

»Gut«, sage ich und gehe zum Fenster. »Es ist sehr nah.« Mich haben Gewitter schon immer fasziniert. Es sind wunderschöne, vor allem aber gewaltige Naturschauspiele. Der Himmel hat eine ungewöhnliche gelbe Farbe angenommen. Der Wind lässt die Äste der Buchen gegeneinanderkrachen. Ich drehe mich zu meinen Schwestern um. Auch Jana ist jetzt mit ihrem Handy beschäftigt. Als ich an ihr vorbeigehe, schaut sie kurz auf.

»Ich hole Omas Organizer«, sage ich.

Oma verwahrt ihn in der Kommode im Flur – in der Schublade unter dem Telefon. Wir schenken ihr jedes Jahr zu Weihnachten einen neuen in einer anderen Farbe. Dieser hier ist lila. Ich nehme ihn heraus, gehe zurück ins Wohnzimmer und setze mich zu Pia auf die Couch.

»John ist einverstanden«, sagt Pia. »Zweitausend Euro. Seine Kleidung und ein paar andere persönliche Dinge schicke ich ihm nach England, dann sind wir quitt.«

»Find ich gut.« Ich klappe Omas Organizer auf. »Mir graut es jetzt schon davor, meine Sachen aus Berlin zu holen. Morgen rufe ich Daniel an und sage ihm, dass er die Wohnung behalten kann. Und dann kündige ich meinen Job.«

»Ohne dass du was Neues hast?«

»Ja.« Ich klappe den Kalenderteil auf und blättere zum Juli. »Und weißt du, was das Beste daran ist? Ich habe noch keinen Plan, zumindest noch keinen konkreten. Darüber mache ich mir Gedanken, wenn Oma wieder wach ist.«

»Klingt unvernünftig«, sagt Pia und lächelt.

»Nur ein bisschen.« Ich prüfe Omas Kalendereinträge. »Ab der nächsten Woche Sonntag hat Oma das Zimmer für zwei Wochen vermietet. An einen *Ebbe Sturm, mit Hund.*«

»Bist du sicher, dass das ein Name ist?«, fragt Pia. »Ebbe Sturm ... hm.«

»Hier steht *Ebbe Sturm, mit Hund*«, wiederhole ich noch einmal.

»Okay. Wir rufen ihn an und sagen ab«, sagt Jana. Sie hat ihr Handy zur Seite gelegt und sieht zu uns. »Oder sollen wir erst einmal warten, was Oma morgen sagt, wenn sie wach ist, Rina?«

»Ich glaube nicht, dass wir sie damit belasten sollten«, antworte ich. »Sie bleibt auf jeden Fall noch zwei Tage auf der Intensivstation. Und danach muss sie sich erst einmal erholen. Absagen ist wahrscheinlich am besten. Das Problem ist nur, dass hier weder eine Telefonnummer noch eine Adresse steht.«

»Guck doch mal hinten im Notizteil nach«, schlägt Pia vor. »Da schreibt Oma meistens die Infos über die Gäste rein, Höhe der Anzahlung, Anschrift, Telefonnummer und so weiter.«

Ich klappe den hinteren Teil auf. Dabei rutschen einige Briefbögen heraus, die Oma zwischen die letzte Seite und die Buchklappe gesteckt hat. Sie fallen auf die Couch. Pia sammelt sie ein, während ich nach Omas Eintrag suche. Gerade als ich ihn gefunden habe, schubst Pia mich an. »Schau mal, Rina.« Sie hält mir einen Brief hin. »Der ist von der Bank.«

Sehr geehrte Frau Melchow, bitte melden Sie sich umgehend in der Filiale, um einen Termin mit mir zu vereinbaren, damit wir über Ihre finanzielle Situation sprechen können. Ich bin mir sicher, dass wir eine Lösung finden, die für alle Parteien verträglich ist ...

»Was ist?«, fragt Jana und setzt sich zwischen uns auf die Couch. Ich reiche ihr den Brief.

»Ist anscheinend doch was dran an der Sache, dass Oma ihre Schwester auszahlen will«, überlege ich laut, doch Pia schüttelt den Kopf. Sie sieht besorgt aus.

»Hier sind noch mehr«, sagt sie. »Oma hat ihr Konto überzogen, und die Bank hat den Geldhahn zugedreht.« Sie reicht mir die Briefe und springt auf. »Ich hol die Kontoauszüge. Oma bewahrt sie im Schlafzimmerschrank auf.«

»Warte mal«, rufe ich ihr hinterher. »Wir können doch nicht einfach so in Omas persönlichen Sachen rumschnüffeln.« Bei dem Gedanken fühle ich mich gar nicht wohl.

»Müssen wir aber«, ruft Pia zurück, »oder willst du, dass irgendwann vielleicht der Strom abgestellt wird oder der Gerichtsvollzieher vor der Tür steht? Guck dir die Briefe an, es sind auch Mahnungen dabei.«

»Shit!«, sagt Jana. Während ich noch zögere, nimmt sie mir die Briefe aus der Hand. »Eine Mahnung vom Stromanbieter, eine von der Heizungsfirma für Wartungsarbeiten. Pia hat recht, Rina, wir sollten nachschauen, ob die Rechnungen mittlerweile beglichen wurden. Wir können Oma ja nicht direkt danach fragen, wenn sie wach wird. Das ist ihr bestimmt total peinlich, sonst hätte sie doch schon längst was gesagt.«

»Wie viel ist es?«, frage ich.

»Insgesamt sind es sechshundertfünfzig Euro, vierhundert für die Heizung, knapp zweihundertfünfzig Strom. Die Stromrechnung ist schon älter. Das andere ist nur ein Angebot von einer Heizungsfirma, knapp viertausend Euro für eine neue Gastherme.« Jana vertieft sich in einen der Briefe. Eine tiefe Stirnfalte bildet sich über ihrer Nasenwurzel. »Wenn Oma die Therme nimmt, werden die Wartungskosten abgezogen, und sie muss nur noch schlappe dreitausendsechshundert bezahlen.«

Dann hat Oma also neben dem Streit mit Erika anscheinend auch noch finanzielle Sorgen. Vielleicht hängt es sogar irgendwie zusammen. Ich wünschte, sie hätte mit mir darüber gesprochen. Ich strecke meine Hand aus. »Zeig mal bitte, ich überweise zumindest schon mal die offenen Rechnungen.«

»Vielleicht sind sie ja schon bezahlt.« Jana gibt mir die Mahnungen.

»Kann sein.« Das ist die zweite Mahnung des Stromanbieters. Und sie ist drei Wochen alt. Es passt überhaupt nicht zu Oma, dass sie es überhaupt so weit hat kommen lassen. Sie ist doch eigentlich immer sehr gewissenhaft in solchen Dingen. Während ich einen kurzen Blick auf die anderen Anschreiben werfe, kommt Pia zurück. Sie legt ein weinrotes Ringbuch auf den Esstisch.

»Kommt ihr?«, fragt sie.

11. Kapitel

Oma hat ihr Konto um knapp fünftausend Euro überzogen, obwohl sie nur einen Dispo von viertausend hat. Die Stromrechnung und die Wartung der Heizung hat sie noch nicht bezahlt, zumindest nicht bis Ende Juni, denn bis dahin liegen die Auszüge jetzt vor uns. Aber mittlerweile sind schon wieder zwei Wochen vergangen.

»Schaut mal.« Ich zeige auf eine Überweisung, die Anfang Juni an Omas Schwester Erika ging. »Fünfhundert Euro. Als Überweisungszweck hat Oma *Rate für Haus* angegeben.«

»Also doch!«, sagt Pia. »Sieh mal nach, wie lange sie schon zahlt.«

Ich blättere zurück. Dabei fällt mir im April eine größere Summe auf. »Oma hat auch fast dreitausend Euro an den Dachdecker gezahlt. Und jeden Monat die fünfhundert an Erika, seit Anfang des Jahres.«

»Dreitausend allein für den Dachdecker? Kein Wunder, dass Oma pleite ist«, sagt Jana und schüttelt den Kopf. »Mir gibt sie auch jeden Monat zweihundert Euro. Wenn ich das gewusst hätte, hätte ich das Geld nicht genommen. Warum hat sie denn nichts gesagt?«

»Weil Oma eben Oma ist«, sagt Pia.

»Sie bekommt gerade mal achthundertsiebzig Euro Rente.« Wenn ich schon dabei bin, in Omas Kontoauszügen zu schnüffeln, dann richtig. »Außerdem hat sie ein paar Einnahmen durch die Vermietung. Viel ist das nicht.«

»Ein bisschen was nimmt sie noch durch die Pfefferlinge

ein«, sagt Pia. »Die Abnehmer zahlen in bar.« Sie schaut zu Jana. »Wahrscheinlich das Geld, das du bekommst.« Pia steht auf. »Ich weiß ja nicht, wie es euch geht, aber ich könnte jetzt einen Schnaps gebrauchen.«

Ich schüttele den Kopf. »Für mich nicht, eine von uns sollte fahren können.« Ich hoffe nicht, dass das passiert, denn es würde nichts Gutes bedeuten, aber ich möchte auf alles gefasst sein.

»Du hast recht. Oma ...« Pia setzt sich wieder hin. »Ich trinke lieber auch nichts.«

»Und jetzt?«, fragt Jana. Sie rauft sich die Haare. »Das darf doch alles nicht wahr sein.«

»Jetzt lassen wir Oma erst einmal wach und gesund werden«, schlage ich vor und versuche, ruhig zu bleiben. Hoffentlich ist das nicht nur die Spitze des Eisberges. Wenn Erika tatsächlich Anspruch auf die Hälfte des Hauses hat und den jetzt finanziell einfordert, wird es eng. »Am Montag rufe ich den Banktypen an und frage, wie viel wir überweisen müssen, um den Dispo auszugleichen. Der letzte Auszug ist von Ende Juni. Da war Omas Rente für Juli schon drauf. Ich nehme an, dass die fünfhundert im Juli auch wieder abgegangen sind.«

»Hast du denn so viel Geld?«, fragt Jana. »Also ich habe nichts.«

»Ich kann John die zweitausend Euro auch monatlich zahlen oder ihn bitten, noch etwas zu warten«, sagt Pia. Sie schnalzt mit der Zunge. »Oder er soll den Kram doch bei mir abholen.«

»Musst du nicht, das passt. Ich habe mir die letzten Jahre ein kleines finanzielles Polster zugelegt«, erkläre ich. »Die vielen Überstunden wurden zwar nicht bezahlt, aber ich hatte auch nicht viel Zeit, um Geld auszugeben.«

Jeden Monat habe ich fünfhundert Euro komplett gespart, und das jetzt schon fast vier Jahre lang. Auf meinem Tagesgeldkonto liegen über zwanzigtausend Euro. Und auf Daniels Konto auch. Wir wollten irgendwann gemeinsam ein Haus kaufen. Das Geld war als Anzahlung dafür gedacht. Wenigstens waren wir clever genug, getrennt zu sparen, denke ich.

»Oh Mann!« Jana stützt mit ihren Händen ihren Kopf, die Ellbogen liegen auf dem Tisch. »Meint ihr, Oma hatte so viel Kummer, dass sie versucht hat, ihre Stimmung durch Johanniskraut zu verbessern?«

»Kann schon sein«, sagt Pia. »Finanzielle Sorgen können ganz schön belasten. Ich glaube, das war auch ein Grund dafür, dass ich überlegt habe, mit John nach England zu gehen. Allein kann ich mir die große Wohnung eigentlich gar nicht leisten. Im Sommer klappt es durch die Malkurse für die Touristen ganz gut, aber wenn die Saison vorbei ist, wird es knapp.«

»Du hast recht, Pia, Omas Sorgen können dabei eine Rolle gespielt haben«, sage ich und fühle mich schrecklich dabei. Bei dem Gedanken, dass Oma Kummer hatte, wird mein Herz schwer.

»Zieht doch beide wieder bei Oma ein«, schlägt Jana vor. »Dann hat sie immer jemanden, der bei ihr ist. Und wenn ihr eine kleine Miete zahlt, hat sie auch mehr Geld.«

»Und wo soll ich dann malen und meine Kurse geben?«, fragt Pia. »Hm.« Sie zieht eine Augenbraue hoch, ein Zeichen dafür, dass sie den Gedanken gar nicht so abwegig findet.

»Na ja, du könntest eventuell den Schuppen umbauen«, überlegt Jana.

»Ich weiß nicht ...« Pia sieht mich an. »Was hältst du davon, wenn du bei mir wohnst, zumindest so lange, bis du was Eigenes gefunden hast?«

Ich lasse meinen Blick durch das gemütliche Wohnzimmer schweifen. Im Winter ist es hier muckelig warm, wenn Oma den alten Kaminofen anfeuert. Und wenn die Buche ihre

Blätter abgeworfen hat, kann man durch die kahlen Äste noch besser bis zum Meer sehen. Oben habe ich mein schönes großes Zimmer und ein eigenes Bad. »Ich denke, das Beste wird sein, wenn ich vorerst bei Oma einziehe – vorausgesetzt, sie ist damit einverstanden.« Noch einmal schaue ich mich im Wohnzimmer um. Ich komme wieder nach Hause, denke ich, und ein warmes Gefühl macht sich in mir breit.

»Oma wird sich wie verrückt freuen, wenn du bei ihr wohnst«, sagt Jana. »In den Semesterferien bin ich dann auch oft da. Und wenn Pia dann ab und an kommt, ist es fast wie früher.«

Pia gähnt herzhaft. »Wer weiß, vielleicht komme ich ja auch zurück. Aber im Moment bin ich noch nicht bereit, meine wunderschöne Wohnung aufzugeben. Ich habe zu viel Zeit in ihre Renovierung investiert. Außerdem würde ich mein Atelier wirklich vermissen.« Sie streckt sich und steht auf. »Ich bin total müde. Seid mir nicht böse, aber ich habe die letzte Nacht kaum geschlafen, dann der Flug und die Bahnfahrt, das Krankenhaus ... Ich lege mich jetzt mit einem guten Buch ins Bett und lese noch ein bisschen. Und dann schlafe ich hoffentlich ganz schnell ein. Gute Nacht, ihr beiden.«

»Nacht, Schwesterherz«, sagt Jana.

»Ja, gute Nacht, Pia.« Ich schaue auf die Uhr, als Pia den Raum verlässt. Es ist Viertel nach neun. Müde bin ich auch, aber noch zu aufgekratzt, um jetzt schon ins Bett zu gehen. Jana geht es anscheinend ähnlich. Sie steht auf und geht zum Fenster.

»Es stürmt immer noch ganz schön, aber es sieht so aus, als hätte das Gewitter sich verzogen«, sagt sie. »Auf Fernsehen habe ich jetzt keine Lust mehr, ich muss aber noch irgendwas machen, um mich abzulenken.« Jana kommt zurück zum Tisch, an dem ich immer noch sitze. »Das Fleisch im Kühlschrank muss verarbeitet werden. Ich werde es anbraten und in den Ofen schieben.«

»Gute Idee, soll ich dir helfen?«

»Wobei? Ich schmeiße es in den heißen Bräter, lege Rosmarin und Knoblauch dazu, schütte Wein drüber, und dann geht es ab in den Ofen. Da gibt es nichts zu helfen.«

»Da hast du auch wieder recht. Ich komm trotzdem gleich zu dir rüber.«

»Okay.« Ich klappe Omas Ringbuch mit den Kontoauszügen zu, falte die Mahnungen und den Brief der Heizungsfirma wieder zusammen und lege sie darauf. Oma hat nicht ohne Grund das Angebot für eine Therme angefordert. Sie muss ganz sicher ausgewechselt werden. Auch die Fenster müssten eigentlich mal erneuert werden. Das wird teuer, denke ich. Wenn Oma wieder gesund ist, müssen wir gemeinsam überlegen, wie wir das bewerkstelligen.

Nebenan klappert Jana in der Küche herum. Oben liegt Pia in ihrem Bett und liest. Ich stehe auf und gehe zum Bücherregal. Es ist vollgestopft mit einem Literaturklassiker nach dem anderen. Fontane, Hesse, Kafka, Grass, Goethe ... Oma hat die Bücher immer nur zum Abstauben aus dem Regal gezogen, gelesen hat sie sie nicht. Zumindest kann ich mich nicht daran erinnern, sie je dabei gesehen zu haben. Als ich sie mal gefragt habe, wofür sie all die Werke angeschafft hat, hat sie mir schmunzelnd erklärt, weil es sehr hübsch aussehen würde – und irgendwann würde sie sich die Zeit dafür nehmen, sich durch ein Buch nach dem anderen zu lesen. Ich ziehe Milan Kunderas *Unerträgliche Leichtigkeit des Seins* aus dem Regal und hoffe, dass Oma noch dazu kommen wird, es irgendwann zu lesen. Da fällt mir plötzlich ein, dass sie mir vor ein paar Jahren mal erzählt hat, wo sie alle wichtigen Unterlagen aufbewahrt, die wir benötigen würden, falls ihr etwas passiert. Ich suche mit den Augen das oberste Bücherregal ab. Eines der großformatigen Bücher ist kein echtes Buch, sondern ein Ordner, der so aussieht wie ein Atlas. Er steht neben einem Bildband über Wüstentiere, wie ich im nächsten Moment feststelle. In ihm bewahrt Oma die Unterlagen über das Haus auf – und ihr Testament. Ob ich mal nachschauen sollte, ob ich darin etwas über eine Vereinbarung mit Erika finde? Nein, ich warte, bis Oma wieder gesund ist, denke ich, da klingelt plötzlich das Festnetztelefon. Auch Jana hat es gehört. Wir kommen ungefähr gleichzeitig im Flur an, wo es auf der Kommode steht.

»Geh du lieber ran, ist bestimmt Erika«, sagt Jana – und hat recht.

»Katharina? Hier ist Erika. Gut, dass du da bist. Was musste ich da von Jürgen erfahren? Marianne liegt im Krankenhaus? Was ist denn passiert? Wie geht es ihr?«

Erikas Stimme klingt aufgewühlt und besorgt. Sie wirkt nicht, als würde sie keinen Kontakt mehr zu Oma haben wollen.

»Es geht ihr so weit wieder ganz gut, aber es ist immer noch ernst. Am Freitag ist sie plötzlich ...« Noch einmal erzähle ich, was gestern passiert ist, dass Oma nun auf der Intensivstation liegt, aber morgen wieder aufgeweckt werden soll.

Als ich mitbekomme, dass Erika am anderen Ende der Leitung weint, warte ich, bis sie sich wieder etwas beruhigt hat, bevor ich sie frage: »Sag mal, Erika, ist alles okay zwischen Oma und dir?«

»Nein, ist es nicht. Sie redet nicht mehr mit mir«, entfährt es Erika, bevor ich sie am anderen Ende der Leitung schluchzen höre. »Eure Oma ist so was von stur!« Ich höre, dass Erika tief durchatmet, und warte. »Aber das ist nichts, was wir am Telefon besprechen sollten. Und ich bin mir auch nicht sicher, ob Marianne das recht wäre.« Sie macht eine kleine Pause.

»Doch, ich bin mir sicher, dass es ihr ganz und gar nicht recht wäre. Es liegt an eurer Oma, euch das zu erklären.«

»Okay.« Ich weiß nicht wirklich, was ich dazu sagen soll. Schließlich kann ich Erika nicht erzählen, dass wir gerade in Omas Kontoauszügen geschnüffelt haben. Außerdem beschleicht mich gerade das Gefühl, dass da vielleicht noch mehr dahinterstecken könnte.

»Und morgen wird sie aufgeweckt, sagst du? Ich habe eben erst von Jürgen erfahren, dass es ihr so schlecht geht. Ich bin mit Else hier auf Teneriffa, einer Freundin aus meinem Kegelclub. Ich habe keine Ahnung, ob das funktioniert, aber wenn morgen die Reiseleitung im Hotel ist, frage ich nach, ob es eine Möglichkeit gibt, früher zurückzukommen, damit ich sie besuchen kann.«

»Ich weiß ehrlich gesagt nicht, ob das so eine gute Idee ist. Was hältst du davon, wenn wir erst einmal abwarten, bis Oma wach ist, und schauen, wie es ihr geht? Ihr Herz hat ganz schön Kapriolen geschlagen, und wenn ihr beiden Streit habt, ist es vielleicht gar nicht so gut, wenn du sie jetzt direkt besuchst. Ich kann mir vorstellen, dass das schwer für dich ist.« Wenn es einer meiner Schwestern schlecht gehen würde, würde ich sie auch sehen wollen. »Aber Oma braucht vor allen Dingen Ruhe.«

Es ist einen Moment still am anderen Ende der Leitung, bevor Erika mit gefasster Stimme sagt: »Du hast recht, vielleicht ist das wirklich besser. Meinst du denn, es wird alles gut gehen?«

»Die Sache ist natürlich auch mit Risiken verbunden. Aber ich hoffe und denke, dass Oma wieder ganz gesund werden wird. Soll ich Jürgen anrufen, wenn es was Neues gibt?«

»Nein, warte mal ... Else, gib mal bitte deine Handynummer, damit Katharina mich hier erreichen kann. Hast du was zu schreiben, Katharina?«

»Ja.« Ich greife nach dem Kuli, den Oma immer neben dem

Notizblock am Telefon liegen hat, und schreibe Elses Nummer auf. »Es kann eine Weile dauern, bis Oma wach ist und wir Genaueres wissen. Ich melde mich morgen aber auf jeden Fall bei dir.«

»Das ist nett, Liebes. Wie geht es Pia und Jana, sie sind doch bei dir, oder?«

»Ja, sie sind auch hier. Pia schläft schon, Jana hat gerade Fleisch in den Ofen geschoben, das Oma für unsere Wochenendverpflegung besorgt hatte. Den beiden geht es gut.«

»Das ist schön. Marianne hat so ein Glück mit euch Mädchen.« Erika klingt verschwörerisch, als sie sagt: »Versteh mich jetzt bitte nicht falsch, und erzähl das bloß nicht Jürgen. Aber mit Söhnen ist das Verhältnis einfach nicht so intensiv. Sie gehen, sobald eine eigene Frau ins Spiel kommt. Ich habe ja gehofft, dass ich wenigstens ein paar liebe Enkelinnen bekomme. Und was macht mein Jürgen? Zeugt zwei stramme Jungs.« Erika seufzt. »Das Leben ist eben kein Wunschkonzert, und eigentlich darf ich mich auch nicht beschweren. Sie sind wunderbar – nur eben keine Mädchen.«

»Ich bin auch froh, dass ich zwei Schwestern habe«, sage ich und lächle Jana an. Sie hat sich in ihrer Lieblingshaltung, dem Schneidersitz, auf den Flickenteppich in Omas Flur gesetzt und hört mir beim Telefonieren zu.

Ich wechsle noch ein paar Worte mit Erika, versichere ihr, dass ich mich sofort melde, falls doch irgendwas schiefgehen sollte, und lege auf.

»Also haben die beiden wirklich Stress miteinander«, sagt Jana.

»Was hat Erika erzählt?«, fragt Pia. Ich habe nicht mitbekommen, dass sie auf der oberen Treppenstufe sitzt.

»Erika hat gesagt, dass Oma nicht mehr mit ihr spricht. Und dass es Omas Sache sei, uns zu erklären, warum.«

»Hm«, macht Jana. »Also beruht das Ganze nicht auf Gegenseitigkeit, sondern Oma ist sauer auf Erika. Da muss Erika sie aber ganz schön geärgert haben. Warum hast du sie nicht einfach gefragt, ob sie Streit wegen des Hauses haben?«

»Weil es mir nicht richtig vorkam«, antworte ich. »Lasst uns Oma fragen, was da los ist.« Aber erst, wenn sie sich erholt hat. Solange sie auf der Intensivstation liegt, ist das Thema tabu. Auch die Mahnungen sprechen wir erst einmal nicht an. Okay?«

»Abgemacht«, sagt Pia, und Jana nickt.

Tag 3

Judith ist tot, Georg. Sie haben sie mir genommen. Aber mich möchten sie nicht gehen lassen. Und dabei wünsche ich mir so sehnlichst, nie wieder aufwachen zu müssen.

Du bist weg, und Judith auch ... welchen Sinn macht da mein Leben noch?

Sie haben mich in eine Irrenanstalt gesperrt. Erika hat ihnen erzählt, was ich vorhatte. Und zur Strafe halten sie mich hier fest. Ich weiß, dass sie heimlich Untersuchungen an mir vornehmen. Die Assistenzärztin zapft mein Blut ab und pumpt mich voll mit Drogen. Sie will mich zum Sprechen bringen, ich soll ihr verraten, wo du bist. Sie hat mir erzählt, dass du sie liebst, aber ich weiß, dass sie lügt. Sie ist schlauer als Erika. Vor ihr muss ich mich in Acht nehmen. Ich denke, dass sie für die Stasi arbeitet.

Die West-Zigaretten, die ich dir so gerne schenken wollte, haben sie mir auch abgenommen. Meine Mutter hat sie gefunden, als sie nach den roten Stiefeln gesucht hat. Du hättest Erikas hämisches Gesicht sehen sollen, als sie mir gesagt hat, dass du tot bist und ich dir die Zigaretten sowieso nicht hätte geben können. Mein Vater hat die Zigaretten gegen Schokolade eingetauscht und hat Erika die Tafeln geschenkt. Sie hat eine Tafel nach der anderen vor meinen Augen aufgegessen. Und dann war ihr speiübel. Wenigstens das hat mich mit Genugtuung erfüllt. Sie weiß nicht, dass du mit Kakao handelst. Das Geheimnis nehme ich mit ins Grab. Ich werde niemandem davon erzählen. Erika nicht – und der blonden Assistenzärztin auch nicht.

12. Kapitel

Halb sechs! Seit einer halben Stunde wälze ich mich nun im Bett herum und versuche wieder einzuschlafen, aber es gelingt mir nicht. Meine Gedanken wandern immer wieder zu Oma. Wenn das Narkosemittel im Laufe der Nacht reduziert wurde, dürfte sie sich mittlerweile in einem leichten Dämmerschlaf befinden. Bald ist sie wach – wenn alles gut geht. Am liebsten würde ich mich sofort ins Auto setzen und zu ihr fahren. Aber ich bin nicht ihre Ärztin, sondern in erster Linie ihre Enkeltochter. Bei meinen Kollegen ist Oma in besten Händen. Und ich kann sie nicht rund um die Uhr überwachen.

Ich stehe auf, öffne das Fenster und atme tief ein. Das Gewitter hat die Luft gereinigt. Sie riecht erdig und nach feuchtem Gras. Irgendwo zwitschern ein paar Vögel. Die aufgehende Sonne glitzert golden über dem Meer. Es weht kaum noch Wind, das Spiel der Wellen ist sehr ruhig geworden, fast bewegungslos. Ich liebe das Meer und die Unberechenbarkeit des Wetters hier draußen. Fast die ganze Nacht hat es gewittert und gestürmt, und jetzt sieht alles danach aus, als würden wir wieder einen herrlichen Sonnentag bekommen. Eine Katze schleicht über die Wiese bis zum Buchenhain. Fette Mäuse gibt es hier genügend; Hühner, die vor Katzen oder Füchsen Angst haben müssten, jedoch nicht mehr. Die Eier bekommt Oma mittlerweile von einer Nachbarin. Ob ihr die Arbeit mit dem Federvieh auch zu beschwerlich geworden ist? Mir kam Oma immer noch sehr rüstig und vor allem gesund vor. Aber ich habe mich geirrt. In Zukunft werde ich besser auf sie aufpassen!

Ich bleibe noch einen Moment am Fenster stehen und lasse die friedliche Stimmung auf mich wirken. Jetzt wäre der ideale Zeitpunkt für einen Morgenspaziergang am Meer.

Keine fünf Minuten später gehe ich auf Zehenspitzen die Treppe nach unten, möglichst weit rechts, weil dort die Stufen nicht so laut knarzen. Ich möchte Pia und Jana nicht wecken.

Das ganze Haus duftet nach dem Fleisch, das über Nacht im Ofen vor sich hin geschmort hat. Es schmeckt auch zum Frühstück, auf einer Scheibe geröstetem Weißbrot, sehr gut. Früher haben wir uns manchmal schon mitten in der Nacht hintergeschlichen, um heimlich davon zu naschen. Und Oma hat uns jedes Mal erwischt. Spätestens, wenn wir wieder nach oben in unsere Zimmer gehen wollten, stand sie vor ihrem Schlafzimmer und hat uns schmunzelnd gefragt, ob es geschmeckt hat.

Gerade als ich unten angekommen bin, höre ich ein Poltern, das eindeutig aus der Küche kommt, kurz darauf Stimmen.

»Pssst«, erkenne ich Pias Stimme, »sonst wird Rina wach.«

Ich drücke die Tür auf. Pia sitzt auf der Eckbank, Jana krabbelt auf allen vieren unter dem Tisch herum.

»Guten Morgen«, sage ich. »Was macht ihr beiden denn schon so früh hier unten?«

»Haselnusspaste«, antwortet Jana. »Ich hab meine Schüssel fallen lassen. Aber zum Glück waren noch nicht viele Nüsse drin.«

»Guten Morgen.« Pia lächelt mich an. »Waren wir zu laut?«

»Nein, ich bin schon länger wach.« Ich gehe in die Knie, um Jana beim Aufsammeln der Nüsse zu helfen.

»Wir auch, Pia seit fünf, und ich bin kurz danach wach geworden«, erklärt Jana und grinst. »Ich habe Pia in der Vorratskammer im Keller erwischt.«

»Mir ist gestern Nacht eingefallen, dass ich letztes Jahr total vergessen habe, mit Oma die Haselnüsse zu verarbeiten.

Irgendwie ist immer was dazwischengekommen. Sie sind alle noch da, zwei Körbe voll.« Pia steht auf und sieht zu uns hinab. »Dann geh ich jetzt mal den Hammer holen, das geht schneller.«

»Wir haben mit den alten Nussknackern gearbeitet, weil wir dich nicht wecken wollten. Aber das dauert Ewigkeiten. Die kleinen Nüsse springen ständig raus. Außerdem ist es anstrengend. Mir tut schon richtig die Hand weh«, erklärt Jana.

Hinter dem Haus wachsen gleich mehrere Haselnusssträucher. Oma hat aus den Nüssen, die wir im Herbst eingesammelt haben, immer zauberhafte Köstlichkeiten zubereitet. Und wir haben ihr dabei geholfen, wobei Pia den meisten Spaß daran hatte und Omas Rezepte teilweise sogar zu leckeren Eigenkreationen weiterentwickelt hat. Es hätte mich nicht gewundert, wenn aus ihr mal eine Bäckerin oder Köchin geworden wäre. Aber sie hat sich letztendlich für eine ihrer anderen Leidenschaften entschieden und die Kunst zum Beruf gemacht.

»Wie hast du geschlafen?«, fragt Jana mich, als Pia aus dem Raum geht.

»Unruhig. Das Gewitter war ganz schön heftig.« Irgendwann gegen vier hatte es wieder angefangen, um halb fünf war es zu Ende. Seitdem habe ich mich im Bett hin und her gewälzt. Außerdem habe ich mir Sorgen um Oma gemacht und ständig damit gerechnet, dass mein Telefon klingelt, weil sich jemand aus dem Krankenhaus meldet. Aber das behalte ich für mich.

»Ging mir auch so. Zum Glück ist das Unwetter jetzt vorbei. Was meinst du, ob Oma schon wach ist? Es wäre doof, wenn dann niemand bei ihr wäre.«

»Nein, eher in einer Art Dämmerschlaf. Vor neun Uhr wird sie nicht ansprechbar sein.«

»Ich dachte nur ...«

»Ich würde auch am liebsten hinfahren, aber es ist besser, wenn wir die Ärzte dort jetzt in Ruhe ihre Arbeit machen lassen.«

Jana hebt die letzte Nuss auf. »Okay.«

»Wir könnten gleich einen schönen Spaziergang am Meer machen«, schlage ich vor, als wir aufstehen. »Vielleicht finden wir Bernstein. Nach dem Sturm ...«

»Glaub ich eher nicht.« Pia kommt wieder in die Küche, beladen mit einem Hammer und zwei großen Leinentüchern. »Wir hatten keinen auflandigen Wind, er hat vom Land zum Wasser geweht. Aber spazieren zu gehen fände ich trotzdem schön. Ich würde nur gerne vorher die Paste machen. Helft ihr mir, die Nusskerne auszusortieren?« Sie legt eins der Tücher auf Omas großes Teigbrett, schüttet die Haselnüsse darauf und legt das andere Tuch darüber.

»Klar, nur zu.« Wenn Pia sagt, dass wir keinen Bernstein finden, dann ist es auch so. Sie kennt das Meer und weiß, wann die beste Zeit ist, um sich auf die Suche nach den wertvollen kleinen Fundstücken zu machen. Aber ein kleiner Spaziergang an der frischen Luft wird uns trotzdem guttun, bevor wir zu Oma fahren.

Ich setze mich neben Jana auf die Eckbank, und wir schauen zu, wie Pia vorsichtig mit dem Hammer auf das Handtuch und die Nüsse haut. Nicht zu fest, damit nur die Schale knackt und nicht der ganze Kern zerdrückt wird. So wie Oma es uns beigebracht hat. Als sie fertig ist, zieht sie das Handtuch mit den geknackten Nüssen vom Brett und zu uns hinüber. Während wir die Kerne von den Schalen trennen, nimmt Pia die große gusseiserne Pfanne von der Wand, schüttet Zucker und etwas Wasser hinein und stellt sie auf die heiße Herdplatte. Als das Wasser verdampft ist, gibt sie die Nusskerne dazu, die wir inzwischen alle vom Handtuch aufgesammelt haben. Ich stehe auf und schaue zu, wie sie die Masse umrührt, bis der Zucker schmilzt und die Nüsse mit braun glänzendem Karamell umhüllt. Der Duft, der sich dabei entfaltet, ist einmalig. Oben auf dem Herd riecht es nach gebrannten Nüssen, unten im Ofen nach einer Kombination aus Fleisch, Knoblauch und Rosmarin. Eine Mischung, die wirklich merkwürdig klingt. Doch hier in Omas Küche passt es perfekt zusammen.

Jana legt einen Bogen Backpapier auf die Arbeitsplatte neben dem Herd. »Wenn ich es nicht besser wüsste, würde ich glatt denken, wir haben Herbst. Fehlen nur noch das Apfelkompott und die eingelegten Birnen.«

Pia schüttet die karamellisierten Nüsse vorsichtig auf das Papier. »Kompott aus dem letzten Jahr ist im Keller, habe ich eben erst gesehen.«

»Echt? Dann hol ich später was davon hoch.« Janas Hand wandert zu den Nüssen, doch Pia gibt ihr einen Klaps.

»Du weißt doch, dass die Dinger heiß sind.«

»Aber warm sind sie am leckersten.«

Ich muss lachen. Jana ist nicht die Einzige, die sich zu früh über die heißen Nüsse hermachen möchte. Auch mir juckt es in den Fingern. Nicht nur ein Mal habe ich mir früher die Zunge verbrannt, weil ich es nicht abwarten konnte.

Pia holt einen kleinen Teller, schiebt mit einem Löffel ein paar Nüsse darauf und stellt ihn ins Gefrierfach. »Abkühlung für den sofortigen Verzehr. Die anderen wandern in den Mixer.«

Wir haben Oma einen richtig guten Food Processor zu Weihnachten geschenkt. Das teure Teil steht ganz hinten im untersten Fach des Schrankes, wie ich feststelle, als Pia mich darum bittet, danach zu suchen. Das Einzige, was Oma damit regelmäßig herstellt, ist Paniermehl. Äpfel und Kraut reibt sie weiterhin mit der Hand. Teig knetet oder rührt sie mit dem Handrührgerät.

»Die Mixfunktion ist genial. Die Messer kriegen fast alles sekundenschnell klein«, erklärt Pia, als sie die Nüsse in den Edelstahlbehälter schüttet. »Es dauert nur gut fünfzehn Minuten, bis das Öl aus den Nüssen austritt und sich mit dem Nussmehl und dem Zucker wieder verbindet. Oma hat mit dem alten Mixer Ewigkeiten gebraucht, bis sie die Paste in der richtigen Konsistenz hatte. Und dann war das doofe Ding auch noch regelmäßig überhitzt.« Sie stellt die höchste Stufe ein, und kurz darauf ertönt ohrenbetäubender Lärm. Durch das Karamellisieren haben die Nüsse eine sehr harte Kruste bekommen. Sie krachen beim Zerkleinern von innen gegen die Edelstahlwand der Mixschüssel. Jana hält sich die Ohren zu.

»Ist gleich vorbei«, ruft Pia.

Es dauert nicht lange, da wird es etwas leiser. Die Messer verarbeiten die Nüsse zu Bröseln und schließlich zu Brei. Die Maschine kämpft sich durch die zähe Masse, während wir die noch lauwarmen karamellisierten Haselnüsse genießen, die Pia wieder aus dem Gefrierfach geholt hat.

»Wisst ihr noch? Oma hat die Nüsse immer in kleine spitze Tüten gepackt, die sie aus festem Butterbrotpapier gefaltet hat.«

»Natürlich, alle waren immer ganz verrückt danach. Du hast die halbe Schule damit versorgt. Irgendwann hat sogar deine Lehrerin angerufen und Oma nach dem Rezept für die gebrannten Nüsse gefragt.« Ich schiebe mir eine davon in den Mund, schließe genussvoll die Augen und zerbeiße sie. Sie bricht mit einem Knacken auseinander.

»Ach ja, die Krüger, das habe ich ganz vergessen. Wie alt war ich damals? Das müsste in der vierten Klasse gewesen sein, oder?«, fragt Jana.

»Es war gegen Ende der dritten«, antwortet Pia. »Das weiß ich noch so genau, weil deine Lehrerin Oma damals auch gesagt hat, dass du drei Vieren auf dem Zeugnis haben wirst – und dass es nichts wird mit dem Gymnasium, wenn du nicht deine Arbeitseinstellung ändern würdest. Welche Fächer waren es noch mal, Kunst, Religion und Mathe?«

Jana grinst. »Ja. Die Vier in Kunst hatte ich aber nur, weil meine Lehrerin mir nicht abgenommen hat, dass ich das doofe Hundertwasser-Bild selbst gemalt habe.«

»Hast du doch auch nicht«, wende ich ein. »Das war Pia.«

»Na und, ich habe hoch und heilig geschworen, dass es mein eigenes Werk ist! Aber die Krüger hat versucht, mich zu erpressen. Wenn ich ehrlich sei, würde sie mir vielleicht eine Note besser geben. Da konnte ich doch schon aus Prinzip nicht zugeben, dass eine meiner Schwestern es fabriziert hat. Und die Vier in Reli hatte ich auch nicht verdient. Man kann niemanden zwingen, an Gott zu glauben. Ich habe das Fach gehasst. Und meinen Mathelehrer auch, das war ein Idiot.«

Jana atmet tief durch. Eben noch hat sie sich aufgeregt, und im nächsten Moment klingt sie sehr sanft, als sie sagt: »Oma hat mich trotzdem auf dem Gymnasium angemeldet, sie hat immer an mich geglaubt. Und jetzt studiere ich Psychologie.« Sie steckt sich noch eine Nuss in den Mund und kaut genussvoll. »Pia, aus dir hätte übrigens genauso gut eine Konditorin werden können – oder, noch besser, eine Chocolatière.«

»So was Ähnliches habe ich eben auch gedacht, Pia«, sage ich. »Du hast ein absolutes Händchen für süße Köstlichkeiten.«

»Wer weiß ...?« Pia füllt Wasser in einen großen Glaskrug. »Ich mache uns Eistee für später.« Sie öffnet die Schranktür und studiert die bunten Teedosen darin. »Pfefferminz, Kamille, Zitronenmelisse, Holunderblüte, Rosenblüten, Johanniskraut ...«

»Johanniskraut?«, hake ich nach.

Pia nimmt die Dose aus dem Schrank und hält sie mir hin. Ich schütte den Inhalt in den Müll. »Den braucht Oma nicht mehr. Sie hat jetzt wieder uns.«

»Genau«, pflichtet Jana mir bei. »Drei Engel für Oma, aber nicht aus dem Himmel, ich meine die aus dem Kinofilm *Drei Engel für Charlie*. Du siehst aus wie Cameron Diaz, Pia. Und du hast was von Lucy Liu, Rina.«

»Oh, danke für das Kompliment. Ich nehme an, du bist dann sozusagen Drew Barrymore.« Pia legt den Kopf leicht schief und betrachtet Jana schmunzelnd. »Eine gewisse Ähnlichkeit ist nicht zu leugnen.«

»Ich finde schon, zumindest habe ich ein ähnlich rundes Gesicht wie sie. Hab ich von Papa geerbt.«

Ich räuspere mich. »Lucy Liu, hat die nicht chinesische Wurzeln?«

»Ich glaub schon«, sagt Jana. »Aber du hast zumindest die gleiche Haarfarbe und ziemlich hohe Wangenknochen.«

»Hm«, mache ich und schaue zu Pia, die sich das Lachen kaum verkneifen kann. »*Drei Engel für Oma* gefällt mir.«

»Mir auch.« Pia nimmt grinsend drei Löffel aus der Besteckschublade. »So, und jetzt gibt es Haselnusspaste für die Engel. Wer will?«

Das lassen wir uns nicht zwei Mal sagen.

»Das Zeug ist so dermaßen lecker«, schwärmt Jana. »Da könnte ich mich glatt reinsetzen.« Sie schließt ihre Augen und schiebt genussvoll den Löffel in ihren Mund. »Hmmmm …«

Jana hat recht, das Aroma der zu einer Paste gemahlenen gebrannten Haselnüsse ist einmalig, sehr intensiv und vollmundig. Auch ich schließe für einen Moment die Augen, lasse die Paste auf der Zunge schmelzen und genieße das Knistern der kleinen Karamell-Zuckerkristalle, die sich dabei auflösen. »Köstlich!«

»Letztens habe ich es mit Cashews ausprobiert, das war auch sehr gut«, erzählt Pia. »Die Nüsse sind etwas weicher und natürlich milder im Geschmack. Aber auch richtig lecker. Ich überlege, ob ich zweigleisig fahre, wenn ich tatsächlich irgendwann ein Ladenlokal anmiete. Wie findet ihr *Kunst und lecker* oder *Schön und lecker*?«

»*Kunst und lecker*«, sagen Jana und ich gleichzeitig.

»Genau, sonst weiß man nicht, dass du auch Bilder und Skulpturen verkaufst«, erklärt Jana. »*Schön* kann alles bedeuten.«

»Okay, *Kunst und lecker* also – irgendwann.« Pia nimmt mehrere kleine Einmachgläser aus dem Schrank und füllt sie mit der Paste. »Die hier nennen wir ganz klassisch *Omas Haselnusspaste*.«

13. Kapitel

Ich schließe die Haustür ab, bücke mich und ziehe Omas Ersatzschlüssel unter dem Blumentopf hervor.

»Daran habe ich ja gar nicht mehr gedacht«, sagt Pia.

»Ich auch nicht. Und dabei habe ich Oma am Freitag erst gesagt, sie soll dort keinen mehr deponieren.« Ich stecke den Schlüssel in meine Bauchtasche, die ich mir eigentlich für das Laufen zugelegt habe. Darin ist genügend Platz für mein Smartphone, etwas Bargeld und Traubenzucker, falls der Zuckerspiegel bei langen Läufen mal zu stark sinken sollte.

»Notfalls kann man auch zu Thea gehen, wenn man den Schlüssel vergessen hat. Sie hat doch auch einen für Omas Haus.« Jana streckt sich und gähnt herzhaft. »Halb sieben, so früh war ich schon lange nicht mehr spazieren. Super, vorhin war ich hellwach, und jetzt könnte ich glatt wieder einschlafen. Liegt es an der frischen Luft? Ist da was dran an der Sache, dass sie müde macht?«

»Wirst du denn immer müde, wenn du draußen bist?«, frage ich.

Jana schüttelt den Kopf und gähnt noch einmal. »Du hast recht. Normalerweise gehe ich ohne Kaffee nicht aus dem Haus, wahrscheinlich liegt es daran.«

»Möchtest, du lieber hierbleiben, Jana?«, fragt Pia und hakt sich bei mir unter.

»Auf gar keinen Fall. Ich lass euch doch nicht allein am Strand spazieren gehen, wenn vorher Sturm war. Bestimmt findet ihr dann irgendwas ganz Spektakuläres, auch wenn der

Wind gestern Nacht ablandig geweht hat, wie du vorhin so schön erklärt hast, Pia. Beim letzten Mal, als ihr heimlich allein los seid, habt ihr diesen riesigen Walfischknochen nach Hause geschleppt. Ich leide heute noch darunter, dass ihr mich nicht mitgenommen habt.«

»Was? Das war vor fünf Jahren, Jana«, sagt Pia. »Da warst du sechzehn. Und soweit ich mich erinnere, haben wir mehrmals vergeblich versucht, dich zu wecken. Du hast jedes Mal gesagt, du kommst gleich, und bist dann wieder eingeratzt.«

»So fest kann ich gar nicht geschlafen haben. Ich bin immerhin sofort aufgewacht, als ihr mich später vom Garten aus gerufen habt. Und dann habt ihr eine riesige Show abgezogen, so als ob ihr den Walfisch eigenhändig erlegt und nicht nur einen seiner Knochen gefunden hättet.« Jana hakt sich an meiner anderen Seite unter. »Aber egal, ich habe euch verziehen und komme auf jeden Fall mit.«

»Wie nett von ihr«, frotzelt Pia. »Nicht wahr, Rina?«

Ich muss lachen. »Und wie!« Die liebevollen Sticheleien zwischen meinen Schwestern haben mir gefehlt. Es ist schön, dass wir alle mal wieder gemeinsam für längere Zeit hier bei Oma sind, auch wenn der eigentliche Anlass kein schöner ist.

Wir gehen um das Haus herum und durch den Garten.

»Wir müssen demnächst das Gemüse ernten.« Pia bleibt stehen, pflückt eine Buschbohne und bricht sie in der Mitte durch. »Die Bohnen sind reif, Erbsen ... und auf die Zucchini müssen wir auch aufpassen, damit sie nicht zu groß werden.«

Oma hat im Garten ein großes Gemüsebeet angelegt. Zur Erntezeit kommt das Gemüse frisch auf den Tisch, einen Teil friert und kocht Oma ein. Kartoffeln werden im Keller gelagert. Auch Obst bekommt Oma aus dem eigenen Garten. Bis auf die Brombeeren wächst alles davon an Bäumen: Sauerkirschen, Äpfel, Birnen und Zwetschgen.

»Du bist die Obst- und Gemüsechefin. Sag uns, was wir machen müssen, und wir legen los«, schlage ich vor.

»Gut, dann mach ich nachher mal einen Rundgang durch den Garten und schreibe eine Liste.« Pia sieht sich um. Als wir weitergehen, sagt sie: »Gut, dass Oma sich letztes Jahr endlich für eine Naturwiese entschieden hat. So müssen wir wenigstens keinen Rasen mähen. In so einem großen Garten steckt jede Menge Arbeit. Denkt mal daran, wie oft wir damals dazu verdonnert worden sind, die Beete zu gießen, Unkraut zu jäten, Gemüse und Früchte zu ernten. Und jetzt macht Oma das meiste ganz allein.« Pia nickt energisch. »Ja, es wird Zeit für eine Liste!«

»In der Küche müsste auch einiges repariert oder zumindest ausgebessert werden«, sage ich. »Das schau ich mir später noch mal an.«

»Lasst uns doch eine WhatsApp-Gruppe einrichten, wo wir alles reinschreiben, was Oma betrifft«, schlägt Jana vor. »Alles, was erledigt werden muss, wer von uns wann bei Oma ist und so weiter.«

Wir sind mittlerweile fast am Gartentor angekommen. »Gute Idee. Machst du das?«, fragt Pia.

Jana zückt sofort ihr Handy. »Rückt mal dicht zusammen, ich möchte ein Foto von uns machen – als Profilbild.«

Wir stellen uns vor den Zaun, legen die Köpfe aneinander, und Jana schießt ein Foto von uns.

Nur ein paar Sekunden später trifft die Nachricht bei mir ein, dass Jana die Gruppe *Drei Engel für Oma* gegründet hat und ich hinzugefügt wurde, genauso wie Pia.

»Hübsches Foto«, sagt Pia. »Von der kleinen Tatsache abgesehen, dass ich mal wieder die Augen zuhabe. Wie kommt das? Bei euch ist das doch auch nicht so.«

»Hm«, macht Jana. »Liegt wahrscheinlich daran, dass du

deine Augen meistens geschlossen hast, wenn du lachst, auch wenn keine Kamera in der Nähe ist.«

»Ehrlich?«, fragt Pia. »Das hat mir noch nie jemand gesagt.«

»Warum auch? Jeder lacht eben anders«, antwortet Jana. »Du machst die Augen zu und kicherst eher, Rina grunzt dafür für ein kleines Ferkel, und ich bekomme regelmäßig Schluckauf dabei.«

»Hast du das gehört, Rina?«, fragt Pia.

»Ja, aber ich trau mich gerade nicht zu lachen«, flachse ich. »Ich befürchte, da hat unser Schwesterchen recht. Und jetzt lasst uns runtergehen, ich möchte ans Meer.«

Erst vor zwei Tagen bin ich mit Oma den beschwerlichen Trampelpfad entlang den Hügel hochgegangen, ohne dass Oma auch nur ein bisschen aus der Puste war. Nichts deutete darauf hin, dass sie nur ein paar Stunden später zusammenbrechen würde. Ich drücke das Gartentor auf.

Die in den Waldboden eingearbeitete Treppe, die von hier aus auf direktem Weg durch den Buchenhain hinunterführt, ist über fünfundzwanzig Jahre alt. Und auch sie müsste dringend mal wieder ausgebessert werden. Unser Opa hat sie gebaut. Mittlerweile sind einige der Holzbohlen aufgeweicht und weggebrochen.

»Oma wohnt echt genial«, sagt Jana. »Oben steht das Haus, unten wartet das Meer.« Sie geht vornweg, Pia und ich gehen in einigem Abstand hinterher. So haben wir das früher schon immer gemacht, wenn der Regen den Abstieg zu einer potenziellen Schlitterpartie hat werden lassen. Wenn die Letzte rutscht, dann bitte nicht der Vorderfrau in die Knie, so hat Oma es uns beigebracht. Der Sturm hat kleinere Äste und Zweige von den Bäumen gebrochen, größere Schäden hat er zum Glück nicht angerichtet. Wir kommen ohne Zwischenfälle unten an, bleiben nebeneinander stehen und schauen schweigend auf das Meer. Die Sonne ist mittlerweile aufgegangen, das Wasser liegt grau und ruhig vor uns. Nur dort, wo die weißen Kreidefelsen sich im Wasser spiegeln, verwandelt es sich in einen leuchtenden Türkiston. Aber ich mag das Meer auch so, wenn es einfach nur dunkel und grau ist, wie hier. Später, wenn die Sonne höher am Himmel steht, beginnt die Oberfläche leicht silbern zu glitzern, und abends schimmert es in einem goldenen Orange.

Ich seufze tief auf.

»Es ist so schön!«, sagt Pia.

»Ja«, antwortet Jana, »das ist es. Und jetzt suchen wir einen Walfischknochen!«

Der Sturm hat etliche kleine Muscheln an Land gespült. Sie knirschen unter unseren Füßen, als wir langsam am Ufer entlanggehen. Der Wind hat nicht nur den Meeresboden aufgewühlt, sondern auch die Algen ordentlich durcheinandergewirbelt. Dadurch wurde das Eiweiß in ihnen freigesetzt und zu vielen kleinen Bläschen aufgeschlagen, wie in einem Mixer. Und nun zieren weiße Schaumkronen aus Algeneiweiß den Spülsaum. Das weiß ich von Oma. Sie hat uns viel über das Meer und seine Eigenheiten beigebracht. Ich kenne niemanden, der Rügen und die Ostsee so sehr liebt wie sie. Und ich möchte nicht, dass sie all das nie wieder sieht.

»Ich rufe mal eben in der Klink an und frage nach, wie es Oma geht«, sage ich spontan und hole mein Handy aus der Tasche. »Es ist gleich sieben, vielleicht können sie schon was sagen.«

Pia und Jana bleiben sofort stehen.

Sie hängen an meinen Lippen, als ich mit dem Arzt telefoniere, und atmen erleichtert auf, als ich zu ihm sage: »Schön, dann sind wir gegen neun Uhr da.«

»Und?«, fragt Jana.

»Es läuft alles nach Plan. Das Herz schlägt vollkommen gleichmäßig«, sage ich. »Oma ist ein wenig unruhig, aber das ist normal. Wenn wir da sind, wird Oma ganz aufgeweckt und der Tubus gezogen. Das könnte etwas unangenehm für sie werden. Aber es ist ein gutes Zeichen, dass der Herzrhythmus nicht mehr instabil ist.« Ich atme erleichtert durch. »Es sieht ganz so aus, als hätte Oma sich während der letzten zwei Tage im Schlaf erholt.«

»Was für ein Glück!«, sagt Jana. Sie breitet ihre Arme aus, so wie Daniel das am Freitag auch gemacht hat, und schaut auf das Meer. »Danke!«, schreit sie ganz laut über das Meer hinaus.

Pia lächelt mich an, bückt sich und hebt eine Muschel auf. »Darf man auf die Intensivstation Geschenke mitbringen?«

»Ja, nur keine Topfpflanzen oder Schnittblumen«, antworte ich.

Pia geht in die Hocke und hebt noch eine Muschel auf. »Ich dachte auch eher an ein großes Einweckglas voll mit besonders hübschen Steinen und Muscheln. Etwas, was Oma an ihr Zuhause erinnert.«

Jana rollt mit den Augen: »Einen Muschelfriedhof? Wie alt war ich, Pia, als du meine heile Welt zerstört und mir erzählt hast, dass ich ein Glas voll mit Skeletten auf dem Nachttisch stehen habe?«

»Du warst sieben, Pia war dreizehn. Und soweit ich mich erinnere, hattest du die Muscheln nicht richtig sauber gemacht, und sie fingen an zu stinken.«

»Stimmt, du hast recht, Rina«, sagt Jana und grinst. »Also nur leere Muschelschalen für Oma, ohne Restfleisch.«

Wir lachen und gehen weiter. Zwischendurch heben wir immer mal wieder einen Stein oder eine Muschel auf. Mein Handy habe ich hinten in die Hosentasche gesteckt, sodass wir unsere Fundstücke in meiner Bauchtasche verstauen können.

Ich stochere mit einem Zweig zwischen einer Ansammlung aus Algen, Federn, Krabbenschalen und kleinen Holzstückchen herum und halte entzückt inne. Zwischen den Steinen, die sich darunter befinden, blitzt es honigfarben auf.

»Ha!«, rufe ich. »Ich glaub, ich habe Bernstein gefunden.« Noch dazu ein ziemlich großes Stück. Ich gehe in die Hocke, doch bevor ich zugreifen kann, werde ich von Pia, die direkt neben mir steht, nach hinten gekippt, sodass ich auf meinem Po lande. »Nicht anfassen!«, brüllt sie.

»Autsch!« Ich habe mich mit den Händen abgefangen und mich am rechten Zeigefinger an einer scharfen Muschelschale verletzt. Der Schnitt ist tief und fängt sofort an zu bluten. Ich halte die Hand hoch und drücke mit der anderen die Wunde zu, aber nach einem kurzem Moment nur tropft das Blut wieder aus dem Finger heraus, läuft das Handgelenk runter über den Arm. »Mist! Wir müssen einen Druckverband anlegen«, sage ich. »Lasst uns zurückgehen.«

»Warte!« Jana zieht ihr T-Shirt aus, ritzt mit einer spitzen Muschelschale ein Loch hinein und reißt es auseinander. »Zeig her!«

»Ganz fest drumwickeln«, erkläre ich und halte ihr den Finger hin.

»Okay ...«

Pia ist ganz blass um die Nase geworden. »Das tut mir leid«, sagt sie, während Jana mich verarztet.

»Ach was, es sieht schlimmer aus, als es ist! Bestimmt hört es gleich auf zu bluten.« Ich lächle Pia an. »Mach dir keinen Kopf.«

»Fertig!« Jana betrachtet skeptisch den Verband. »Nicht schön, aber hält.«

»Danke.«

Pia zeigt auf meinen Bernstein. »Das ist weißer Phosphor. Der war im Zweiten Weltkrieg Bestandteil von Brandbomben.

Erinnert ihr euch nicht? Oma hat uns früher schon davor gewarnt. Zurzeit werden immer mal wieder vereinzelte Stücke an Land gespült.«

»Das ist Phosphor?«, frage ich und betrachte mein Fundstück genauer. »Sieht echt fast so aus wie Bernstein.« Phosphor kann sich selbst entzünden, wenn er getrocknet ist. Das kann sehr unangenehm werden, besonders wenn man ihn in der Kleidung transportiert.

»Puh«, sagt Jana. »Ich habe mich ganz schön erschreckt.«

»Dafür hast du aber sehr gut reagiert.« Ich hebe beide Arme. »Zieh mir mal mein Shirt über den Kopf. Du kannst es anziehen. Ich trage drunter noch ein Top.«

Jana schüttelt den Kopf. »Quatsch, es ist jetzt schon total warm, und mein BH sieht aus wie ein Bikinioberteil. Außerdem ist außer uns sowieso niemand unterwegs.« Sie zeigt auf den Phosphorbrocken. »Was machen wir denn jetzt damit? Wir können es ja schlecht hier liegen lassen.«

»Wenn es in der Sonne trocknet, fängt es von sich aus an zu brennen, und zwar so heiß, dass man es noch nicht mal mit Wasser löschen kann«, erklärt Pia. »Das habe ich letztens erst in einem Bericht gelesen. Am besten, wir schieben es mit einer großen Muschelschale an einen Platz, wo wir es wiederfinden, und bedecken es mit feuchtem Sand. Später holen wir es dann und entsorgen es.«

Jana macht sich sofort an die Arbeit. »Wollt ihr schon mal vorgehen, Rina? Wegen deiner Hand ...«

»Wir gehen zusammen«, entscheide ich.

Diesmal ist es Pia, die es sich im Schneidersitz auf dem Badezimmerteppich bequem gemacht hat. Sie hat ihren Erste-Hilfe-Kasten aus dem Auto und Omas Medikamentenkiste mitgebracht und durchsucht den Inhalt. Ich sitze auf dem Badewannenrand, Jana neben mir. Sie wickelt vorsichtig den notdürftigen Verband von meiner Hand. »Hat ganz schön heftig geblutet«, sagt sie.

»Ja, aber es sah wirklich schlimmer aus, als es ist. Durch den Druck haben wir die Blutung ganz gut gestillt.« Ich halte meine Hand unter lauwarmes Wasser, um sie zu säubern, tupfe sie trocken und betrachte meinen Finger. Der Schnitt ist glatt, etwa eineinhalb Zentimeter lang und zieht sich schräg abwärts von der Fingerkuppe bis hinein in das zweite Glied. »Ich denke nicht, dass es genäht werden muss«, überlege ich laut. »Fest verbinden reicht. Hast du was zum Desinfizieren gefunden, Pia?«

Etwa zehn Minuten später bin ich verarztet.

Jana schüttet die Muscheln aus meiner Tasche ins Waschbecken.

»Ich koche schon mal Kaffee«, sagt Pia. »Eine Kleinigkeit frühstücken sollten wir auch. Was wollt ihr denn essen?«

»Ich habe überhaupt keinen Hunger«, antwortet Jana. »Ich bin viel zu aufgeregt.«

»Wir auch, aber eine kleine Stärkung wäre nicht schlecht. Es ist noch ein Rest von Theas Hefezopf da«, schlage ich vor. »Ich brauche jetzt was Süßes, das Fleisch können wir ja dann mittags essen, wenn wir zurück sind.«

»Okay, bis gleich.« Pia geht rüber in die Küche. Ich bleibe auf dem Wannenrand sitzen und schaue Jana beim Muschelnsäubern zu. Sie spült sie unter fließendem Wasser ab und breitet sie danach auf einem Handtuch zum Trocknen aus.

Als sie fertig ist, zeigt sie auf meine verletzte Hand. »Als Ärztin bist du ganz schön aufgeschmissen, wenn du die nicht benutzen kannst.«

»Das stimmt.« Ich betrachte ebenfalls den Verband und lächle Jana an. »Sieht gar nicht so schlecht aus. Vielleicht hättest du doch Medizin studieren sollen.«

Sie zuckt mit den Schultern. »Ja, vielleicht wäre das besser gewesen, wer weiß ...?«

»Meinst du das ernst?« Ich schaue Jana prüfend an. Das war kein Scherz, den sie da eben gemacht hat.

Sie überlegt einen Moment. »Nein, nicht wirklich.«

»Aber du sagst uns, wenn du irgendwie nicht klarkommst, ja?«

»Mach ich. Und jetzt lass uns was frühstücken.«

Gerade als wir aus dem Bad gehen, klingelt es. »Halb acht, das ist bestimmt Thea«, sagt Pia, die aus der Küche kommt. »Sie weiß ja, dass wir spätestens um halb neun loswollten.«

In dem Moment ertönt auch schon eine helle, laute Stimme von draußen. »Huhu, ich bin's, ich habe Brot für euch.«

Pia öffnet die Tür, und Thea kommt ins Haus. Auch sie trägt die Haare jetzt kurz – und rot.

»Guten Morgen, ihr drei Lieben«, ruft sie. »Ich habe euch vorhin gesehen, als ihr runter zum Wasser gegangen seid. Ihr wart also auch schon so früh wach. Konntet ihr nicht schlafen? Ich auch nicht. Die ganze Nacht habe ich an Anni gedacht. Es wird doch alles gut gehen, oder? Die Ärmste, und dabei war sie all die Jahre immer topfit und hat so sehr auf ihre Gesundheit geachtet.« Sie hebt einen Korb hoch. »Ich habe auf jeden Fall gedacht, ihr würdet euch über frisch gebackenes Brot freuen. Es ist noch warm.« Sie streckt ihren Kopf vor und schnuppert. »Habt ihr Fleisch im Ofen? Es riecht lecker.«

»Guten Morgen, Thea«, sagen wir alle drei gleichzeitig und unterbrechen damit ihren Redeschwall.

»Oh, wie schön, ihr klingt wie ein Chor!« Die rundliche kleine Frau tippelt mit flinken Schritten wie selbstverständlich durch den Flur in Richtung Küche. Als sie kurz vor der Küchentür auf mich trifft, bleibt sie abrupt stehen. »Ach herrje, was hast du denn angestellt?«

»Nichts Schlimmes, nur ein kleiner Schnitt an einer Muschel. Du siehst übrigens gut aus.«

»Findest du?« Thea streicht sich durchs Haar. Es ist noch kürzer geschnitten als Omas, raspelkurz, so als hätte Thea den Langhaarrasierer bei sich selbst angelegt. Nur der Pony ist etwas länger. Ein paar Fransen hat Thea frech ins Gesicht frisiert. Die rote Farbe ist etwas grell und gewöhnungsbedürftig, aber irgendwie passt sie zu Thea.

»Steht dir total gut«, sagt auch Jana. »Sieht peppig aus.«

Thea strahlt über das ganze Gesicht. »Eure Oma hat mich angesteckt.« Sie wird ernst. »Gesehen hat sie es allerdings noch nicht. Wie geht es ihr? Gibt es was Neues? Sie wird doch heute aufgeweckt, oder?«

»Es läuft alles nach Plan«, sage ich. »Gegen neun wird sie zurückgeholt.«

»Das ist gut! Ich hoffe nur, dass Anni wieder ganz gesund wird. Du passt doch auf, dass sie nichts falsch machen?« Sie zeigt auf meine verbundene Hand. »Eine Muschelschale? Die stecken voller Bakterien. Hast du die Wunde auch gut desinfiziert?« Sie schüttelt den Kopf. »Ach, was rede ich denn da? Du bist immerhin Ärztin.«

Thea stellt den Korb auf den Küchentisch und holt einen großen Laib Brot heraus.

»Mit Buttermilch gebacken, lasst es euch schmecken.«

»Hm«, mache ich. »Das sieht sehr gut aus.«

»Und es bleibt lange frisch, nicht so wie das gekaufte Zeug aus der Großbäckerei.« Sie lässt ihren Blick durch die Küche schweifen. »Ihr habt Haselnusspaste gemacht?«

»Ja, möchtest du welche?«, fragt Pia.

»Da sage ich nicht Nein.«

Ich stelle eins der Gläschen in Theas Korb und deute mit meinem unverletzten Zeigefinger auf den Herd. »Möchtest du vielleicht auch Ofenfleisch? Es schmort seit gestern Abend sanft vor sich hin.«

»Lieb von euch, aber das ist nicht nötig. Zu Hause sitzt Ludwig und wartet darauf, dass ich endlich das Rührei in die Pfanne haue.« Sie schüttelt den Kopf. »Allein bekommt er das nicht hin. Er ist ja noch nicht mal in der Lage, vernünftigen Kaffee zu kochen.«

Ich schaue überrascht auf. Thea klingt richtig giftig. So kenne ich sie gar nicht. Aber wenn ich jetzt nachfrage, ob die beiden Streit haben, kommen wir nie zum Frühstücken. Fängt Thea an zu schimpfen, vergisst sie die Zeit – und Ludwig bekommt sein Rührei nie.

Pia sieht das anscheinend auch so. »Du bist aber auch eine begnadete Köchin, Thea«, sagt sie. »Wir frühstücken jetzt deinen restlichen Hefezopf. Das Brot heben wir uns für heute Mittag auf. Das passt super zu dem Fleisch. Möchtest du vielleicht mit uns essen?«

»Nein, danke.« Thea klemmt sich ihren Korb unter den Arm. »Wir haben heute ein Kaninchen auf dem Tisch.« Sie legt eine kleine Pause ein und lächelt. »Ich geh dann mal lieber, bevor Ludwig verhungert.«

Ich begleite Thea durch den Flur zur Haustür. Kurz davor bleibt sie noch einmal stehen. Sie wird ernst. »Anni ist meine beste Freundin, sie ist wie eine Schwester für mich. Und wir haben noch so viel gemeinsam vor. Sie hat mir versprochen, dass ...« Thea beendet den Satz nicht und lächelt mich geheimnisvoll an.

»Was denn?«, frage ich.

»Ach, das soll sie euch lieber selbst erzählen, wenn sie wieder ganz gesund ist«, sagt sie und geht zu ihrem Fahrrad, das sie an die Hauswand gelehnt hat. Sie klemmt ihren Korb hinten auf den Gepäckträger, winkt noch einmal und fährt los.

Oma hat uns anscheinend jede Menge zu erzählen, wenn sie wieder wach ist, denke ich. Erika rückt nicht mit der Sprache raus, weswegen sie sich mit Oma zerworfen hat. Und Thea, die sonst nichts für sich behalten kann, macht auch nur Andeutungen. Merkwürdigerweise beschleicht mich das Gefühl, dass beides irgendwie zusammenhängt.

14. Kapitel

Ich habe mich vor dem Haus auf die Bank gesetzt, um dort auf meine Schwestern zu warten. Es ist zwanzig nach acht. Wir haben alle eine Kleinigkeit gefrühstückt, und gleich fahren wir zu Oma.

Von Daniel habe ich seit gestern nichts mehr gehört. Aber ich habe ihm versprochen, ihn auf dem Laufenden zu halten, was Oma angeht.

Gegen neun wird Oma wach sein, schreibe ich. *Das Narkosemittel wurde im Laufe der Nacht reduziert, Herzrhythmus ist stabil.* Ich überlege gerade, ob und was ich noch dazuschreiben sollte, da kommt Pia nach draußen.

Ich schicke die Nachricht an Daniel ohne weiteren Kommentar ab und stecke mein Handy in meine Tasche.

»Jana kommt auch gleich«, sagt Pia und setzt sich neben mich. Sie schmunzelt. »Unsere kleine Schwester hat Bauchschmerzen, sie hängt im Bad fest.«

»Die Arme ...« Jana hat schon immer mit Magenproblemen gekämpft, wenn sie aufgeregt war. Ich weiß nicht, wie viele Liter Kamillentee Oma im Laufe der Jahre für sie gekocht hat. Jana hat den Tee bei Klassenarbeiten sogar in eine Thermoskanne abgefüllt mit in die Schule genommen. Hühnersuppe bei beginnender Erkältung, Quarkpackung bei Sonnenbrand – und eben Kamillentee bei Bauchschmerzen.

»Ich glaube, wir müssen uns mehr um unsere Kleine kümmern«, sagt Pia. »Sie hat ein paarmal ganz komische Andeutungen gemacht. Ich kann dir gar nicht mehr den genauen

Wortlaut wiedergeben, aber sinngemäß lief es darauf hinaus, dass sie selbst sehr unzufrieden mit sich ist und sich nicht leiden kann. Ich glaube, das hat etwas mit dem Typen zu tun, der sie auch zum Krankenhaus gefahren hat. Sie rückt nicht raus mit der Sprache, wer das war.« Pia fährt sich durchs Haar. »Es kann natürlich auch sein, dass ich mich irre, es ist nur so ein Gefühl.«

Pia liegt intuitiv meistens richtig, wenn sie *nur so ein Gefühl* hat. Das Gespräch im Badezimmer mit Jana fällt mir wieder ein – und auch das, was wir im Auto geführt haben, als wir von Omas Arzt aus zum Krankenhaus gefahren sind. »Bei mir hat sie auch so etwas in der Art vom Stapel gelassen. Genauso, wie sie nicht von ihrem Freund erzählen wollte, als ich sie danach gefragt habe. Und außerdem …« Ich versuche mich daran zu erinnern, was Jana gesagt hat, als wir über ihr Studium gesprochen haben … »Vorhin, als sie mir den Finger verbunden hat, klang es so, als wäre sie sich nicht sicher, ob sie die richtige Entscheidung getroffen hat. Vielleicht kommt sie ja im Studium doch nicht ganz so gut klar«, überlege ich. »Der Stoff ist nicht ohne, und du weißt ja, wie Jana ist. Lernen war noch nie ihre Stärke. Sie ist intelligent, aber eine faule Socke, zumindest war es in der Schule so.«

»Das stimmt.« Pia kreuzt die Arme vor ihrer Brust, schließt die Augen und seufzt. »Irgendwas ist da auf jeden Fall, und das hat nichts damit zu tun, dass es Oma nicht gut geht.«

»Jana ist ein bisschen wie Oma. Sie wirkt auch immer fröhlich und ausgelassen und behält dabei all ihre Sorgen für sich. Alles Wichtige, was in Omas Leben in letzter Zeit passiert ist, hat sie uns verheimlicht. Den Streit mit Erika, die finanziellen Schwierigkeiten, die Kreislaufprobleme. Ich hätte mich viel öfter hier blicken lassen sollen.«

»Das hätte wahrscheinlich auch nichts geändert«, sagt Pia.

Ich war regelmäßig bei Oma, wenigstens einmal die Woche, aber mir hat sie auch nichts erzählt. Sie wollte uns nicht mit ihren Sorgen belasten. Ich glaube, das ist ganz normal. Wir sind ihre Enkeltöchter.«

»Aber Jana ist unsere Schwester. Ich hoffe, sie weiß, dass sie über alles mit uns reden kann.« Schon in dem Moment, in dem ich es ausspreche, wird mir klar, dass ich es auch nicht anders gemacht habe. Weder von Daniels Seitensprung noch von meinen beruflichen Sorgen habe ich meinen Schwestern erzählt. Ja, hier muss sich tatsächlich einiges ändern, und zwar auch in Bezug auf mich.

»Wir nehmen sie uns vor, sobald das mit Oma überstanden ist«, sagt Pia und schaut auf die Uhr »Fünf vor halb.«

Ich stehe auf und gehe ins Haus, um nach Jana zu rufen, aber da kommt sie auch schon die Treppe herunter.

»Bin fertig!«, sagt sie – und verschwindet in Omas Schlafzimmer.

»Beeil dich!«, rufe ich.

Kurz darauf kommt sie endlich nach draußen. In der Hand hält sie ein großes Einmachglas, das zur Hälfte mit Steinen und Muscheln gefüllt ist, über der rechten Schulter baumelt eine naturfarbene Stofftasche mit einem großen bunten Peace-Zeichen drauf. »Ich hab noch schnell das Muschelglas für Oma fertig gemacht. Und unser Foto von Omas Nachttisch habe ich auch gerade geholt.«

»Das ist eine schöne Idee«, sagt Pia. »Oma wird sich freuen.«

»Hoffentlich geht alles gut.« Jana hebt das Glas nach oben. »Ich habe auch einen deiner Hühnergötter mit reingelegt, nur so für alle Fälle, falls irgendwelche bösen Geister vertrieben werden müssen. Das Glas riecht allerdings schwer nach eingelegten Gurken, es sollte auf jeden Fall zubleiben. Meinst du, wir können es da überhaupt irgendwo hinstellen, Rina?«

Ich sehe unsere kleine Schwester an. Sie steht da, mit dem Muschelfriedhof in der Hand, blass um die Nase, die roten Haare zerzaust, ängstlich – und Wärme strömt durch meinen ganzen Körper. »Weißt du eigentlich, dass du etwas ganz Besonderes bist?«, frage ich und küsse sie zart auf die Stirn.

»Und weißt du eigentlich, wie ähnlich du Mama bist, Rina?« Jana lächelt mich an. Ihre Stimme klingt sanft. »Stimmt doch, Pia, oder?«

»Ja, das stimmt. Ihr habt vom Wesen her beide viel von Mama. Und in euren Interessen auch. Sie war Krankenschwester. Du wirst Psychologin, Jana. Und Rina ist Ärztin. Ihr seid beide im Gesundheitswesen.« Sie runzelt die Stirn. »Hm ... Nur ich falle irgendwie raus. Eine künstlerische Ader hat niemand in unserer Familie.«

»Du bist wie Oma«, sagt Jana. »Die steht auch so gerne in der Küche wie du. Außerdem habt ihr beide eine ganz besondere Beziehung zum Meer und zu der Insel hier. Rina und ich lieben das alles hier genauso, aber bei dir sitzt es viel tiefer.«

»Stimmt!«, sage ich. Papa war Elektriker, Opa war Schlosser. Beide haben sich ganz klassisch für Fußball interessiert, saßen abends gerne mit einem Bierchen auf der Couch und standen auf Kriegsfuß mit der Hausarbeit. Sie haben ihre Familie über alles geliebt. Oma hat oft gesagt, dass Opa ihr ein guter Mann und für Mama ein toller Vater gewesen ist. Und das gilt auch für Papa, wenn er auch manchmal seine Nase zu tief ins Bierglas gesteckt hat. »Wir kommen nach den Frauen in der Familie. Wir haben alle etwas Mama und Oma in uns, die Männer waren scheinbar nicht so dominant.«

Jana nickt. »Genau, Frauenpower. Und was ist jetzt mit Omas Geschenk? Können wir die Sachen bei ihr im Zimmer lassen?«

»Ja. Aber jetzt sollten wir los.« Ich zücke meinen Autoschlüssel. »Wer fährt? Ich bin gehandicapt.«

»Heute bin ich dran.« Pia greift zu, und wir gehen zu meinem Auto.

»Mein Bauch rumort immer noch«, sagt Jana, als wir im Wagen sitzen.

Ich öffne das Handschuhfach, hole eine Packung Kaugummis heraus und halte sie nach hinten. »Hier, das hilft.«

Pünktlich um neun stehen wir vor der Intensivstation. Jetzt habe auch ich Bauchschmerzen. Eine Krankenschwester, die ich noch nicht kenne, holt uns ab. Und nur wenig später steht Dr. Kerner vor uns, mit dem ich mich gestern schon sehr nett unterhalten habe.

Er lächelt uns aufmunternd zu. »Es läuft alles nach Plan. Ihre Großmutter befindet sich noch in einem sehr leichten Dämmerschlaf, das Herz schlägt weiterhin gleichmäßig. Ich würde vorschlagen, Sie warten hier, und wir ziehen den Tubus, sobald es möglich ist. Danach dürfen Sie sofort zu ihr.«

»Ich würde gerne dabei sein«, sage ich.

Dr. Kerner schüttelt den Kopf. »Das kommt leider nicht infrage, da lasse ich auch nicht mit mir diskutieren. Sie sind eine Angehörige, das sollten Sie nicht mitbekommen.«

Es gefällt mir zwar nicht, aber er hat recht, ich würde das genauso handhaben. Wir sitzen nebeneinander und warten. Pia wippt dabei mit ihrem rechten Fuß. Und Jana kämpft noch immer mit ihrem Bauch. »Mir ist schlecht«, sagt sie nach einer Weile. »Ist es normal, dass es so lange dauert?«

Ich schaue auf meinem Handy nach der Uhrzeit, es ist Viertel nach neun. »Der Schlauch ist schnell gezogen, aber dafür muss Oma fast wach sein. Jeder Patient reagiert da anders.«

»Puh, ich hasse diese Warterei.« Pias Füße stehen mittlerweile still, aber dafür klopft sie nun in schnellem Rhythmus mit ihren Fingern auf den Stuhl neben sich.

Ich massiere mit Zeigefinger und Daumen meinen Nasenrücken. Ich kann gar nichts dagegen machen, die sechzehn Jahre alten Bilder blitzen wieder auf. Pia, Jana und ich im Krankenhaus, Oma war noch nicht da, Mama lag noch im OP, und Papa war schon am Unfallort gestorben. Ich greife nach Janas Hand. Und Jana greift gerade nach Pias, als endlich die Tür geöffnet wird.

Dr. Kerner lächelt uns an. »Ihre Großmutter ist wach. Und sie atmet selbstständig.«

Ein Stein fällt mir vom Herzen, und gleichzeitig schießen mir Tränen in die Augen. Diesmal ist es Pia, die mir ein Taschentuch gibt.

»Das hört sich gut an«, sage ich und wische mir über die Wangen.

Dr. Kerner wartet, bis ich mich wieder gefasst habe.

»Ihre Großmutter ist noch etwas benommen, versucht aber schon zu sprechen, leise und noch etwas heiser. Sie sollten sie nicht überfordern. Am besten gehen Sie nicht alle auf einmal rein.«

Ich nicke, unfähig, etwas zu sagen.

»Dann können Sie jetzt zu ihr«, sagt Dr. Kerner.

»Danke«, antworte ich und tupfe mir noch einmal mit dem Taschentuch die Augen trocken.

Auch Pia und Jana haben Tränen in den Augen, wirken jedoch gefasster als ich. Sie haben Oma allerdings auch nicht leblos auf dem Boden liegend gefunden. Bei dem Gedanken, dass ich gerade noch rechtzeitig gekommen bin, laufen prompt wieder die Tränen über mein Gesicht. Es kommt mir vor, als fiele eine zentnerschwere Last von mir ab. Ich weiß, dass Oma noch nicht hundertprozentig über den Berg ist, es können immer noch Komplikationen auftreten, aber sie ist wach. Und sie atmet!

»Geh du zuerst«, sagt Pia zu mir.

Jana nickt. »Dich hat sie zuletzt gesehen. Und du kannst am besten einschätzen, ob sie in der Lage ist, uns alle drei gemeinsam zu verkraften. Wir warten solange hier.«

Oma hat die Augen geöffnet, als ich den Raum betrete, und sieht mich an.

»He«, sage ich, »da bist ja wieder.« Ich greife nach Omas Hand und streiche über ihren Handrücken. »Ich bin es, Katharina.«

Oma hüstelt leicht. Ihre Lippen bewegen sich, aber sie spricht sehr leise, und ich kann sie nicht verstehen.

»Der Beatmungsschlauch hat deine Stimmbänder gereizt, Oma. Aber das wird sich schnell wieder geben.« Sie schüttelt den Kopf und zieht ihre Hand aus meiner. Als sie wieder zu sprechen beginnt, halte ich mein Ohr ganz nah an ihren Mund.

»Sie halten mich gefangen«, flüstert Oma. »Können Sie mir meine roten Lederstiefel bringen?«

Ach herrje! Oma scheint mächtig verwirrt zu sein. »Hier hält dich niemand gefangen, Oma. Du bist im Krankenhaus. Alles ist gut.«

»Ohne meine roten Lederstiefel gehe ich nicht. Sie hat mich verraten. Und Judith hat sie auch verraten. Das werde ich ihr nie verzeihen.«

Unsere Mutter hieß Judith … »Du bist im Krankenhaus, Oma«, wiederhole ich noch einmal. Alles ist gut. Schau mich mal an. Ich bin es, Katharina, Judiths Tochter und deine Enkeltochter.«

»Judith ist tot«, flüstert Oma, und ein Schauer läuft mir

über den Rücken. »Sie haben sie umgebracht, weil ich sie mitnehmen wollte. Können Sie jetzt meine roten Lederstiefel holen?«

Arme Oma, sie scheint heftige Albträume gehabt zu haben und sie nun mit der Realität zu vermischen. Das muss schlimm für sie sein. Ich weiß, dass das nach einer Narkose vorkommen kann und sich das in der Regel von allein gibt, aber es tut mir in der Seele weh, Oma jetzt so leiden zu sehen.

»Du bist im Krankenhaus, Oma. Und du bist verwirrt. Du musst keine Angst haben. Das geht vorbei. Alles ist gut, Oma.« Ich greife wieder nach ihrer Hand und freue mich, als sie leicht zudrückt. »Weißt du was? Ich bin jetzt kurz weg, komme aber gleich zurück. Und dann bringe ich Pia und Jana mit, deine beiden anderen Enkeltöchter.«

Oma sieht mich einfach nur an, antwortet aber nicht. Ich lasse ihre Hand los. »Bis gleich, Oma.«

»Das hat aber lange gedauert«, sagt Jana, als ich wieder bei meinen Schwestern bin.

»Oma geht es gut, aber sie ist noch sehr verwirrt, deswegen habe ich noch mit dem Arzt gesprochen«, erkläre ich. »In der Medizin wird diese Art von Verwirrtheit ›Durchgangssyndrom‹ genannt. Das kommt manchmal nach längeren Narkosen und vor allen Dingen bei älteren Patienten vor. In der Regel bildet es sich spontan innerhalb von Stunden bis Tagen zurück. Erschreckt euch also nicht, wenn Oma euch gleich nicht erkennt. Sie hat mir eben erzählt, dass sie gefangen gehalten wird. Außerdem hat sie ein paarmal nach roten Lederstiefeln gefragt. Es sieht so aus, als würde Oma momentan die Realität von ihren Träumen nicht unterscheiden können. Aber wie gesagt, das gibt sich wieder.«

»Wenn sie denkt, dass sie hier gefangen gehalten wird, hat sie aber schlimme Träume«, sagt Pia. »Die Ärmste.«

»Sie hat auch von Mama gesprochen«, sage ich, damit Pia und Jana darauf vorbereitet sind, wenn Oma wieder davon anfängt. »Sie denkt, dass sie umgebracht wurde. Sie hatte anscheinend richtig heftige Albträume.«

»Ach du Scheiße«, entfährt es Jana. »Und wie verhalten wir uns, wenn sie wieder halluziniert?«

»Wichtig ist, dass ihr ruhig bleibt, ihr sagt, wer ihr seid und wo sie sich befindet. Sie denkt jetzt im Moment wirklich, dass sie gefangen gehalten wird, dementsprechend wird sie große Angst haben.« Ich lächle, um dem Ganzen etwas Tragik zu nehmen. »Oma hat das Schlimmste überstanden. Das bekommen wir jetzt auch noch hin.«

Pia und Jana nicken. Kurz darauf stehen wir zu dritt an Omas Bett.

»Oma, ich bin es wieder, Katharina. Schau mal, wen ich mitgebracht habe.« Ich stehe auf der einen Seite des Bettes, meine Schwestern stehen auf der anderen. »Jana und Pia sind hier.«

»Hallo, Oma«, sagt Pia laut und deutlich. »Ich bin es, Pia, deine Enkelin. Schön, dass du wieder wach bist. Wir haben dich vermisst.«

Oma sieht Pia mit ihren hellen Augen an. Eine steile Falte bildet sich auf ihrer Stirn. Man kann sehen, wie es in ihr arbeitet. Aber sie sagt nichts, sie sieht Pia einfach nur an.

»Ich bin auch da, Oma.« Jana holt das Einmachglas aus ihrer Tasche. »Und ich habe dir auch was mitgebracht.« Sie hebt das Glas in die Höhe und rüttelt es sanft. »Die Muscheln haben wir heute Morgen für dich gesammelt. Wir waren schon ganz früh am Ufer spazieren – unten am Meer.«

Oma nickt und flüstert: »Schön.« Ich atme erleichtert auf. Sie kommt zu sich, denke ich, aber nur kurz darauf werde ich eines Besseren belehrt.

»Sag dem Miststück, dass sie verschwinden soll«, sagt Oma. Ihre Stimme ist schon etwas lauter als noch vor ein paar Minuten, aber sie klingt immer noch heiser.

Jana geht nicht auf Oma ein und lässt sich ihre Überraschung nicht anmerken. »Stell dir vor, Oma, wir haben über Nacht Ofenfleisch gemacht«, sagt sie. Ihre Stimme hat einen warmen Klang. »Das ganze Haus duftet jetzt danach.«

Doch Oma interessiert sich nicht dafür. Sie wird jetzt richtig giftig. »Sie soll gehen!«, sagt sie. Ihr Blick ist kalt. »Sag ihr, dass sie verschwinden soll. Meinetwegen kann sie die roten Stiefel behalten, aber meinen Daniel bekommt sie nicht.«

Mein Herz klopft etwas schneller. Kann es sein, dass Oma im Traum unser Gespräch über Daniels Seitensprung verarbeitet hat? Ich greife nach ihrer Hand. »Du bist im Krankenhaus, Oma, weil dein Herz Kapriolen geschlagen hat. Aber jetzt ist alles wieder gut. Du musst dich nur noch ein bisschen erholen. Ich bin Katharina, und auf der anderen Seite deines Bettes stehen Pia und Jana. Wir sind deine Enkeltöchter.«

Oma dreht den Kopf zu mir. »Die Assistenzärztin soll gehen. Sie ist ein Stasi-Flittchen.« Sie hebt ihre Hand ein Stück an und winkt mich nah an sich heran.

Ich senke meinen Kopf, um sie besser verstehen zu können: »Würden Sie uns ein paar Bettlaken besorgen? Wir knoten sie aneinander und klettern aus dem Fenster, bevor es zu spät ist. Sie haben mich eingesperrt. Georg wartet nicht.«

»Niemand hat dich eingesperrt, Oma«, erkläre ich. »Du bist im Krankenhaus. Pia ist da. Jana – und ich bin auch da, Katharina.«

»Die blonde Assistenzärztin macht gemeinsame Sache mit Erika«, sagt Oma. »Die beiden gönnen mir mein Glück nicht. Ich darf noch nicht mal das Grab besuchen. Und meine Zigaretten haben sie mir auch weggenommen.« Oma schließt die

Augen. »Ich bin so müde, ich glaube, sie haben mir schon wieder ein Betäubungsmittel gegeben.«

»Niemand hat dir etwas gegeben, was nicht gut für dich ist, Oma. Du bist im Krankenhaus und gerade aus der Narkose aufgewacht. Deswegen bist du ein bisschen verwirrt. Hab keine Angst; wenn du müde bist, solltest du schlafen. Das wird dir guttun.« Ich schaue Pia und Jana an und sage leise zu ihnen: »Ich denke, das reicht fürs Erste. Jana, am besten stellst du das Muschelglas und das Foto vorerst auf die Fensterbank. Ich frage später nach einem Beistelltisch.« Dann wende ich mich wieder an Oma: »Wir lassen dich jetzt etwas schlafen, Oma. Wir kommen dich später noch mal besuchen.«

»Schlaf gut, Oma«, sagt auch Pia, da öffnet Oma ihre Augen wieder und sagt zu ihr: »Sie sind ja immer noch hier. Hat man Ihnen nicht gesagt, dass Sie unerwünscht sind? Sie sollten sich schämen. Und jetzt möchte ich schlafen.«

15. Kapitel

»Oh Mann!«, sagt Jana, nachdem wir die Intensivstation verlassen haben. »Das war krass! Ich hatte eine Gänsehaut nach der anderen. Oma hat sich da anscheinend einen kompletten Horrorfilm zusammengeträumt. Was hat sie dir zugeflüstert, als du den Kopf zu ihr runtergebeugt hast, Rina?«

Wir gehen den Flur des Krankenhauses entlang, um uns in der Cafeteria einen Kaffee zu holen, den wir jetzt alle dringend brauchen. »Dass ich Bettlaken besorgen soll, damit wir aus dem Fenster flüchten können«, antworte ich. »Und dass sie ihr irgendjemanden namens ... warte ... mir fällt es gleich wieder ein ... Georg – dass sie ihr Georg wegnehmen wollen.«

»Hm«, macht Pia. »Den Namen habe ich schon mal irgendwo gehört. Hieß Opas Bruder nicht so?«

»Nein, der hieß Christoph«, antworte ich. »Und letztendlich wird es auch gar nichts bedeuten. Oma schmeißt momentan alles durcheinander. Es kann durchaus sein, dass sie den Namen kurz vorher in einem Fernsehfilm gehört hat, dass es sich um einen Schulfreund oder einen Nachbarn handelt, den wir nicht kennen. Oma erfindet eine komplett neue Welt.«

»Und ich spiele darin die Rolle der Bösen.« Pia sieht leicht verstört aus. Omas Abneigung hat sie tief getroffen. »Aber egal, die Hauptsache ist, dass sie erst einmal wach ist und ihr Herz ohne den Schrittmacher wieder normal schlägt. Obwohl ...« Sie schüttelt den Kopf. »Es ist doch bestimmt auch sehr belastend, wenn sie wirklich denkt, dass sie gefangen gehalten wird. Schlägt das nicht auch aufs Herz, Rina?«

»Es ist eine Belastung, das ist keine Frage. Wenn sich das nicht bald von allein bessert, wird Oma wahrscheinlich tatsächlich ein Beruhigungsmittel bekommen. Solange sie sich nicht selbst gefährdet und nicht wirklich auf die Idee kommt, zum Beispiel Bettlaken zusammenzuknoten, um aus dem Fenster zu klettern, muss sie da aber jetzt einfach durch«, erkläre ich. »Das ist hart, aber wenn es ohne weitere Medikamentenzufuhr funktioniert, wäre das das Beste für Oma. Du hast recht, Pia, das Wichtigste ist, dass Oma wach und stabil ist. Sie kann selbstständig atmen und sprechen, auch wenn sie momentan noch wirres Zeug erzählt.«

Wir sind mittlerweile in der Cafeteria angekommen.

»Lasst uns den Kaffee draußen trinken«, schlage ich vor. »Ich brauche etwas frische Luft.«

Kurz darauf sitze ich zwischen Pia und Jana auf der Bank hinter dem Krankenhaus, auf der ich am Freitag und auch am Samstag mit Daniel gesessen habe.

Jana beugt sich vor und schaut an mir vorbei zu Pia. »Oma denkt, du arbeitest für die Stasi, Pia.«

»Nicht nur das. Ich bin die fiese Assistenzärztin, die Oma Daniel ausspannen will.« Pia sieht mich an. »Schon irgendwie verrückt. Meinst du, das hat vielleicht irgendwas mit Erika zu tun? Die beiden sind immerhin auch Schwestern.«

»Wer weiß, vielleicht haben die beiden sich ja mal um Georg gestritten?«, überlegt Jana laut. »Ich weiß auch nicht, aber ich denke, dass das schon alles irgendwie was zu bedeuten hat, was Oma da von sich gegeben hat.«

»Oma wirft alles durcheinander«, erkläre ich noch einmal. »Sie vermischt Dinge, die vor Ewigkeiten passiert sind, mit denen, die aktueller sind.« Ich zögere einen Moment. Bisher habe ich Daniels Seitensprung für mich behalten. Es ist schon komisch. Obwohl Daniel derjenige war, der fremdgegangen ist, fühle ich mich trotzdem so, als wäre ich diejenige, die etwas verbrochen hat. Warum ist es mir peinlich, dass ich betrogen wurde? »Ein paar Stunden bevor Oma umgekippt ist, habe ich mit ihr über Daniel und mich gesprochen. Du bist blond, Pia, so wie die Assistenzärztin, mit der Daniel mich vor einem Jahr betrogen hat.«

Pia sieht mich mit großen Augen an, bevor sie den Kopf schüttelt, und sagt: »Kerle kannst du komplett alle in die Tonne treten, die machen nichts als Ärger.«

Auch Jana wirkt überrascht. »Das wusste ich gar nicht.«

»Pia auch nicht«, erkläre ich schnell, damit Jana sich nicht wieder ausgeschlossen fühlt. Ich weiß, dass sie manchmal darunter leidet, immer noch das Küken zu sein. »Niemand wusste etwas.« Ich kann mir den kleinen bissigen Nachsatz nicht verkneifen ... »Abgesehen mal von der gesamten Krankenhausbelegschaft.«

»Echt? Wie unangenehm! Habt ihr euch deswegen getrennt?«, fragt Pia.

»Ja und nein«, antworte ich. »Wie gesagt, das ist jetzt ein Jahr her. Ich habe es erfahren, nachdem die Sache beendet war. Wenn Daniel der Richtige gewesen wäre, hätten wir die Krise bewältigt. Es lag wahrscheinlich wirklich daran, dass wir uns zu wenig um unsere Beziehung gekümmert haben.« Ich nippe an meinem Kaffee. Er ist mittlerweile lauwarm und schmeckt nicht mehr. »Oder auch nicht ... Ach, keine Ahnung!« Gehören wirklich immer zwei zum Scheitern einer Beziehung? »Der Trottel hat mir einen Heiratsantrag gemacht, und kurz danach finde ich zufällig heraus, dass er immer noch – oder wieder – Kontakt zu seiner Affäre hat. Und nicht nur das, sie ist auch nach Berlin gezogen, und die beiden arbeiten demnächst in der Charité zusammen.« Eben noch war es mir peinlich, über Daniels Seitensprung zu reden, aber das Gefühl hat sich in Luft aufgelöst oder, besser gesagt, in Ärger verwandelt.

»Autsch!«, sagt Pia. »Jetzt verstehe ich, warum du den Antrag abgelehnt hast. Es wundert mich, dass du es überhaupt noch mal versucht hast. Ich könnte das nicht. Fremdgehen wäre für mich ein Trennungsgrund.«

»Das habe ich vorher auch immer gesagt. Aber als es passiert war, wollte ich uns trotzdem noch eine Chance geben. Jeder macht schließlich mal Fehler.« Ich zucke mit den Achseln. »Ist jetzt auch egal, es ist vorbei.«

»Was ist mit Oma? Wie geht es jetzt weiter?«, fragt Jana plötzlich neben mir. Sie steht auf und kippt ihren Rest Kaffee hinter die Bank.

Ich schaue überrascht auf. Jana interessiert sich doch sonst so für das Liebesleben ihrer Schwestern.

»Oma denkt, dass sie gefangen gehalten wird«, erklärt sie. »Sollten wir da nicht lieber bei ihr bleiben? Nicht dass sie wirklich noch auf dumme Gedanken kommt.«

Ich lächle Jana aufmunternd zu. »Auf der Intensivstation ist sie gut aufgehoben, keine Sorge. Was letztendlich das Beste für Oma ist, ist schwer zu sagen. Es kann sein, dass Ruhe ihr guttut, weil sie dann nicht weiter aufgewühlt wird. Andererseits könnte es sie auch beruhigen, wenn jemand bei ihr bleibt.« Ich schaue zu Pia. »Allerdings wäre es wahrscheinlich ratsam, wenn sie dich erst mal nicht sehen würde. Tut mir leid.«

»Quatsch!« Pia winkt ab. »Ich weiß doch, dass ich nicht damit gemeint bin.«

Ich schaue auf meinem Handy nach der Uhrzeit. »Es ist gleich halb elf. Ich würde vorschlagen, Jana und ich gehen noch mal rein und schauen, wie es Oma geht. Manchmal erledigt sich so eine Verwirrtheit sehr schnell. Vielleicht haben wir ja Glück. Dann holen wir dich nach. Vorausgesetzt, die Ärzte und Schwestern spielen mit. Wir bringen Unruhe in die Station, wenn wir ständig kommen und gehen. Normalerweise müssten wir uns an die Besuchszeiten halten.«

Pia nickt. »Kein Problem. Ich kaufe mir im Kiosk eine Zeitschrift und warte vor der Station auf euch, egal, wie lange es dauert.«

Oma schläft, als Jana und ich das Zimmer betreten. Irgendjemand hat einen Beistelltisch an ihr Bett geschoben und Janas Geschenke so darauf platziert, dass Oma sie sehen kann. Wir stellen uns nebeneinander an ihr Bett. Mein Blick fliegt wie immer zu den Geräten. Ich zeige Jana einen Daumen nach oben, und sie nickt erfreut.

Gerade als ich wieder zur Tür deute, weil ich denke, dass es besser ist, Oma schlafen zu lassen, wird Oma wach und sieht uns aus halb geöffneten Augen an. »Wie spät ist es?«, fragt sie leise.

»Hallo, Oma«, sage ich. »Wir haben gleich elf Uhr morgens.«

»Guten Morgen, Oma«, sagt auch Jana, aber Oma schlummert wieder ein, ohne zu antworten. Ihre Augen flattern. Sie schläft nicht fest, und ich rechne damit, dass sie gleich wieder aufwacht. Ich hole einen der beiden Stühle, die unter dem Fenster stehen, reiche ihn Jana und hole den nächsten. Schweigend sitzen wir bei Oma und warten. Es dauert knapp zehn Minuten, bis sie die Augen wieder aufschlägt. Diesmal ist ihr Blick wach und klar und ihre Stimme fester, als sie uns fragt: »Wie spät ist?«

»Es ist elf Uhr, Oma«, antwortet Jana. »Sonntagmorgen, elf Uhr.«

»Gut!« Sie sieht mir direkt in die Augen. »Ich treffe mich heute Abend um sieben mit Georg. Vorher möchte ich

Karamellbonbons für ihn machen.« Ein Lächeln huscht über ihr Gesicht. »Mit echter Vanille.«

»Da freut er sich bestimmt, Oma. Mit Vanille mag ich sie auch sehr gern. Aber mit Meersalz schmecken sie mir fast noch besser.«

»Ich weiß«, sagt Oma. »Das hast du von deinem Großvater.« Sie dreht sich zu Jana. »Und du auch, ihr alle erinnert mich an ihn.« Sie schaut durch den Raum, ihr Blick bleibt am Foto hängen. »Wo ist Pia? Wohnt sie jetzt in England?«

Ich atme erleichtert auf. »Nein, Oma, Pia ist hier, sie zieht nicht nach England. Sie liest noch etwas, kommt aber auch gleich.«

Ich greife nach Omas Hand und möchte sie gerade fragen, ob sie weiß, wo sie ist, da sagt Oma: »Georg hat noch nie echte Vanille probiert. Er wird Augen machen. Wie spät ist es?«

»Kurz nach elf, Oma«, antwortet Jana. »Heute ist Sonntag, und wir haben kurz nach elf.«

Oma nickt. »Gut, ich möchte vorher nämlich noch Karamellbonbons machen«, sagt sie noch einmal. »Wollt ihr mir helfen?« Sie kräuselt die Stirn. »Ich weiß nicht, ob wir genügend Sahne im Haus haben. Und das Butterbrotpapier zum Einwickeln wird auch nicht reichen.« Sie lässt ihren Blick wieder ziellos durch den Raum schweifen. »Pia könnte im Supermarkt vorbeigehen. Hat sie meine roten Stiefel vom Schuster geholt?«

Jana sieht mich fragend an.

»Oma«, sage ich sanft. »Heute ist Sonntag. Am Freitag hat dein Herz Kapriolen geschlagen, und du musstest ins Krankenhaus. Du hast zwei Tage am Stück geschlafen, damit du wieder gesund wirst. Und momentan bist du immer noch im Krankenhaus. Aber alles ist gut. Jana ist da, ich bin da, und Pia kommt auch noch.«

Oma verzieht schmerzerfüllt das Gesicht. »Ich bin im Krankenhaus?« Sie sieht sich im Zimmer um, und plötzlich laufen Tränen über ihr Gesicht. »Könnt ihr eurem Opa ausrichten, dass ich nicht kommen kann? Ich möchte nicht, dass er auf mich wartet. Er soll seine Chance nutzen und sich ab in den Westen machen.«

»Du musst nicht traurig sein, Oma«, sagt Jana. »Du wirst wieder gesund. Bald bist du wieder zu Hause. Dann helfen wir dir, ganz viele Karamellbonbons zu machen.«

Ich wische Oma mit einem Taschentuch die Tränen aus dem Gesicht.

»Na gut«, sagt sie und klingt immer noch traurig. »Pia soll ihr Zuckerthermometer mitbringen, wenn sie kommt.« Oma lächelt schief. »Es ist einfacher für euch, wenn ihr die Temperatur dabei ständig kontrolliert.«

»Das kannst du ihr am besten gleich selbst sagen, Oma.« Jana sieht zu mir. »Meinst du, wir können sie holen?«

»Das ist eine gute Idee.« Ich stehe auf. »Am besten, ich rede kurz mit dem Arzt und sage ihm, dass es wichtig ist.«

Oma schüttelt den Kopf. »Du musst hierbleiben. Jana soll gehen, sie ist jünger und hat flottere Beine.«

»Aber ...«, sage ich, doch Jana springt schon auf.

»Ich krieg das schon hin.«

Kaum ist Jana zur Tür raus, versucht Oma sich im Bett aufzurichten.

Ich lege meine Hand auf ihren Arm. »Bleib liegen, Oma, du bist noch zu schwach.« Mein Blick geht zum Monitor. Omas Puls ist etwas in die Höhe gegangen. »Du musst dich noch ein bisschen ausruhen.«

»Na gut«, sagt Oma. Sie dreht ihren Kopf und schaut durch das Zimmer. »Sind wir jetzt allein?«

»Ja. Nur du und ich, Oma. Jana holt Pia.«

»Das ist gut. Ich muss dir nämlich was erzählen.« Oma schaut noch einmal durchs Zimmer. »Aber du musst mir versprechen, es niemandem weiterzusagen.«

»Was denn, Oma?«

»Versprich es.« Omas eindringliche, immer noch heiser klingende Stimme jagt mir einen Schauer über den Rücken. »Es darf nie jemand erfahren.«

»Na gut, Oma.« Ich drücke ihre Hand. »Versprochen.«

»Euer Großvater ist beim Fluchtversuch nicht erschossen worden«, flüstert Oma. »Er lebt! Ich habe ihn letztens erst gesehen. Er macht jetzt Schokolade.«

Ich brauche einen Moment, bis ich mich wieder gefangen habe. Ich weiß, dass Oma verwirrt ist, aber sie klingt so dermaßen überzeugend, dass ich fast selbst daran glauben würde, wenn ich nicht wüsste, dass unser Opa vor achtzehn Jahren an Hautkrebs gestorben ist. Das war zwei Jahre bevor Mama und Papa den Autounfall hatten. Oma hatte es nicht leicht im Leben.

»Das ist gut, Oma.« Ich bringe es nicht übers Herz, ihr jetzt zu erzählen, dass Opa nicht mehr da ist. »Und jetzt versprichst du mir etwas, okay?«

»Die Sache mit Daniel? Meine Lippen sind verschlossen«, sagt Oma und zwinkert mir zu.

Ich muss lachen. »Das meinte ich nicht. Ich möchte, dass du dich anstrengst und dich ganz schnell wieder erholst.«

»Ist gut.« Oma nickt.

Kurz darauf kommen Pia und Jana ins Zimmer.

»Da bist du ja, Liebes, ich habe dich schon vermisst«, sagt Oma, als sie Pia erkennt. »Wie spät ist es?«

Jana wirft mir einen Blick zu.

»Gleich halb zwölf«, antwortet Pia und umarmt Oma sanft.

Oma überlegt einen Moment, dann sagt sie: »Seit wann bin ich hier, Rina? Was sagtest du?«

»Seit Freitagabend, Oma. Du bist umgekippt, und wir mussten dich ins Krankenhaus bringen«, erkläre ich noch einmal geduldig. »Heute ist Sonntag. Du hast das Schlimmste überstanden. Jetzt musst du dich erholen und noch eine Weile hierbleiben.«

»Seit Freitag? Habt ihr Thea informiert?«, fragt Oma.

»Natürlich«, antworte ich erfreut. Oma scheint Stück für Stück wieder zu sich zu finden. Ihre Stimme klingt fester. Sie sieht mich mit ihren hellen, aufmerksamen Augen an. Ich weiß, dass sie noch sehr schwach ist, aber wenn jetzt nicht irgendeine Komplikation auftritt, wird sie sich wieder erholen.

»Sie hat uns Freitagabend einen Hefezopf auf den Küchentisch gestellt, und heute Morgen hat sie uns frisch gebackenes Brot gebracht«, erzählt Jana.

»Thea ist eine gute Seele.« Oma lächelt. »Auch wenn sie manchmal etwas anstrengend ist.«

»Sie wartet darauf, dich endlich besuchen zu dürfen.« Ich überlege, ob ich Oma vorwarnen soll. Thea sieht mit ihrem roten Kurzhaarschnitt komplett verändert aus. Aber den Gedanken lasse ich schnell wieder fallen. Wenn Thea Oma besucht, liegt Oma schon auf der normalen Station. Das bedeutet, dass es ihr wesentlich besser geht. Davon mal ganz abgesehen, möchte ich Thea den Spaß nicht verderben. Oma wird Augen machen, wenn sie ihre neue, um einiges peppigere Freundin sieht. Ob die beiden wirklich darüber nachdenken, zusammenzuziehen? »Ach ja, ich soll dir von Thea ausrichten, sie freut sich auf eure Alten-WG. Das ist eine schöne Idee.«

Oma reagiert nicht auf meine Aussage. Stattdessen schaut sie aus dem Fenster. »War das Gewitter schlimm? Hat das Dach gehalten?«

Sie lenkt ab, denke ich, also ist an der Sache vielleicht wirklich was dran, da sagt Jana: »Es hat ganz schön gestürmt und heftig gewittert.« Sie stutzt. »Aber zu dem Zeitpunkt hast du hier im Krankenhaus im Tiefschlaf gelegen. Hast du trotzdem etwas gehört?«

Das ist unmöglich, schießt es mir durch den Kopf. Das kann Oma gar nicht mitbekommen haben. Sie war narkotisiert.

»Ich hatte es seit Tagen in meinen Knochen.« Oma lächelt verschmitzt. »Na gut, irgendein Mann hat vorhin hier darüber gesprochen, weil ein Ast auf sein Gartenhaus gefallen ist.«

»Oma ist wieder da!« Jana seufzt glücklich. »Wie schön!«

»Ja«, sagen Pia und ich fast gleichzeitig, und wir lachen vor Erleichterung.

Prompt geht die Tür auf, und Dr. Kerner kommt herein. »Das hört sich gut an«, sagt er. Sein Blick geht zu den Geräten, genau wie meiner jedes Mal, wenn ich den Raum betrete. »Und gut sieht es auch aus.« Er richtet sich an Oma. »Wen haben wir denn da? Können Sie mir sagen, wie Sie heißen?«

»Marianne Melchow«, antwortet Oma brav. »Und die hübschen Damen sind allesamt meine Enkeltöchter. Katharina, Pia und Jana.« Sie lächelt verschmitzt. »Und Sie sind der Herr, dem ein Ast auf das Dach des Gartenhauses gekracht ist. Ich habe Ihre Stimme erkannt.«

»Das ist richtig!«, sagt Dr. Kerner überrascht. Ich beobachte, wie Oma ihre zarte Hand in Zeitlupentempo anhebt und in seine legt. »Schön, dass Sie wieder da sind, Frau Melchow. Wir haben uns Sorgen um Sie gemacht.«

»Ach, Unkraut vergeht nicht«, sagt Oma. »Zumindest nicht so schnell.«

»Ja«, er zwinkert Oma zu. »In meinem Garten halten sich auch ein paar Gewächse recht hartnäckig.« Er dreht sich zu Pia, Jana und mir um. »Dann würde ich die Damen jetzt bitten, uns allein zu lassen.« Er wendet sich an mich. »Ihre Großmutter wird noch einmal gründlich untersucht, das kann eine

Weile dauern. Ich würde vorschlagen, Sie fahren jetzt nach Hause und kommen heute Nachmittag noch einmal wieder.« Er legt eine kleine Pause ein und lächelt. »Vielleicht zu den offiziellen Besuchszeiten? Ihrer Oma geht es ja anscheinend schon wieder ganz gut.«

»Natürlich«, sage ich. »Und danke noch mal, für alles.«

Wir verabschieden uns von Oma. Als wir durch die Tür hinausgehen, sagt Dr. Kerner: »Und jetzt zu Ihnen, Frau Melchow. Wie fühlen Sie sich?«

Ich höre, wie Oma »Müde und durstig« sagt, und bin zum ersten Mal wirklich davon überzeugt, dass alles wieder gut werden wird.

16. Kapitel

»Ich muss jetzt unbedingt erst einmal eine Stunde schlafen«, sagt Pia, als sie die Tür zu Omas Haus aufschließt.

Jana gähnt herzhaft: »Ich auch. Und du, Rina?«

»Ich weiß noch nicht genau.« Ich bin zwar müde, aber innerlich viel zu aufgewühlt, um tatsächlich schlafen zu können. Und durstig bin ich auch. »Ich brauche erst mal was Kühles zu trinken. Und vielleicht gehe ich dann eine Runde spazieren.«

»Okay.« Pia sieht auf ihre Uhr. »Halb eins, wollen wir uns um zwei zum Essen treffen?«

»Ja«, sage ich und sehe den beiden nach, wie sie die Treppe zu ihren Zimmern hinaufsteigen. »Schlaft gut.«

Ich gehe in die Küche und öffne den Kühlschrank, um den Eistee herauszuholen. Dabei fallen mir fünf Becher Sahne und ein Paket Butter auf. Oma hat eben gesagt, es sei nicht genug Sahne im Haus. Aber sie hat auch behauptet, ich hätte meine Vorliebe für Karamell mit Meersalz von Opa geerbt. Und dabei hat Opa das klebrige Zeug, wie er es immer genannt hat, richtiggehend verabscheut. Er würde eher verhungern, bevor er eins dieser viel zu süßen Bonbons essen würde, hat er mal gesagt. Ich kann mich noch ganz genau daran erinnern, wie er aussah, als er damals in der Küchentür stand und rumgemeckert hat, weil Oma mit uns den ganzen Tag am Herd stand, um massenhaft Karamellbonbons herzustellen, die wir als kleine Weihnachtspräsente an Nachbarn und Freunde verschenkt haben. Opa trug seine hellgraue Jogginghose, die er gerne bis über den Bauchnabel gezogen hatte, ein weißes geripptes Unterhemd und darüber seine dunkelblaue Trainingsjacke.

Ich gieße mir lächelnd ein Glas Eistee ein. Unserem Opa fehlte zwar manchmal eine Portion Herzlichkeit, aber er war geduldig, konnte toll erklären und hatte immer ein offenes Ohr für mich. Ich mochte seine ruhige, abgeklärte Art und wie er manche Dinge sah. »Du musst Probleme von außen betrachten, Katharina. Stell dir vor, du bist nur eine neutrale Beobachterin ...« Opa war Kopfmensch, Oma hat aus dem Bauch heraus entschieden. Wie heißt es so schön? Gegensätze ziehen sich an. Die beiden haben sich ergänzt. Dass Opa damals an dem Tag so griesgrämig war, lag mit Sicherheit daran, dass er zu dem Zeitpunkt schon an Krebs erkrankt war. Opa, Oma, Mama und Papa wussten schon von der Diagnose, wir Kinder nicht. Der Hautkrebs war zu spät entdeckt worden und hatte zu diesem Zeitpunkt längst unzählige Metastasen gestreut. Nur sechs Wochen später, zwei Wochen nach Weihnachten, hatte er bereits nicht mehr gelebt.

Ich trinke den Eistee halb leer, fülle nach und entscheide mich gegen einen Spaziergang. Stattdessen hole ich mein Handy aus der Tasche, schnappe mir das schöne große Patchworkkissen aus dem Wohnzimmer und setze mich mit dem Tee draußen auf die Bank. Erika wartet bestimmt schon auf meinen Anruf. Und Thea auch.

Ich entsperre mein Handy und stelle den Ton wieder ein. Dabei sehe ich, dass ich eine Nachricht von Daniel bekommen habe. Er wünscht Oma alles Gute und drückt die Daumen, dass beim Aufwachen alles gut geht. Ich antworte kurz, dass bisher alles bestens gelaufen ist. Und schicke direkt noch die Nachricht hinterher, dass ich mich dazu entschieden habe, wieder nach Rügen zu ziehen. Er könne sich Gedanken darüber machen, ob er die Wohnung behalten wolle. Nachdem ich auf *Senden* gedrückt habe, fühle ich kurz in mich hinein und habe schon fast ein schlechtes Gewissen, weil ich überhaupt nicht traurig bin. Im Gegenteil, ich fühle mich erleichtert. Und jetzt, wo Oma wieder wach ist, freue ich mich umso mehr darauf, nach Hause zu kommen. Ich werde mich nach jedem anstrengenden Arbeitstag auf diese Bank setzen, den Ausblick genießen und durchatmen, denke ich, wähle die Nummer von Erikas Freundin und bin überrascht, wie schnell sie das Gespräch annimmt.

»Katharina, ich bin es ...« Erika selbst ist am Telefon. »Ist alles gut gegangen?«

»Ja«, sage ich. »Oma ist ohne Komplikationen wach geworden. Es sieht alles sehr gut aus.«

»Was für ein Glück!« Erika seufzt tief auf. »Du kannst dir nicht vorstellen, was ich für ein schlechtes Gewissen hatte wegen unseres blöden Streits. Ich dachte, ich hätte meine eigene Schwester auf dem Gewissen.«

»Hattet ihr euch wegen des Hauses in den Haaren?«, frage ich direkt. Eigentlich wollte ich mich da raushalten, aber wenn Erika den Streit von sich aus wieder anspricht, kann ich zumindest mal nachhaken.

»Was?«, ruft Erika. »Wie kommst du denn darauf? Das Haus haben wir damals beide gemeinsam geerbt. Marianne sollte mich auszahlen. Wir hatten das monatlich ganz gut geregelt, sodass irgendwann nur noch ein Restbetrag von viertausend Euro offen war. Den habe ich Marianne schon vor Jahren erlassen, aber nun besteht sie darauf, mich komplett auszubezahlen.« Sie legt eine kleine Pause ein. »Weil sie nichts von mir geschenkt bekommen möchte. Marianne denkt ... ach, lassen wir das jetzt. Die Ursache für den Streit liegt sehr viele Jahre zurück. Manchmal holt uns die Vergangenheit eben doch ein.«

Also hatten sie vielleicht doch mal Stress miteinander wegen eines Mannes, schießt es mir durch den Kopf. »Oma hat nach dem Aufwachen von einem Georg erzählt«, sage ich und beiße mir im nächsten Moment auf die Zunge. Der Satz ist mir einfach so rausgerutscht, ohne dass ich weiter darüber nachgedacht habe. »Sie war ziemlich verwirrt«, schiebe ich schnell hinterher. »Das passiert manchmal nach einer längeren Narkose. Jetzt sieht sie aber wieder alles ganz klar.«

»Was genau hat sie denn erzählt?«, fragt Erika.

»Ach, so genau weiß ich das auch nicht mehr«, wiegele ich ab. »Oma war noch sehr schwach und hat die meiste Zeit geflüstert. Es ging um Karamellbonbons und rote Lederstiefel.«

Erika fängt schallend an zu lachen. »Ich sag ja, irgendwann holt die Vergangenheit uns ein. Deine Oma hat die Stiefel geliebt. Alle jungen Frauen im Umkreis haben sie um die feschen Dinger beneidet. Doch dann ist ein Absatz lose gewesen. Unsere Mutter hat die Stiefel zum Schuster gebracht. Ich sollte Mariannes Schuhe ein paar Tage später abholen, weil ich in der Nähe sowieso Besorgungen machen musste. Aber beim Schuster waren die Dinger nicht. Er hat behauptet, irgendjemand hätte sie schon mitgenommen. Meinen Abholschein hat er behalten. Ich kam ohne Schuhe und ohne den Schein nach Hause. Marianne war stinksauer. Sie hat gedacht, ich hätte die Stiefel heimlich gegen Zigaretten eingetauscht. Sie wusste, wo ich meine Glimmstängel versteckt hatte ...« Erika schnalzt mit der Zunge. »Du kannst dir bestimmt vorstellen, was passiert ist.«

»Oma hat deine Zigaretten geklaut«, sage ich.

»Genau! Wir haben eine Woche nicht mehr miteinander gesprochen. Marianne hat sich geweigert, mir meine Zigaretten zurückzugeben. Sie hat darauf bestanden, dass ich ihr die

Stiefel besorge. Aber das konnte ich nicht. Ich hatte definitiv nichts damit zu tun.« Erika lacht kurz auf. »Deine Oma konnte ein richtiges Biest sein.«

»Wie alt wart ihr damals?« Dass unsere Oma mal geraucht hat, wusste ich nicht. Es fällt mir überhaupt schwer, mir Oma als junge Frau vorzustellen. Es gibt nicht viele Fotos von ihr. Ich weiß, dass sie bildschön war; das ist sie immer noch, aber ich kenne sie eher ruhig und besinnlich, herzlich, gefühlvoll. Aber biestig? Das passt gar nicht zu Oma.

»Marianne war siebzehn, ich neunzehn. Das ist lange her …« Erika lacht leise. »Und das Verrückte an der Geschichte war, dass meine Mutter die Zigaretten bei Marianne gefunden und ihr abgenommen hat. Sie bekam richtig Ärger deswegen, weil unsere Mutter ihr nicht geglaubt hat, dass sie nicht raucht. Es waren zwei Stangen. Mein Freund hatte sie mir geschenkt, damit ich was zum Tauschen habe. Frag mich nicht, woher er sie hatte. Das weiß ich nicht. Letztendlich hat keine von uns beiden was davon gehabt. Meine Zigaretten waren weg, und die schicken Stiefel blieben auch verschwunden. Ich nehme an, dass der Schuster sie seiner Geliebten geschenkt oder verkauft hat.«

»Richtig überwunden hat Oma den Stiefelraub bisher anscheinend nicht. Aber etwas Gutes hat die Sache anscheinend gehabt. Ich habe dich noch nie rauchen sehen«, scherze ich. »Vielleicht hast du das Oma zu verdanken.«

»Ach was, ich hab die Dinger nicht angerührt. Genauso wenig wie Marianne! Wir haben sie zum Tauschen gebraucht. Damals liefen viele Dinge noch anders.«

»Ach ja, stimmt. Oma hat erzählt, dass euer Vater die Zigaretten gegen Schokolade eingetauscht hat und du sie vor ihren Augen aufgefuttert hast.« Oma war also nicht die Einzige, die damals biestig war.

»Quatsch!« Erika klingt empört. »Das ist Blödsinn. Das muss Marianne geträumt haben. Unser Vater hat geraucht wie ein Schornstein. Er hat sie für sich selbst behalten.« Sie überlegt einen Moment. »Marianne hat mir eine Tafel Schokolade geschenkt, als ich sie das letzte Mal besucht habe.« Sie seufzt. »Aber das lassen wir jetzt lieber. Richte Marianne bitte einen lieben Gruß von mir aus, auch wenn sie immer noch sauer ist. Das alles ist, war, ein Missverständnis, wie damals beim Schuster.«

»Gerne, wenn es Oma besser geht. Im Moment braucht sie Ruhe und keine Aufregung.«

»Ist gut, du machst das schon«, sagt Erika. »Und wenn irgendwas ist, weißt du ja, wie du mich erreichen kannst.«

»Okay. Liebe Grüße an deine Freundin. Erholt euch gut auf Teneriffa.«

Das war ein merkwürdiges Gespräch, denke ich, als ich aufgelegt habe. Ich rücke das Kissen zurecht, um es mir auf dem Rücken liegend auf der Bank bequem zu machen, so wie gestern. Als ich Georg erwähnt habe, ist Erika ausgewichen. Sie hat gefragt, was Oma erzählt hat, hat aber selbst dazu nichts gesagt. Was immer damals auch passiert ist, ich hoffe, dass die beiden alten Damen sich wieder vertragen. Sie sind Schwestern ...

Die Sonne scheint. Es riecht nach der immer noch feuchten Erde. Ich schließe die Augen und nicke ein.

Erst als mein Handy vibriert, werde ich wieder wach. Es ist Viertel vor zwei. Jana hat eine Nachricht an *Drei Engel für Oma* gesendet.

Den Typen anrufen, der das Zimmer gemietet hat, und absagen!, lese ich, da trifft die nächste Mitteilung ein. Sie ist von Pia.

Donnerstag Mülltonnen rausstellen.

Bei der Bank anrufen, tippe ich in mein Handy.
Cool, alle wach – Küche?, erscheint auf dem Display. Die Nachricht ist von Jana, was man unverkennbar an den vielen bunten Herzchen erkennen kann, die sie dahintergesetzt hat.
O.k., schreibe ich. *Rufe eben noch schnell Thea an* – und füge zumindest ein küssendes Smiley hinzu. Ich habe es nicht so mit Emoticons. Pia normalerweise auch nicht. Doch auch sie lässt sich im Moment nicht lumpen und schickt hübsche pinke Blümchen in die Gruppe. Die Farbenpracht haben wir Oma zu verdanken. Es geht ihr wieder besser, und ihre Enkeltöchter blühen auf, denke ich und fühle mich fast ein wenig poetisch, als ich zum Telefon greife und Thea anrufe. Das Gespräch ist kurz, ich erzähle nur, dass Oma wach ist und nach ihr gefragt hat, und verspreche, gegen Abend noch einmal anzurufen.

Bevor ich ins Haus gehe, genieße ich noch zwei letzte Minuten der Stille.

»Ich hole Rauke und schau mal, ob ich schon ein paar reife Tomaten finde«, sagt Pia, als ich in die Küche komme.

Jana holt den Bräter aus dem Ofen, stellt ihn auf den Tisch und hebt den Deckel an. »So lange hat das Fleisch noch nie geschmort. Sieht gut aus! Dann wollen wir mal.« Sie dreht den Temperaturregler auf *Grillen,* schneidet Theas Brot in dicke Scheiben, beträufelt es mit Olivenöl, legt es auf ein Blech und schiebt es anstelle des Fleisches in den Ofen. Ich rühre in der Zeit eine schlichte Vinaigrette aus Essig, Olivenöl, Pfeffer, Salz und etwas Honig für den Salat an und decke den Tisch. Das ist etwas schwierig mit nur einer Hand, aber es funktioniert.

Als Pia in die Küche kommt, ist alles vorbereitet. Sie schneidet die Tomaten in grobe Stücke, zupft die Raukeblätter zurecht, gibt alles in die Schüssel zur Salatsoße und nickt zufrieden. Jana häuft große Portionen Fleisch auf jeweils eine

Scheibe des knusprig gebackenen Brotes und träufelt ein wenig Soße darüber, während ich noch flott eine Zitrone für den Eistee auspresse.

Und dann sitzen wir endlich alle auf der Eckbank um den Tisch herum. Pia diesmal auf dem kurzen Stück, Jana und ich auf der langen Seite. Omas Stuhl ist leer. Aber auf dem Tisch steht an ihrem Platz immer noch das Windlicht.

»Perfekt!«, sagt Jana, bevor sie genüsslich in ihr Brot beißt. Die Scheibe ist so voll beladen, dass etwas Fleisch herunterrutscht und auf dem Teller landet.

Weniger ist mehr, stimmt hier nicht. Das wird zwar etwas schwierig mit der linken Hand, aber das muss so sein, denke ich – wie früher, wenn wir alle gemeinsam um den großen Tisch gesessen, beim Essen gelacht und es uns haben gut gehen lassen.

17. Kapitel

Jana greift nach der Haselnusspaste. »Ich brauche noch was Süßes zum Nachtisch. Soll ich dir auch eine Scheibe schmieren?«

»Ja, liebend gern.« Ich schaue auf meine verbundene Hand. Mist aber auch, dass es ausgerechnet die rechte getroffen hat.

Jana schneidet Brot ab. »Du auch, Pia?«

»Na klar«, antwortet sie und steht auf. »Dazu einen Kaffee?«

»Unbedingt!« Ich bleibe sitzen und schaue zu, wie Pia den Kaffee aufsetzt, etwas Milch und einen Löffel Zucker in die Tasse schüttet. Als sie am Ende tatsächlich auch noch umrührt, lache ich und sage: »He, ich habe einen kleinen Schnitt im Finger und nicht den ganzen Arm ab.«

»Ich weiß«, antwortet Pia, »aber ich bin schuld, dass du den hast. Also habe ich ein schlechtes Gewissen, und du musst jetzt ertragen, dass ich dich ein bisschen betüddele.«

»Gerne«, sage ich. »Wenn es dir dann besser geht.«

Ich hebe die Kaffeetasse und führe sie zum Mund, da geht Omas Türglocke, schon zum zweiten Mal heute.

»Ludwig hat sein Kaninchen aufgegessen«, sagt Jana. »Ich mach auf, das ist bestimmt wieder Thea.«

Sie ist es nicht. Es ist eindeutig eine Männerstimme, die wir vom Flur bis in die Küche hören.

»Daniel?«, fragt Pia.

Ich schüttele den Kopf. Aber irgendwo habe ich die tiefe Stimme schon mal gehört. Malte? Nicht dass Oma doch noch etwas passiert ist und er es uns persönlich mitteilen möchte. Nein, das ist Blödsinn ...

»Mark Ruffalo ist da!« Jana steht in der Küchentür und grinst breit. »Er wollte nur mal nachfragen, wie es Oma geht.«

»Nicht im Ernst, oder?« Ich rutsche bis an das Ende der Eckbank, damit ich aufstehen kann.

»Bleib sitzen, Rina. Er zieht nur andere Schuhe an. Ich hab ihn auf eine Tasse Kaffee eingeladen«, sagt Jana, als wäre es das Selbstverständlichste der Welt. »Ich wollte euch nur schon mal vorwarnen.«

»Andere Schuhe?«, fragt Pia.

»Du hast ihn eingeladen?«, frage ich. »Wir fahren gleich wieder zu Oma!«

»Wir wollen um halb fünf los, jetzt ist es Viertel vor drei, also noch Zeit genug für einen Kaffee, entspann dich. Und die anderen Schuhe, weil er mit einem Rad da ist, das Klickpedalen hat«, erklärt Jana. »Er will Oma keine Macken in die Holzdielen treten.«

»Aha«, sagt Pia. Sie hat keine Ahnung, wovon Jana spricht. Ich erkläre ihr noch einmal, dass Mark Ruffalo Omas Hausarzt ist, der eigentlich ganz anders heißt – und Jana ihn nur so getauft hat, weil er dem Schauspieler ähnlich sieht. In diesem Moment steht er auch schon in der Tür. Er trägt schwarze Radlershorts und ein eng anliegendes Trikot in der Farbe von Omas Wachstischdecke. Es ist giftgrün und hat weiße Ärmel.

»Hallo«, sagt Mark Ruffalo. »Ich wollte nicht stören, aber ich bin zufällig in der Nähe gewesen und dachte, ich frage mal nach, was Ihre Großmutter macht.«

Er geht durch die Küche zu Pia und reicht ihr die Hand. »Sie müssen die mittlere Schwester sein. Jana hat mir gerade erzählt, dass Sie auch hier sind.«

»Stimmt. Ich bin Pia.« Pia lächelt breit, denn sie weiß genau wie ich, dass hier niemand rein zufällig in der Nähe ist. Dazu liegt das Haus viel zu abgeschieden. Es sei denn, Omas Arzt war gerade bei Thea, aber das ist genauso unwahrscheinlich.
»Fein, ich bin Miro.«
»Frau Kollegin ...« Er reicht auch mir die Hand.
»Hallo, guten Morgen.« Ich greife zu, mit der linken.
Er deutet auf meinen Verband. »Was ist passiert?«
»Nichts Dolles«, antworte ich, damit er gar nicht erst auf die Idee kommt, mich hier behandeln zu wollen. »Ich habe mich heute Morgen an einer Muschel geschnitten.«
Doch da sagt Jana: »Es hat ganz schön geblutet. Der Schnitt ist ziemlich tief.«
»Soll ich es mir mal anschauen?«, fragt Miro prompt.
»Danke, aber das ist nicht nötig.« Ich lege meine Hand auf die Eckbank. »Meine Schwester hat mich vorerst gut versorgt. Und ich nehme nicht an, dass Sie Ihren Arztkoffer dabeihaben, wenn Sie mit dem Rad unterwegs sind.« Die kleine Spitze kann ich mir nicht verkneifen. »Und rein zufällig hier vorbeikommen.«
»Das stimmt, nur ein kleines Notfallset mit Pflastern und Co.« Er schmunzelt. »Und ich komme tatsächlich ab und an hier vorbei, wenn ich mit dem Rad oder zu Fuß unterwegs bin. Das schöne Haus habe ich schon häufiger bewundert. Die Lage ist einmalig.«
Gestern kannte er Oma noch nicht einmal. Zumindest muss er nachgesehen haben, wo sie wohnt. So ganz zufällig kann der Besuch also nicht sein. Aber das ist letztendlich unwichtig. Es ist nett, dass er fragt.
»Unserer Oma geht es den Umständen entsprechend gut«, sage ich. »Ihr Herzrhythmus ist stabil, sie wurde heute Morgen aufgeweckt.«

»Oh, das freut mich aber!« Omas Hausarzt reibt sich über seinen Dreitagebart. »Dann hat sich mein Besuch eigentlich erledigt ... Hat Ihre Großmutter denn etwas über die Tabletten erzählt, die sie eingenommen hat?«

Ich horche überrascht auf. »Nein, sie war heute Morgen noch sehr verwirrt, ich wollte erst warten, bis sie sich wieder etwas gefangen hat, bevor ich sie danach frage. Warum?«

»Ach, was soll's!« Omas Arzt fährt sich durchs Haar. »Ich kann in Teufels Küche dafür kommen, aber eigentlich bin ich hier, um Ihnen zu sagen, dass Ihre Großmutter die Tabletten tatsächlich verschrieben bekommen hat. Die Ursache war damals ein Kreislaufproblem, also erst mal nichts Ernstes, sonst hätte der Kollege sie sicher zum Kardiologen überwiesen.«

»Woher weißt du das denn?«, fragt Jana, aber Omas Arzt überhört es einfach.

»Das war vor fünf Jahren, über ein paar Monate hinweg. Wie gesagt, nichts Ernstes.« Er wendet sich an mich. »Ich dachte, Sie sollten das wissen.«

Er ist tatsächlich hier vorbeigekommen, um uns das mitzuteilen? »Das habe ich mir gedacht«, sage ich und rücke auf der Eckbank etwas zur Seite. »Setzen Sie sich doch. Einen Kaffee oder lieber einen hausgemachten Eistee?«

»Gerne einen Eistee«, antwortet er und nimmt neben mir Platz.

»Bist du in Doktor Brinkmanns alte Praxis eingebrochen und hast die Akte geklaut?«, fragt Jana neugierig.

»Ich betrete ein Haus nur, wenn ich eine Einladung erhalte«, kontert Omas Arzt. Seine Mundwinkel zucken leicht. Er mag Jana, das sieht man an der Art, wie er sie ansieht.

»Na gut, ich frag nicht weiter«, sagt Jana. »Möchtest du vielleicht auch etwas essen?« Sie zeigt auf den offen stehenden

Ofen, in dem inzwischen wieder der Bräter mit dem Fleisch steht. »Es ist noch warm – und sehr lecker.«

Omas Arzt schnuppert. »Es riecht gut, bis nach draußen übrigens. Aber eigentlich wollte ich noch eine Runde fahren, und mit vollem Bauch wird das nichts.«

Ich werfe meine Vorbehalte gegenüber unserem Besucher über Bord. Jana hat ihn eingeladen. Und er ist gekommen, um zu helfen. Außerdem war Omas Haus immer schon ein gastfreundlicher Ort. »Sie verpassen was. Es ist wirklich sehr lecker.«

Er rollt mit den Augen und seufzt. »Dann kann ich ja schlecht Nein sagen.«

»Gute Entscheidung«, sagt Jana. Sie steht vor ihm an der Eckbank und mustert ihn ungeniert von oben bis unten. »Du läufst, fährst Rad, schwimmst du auch?«

»Wann immer es die Zeit erlaubt, ja, ich trainiere für meinen nächsten Triathlon«, antwortet Omas Arzt, »aber in einem sehr moderaten Tempo und nur zum Spaß. Ich brauche die Bewegung als Ausgleich zum Beruf.«

Jana wirft mir einen bedeutungsvollen Blick zu. Und da plappert sie auch schon drauflos: »Rina wollte früher auch mal für einen Triathlon trainieren. Im Schwimmen und Laufen war sie richtig gut. Aber dann hat sie sich mit dem Rennrad langgelegt und hatte keine Lust mehr. In Omas Schuppen steht allerdings immer noch ihr Mountainbike.«

»Das ist nicht gut. Haben Sie sich verletzt?«, fragt Omas Arzt.

»Nicht schlimm, nur ein paar Abschürfungen. Jana hat recht, Rennrad fahren ist nicht so mein Ding. Ich fahre gerne am Deich entlang, durch den Wald, über Feldwege, aber nicht auf asphaltierten Straßen.«

»Ich bin mit dem Mountainbike das Hochufer entlang und

durch das Buchenwäldchen gekommen. Auf Rügen kann man ganz wunderbar Rad fahren.«

Ich sehe aus den Augenwinkeln, wie Pia leicht den Kopf schüttelt. Sie hat Janas offensichtlichen Verkupplungsversuch auch durchschaut und findet das genauso wenig gut wie ich. »Lass uns den Tisch neu decken, Jana«, sagt Pia und steht auf.

Sie schüttet Tee in ein großes Glas und schneidet Brot, während Jana sich am Ofen zu schaffen macht.

Ach, was soll's, denke ich. Ich muss mich ja nicht gleich verkuppeln lassen, aber wenn sich hier alle duzen, sollte ich mich da nicht querstellen. »Ich heiße übrigens Katharina.«

»Miro«, sagt Omas Arzt, dann senkt er plötzlich die Stimme. »Die Krankenakten sind alle noch da, die Witwe hat seit dem Tod ihres Mannes nichts angerührt. Ich gehe mal davon aus, dass eure Großmutter ihr Einverständnis dafür gegeben hätte, dass ich mal einen Blick hineinwerfe, wenn sie nicht bewusstlos geworden wäre. Rein rechtlich gesehen müsste es sich somit um ein mutmaßliches Einverständnis handeln.«

Das Brechen der ärztlichen Schweigepflicht darf man nicht auf die leichte Schulter nehmen. Es ist eine Straftat. Miro hat sich da auf verdammt dünnes Eis begeben, und das weiß er. Aber ich hätte wahrscheinlich ähnlich gehandelt und einen Blick in die Akten geworfen, wenn sich die Möglichkeit ergeben hätte. Immerhin bestand die Chance, dass dort noch Informationen zu finden waren, die Omas Leben retten konnten.

»Ich bin mir sicher, dass Oma dafür ihr Okay gegeben hätte. Wir behalten es aber trotzdem lieber für uns«, schlage ich vor. »Immerhin haben wir die angebrochenen Medikamentenpackungen gefunden. Das spricht ja eigentlich für sich.« Ich schaue Miro von der Seite an und kann mir nicht verkneifen zu fragen: »Du bist nicht wirklich in die Praxis eingebrochen, oder?«

»Die Praxis ist in das Haus der Witwe integriert.« Kleine Lachfältchen bilden sich um seine Augen herum. »Und wie gesagt, ich betrete Häuser nur, wenn ich eingeladen werde. Natürlich habe ich um Erlaubnis gefragt. Die alte Dame war sehr hilfreich.«

»Das war nett von ihr. Und von dir auch. Danke noch mal.« Aus den Augenwinkeln sehe ich, dass Pia und Jana darauf warten, den Tisch für Miro neu einzudecken. Anscheinend wollen sie unsere Unterhaltung nicht stören. »Hast du großen Hunger, Miro?«, frage ich laut. »Meine Schwestern stehen schon in den Startlöchern.«

Kurz darauf liegen alle Sachen auf dem Tisch. Miro häuft sich eine Portion Ofenfleisch auf eine Scheibe Brot. Wir schauen ihm alle drei dabei zu, wie er reinbeißt und genüsslich kaut. »Hmmm ...«

Genau in dem Moment ertönt ein lautes Zwitschern. »Der Gimpel«, entfährt es Pia.

»Ein hübscher Vogel.« Miro schaut zum Fenster. »Besonders die Männchen mit ihren roten Bäuchen.«

»Das hört sich ganz nach meinem an«, sagt Pia trocken.

Ich verschlucke mich fast an meinem Kaffee, weil ich lachen muss.

Und auch Jana kann sich nicht zurückhalten und kichert los. »Das ist eine Vogelart?«, fragt sie und hickst. »Mist, jetzt habe ich Schluckauf!«

Prompt ertönt das Zwitschern ein weiteres Mal. Pia geht zur Fensterbank und holt ihr Smartphone. »Mein Ex«, erklärt sie. »Ich habe das Wort ›Gimpel‹ gestern gegoogelt und daraufhin den Nachrichtenton geändert.« Sie liest die beiden Nachrichten, sagt: »Ich muss mal ganz kurz telefonieren, bin gleich wieder da«, und verschwindet aus der Küche.

Jana hickst immer noch vor sich hin. Ich wische mir die Lachtränen aus den Augen.

»Tut mir leid«, sage ich zu Miro. »Ein Spaß unter uns Schwestern.«

Mit den Lachfältchen um seine Augen herum sieht er direkt freundlich aus. »Es ist schön, mal wieder Menschen lachen zu hören«, sagt er.

Mal wieder? Miros Stimme klingt melancholisch, fast traurig. Aber vielleicht täusche ich mich auch. Ich kenne ihn nicht, gestern fand ich ihn noch unsympathisch, und jetzt sitzen wir hier alle gemeinsam am Tisch und lachen.

»Du musst uns mal besuchen kommen, wenn Oma wieder hier ist, Miro«, sagt Jana freimütig. »Einen Grund zu lachen finden wir immer, besonders, wenn wir alle drei gemeinsam hier sind. Und das wird in Zukunft häufiger vorkommen. Pia wohnt in Putbus, sie hat es nicht so weit. Ich studiere in Greifswald und werde möglichst oft an den Wochenenden und in den Semesterferien bei Oma sein. Und Katharina hat sich gestern auch dazu entschieden, wieder nach Rügen zu kommen. Jetzt braucht sie nur noch einen Job.«

»Jana!« Ich werfe meiner Schwester einen strengen Blick zu. Ich mag ihre unbekümmerte und manchmal etwas vorlaute Art sehr, aber das geht zu weit.

Sie zieht eine Schnute. »Ich mein ja nur.«

Miro sieht mich an. »Ich suche tatsächlich einen Arzt oder eine Ärztin, die mich in der Praxis unterstützt. Vielleicht sollten wir uns mal unterhalten?«

»Das ist nett«, antworte ich. »Aber ich denke momentan eher über die Klinik in Bergen nach, eventuell auch Stralsund.«

»Schön, das ist auch gut. Eure Großmutter wird sich bestimmt freuen, wenn sie alle um sich herum hat.« Er schüttelt leicht den Kopf. »Schade, ich kann mich überhaupt nicht an sie erinnern.«

Jana zückt sofort ihr Handy und hält Miro kurz darauf ein Foto von Oma vor die Nase. »Das habe ich im Mai aufgenommen.«

Ich mache einen langen Hals und sehe Oma auf der Bank vor dem Haus sitzen. Sie trägt eine braune Cordhose, ein rotschwarzkariertes Hemd und grüne Gummistiefel.

Mir wird warm ums Herz, als Jana das Foto vergrößert und ich erkenne, dass Oma ihr damals noch kinnlanges Haar mit zwei von Janas silbernen Glitzerspangen aus dem Gesicht frisiert hat. Sie passen rein gar nicht zu unserer sonst so natürlichen Oma. Die Kurzhaarfrisur war eine gute Entscheidung. Oma hat nicht nur ein Mal darüber geschimpft, dass der lange Pony ihr ständig ins Gesicht fällt und sie bei der Arbeit stört.

»Sie hat unheimlich schöne Gesichtszüge.« Miro sieht sich noch einmal das Foto an, dann Jana. »Und sie scheint dich sehr gernzuhaben. Ihr Blick ist voller Liebe auf die Person gerichtet, die sie fotografiert hat.«

»Ich habe Oma auch sehr lieb.« Janas Stimme hört sich unheimlich sanft an, als sie das sagt. Sie steckt ihr Handy in die Hosentasche und beginnt, den Tisch abzuräumen.

Miro reicht ihr seinen Teller. »Danke, das war wirklich sehr lecker. Aber jetzt will ich nicht weiter stören.« Er reibt sich seinen Bauch. »Ich denke mal, ich werde im Schneckentempo bis nach Hause fahren«, sagt er; da kommt Pia zurück in die Küche. Sie sieht aufgewühlt aus.

»Und?«, fragt Jana.

»Alles gut.« Pia gießt sich noch einen Kaffee ein, aber sie setzt sich nicht, um ihn zu trinken. Sie nippt stehend an der

Tasse und starrt ins Nichts, ein Zeichen dafür, dass sie angespannt ist.

Miro erhebt sich. »Ich lass euch dann mal allein. Danke für die nette Einladung.«

»Wir haben zu danken.« Ich stehe auch auf und gehe mit Miro den Flur entlang, nachdem er sich von Jana und Pia verabschiedet hat. An der Kommode bleibt er einen Moment stehen. Er deutet auf das Bild, das darüber an der Wand hängt. »Das ist sehr schön, es ist mir vorhin schon aufgefallen.«

»Die Kreidefelsen, ich mag das Bild auch. Oma hat es schon lange. Ein Jugendfreund von ihr hat es gemalt. Er hat Eitemperafarben dafür benutzt«, erkläre ich. »Das weiß ich allerdings nur, weil ich mal mitbekommen habe, wie Oma und Pia darüber gesprochen haben. Ich bin künstlerisch leider völlig untalentiert.«

Es ist ein kleines Bild in einem schlichten schmalen Rahmen aus Eichenholz. Der Künstler hat nur drei Farben verwendet: Weiß, Rotbraun und Grün. Die beiden dunklen Farben verlaufen teilweise ineinander und stehen im Kontrast zum strahlenden Weiß der Felsen.

»Man erkennt erst auf den zweiten Blick, dass es sich um die Kreidefelsen hier auf Rügen handelt«, sagt Miro und versinkt noch einmal in dem Bild. »Ich mag es, wenn Kunst abstrakt ist, aber man dennoch etwas erkennen kann.«

»Dann solltest du dir mal Pias Bilder anschauen. Sie malt ähnlich, allerdings großformatig und in Öl oder Acryl. Sie ist Künstlerin«, sage ich nicht ohne Stolz. Ich bewundere Pia dafür, dass sie in der Lage ist, sich kreativ auf so schöne Art und Weise auszudrücken.

»Stellt sie momentan irgendwo aus?«, fragt Miro. »In meinem Wohnzimmer fehlt noch ein schönes großes Bild.«

»In einem Café in Putbus. Hier im Haus hängen auch jede

Menge Werke von ihr, im Wohnzimmer, oben im Flur, in unseren Zimmern. Falls du mal wieder«, ich lege eine kleine Sprechpause ein und lächle dabei, »ganz zufällig in der Nähe bist, kannst du ja noch mal anklingeln und sie dir anschauen.«

»Mach ich gerne.« Miro sieht mich einen Moment lang an. Ich habe das Gefühl, dass er noch etwas sagen will, es sich dann aber anders überlegt. Wir sind schon an der Tür, da fällt mir ein, dass in Miros Praxis auch ganz hübsche Bilder hängen und dass sie mit *M. Szymanski* signiert wurden. »Die Aquarelle in deiner Praxis waren aber auch sehr schön. Hast du sie gemalt?«, frage ich.

»Meine Schwester.« Sein Blick wird weich, ähnlich wie der von Jana, als wir eben über Oma gesprochen haben. »Sie hatte großes Talent. Ihr habt verdammtes Glück, dass ihr euch habt und euch so gut versteht.«

Wie auf Kommando ertönt lautes Lachen, kurz darauf kommt Jana aus der Küche rausgerannt und stürmt die Treppe nach oben.

»Na warte!« Pia läuft hinter ihr her.

»Wir müssen gleich los, Rina«, ruft Jana, als sie oben angekommen ist. »Vielleicht kommt Mark Ruffalo ja mit in die Klinik.«

Ich schüttele den Kopf. »Meine kleine Schwester! Jana ist manchmal etwas ungestüm.«

Miro hat mir gar nicht zugehört. Und die Sprache scheint es ihm auch verschlagen zu haben. Er steht da und schaut zur Treppe, obwohl meine Schwestern längst in ihren Zimmern verschwunden sind.

»Was ist los?« Miro sieht irritiert aus. Ich lege meine Hand auf seinen Arm.

»Jana erinnert mich an jemanden«, antwortet er. »Hat sie mich gerade wirklich Mark Ruffalo genannt?«

»Ja, sie hat ein Faible dafür, Personen mit Schauspielern zu vergleichen. Sie findet, dass du Mark Ruffalo ähnlich siehst«, erkläre ich.«

»Hm«, macht er. »Verrückt.«

»Nur ein bisschen«, sage ich. »Aber sind wir das nicht irgendwie alle?«

»So meinte ich das nicht ...« Seine Augen verdunkeln sich, er zieht die Brauen zusammen. Er wirkt ernst, fast schon böse. »Es ist nur so, dass uns das Leben mitunter einen Streich spielt.«

Jana erinnert ihn an einen Menschen, der ihm sehr nahesteht – oder stand, schießt es mir durch den Kopf; das ist keine Härte, die sich da auf seinem Gesicht zeigt, er trauert! *Meine Schwester. Sie hatte großes Talent. Ihr habt verdammtes Glück, dass ihr euch habt und euch so gut versteht ...*

»Deine Schwester?«, frage ich.

Ein feuchter Schleier liegt auf Miros Augen, als er mit belegter Stimme »Milena« sagt.

Ich frage nicht weiter nach. Entweder haben die beiden sich zerstritten und keinen Kontakt mehr, oder aber es ist etwas Schlimmeres passiert. Der weiche Klang seiner Stimme spricht allerdings für Letzteres. Der Gedanke berührt mich so sehr, dass auch mir plötzlich die Tränen in den Augen stehen. Ich kann gar nichts dagegen machen, ein Gefühl der Traurigkeit ergreift mich, und ich fange an zu weinen. Und dabei weiß ich noch nicht einmal, ob ich mit meiner Vermutung richtigliege.

»He«, sagt Miro, »nicht traurig sein.«

Er legt seine Hand an meine Wange und wischt mit dem Daumen eine Träne weg.

Die zärtliche Geste überrascht mich – und ihn anscheinend auch. Er zieht die Hand rasch wieder zurück und sagt zerknirscht: »Das tut mir leid, ich wollte nicht aufdringlich sein, das ist sonst nicht meine Art. Ich weiß auch nicht, aber irgendwie ...«

Normalerweise bin ich sehr zurückhaltend, was Körperkontakt zu anderen Menschen angeht. Von Fremden lasse ich mich generell nicht gerne berühren, geschweige denn umarmen oder gar zur Begrüßung küssen. Ich weiß, dass ich deswegen oft spröde und unfreundlich wirke, aber ich fühle mich einfach unwohl, wenn mir Menschen zu nah auf die Pelle rücken. Bei Miro ist dies jedoch nicht der Fall, wie ich gerade feststelle. Ich war zwar überrascht, habe es aber als angenehm empfunden.

»Es hat sich gut angefühlt«, sage ich ehrlich und denke schon im nächsten Moment: Das habe ich nicht wirklich gerade gesagt. Doch das habe ich tatsächlich, denn Miro legt den Kopf leicht schief und lächelt.

»Dann habe ich ja instinktiv alles richtig gemacht.«

»Ja.« Es ist mir zwar etwas unangenehm, dass ich eben so ehrlich war, aber die letzten Tage waren einfach ziemlich heftig, das reine Gefühlschaos. Erst Daniel, dann Oma, dann die Erinnerungen an meine Eltern. Ich bin gefühlsmäßig Achterbahn gefahren, jetzt ziemlich nah am Wasser gebaut und empfänglich für Trost. Meinen Schwestern gegenüber habe ich immer ein wenig das Gefühl, stark sein zu müssen. Schließlich bin ich die Älteste – und die Ärztin.

»Schön.« Miro geht aus dem Haus.

Ich bleibe in der Tür stehen und schaue ihm dabei zu, wie er seine Schuhe aus dem kleinen Rucksack kramt, den er neben dem Rad hat stehen lassen, sich auf die Bank setzt, und seine Radschuhe wieder anzieht. Er hat damit gerechnet, dass er eingeladen oder zumindest hereingebeten wird, überlege ich, sonst hätte er sicher keine Ersatzschuhe eingepackt, wenn er eigentlich nur eine schnelle Runde mit dem Rad drehen wollte.

Hätte Daniel mal so gedacht, schießt es mir durch den Kopf, und vorsichtshalber einen Verlobungsring eingepackt! Aber das hätte letztendlich auch nichts geändert. Dann hätte ich vielleicht Ja gesagt und im Nachhinein von der Charité und der Sache mit Luisa erfahren, was die Situation noch schlimmer gemacht hätte. Außerdem hinkt der Vergleich gewaltig. Ich schüttle unwillkürlich den Kopf.

Miro steht auf, packt seine Sneakers in den Rucksack und deutet auf sein Mountainbike. »Wenn dich die Lust auf eine Runde Rad packt – über Feld und Wiesen –, melde dich gerne. Ich würde mich freuen.«

Ich hebe meine verbundene Hand nach oben. »Damit lieber erst mal nicht.«

»Schade.« Er schwingt ein Bein über den Sattel.

»Was hältst du stattdessen von einer Runde Laufen«, schlage ich spontan vor, »oder einem Spaziergang?« Ich bin jetzt erst mal zwei Wochen hier, meine Laufkleidung habe ich eingepackt …

»Sehr gerne! Wann?«

»Wie lange geht deine Sprechstunde?«

»Bis fünf, meistens hänge ich aber bis sechs, halb sieben fest. Mittwochs ist die Praxis offiziell ab halb zwölf geschlossen, die letzten Patienten sind so gegen eins weg.« Er sieht mich skeptisch an. »Weißt du was? Komm doch einfach morgen Abend um sechs in der Praxis vorbei. Ich würde mir gerne mal deinen Finger anschauen. Wenn er so weit okay ist, ersetzen wir den schicken Verband durch ein Pflaster und gehen laufen.« Er grinst. »Und wenn wir doch noch eine Not-OP einschieben müssen, gehen wir spazieren.«

»Klingt vernünftig. Falls etwas dazwischenkommt, wegen Oma oder so, melde ich mich noch mal, ansonsten bin ich um sechs da.«

»Fein, bis morgen, ich freu mich.«

»Ja, ich mich auch.« Ich verstehe zwar noch nicht so ganz, warum sich das alles so ergeben hat, aber ich beschließe, mir darüber einfach keine Gedanken zu machen und meinem Kopf mal eine Pause zu gönnen. Ich schaue Miro hinterher. Er nimmt die Straße, nicht den Waldweg. Das grün-weiße Trikot, das mich immer noch an Omas Wachstischdecke erinnert, wird immer kleiner. Als ich wieder ins Haus komme, sitzen Pia und Jana nebeneinander auf der Treppe und grinsen.

18. Kapitel

»Und?«, fragt Jana.

»Nichts und«, antworte ich.

»Ach, komm schon, Rina«, stichelt Jana. »Dir ist schon klar, dass Miro nicht wegen Oma hier raufgekommen ist.«

»Meinst du?« Ich bleibe neben dem wunderschönen Rügen Bild stehen und schaue es mir noch einmal an.

»Miro möchte sich gerne mal deine Werke anschauen, Pia. Er braucht noch ein schönes Kunstwerk für sein Wohnzimmer.«

»Sie lenkt ab«, flachst Jana.

»Sehe ich auch so«, stimmt Pia zu.

Ich reagiere nicht darauf, denn meine Augen sind weiter auf das Bild gerichtet. »Das darf doch nicht wahr sein!« Ich gehe noch etwas näher ran. »Das Bild hängt dort schon seit Ewigkeiten, aber ich habe nie auf die unscheinbare Signatur geachtet.«

»Sie will uns weismachen, dass es ein Van Gogh ist«, frotzelt Jana.

»Das würde aber vom Stil her nicht passen«, wendet Pia ein.

»Es ist ein Winkler«, erkläre ich und drehe mich zu meinen Schwestern. »Ein Georg Winkler.«

»Wer?«, fragt Pia.

»Georg«, antwortet Jana, springt auf und stellt sich neben mich. »Der Typ, für den Oma Karamellbonbons machen wollte. Der, mit dem sie sich verabredet hat, zumindest im Traum.«

»Echt?« Auch Pia gesellt sich zu uns. »Ich hab doch gleich gesagt, den Namen habe ich schon mal gehört. Steht auch ein Datum drauf?«, fragt sie.

Ich schüttle den Kopf.

»Vielleicht hat er hinten etwas draufgeschrieben. Ich mach das auch immer so bei kleinen Formaten, damit die Signatur und das Datum das Bild nicht versauen, aber man trotzdem sehen kann, wann ich es gemalt habe.« Pia hängt kurzerhand das Bild ab. »Am besten legen wir es auf die Couch, wenn wir den Rahmen aufmachen.«

Nur kurz darauf kniet Pia vor dem Sofa, schiebt vorsichtig die kleinen Spangen vom Bilderrahmen und löst die Rückwand aus Pappspan heraus. Jana und ich stehen hinter ihr und schauen ihr über die Schulter. Der Künstler hat tatsächlich etwas auf die Rückseite des Bildes geschrieben.

Rügen, im Mai 1962
Die Kreidefelsen, nur für dich, geliebte Ria
Für immer ... Georg

»Ach du Scheiße!« Jana ist die Erste, die die Sprache wiederfindet. »Ich habe im ersten Moment *Rina* gelesen, aber da steht Ria.«

Papas Eltern sind ganz früh gestorben, und er wuchs in einer Pflegefamilie auf, zu der er später keinen Kontakt mehr hatte. Deswegen haben wir leider nur die eine Oma und nennen sie auch schlicht »Oma«, ohne ihren Vornamen hinterher zu nennen. Opa hat Anni zu Oma gesagt, so wie Thea. Erika nennt sie immer bei ihrem kompletten Vornamen, sie mag keine Abkürzungen. Aber wenn Mama manchmal über Oma gesprochen hat, hat sie sie liebevoll als Oma Ria bezeichnet. Eine leichte Gänsehaut zieht über meinen Körper, und da sagt

Pia auch schon: »Mai 1962, das war genau ein Jahr bevor Mama geboren wurde.«

»Stimmt«, ruft Jana. »Das ist ja ein Ding. Mama ist nur drei Monate nach diesem Bild gezeugt worden. Dann ist dieser Georg entweder ihr Exfreund oder ein heimlicher Verehrer gewesen.«

Ich brauche einen Moment, bis ich verstehe, worauf Jana hinauswill. Mama wurde am 6. Mai 1963 geboren, ihr Zeugungsdatum müsste demnach irgendwann gegen Anfang August im Jahr 1962 liegen, ganz grob gerechnet.

»Hm ...«, mache ich, hebe vorsichtig das Bild hoch und setze mich auf die Couch. Tausende Gedanken auf einmal strömen auf mich ein.

»Was ist los, Rina?«, fragt Pia. »Was denkst du?«

Ich schaue zu meinen Schwestern auf, die jetzt vor mir stehen. »Oma hat mir am Freitag erzählt, dass sie Opa geheiratet hat, weil sie schwanger war.«

»Am 7. November 1962«, sagt Pia, und ich nicke.

»Du kannst dich wahrscheinlich nicht mehr daran erinnern, du warst gerade mal drei, als Opa gestorben ist, Jana«, erkläre ich. »Aber als Opa noch am Leben war, haben Opa und Oma auch zum Kaffeetrinken zu ihrem Hochzeitstag eingeladen, einen Tag nach Pias Geburtstag.«

»Okay.« Jana lässt sich neben mich auf die Couch plumpsen. »Dann kommt Oma eben nach uns. Ist doch gut, wenn Opa nicht ihr erster Freund war.«

Auch Pia setzt sich. »Vorausgesetzt, dass Georg wirklich ihr Freund war. Es gibt ja auch andere Formen von Liebe.«

»So, welche denn?«, fragt Jana.

»Platonisch«, antwortet Pia.

»Is' klar!« Jana schüttelt den Kopf. »*Geliebte Ria, für immer...* Glaub mir, Oma ist mit Georg zusammen gewesen, bevor sie mit Opa ins Bett gehüpft ist. Und ich wette mit euch, dass Erika was damit zu schaffen hat. Bestimmt hat sie Oma ihren Freund ausgespannt. Oder, Rina? Du hast doch gehört, was Oma erzählt hat, als sie aufgewacht ist. Sie ist richtig wütend auf Erika. Hast du nicht gesagt, dass Oma dir zugeflüstert hat, dass sie ihr Georg wegnehmen wollen?«

»Ich weiß nicht mehr so genau ...« Das Bild liegt auf meinem Schoß. Ich lege die Rückwand wieder darauf und schiebe die Spangen über die Leiste. Wann hat Oma was gesagt? »Du hast recht, sie hatte Angst davor, dass sie ihr Georg wegnehmen.«

»Seht ihr!«, sagt Jana und lässt sich nach hinten in die Couch sinken. »Oma und Erika haben Stress wegen eines Mannes.«

»Aber das ist Ewigkeiten her«, wirft Pia ein. »Das kann ich mir ehrlich gesagt nicht vorstellen. Thea hat doch gesagt, dass die beiden sich wegen des Hauses in der Wolle haben.«

»Während ihr vorhin geschlafen habt, habe ich mit Erika telefoniert. Das habe ich euch noch gar nicht erzählt.« Ich lege das Bild auf den Wohnzimmertisch. »Als Erika von sich aus wieder den Streit erwähnt hat, habe ich sie direkt gefragt, ob es dabei um das Haus ging, aber das hat sie verneint.« Ich berichte meinen Schwestern in allen Einzelheiten, was ich von Erika erfahren habe, über Omas Stiefel, die Zigaretten – und dass die beiden Streit haben, weil die Vergangenheit sie wieder eingeholt hat.

»Also habe ich recht«, sagt Jana. »Es geht um Georg!« Sie zückt ihr Handy. »Okay, Google, wer ist Georg Winkler?«

»Wikipedia sagt, Georg Winkler war ein deutscher Alpinist. Er stammte von einer angesehenen Münchener Familie ab«, ertönt eine blecherne Stimme.

»München«, sagt Jana und schaut auf ihr Smartphone. »Das passt nicht, geboren am 26. August 1869, zu alt ist er auch.« Sie scrollt durch die Ergebnisliste. »Hier, der könnte es sein! Georg Winkler, Kakao-Exporteur ...«, sie legt eine bedeutungsvolle Pause ein, »... und Kunstmäzen! Passt mal auf, am Ende kommt raus, dass Opa gar nicht unser Opa ist.« Sie stupst Pia in die Seite. »Dann wissen wir wenigstens, von wem du dein künstlerisches Talent geerbt hast.«

»Haha, sehr witzig«, blafft Pia. »Lass das bloß nicht Oma hören.«

»Quatsch, natürlich nicht, das war doch nur Spaß«, lenkt Jana sofort ein.

»Gut«, sagt Pia streng. »Verplapper dich aber nicht bei Oma, sie hat schon genug Stress!«

»Ich bin jünger als ihr, aber nicht doof!«

»Ich mein ja nur ...«

»Und ich mein auch nur!«

Ich bekomme den kleinen Disput unter meinen Schwestern nur noch am Rande mit, denn Omas Stimme schleicht sich in meine Gedanken, leise und schwach, aber dennoch sehr eindringlich. »Er lebt! Ich habe ihn letztens erst gesehen. Er macht jetzt Schokolade.« Kurz darauf höre ich Erika, lauter und fast vorwurfsvoll. »Marianne hat mir eine Tafel Schokolade geschenkt, als ich sie das letzte Mal besucht habe.«

Ach herrje ... »Pia hat recht!«, sage ich laut. »Wir erzählen Oma nichts. Weder von Erika noch von Georg und auch nichts von den Mahnungen. Oma muss zuerst gesund werden. Vielleicht erwähnt sie ja von sich aus was, wenn es ihr besser geht.« Ich stehe auf. »Wir sollten spätestens in einer Viertelstunde losfahren.«

»Okay«, sagt Jana. »Ich muss nur noch mal kurz telefonieren.« Sie springt auf. »Bis gleich.«

»Mister Unbekannt«, sagt Pia.

»Wahrscheinlich.« Ich seufze. »Noch einmal einundzwanzig sein.«

»Den ganzen Mist ein zweites Mal?« Pia schüttelt den Kopf. »Nein, danke!«

»Was wollte Johnny Boy eben?«, frage ich. »Du hast doch mit ihm telefoniert, oder?«

»Er hat sich entschuldigt.«

»Finde ich gut.«

»Theoretisch ja, praktisch nein. Ihm ist eingefallen, dass es doch besser ist, wenn er noch mal nach Rügen kommt. Er möchte seine Sachen selbst zusammenpacken. Er kommt mit dem Auto seiner Eltern – ein Kombi, in den viel reinpasst. Ist ja eigentlich okay, aber irgendwie fand ich den Gedanken, ihn nicht wiederzusehen, ganz charmant. Aus den Augen, aus dem Sinn … Ich hoffe, dass er nicht wieder Stress macht.«

»Wann kommt er?«

»Mittwoch.«

»Da bin ich auf jeden Fall dabei.«

»Danke.« Pia seufzt wehleidig. »Ich habe keine Lust mehr auf den Scheiß, irgendeine Macke haben die doch alle.«

»Du sagst es.« Ich nehme das Bild vom Tisch. Am liebsten würde ich Pia erzählen, was Oma zu mir gesagt hat, aber ich halte mich zurück. »Wollen wir draußen auf Jana warten?«

»Ja.«

Wir gehen nebeneinander den Flur entlang. Als ich das Bild wieder an seinen Platz hänge, sagt Pia: »Ich weiß, dass es total abwegig ist, aber als Jana vorhin gesagt hat, dass ich mein Talent vielleicht von Georg Winkler geerbt habe, fand ich es einen kurzen Moment gar nicht so abwegig. Zumindest hat er, wie auch immer er mit Oma in Verbindung stand, meine Malerei geprägt. Ich habe das kleine Bild immer bewundert. Aber ich habe mir nie die Mühe gemacht, mal selbst nach dem Maler zu googeln, weil Oma mir erzählt hat, dass es von einem Jugendfreund ist, für den die Malerei nur ein Hobby war.«

»Kann durchaus sein, dass das stimmt. Heute ist er Kunstmäzen, kein Künstler.« Ich werfe einen letzten Blick auf das Bild und überlege, ob wir den Herrn vielleicht fragen sollten, ob er gerne salziges Karamell mag, denn von unserem Opa haben wir diese Vorliebe auf keinen Fall geerbt. Andererseits hat Oma das Rätsel eventuell schon gelöst, als sie gesagt hat, dass sie noch Karamell für Georg machen möchte. Wenn sie dabei nur nicht so maßlos verwirrt gewesen wäre! Letztendlich ist es einzig und allein Omas Sache, denke ich, als wir raus in die Sonne treten. Sie wird ihre Gründe dafür haben, dass sie bisher nie über dieses Kapitel ihrer Vergangenheit gesprochen hat.

Wir sitzen gerade im Auto, da sagt Jana: »Miro ist neununddreißig. Nächste Woche hat er Geburtstag, sein Sternzeichen ist Krebs, er ist geschieden und hat keine Kinder.«

»Soso«, sagt Pia, die diesmal wieder hinten sitzt, weil Jana fahren möchte. »Und woher weißt du das?«

»Das war nicht schwer rauszufinden«, antwortet Jana und schnallt sich an. Sie wartet, bis wir unsere Gurte angelegt haben, bevor sie erklärt: »Dafür habe ich gerade mal zehn Minuten gebraucht. Immerhin bin ich in Sagard zur Schule gegangen. Ich habe Maren angerufen, die wohnt immer noch dort. Sie hat eine Freundin, deren kleine Schwester eine Ausbildung bei Miro macht. Sie sammeln gerade in der Praxis für ein Geschenk. Als Chef ist er anscheinend okay. Und es war ja wohl supernett, dass er extra vorbeigekommen ist, um uns das mit Oma zu erzählen.«

»Das stimmt.«

Mein Handy piept, ich habe eine Nachricht bekommen, aber ich komme nicht dazu, sie zu lesen, denn gerade als ich das Telefon aus der Tasche hole, sagt Jana: »Also, wenn du Mark Ruffalo nicht willst, Rina ... Ich hatte schon immer ein Faible für Triathleten.«

»Und für zu alte Männer«, stellt Pia trocken fest.

»Dafür kann ich nichts«, kontert Jana. »Das liegt an meinem Vaterkomplex, immerhin bin ich die meiste Zeit meines Lebens von Frauen erzogen worden. Außerdem sind die grauen Haare an seinen Schläfen und im Bart irgendwie niedlich. Und habt ihr seine tollen Beine und den knackigen Hintern bemerkt?«

»Ich steh nicht auf rasierte Beine bei Männern«, antwortet Pia. »Du, Rina?«

»Das ist mir gar nicht aufgefallen und eigentlich auch relativ egal«, antworte ich. »Viele Radsportler und Läufer rasieren sich.«

»Warum?«, fragt Pia. »Man wird doch dadurch nicht wirklich schneller, oder?«

»Im Amateurbereich spielt das sicher keine Rolle. Ich vermute, die meisten machen es nur, weil es professioneller wirkt. Für die Wundheilung ist es allerdings tatsächlich relevant. Verletzungen heilen besser, weil es nicht zu Infektionen durch verschmutzte Haare kommen kann«, erkläre ich.

»Egal warum, ich mag es«, sagt Jana. »Ein glatt rasiertes Männerbein fühlt sich gut an.«

»Sprichst du von Henrik?«, frage ich. »Er trainiert doch auch auf Triathlon, oder?« Und außerdem ist er in Janas Alter ...

»Henrik? Nein! Das ist mein bester Freund. Außerdem ist er mir zu jung.« Jana seufzt. »Ich habe ihn übrigens angerufen und ganz genau erklärt, wo das Phosphording zu finden ist. Er kümmert sich darum.«

»Gute Idee«, sage ich. »Er ist nett, ich mag ihn.«

»Nett ist die kleine Schwester von langweilig.« Jana seufzt. »Das war gemein. Ich wünschte, ich könnte mich in Henrik verlieben, aber bei mir muss es irgendwie immer kompliziert sein. Entweder sind die Typen, mit denen ich was anfange, zu alt oder verheiratet. Und wenn ich Pech habe, beides auf einmal. Ich trete in eure Fußstapfen und ende auch als alte Jungfer. Hebt ihr dann das Hausverbot auf, wenn ihr zusammenzieht?«

»Nur, wenn du dich von verheirateten Männern fernhältst«, antworte ich. »Wir hätten besser auf unsere kleine Schwester aufpassen sollen, Pia.«

»Ihr habt immer auf mich aufgepasst«, sagt Jana. »Und zwar wie die Wachhunde. Ihr wart strenger als Oma.«

Ich drehe mich zu Pia. »Ich glaube, da hat sie recht. Wir waren wie zwei Glucken.«

»Seid ihr noch!«, sagt Jana. »Aber ich komm damit klar.«

»Da haben wir ja Glück!« Pia beugt sich vor und streicht Jana über das Haar. »Und weil wir so gut auf dich aufpassen und so gerne glucken: Erzähl doch mal, was ist mit deinem Studium? Kommst du klar? Und wer ist dieser geheimnisvolle Kerl, der dich so spät am Abend nach Rügen gefahren hat?«

»Na gut«, antwortet Jana. Mir wäre lieber, Pia hätte gefragt, wenn unsere kleine Schwester nicht gerade hinter dem Steuer sitzt. Aber jetzt ist es zu spät. »Er heißt Timo, und es ist, wie immer, kompliziert. Mehr möchte ich im Moment dazu nicht sagen, weil ich ehrlich gesagt keine Lust habe, mir darüber Gedanken zu machen. Ich bin jetzt hier auf Rügen, und das ist auch gut so. Und zum Studium … Ich komme klar, na ja, zumindest, was den Stoff angeht. Es ist nur so, dass … okay … jetzt sage ich es doch … Timo ist einer meiner Dozenten. Am liebsten würde ich es beenden, aber das ist nicht so einfach. Ich sag doch, es ist kompliziert.«

»Wie war das noch gleich, Rina?«, fragt Pia. »Irgendjemand

hat doch gestern erst den Spruch *Never fuck the company* vom Stapel gelassen. Wer war das noch gleich, Rina? Ach ja, stimmt, war das nicht unsere kleine Schwester?«

»Eben!«, antwortet Jana. »Ich weiß, wovon ich rede.« Ich würde es am liebsten jetzt sofort beenden, aber am Telefon fände ich das reichlich uncharmant.«

»Hast du im nächsten Semester auch ein Seminar bei ihm belegt, Jana?«, frage ich.

Sie schüttelt den Kopf. »Nein, das ist ja das Problem, denn eigentlich müsste ich das.«

»Das ist doof.« Ich streiche Jana über den Arm. »Aber es gibt Schlimmeres. Und jetzt bist du ja erst einmal hier bei Oma. Davon mal ganz abgesehen, finde ich, dass du es ruhig am Telefon sagen kannst. Es gibt schließlich einen guten Grund dafür, dass du hier bist.«

»Genau«, pflichtet Pia mir bei. »Solange du es nicht über WhatsApp beendest. Und du darfst natürlich mit in unsere Alte-Jungfern-Villa ziehen, Jana, und uns nicht nur dort besuchen.«

»Cool!«, sagt Jana, »Ich bin sofort dabei. Und Nachricht oder Telefon kommen für mich nicht infrage. Timo kommt morgen vorbei.«

»Wann?«, frage ich, da piept mein Telefon wieder.

»Um vier. Wir treffen uns in Putbus, in dem kleinen Café am Circus.«

»Das ist gut. Ich komme mit«, sagt Pia.

Jana schüttelt vehement den Kopf. »Quatsch, ich bin einundzwanzig, keine vierzehn mehr!«

»Okay, aber ich bleibe zumindest in der Nähe«, schlägt Pia vor, und ich muss schmunzeln. Ich bin dabei, wenn John kommt; Pia ist dabei, wenn Timo kommt. Nur bei mir muss niemand dabei sein, stelle ich im nächsten Moment fest.

Daniel hat mir gerade geschrieben, dass er die Wohnung, samt Einrichtung, gerne behält und wir uns da sicher einig werden. In der Nachricht davor steht, dass er es schade findet, aber verstehen kann. So einfach geht das, und zwar auch per Textnachricht, denke ich. Und ich frage mich, wie lange Daniel und ich uns schon was vorgemacht haben, dass wir in so kurzer Zeit so dermaßen nüchtern miteinander umgehen können. Ich stecke mein Handy wieder weg und sage: »Und was deine Vorliebe für Triathleten und ältere Männer angeht, Jana, ich habe mich für morgen mit Miro verabredet – zum Laufen.«

Ein Grinsen breitet sich über Janas ganzes Gesicht aus. »Gewonnen! Siehst du, Pia, hab ich dir doch gesagt.«

»Ihr habt nicht wirklich schon wieder gewettet, oder?«, frage ich.

»Doch.« Pia seufzt herzerweichend. »Auf dich ist aber auch wirklich kein Verlass mehr, Rina. Mein nächstes Fundstück, egal, was es ist, geht an Jana.«

»Dein nächstes außergewöhnliches Fundstück«, stellt Jana klar. »Muscheln und anderes Gedöns zählen nicht. Und das Einhornbild bekomme ich auch noch.« Sie grinst immer noch. »Danke, Rina.«

»Arme Pia«, sage ich und schmunzele. »Tut mir leid. Was passiert, wenn ich wieder absage?«

»Zählt nicht«, antwortet Jana. »Außerdem wäre das ganz schön bescheuert. Der Typ passt zu dir.«

»So? Und wie kommst du darauf?«, frage ich erstaunt.

»Ihr seid euch ähnlich«, erklärt Jana. »Gleich und gleich gesellt sich gern, sagt man doch, oder?«

»Wir sind uns ähnlich? Quatsch!« Ich schüttele den Kopf. »Wir haben den gleichen Beruf und ähnliche Hobbys, mehr aber auch nicht.«

»Ihr wirkt beide unnahbar, manchmal etwas arrogant und griesgrämig, aber wenn man euch kennt, seid ihr herzensgute Menschen, mit denen man viel Spaß haben kann«, sagt Jana. »Davon mal ganz abgesehen, würde ich das mit den gleichen Hobbys nicht unterschätzen. Ist doch gut, wenn man was hat, womit man gemeinsam die Freizeit gestalten kann.«

Jana klingt so überzeugend, dass mir die Worte fehlen, während Pia anfängt, schallend zu lachen.

19. Kapitel

Pünktlich zur Besuchszeit stehen wir wieder vor der Intensivstation. Franziska holt uns ab. Sie strahlt über das ganze Gesicht, als sie auf uns zukommt. »Eurer Oma geht es sehr gut.« Sie fällt mir um den Hals. »Ich freu mich so für euch.«

»Und wir uns erst!« Ich lache und schiebe sie sanft von mir weg. »Das sind meine Schwestern, Pia und Jana.«

»Hi, schön, euch kennenzulernen. Ich bin Franziska, Intensivschwester hier auf der Station.«

»Jetzt verstehe ich, warum du unbedingt wieder hier im Krankenhaus arbeiten willst«, scherzt Jana, als wir gemeinsam zur Tür gehen. »Du hast hier noch eine Schwester.«

Franziska bleibt abrupt stehen. »Du willst zurück? Ehrlich? Und Berlin?«

Ich zucke mit den Schultern. »Wer will schon Berlin, wenn man auch Rügen bekommen kann?«

»Das stimmt.« Sie lacht wieder. »Heute ist ein guter Tag. Eure Oma ist zurückgeholt worden, bei einem Sepsispatienten schlägt endlich das Antibiotikum an, und eine schwere Lungenembolie haben wir auch wieder im Griff.«

»Das sind die Tage, von denen wir an anderen zehren«, erkläre ich meinen Schwestern.

Franziska nickt. »Und wie!« Sie wird ernst. »Hast du wirklich vor, wieder hier zu arbeiten? Dann solltest du mal mit Malte sprechen. Ich glaube, sie suchen jemanden für die Intensivmedizin.«

»Ich dachte eigentlich an die Innere, Gastroenterologie«, erkläre ich.

»Die nehmen dich bestimmt mit Kusshand. Du bist Fachärztin – und sie wissen, dass du gut bist. Ach, schön!« Sie strahlt wieder. »Dann haben wir bald ganz viel Zeit, um Kaffee zu trinken.« Franziska öffnet die Tür. »Da sind wir!«

Oma sitzt leicht aufgerichtet im Bett. Ihr kurzes Haar steht kreuz und quer zu allen Seiten ab. Das sieht ziemlich wüst aus, aber irgendwie auch süß. Ein Wort, das ich in Bezug auf Oma noch nie benutzt habe, aber jetzt passt es. Oma sieht süß aus, wie sie in ihrem weißen Kittel dasitzt und uns mit ihren hellen großen Augen anstrahlt. Sie ist in den letzten beiden Tagen noch zerbrechlicher geworden. »Da seid ihr ja«, sagt sie, immer noch etwas kratzig, aber laut und deutlich. »Schön.«

Wir gehen nacheinander zu Oma und begrüßen sie. Ich bin zuletzt dran. Oma ist sichtlich gerührt und kämpft mit den Tränen, als ich sie sanft drücke.

»Das ging ja gerade noch mal gut«, sagt sie und greift nach meiner Hand, als ich mich von ihr gelöst habe. »Ich habe dir bestimmt eine Heidenangst eingejagt, als du mich da hast liegen sehen.«

»Das stimmt«, sage ich. Die Bilder werde ich so schnell nicht mehr aus meinem Kopf bekommen. »Aber zum Glück habe ich oben gehört, dass du das Tablett hast fallen lassen, und bin noch rechtzeitig gekommen.«

»Du hast mich gerettet.« Oma lächelt. »Du bist ein Engel.«

»Wir alle drei sind deine Engel.« Ich drücke Omas Hand. »Wir passen ab sofort besser auf dich auf.«

»Genau!« Jana stellt sich neben mich. »Wir haben auch schon einen Plan.«

Pia setzt sich ans Bettende. »Wie geht es dir denn, Oma?«, fragt sie. »Tut dir noch irgendwas weh?«

»Mein Hals.« Oma legt ihre Hand auf ihre Brust. »Und beim Atmen schmerzen die Rippen etwas.«

»Ach ja ... das tut mir leid«, sage ich zerknirscht. Ich hatte es schon fast wieder vergessen. »Während der Herzdruckmassage habe ich dir eine deiner Rippen gebrochen. Das tut weh, aber es heilt von allein. Ich nehme an, dass du einen festen Verband bekommst.«

»Das hat mir der nette Arzt schon erklärt. Ich bin alt, und meine Knochen sind spröde.« Oma sieht zu Jana. »Hol doch die beiden Stühle, Liebes, setzt euch.« Sie fährt sich durch das Haar. »Ich habe einen ganz schönen Schreck bekommen, als ich vorhin festgestellt habe, dass ich fast keine Haare mehr auf dem Kopf habe. Aber dann ist mir zum Glück eingefallen, dass Thea mich mit der Schere bearbeitet hat.«

»Du siehst toll aus«, sagt Pia und lächelt. »Ein bisschen zerzaust momentan, aber kurze Haare stehen dir.«

»Warte mal ab, bis du Thea zu Gesicht bekommst, Oma.« Jana reicht mir einen der Stühle und setzt sich auf den anderen. »Thea hat behauptet, du hättest sie angesteckt. Sie hat sich komplett neu erfunden. Mehr verrate ich aber nicht.«

»Die gute Thea ...« Oma lässt sich tief in ihr Kissen sinken.

»Sie würde dich gerne besuchen«, sage ich. »Aber auf die Intensivstation dürfen nur Angehörige.«

»Das ist vernünftig«, sagt Oma. »Habt ihr Erika auch Bescheid gegeben?«

»Ja, aber sie ist auf Teneriffa«, antworte ich. »Als sie gehört hat, dass du im Krankenhaus liegst, wollte sie ihren Urlaub abbrechen. Aber ich habe ihr gesagt, dass du ohnehin erst einmal Ruhe brauchst.«

»Das ist gut.« Oma schaut auf ihre Hände. »Obwohl ich schon gerne ein paar Worte mit ihr gesprochen hätte.« Sie schweigt einen Moment. »Wenn man gerade mal so dem Tod von der Schippe gesprungen ist, wird einem bewusst, was die wirklich wichtigen Dinge im Leben sind – und wer. Ich habe da einiges zu klären.«

»Das hat Zeit, Oma«, sage ich. »Ich soll dir von Erika liebe Grüße bestellen. Heute Mittag habe ich mit ihr telefoniert.« Dass ich Oma auch ausrichten soll, »es« sei ein Missverständnis gewesen, wie die Sache mit dem Schuster, lasse ich weg. Wir wissen immer noch nicht, um was es damals ging. Und Oma soll sich nicht aufregen. »Jetzt ist das Wichtigste, dass du wieder gesund wirst.«

»Der nette Arzt hat gesagt, dass ich wieder ganz die Alte werde.« Oma runzelt die Stirn. »Ich könnte mich selbst dafür ohrfeigen, dass ich so dumm war und die Tabletten geschluckt habe.«

Also doch! Oma sieht mir direkt in die Augen. »Du musst nicht mit mir schimpfen. Das hat der Arzt schon gemacht. Ich weiß auch nicht, was mich da geritten hat. Das heiße Wetter hat mir zu schaffen gemacht, dann habe ich mich auch noch mit Erika gestritten und zufällig die Tabletten gefunden.« Oma spricht den Satz nicht zu Ende. Sie schüttelt den Kopf. »Und jetzt liege ich hier, und ihr macht euch Sorgen um mich.«

»Ach, Oma, das ist doch nicht schlimm«, sagt Jana fröhlich. »Dafür hast du dir früher ständig Sorgen um uns gemacht, wenn wir mal Mist gebaut haben. Jetzt ist es eben mal andersrum.«

»Ich habe also Mist gebaut, meinst du?« Oma fängt an zu lachen und fasst sich an die Brust. »Autsch!«

Ich warte, bis Oma sich wieder beruhigt hat, bevor ich sage: »Die Tabletten an sich waren nicht das Problem, sondern die Kombination mit den Johanniskrautkapseln, die du anscheinend auch eingenommen hast, war es.«

»Die Kapseln haben nicht geholfen, die habe ich abgesetzt.«

»Eben ...« Ich erkläre Oma, was dadurch mit ihrem Körper passiert ist. Sie hört aufmerksam zu. »Das Gute an der Sache ist, dass wir jetzt die Ursache für deine akuten Herzprobleme kennen«, erkläre ich. »Deinen Kreislauf bekommen wir auch so in Schwung, wenn du wieder zu Hause bist.«

Oma nickt, dann fragt sie: »Hast du gerade wirklich gesagt, dass Erika auf Teneriffa ist?«

»Ja, mit ihrer Freundin, Else.«

Oma schaut zum Fenster. »Typisch Erika! Wir haben herrlichstes Sommerwetter. Wie kann man denn um diese Jahreszeit nach Teneriffa fliegen, wo wir doch hier das Meer und wunderschöne Sandstrände vor der Tür liegen haben?« Sie dreht sich wieder zu mir. »Ist ja auch egal, Hauptsache, es gefällt ihr dort. Rufst du sie heute noch mal an?«

»Ja.« Der Streit mit Erika scheint Oma doch sehr zu beschäftigen. »Ich soll ihr berichten, wie es dir geht.«

»Mach das. Würdest du ihr bitte etwas von mir ausrichten?«

»Klar, was denn?«

»Sag ihr bitte, dass ich davon ausgehe, dass unsere Mutter sich damals die Stiefel unter den Nagel gerissen hat.«

»Eure Mutter? Echt?«, entfährt es mir.

»Ähm ...«, macht Jana neben mir.

Und Pia fängt an zu kichern.

»Was?«, fragt Oma. »Ich weiß, dass das merkwürdig klingt, aber Erika versteht, was ich damit meine.«

»Wir auch, Oma«, sage ich. Eigentlich wollte ich nicht darüber reden, aber Oma scheint das Thema wichtig zu sein. »So wie es aussieht, hast du von der Vergangenheit geträumt. Du warst sehr verwirrt, nachdem du aufgewacht bist, und hast uns von den roten Stiefeln erzählt. Aber keine Angst«, füge ich schnell hinzu, »das kommt ab und an mal vor – nach längeren Phasen einer Bewusstlosigkeit wie bei in einer Narkose.«

»Ach herrje!« Oma reißt die Augen auf. »Ich hatte einen Albtraum nach dem anderen, das weiß ich. Aber dass ich euch davon erzählt habe ...« Sie sieht uns der Reihe nach an. »Was habe ich gesagt? War es sehr schlimm?«

Da Oma sich an ihre Träume erinnern kann, ist es wichtig, mit ihr darüber zu reden, damit sie sie verarbeiten kann. Sie jetzt zu schonen, wäre nicht der richtige Weg.

»Du hast gedacht, dass du hier gefangen gehalten wirst, Oma.« Ich erzähle in ruhigen Worten, was sie nach dem Aufwachen alles gemurmelt hat. Pia und Jana ergänzen ab und an. Was Oma mir im Vertrauen erzählt hat, als wir allein waren, behalte ich für mich. Das werde ich ihr sagen, wenn wir unter vier Augen reden können.

Oma hört still zu. Ab und an schüttelt sie leicht den Kopf oder runzelt die Stirn. Als Pia Oma erzählt, dass sie sie für eine blonde Assistenzärztin von der Stasi gehalten hat, die ihr Daniel ausspannen will, wirft Oma mir einen kurzen Blick zu.

»Jana und Pia wissen über Daniels Seitensprung Bescheid«, erkläre ich. »Ich habe mich endgültig von Daniel getrennt.«

»Das tut mir leid, Liebes.« Oma greift wieder nach meiner Hand. Da steht Pia auf, stellt sich hinter mich und legt ihr Kinn auf meine Schulter. »Mich kannst du auch ein wenig bemitleiden, Oma«, sagt sie. »Zwischen mir und John ist es auch aus.«

Oma schüttelt den Kopf. »Da lässt man euch einmal für ein paar Tage allein! Was ist mit dir, Jana, und deinem Timo?«

»Du kennst ihn, Oma?« Pia stemmt ihre Hände auf die Hüften und sieht Jana an. »Und uns hast du ihn verschwiegen?«

Jana wird rot wie eine Tomate. »Wir haben ein paarmal bei Oma übernachtet, wenn wir in der Nähe waren.«

»Wenn ihr in der Nähe wart? Ich wohne in Putbus, gleich um die Ecke. *Ts* ...«, macht Pia.

»Er ist auf jeden Fall auch nicht der Mann fürs Leben.« Jana hat sich wieder gefangen. »Wir sind also alle mehr oder weniger wieder Singles, Oma.«

Oma sieht uns einen Moment lang still an. »Wenn der Richtige vor euch steht, werdet ihr es fühlen.« Sie lächelt versonnen. »Nein, ihr wisst es auch. Es ist der Moment, in dem sich euer Gefühl und der Verstand einig sind. Ihr fühlt es – und ihr wisst es!«, wiederholt Oma noch einmal.

Pia wirft mir einen bedeutungsvollen Blick zu. Ich bin mir sicher, auch sie denkt, dass Oma da nicht von unserem Opa spricht. Dass wir die Widmung auf der Rückseite von Georgs Bild gesehen haben, erzählen wir Oma nicht. Sie hat erst einmal genug damit zu tun, das zu verarbeiten, was wir ihr gerade erzählt haben.

»Ja, die Vergangenheit«, sagt Oma. »Sie lässt uns einfach keine Ruhe.«

Das stimmt, denke ich. Es geschehen Dinge, die uns ein Leben lang verfolgen. Und zumeist sind es die negativen Erlebnisse, die uns in Erinnerung bleiben.

»Wie kommst du eigentlich darauf, dass eure Mutter sich die Stiefel unter den Nagel gerissen hat?«, fragt Jana.

Oma überlegt einen Moment. »Das kann ich dir gar nicht so genau erklären. Ich weiß es einfach. Es waren schwere Zeiten damals. Ich nehme an, dass sie sie gegen Lebensmittel eingetauscht hat.«

»Wenn du wieder gesund bist, dann musst du ganz viel erzählen, Oma, ja?« Jana lächelt Oma liebevoll an. »Wie es früher war, mit Erika, deinen Eltern ... natürlich nur, wenn du Lust hast.«

»Das mache ich gerne.« Oma schließt die Augen. Das Gespräch hat sie viel Kraft gekostet. Bestimmt ist sie müde.

Ich will gerade vorschlagen, dass wir jetzt besser nach Hause fahren, da wird die Tür aufgeschoben, und Malte steckt den Kopf herein. Ich hätte mir denken können, dass Oma ihn mit dem netten Arzt meint.

»Hallo«, sagt er leise. »Ich wollte mal nachschauen, ob hier alles in Ordnung ist.«

Oma schlägt die Augen wieder auf. »Hallo, Herr Doktor, mir geht es gut.« Sie lächelt. Malte war schon immer der Schwarm aller älteren Damen, denke ich. Er gibt Pia und Jana die Hand. Als ich ihm meine hinhalte, greift er zu und zieht mich an sich ran. »Hi!«

Schon der Dritte, der mir heute etwas zu nah auf die Pelle rückt. Erst Miro, dann Franziska, jetzt er. Ach, was soll's, denke ich und erwidere seine Umarmung. Meine Schwestern sehen mich überrascht an, als ich ihn wieder loslasse.

»Das ist Malte«, erkläre ich, »Franziskas Freund.«

»Verlobter«, stellt er lächelnd klar. »Wir heiraten im September.«

»Der Spätsommer ist eine gute Zeit für eine Hochzeit«, sagt Oma.

»Finde ich auch.« Die Freude steht Malte ins Gesicht geschrieben. Doch dann wird er etwas ernster. »Können wir gleich kurz miteinander sprechen, Katharina?«

Ich schaue besorgt auf. Als Malte meinen Blick bemerkt, sagt er: »Bei deiner Oma ist alles gut. Wir beobachten sie heute Nacht, und wenn es keine Auffälligkeiten gibt, verlegen wir sie morgen auf die normale Station. Es geht um etwas Persönliches.«

»Jetzt?«, frage ich.

Als Malte nickt, sagt Pia: »Geh nur, wir bleiben solange noch bei Oma.«

»Okay.«

Kurz darauf stehen Malte und ich an der Empfangsstation, weit genug weg von der Schwester, die dort gerade etwas in den Computer eingibt, sodass uns zwar jeder sehen, aber keiner hören kann. Gespannt warte ich darauf, was Malte mir zu sagen hat.

»Ich wollte dich fragen, ob du eventuell Lust hättest, mal einen schönen Tag mit Franziska zu verbringen.« Malte legt die Stirn in Falten. »Ehrlich gesagt mache ich mir Sorgen um sie. Ich weiß, dass Franziska immer fröhlich wirkt, aber sie nimmt die Arbeit hier von der Station mit nach Hause. Sie schläft schlecht, kann nicht abschalten. Du weißt, wie belastend das hier sein kann. Und sie gönnt sich keinerlei Auszeit. Wenn sie nicht mit dem Job beschäftigt ist, kümmert sie sich um das Haus. Wir haben momentan kaum Zeit füreinander, irgendwas ist immer ... Ich habe Angst, dass sie bald umkippt, wenn sie so weitermacht. Aber ich weiß, dass sie sich darüber gefreut hat, dich wiederzusehen. Vielleicht kannst du sie ja dazu überreden, mal rauszugehen. Kino, Theater, Strand, Eisdiele, Friseur, das volle Programm, keine Ahnung, was; Hauptsache, sie kommt mal auf andere Gedanken.«

»Das mach ich gerne.« Davon mal ganz abgesehen, wird es mir auch guttun. »Das wird schön und ist eine sehr gute Idee!«

»Danke!« Malte atmet erleichtert auf. »Dafür hast du was gut.«

»Quatsch! Doch nicht dafür. Obwohl, könntest du vielleicht für mich mal die Fühler auf der Inneren ausstrecken? Ich würde gerne zurück nach Rügen kommen.«

»Wirklich?« Malte sieht erstaunt aus – genau wie Franziska vorhin. »Na klar!« Er zögert einen Moment. »Nur für dich?«

»Ja, Daniel bleibt in Berlin, wir haben uns getrennt.«

Malte überlegt einen Moment, dann fragt er: »Klingt es sehr unverschämt, wenn ich dir jetzt sage, dass ich mich darüber freue?«

Ich muss lachen. »Nein, gar nicht, nur ehrlich.«

»Na dann ...« Malte strahlt. »Ich freue mich, wenn wir dich als Kollegin zurückbekommen. Weiß es Franziska schon?«

»Ja, ich habe es ihr gerade gesagt, als sie uns zu Oma gebracht hat.«

»Sehr schön.« Er sieht an mir vorbei. »Da kommt sie übrigens.«

»Na, ihr beiden?« Franziska steht die gute Laune immer noch ins Gesicht geschrieben.

»Katharina hat mir gerade erzählt, dass sie zurück nach Rügen kommen wird«, sagt Malte.

»Weiß ich schon!« Sie gibt Malte einen kleinen unauffälligen Klaps auf sein Hinterteil.

»Ich geh dann mal lieber ...«, sagt Malte und verschwindet mit einem süffisanten Grinsen in Richtung der Patientenzimmer.

»Ist es offiziell zwischen euch? Wissen die Kollegen Bescheid?«, frage ich. Ich weiß, dass Beziehungen innerhalb derselben Station nicht gerne gesehen werden, aber es kommt nicht gerade selten vor. Wenn man so viel Zeit miteinander verbringt, lernt man sich gut kennen. Und manchmal verliebt man sich eben auch.

»Alles offiziell. Wir haben von Anfang an mit offenen Karten gespielt, damit es kein Gerede gibt.«

»Vernünftig«, sage ich und strecke mich. »Ich bin total verspannt. Der ganze Stress der letzten Tage ... Sag mal, hast du vielleicht Lust auf einen schönen gemütlichen Tag am Strand? Baden, ein Buch lesen, Eis essen ...«

»Hat Malte dich auf mich angesetzt?« Franziska mustert mich skeptisch.

»Nein, wie kommst du denn darauf? Na gut, ja«, gebe ich zu. Ich kann nicht lügen, und ich finde, das muss ich in dieser

Situation auch gar nicht. »Aber ich finde die Idee trotzdem sehr schön.«

»Ist er nicht süß?« Franziska lacht kurz auf. »Er liegt mir schon seit Tagen damit in den Ohren, dass ich mal wieder rausmuss, um auf andere Gedanken zu kommen.«

»Und? Hat er recht?«

Sie nickt. »Strandtag klingt prima. Von Samstag bis einschließlich Montag habe ich frei. Da kannst du dir einen Tag aussuchen.«

»Ich habe generell noch nichts vor. Wir wissen noch nicht genau, wann Oma entlassen wird. Lass uns Sonntag oder Montag festhalten und noch mal spontan entscheiden.«

Franziska geht hinter den Empfangstresen. »Dann sollten wir endlich mal unsere Kontaktdaten austauschen.« Sie schreibt ihre Nummer auf einen Zettel und gibt ihn mir. »Klingel kurz durch oder schreib mir, dann habe ich deine.«

»Mach ich. Hast du denn Lust auf einen ganz banalen Strandtag? Ich bin jetzt seit Freitag hier und war noch kein einziges Mal im Meer.«

»Unbedingt. Ich war diesen Sommer auch noch nicht baden.« Franziska seufzt. »Irgendwas war immer.«

»Das kenne ich.« Ich werfe einen Blick auf die große Uhr über der Tür. Fünf nach sechs, Zeit für Oma, sich auszuruhen. Ich sollte Jana und Pia holen. »Schaust du heute Abend ab und an mal nach unserer Oma? Sie war nach der Narkose sehr verwirrt. Momentan ist sie total klar. Aber du weißt ja, wie das ist.« Manche Patienten klagen nach dem Absetzen der Narkosemittel eine Zeit lang über schlimme Träume.

»Ich schau nach ihr. Und ich sag auch der Nachtschwester Bescheid.«

»Danke.«

Ich stehe dem Spruch »Alles hat seinen Sinn« zwiespältig

gegenüber. Mir wäre es bei Weitem lieber, wenn Oma nicht umgekippt und auf der Intensivstation gelandet wäre. Aber wäre das nicht passiert, hätte ich Franziska und Malte höchstwahrscheinlich nicht wiedergetroffen. Pia wäre in England geblieben, und Jana wäre auch erst am Wochenende auf Rügen aufgetaucht. Alles hat vielleicht nicht unbedingt einen Sinn, aber Omas Herzbeschwerden haben letztendlich auch zu positiven Entwicklungen geführt.

20. Kapitel

Erika fängt schallend an zu lachen. Ich halte das Telefon von meinem Ohr weg, bis sie sich wieder beruhigt hat. »Das hat Marianne wirklich gesagt?«, fragt sie.

»Ja, das habe ich mir ganz bestimmt nicht ausgedacht.«

Erika gluckst noch ein paar Mal, räuspert sich und sagt: »Unsere Mutter! Damit könnte Marianne tatsächlich richtigliegen.«

Ich kann Omas Schwester bildlich vor mir sehen. Sicher wischt sie sich gerade die Tränen aus dem Gesicht. Sie ist etwas größer als Oma, schlank, aber eher sportlich und nicht so zierlich gebaut wie Oma. Seit ich sie kenne, trägt Erika das Haar kurz, wie Judi Dench in ihrer Rolle als *M* in *Skyfall*, um es mit Janas Worten zu beschreiben.

»Auf jeden Fall geht es Oma gut. Sie kommt morgen auf die normale Station. Spätestens Freitag ist sie wieder zu Hause.«

»Prima.« Erika fängt schon wieder an zu glucksen.

Ob sie zu tief ins Sangriaglas geschaut hat? »Okay, bis dann also, schönen Urlaub noch.«

»Ja, den haben wir! Bis bald, mein Schatz.«

Schatz? So hat Erika mich noch nie genannt, niemanden von uns. Sangria oder Cocktails, keine Frage. Es ist gleich halb acht, bestimmt zwitschern sich die beiden nach dem Abendessen einen. Und warum auch nicht? Sie sitzen in der Sonne am Meer …

Da sind wir allerdings auch, nur dass es nicht der Atlantik, sondern die Ostsee ist, auf die ich gerade schaue. Ich stehe in meinem Zimmer, am geöffneten Fenster, und bin wie immer ergriffen von der Aussicht. Hinter den Bäumen liegt das Meer. Oma hat recht, nach Teneriffa fliegt man in der Regel, wenn man in der kalten Jahreszeit ein wenig Sonne braucht. Den Sommer jedoch verbringt man auf Rügen. Im Grunde genommen ist es immer schön hier, denke ich. Im Winter glitzern die von Raureif bedeckten kahlen Buchen im kalten Licht der Sonne. Eine dicke Schicht Schnee bedeckt die Strände. Und es wird still auf der Insel. Bis der erste Wintersturm tobt und die Ostsee aufpeitscht. Ich liebe aber auch den Spätsommer und den Herbst, wenn die Buchenblätter rot und gelb in der noch warmen Sonne leuchten. Ich hätte gar nicht erst nach Berlin gehen sollen. Obwohl das anscheinend tatsächlich seinen Sinn hatte.

Was Oma wohl dazu sagen wird, wenn sie erfährt, dass ich gerne wieder hier einziehen würde? Ich drehe mich um und schaue mich in meinem Zimmer um. Es ist etwas über zwanzig Quadratmeter groß und wirklich gemütlich. Das kleine Badezimmer, direkt gegenüber, reicht vorerst für meine Bedürfnisse. Aber wie wird das auf Dauer aussehen? Ein zweites Zimmer zum Wohnen und Arbeiten wäre nicht schlecht, vielleicht auch eine eigene Küche. Mein Blick geht nach oben zur Decke. Darüber befindet sich noch der Spitzboden. Es wäre bestimmt möglich, ihn ausbauen. Das wären locker noch mal dreißig Quadratmeter, denke ich, allerdings mit Schrägen bis zum Boden. Neben dem Bad befindet sich ein Abstellraum, der momentan mit allem möglichen Zeug vollgestopft ist, das niemand mehr braucht. Noch mal acht bis zehn Quadratmeter. Man könnte hier eine schöne eigenständige Wohnung schaffen. Allerdings wäre der Eingang der gleiche, und ich müsste trotzdem jedes Mal die knarzende Treppe hinauf.

Helles Lachen reißt mich aus meinen Gedanken. Ich gucke

wieder aus dem Fenster. Pia und Jana gehen durch den Garten, bewaffnet mit Schüsseln. Bei den Brombeerbüschen halten sie an. Ich würde ihnen gerne helfen, aber bevor ich Erika angerufen habe, habe ich mit Thea telefoniert und ihr versprochen, heute Abend noch kurz bei ihr vorbeizuschauen.

Ich schließe das Fenster, bleibe noch einen Moment stehen und schaue meinen Schwestern zu, bevor ich aus dem Zimmer gehe.

»Wir machen Brombeer-Limes«, sagt Jana. »Für die Bildermalaktion.«

Pia steckt sich eine pralle Brombeere in den Mund und verdreht genüsslich die Augen. »Total süß. Hier oben auf dem Hügel scheint die Sonne echt länger als auf dem Rest der Insel.«

»Ungefähr das Gleiche hat Oma auch am Freitag gesagt, als wir vom Meer zurückgekommen sind. Sie freut sich bestimmt, dass ihr die Brombeeren verarbeitet. Und den Limes gibt es dann zum Malen?«

»Jepp!« Jana grinst mich an. »Damit wir locker werden. Wir haben überlegt, ob wir es Dienstag machen. Am besten abends. Pia meint, wir könnten vor dem Haus malen. Da haben wir eine große, ebene Fläche und können uns richtig ausbreiten.«

»Klingt nach einem guten Plan.« Pia legt Leinwände am liebsten flach auf den Fußboden, wenn sie malt. Sie kleckert, spritzt die Farbe auf die Fläche, kratzt sie wieder ab. Mal kniet sie neben dem Bild, mal geht sie in die Hocke oder bearbeitet das Kunstwerk im Stehen mit einem langstieligen Pinsel. Staffeleien benutzt sie nur bei ihren Malkursen. »Und Mittwoch frischen wir dann eure Lebensretter-Kenntnisse auf. Um wie viel Uhr kommt John seine Sachen holen, Pia?«

»Er fährt nachts los, damit er irgendwann vormittags da ist. Er will in der Wohnung übernachten und am nächsten Tag zurückfahren.« Pia schürzt die Lippen. »Passt mir gar nicht, aber ich kann verstehen, dass er sich nicht direkt am selben Tag den langen Weg zurück zumuten will. Ich schlafe aber auf jeden Fall hier. Mittwochabend wäre also nicht schlecht.«

»Na gut.« Montag Miro, Dienstag Malen mit Pia, Mittwoch Erste Hilfe, Sonntag oder Montag Franziska. Wenn das so weitergeht, muss ich meinen Terminplan mal wieder rauskramen und meine Verabredungen eintragen, denke ich. Und dabei fällt mir ein, dass wir ganz vergessen haben, noch mal bei dem Mann anzurufen, der mein Zimmer gemietet hat. »Mist! Wir müssen noch die Vermietung stornieren. Kann eine von euch das übernehmen? Vielleicht ist er ja heute telefonisch erreichbar. Ich wollte jetzt zu Thea gehen.«

»Ich mach das«, sagt Pia. »Liebe Grüße an Thea und Ludwig.«

»Von mir auch. Bah!« Jana springt zurück und zeigt auf den Brombeerbusch. »Eine Thekla!«

»Spinnen sind hier überall«, sagt Pia und lacht. »Das weißt du doch.«

»Super, erzähl mir das nur«, mault Jana. »Ich hatte es gerade wieder vergessen.«

Ich muss lächeln, als ich durch den Garten zurück am Haus vorbei und den breiten Schotterweg entlanggehe. Dabei denke ich an meine Schwestern. Jana hat nicht nur Angst vor Donner, sie fürchtet sich auch vor Spinnen. Sie ist felsenfest davon überzeugt, das liegt daran, dass sie als Kind mal Albträume gehabt hat, nachdem ihre Lieblingsheldin, die kleine freche schlaue Biene Maja, von der bösen Kreuzspinne Thekla gefangen worden war. Ohne die Hilfe des Grashüpfers Flip hätte Thekla die Biene Maja verspeist.

Jeden Sonntag saß Jana früher wie gebannt vor der Flimmerkiste und litt mit den Filmfiguren mit. Heidi, Pinocchio, Sindbad, Maja ... Jana war immer und überall mit Herz und Seele dabei.

Ich mag Spinnen auch nicht unbedingt gerne. Bei besonders haarigen Exemplaren, mit dicken Bäuchen und kurzen Beinen, muss auch ich mich überwinden, aber mithilfe eines Glases kann ich sie nach draußen befördern, wenn mir im Haus eine über den Weg läuft. Dafür reagiere ich bei Maden mit einem ausgeprägten Ekelgefühl. Opa hat ab und an geangelt. Jana und Pia hatten keine Probleme damit, kleine gelbliche speckige, unappetitliche Mehlwürmer auf Haken zu spießen. Ich hingegen hätte sie freiwillig nicht angefasst. Nur Pia hat keinerlei Abneigungen gegen irgendwelche Krabbel- oder Kriechtiere. Sie hat eben doch am meisten von Oma geerbt oder es von ihr angenommen.

Der Weg mündet in einer Linkskurve in die asphaltierte Straße, die die Anhöhe hinunterführt. Etwa hundertfünfzig Meter weiter unten befindet sich eine Abzweigung, die zu Theas Haus führt. Ich wähle jedoch den direkten Weg und gehe durch das kleine Waldstück. Früher war hier nur ein Trampelpfad. Über die Jahre hinweg ist er immer breiter geworden. Es ist der Weg, den meistens auch Oma und Thea nehmen, wenn sie sich gegenseitig besuchen. Zwischen den Buchen stehen einige Fichten und Lärchen. Ihre Äste und hochgewachsenen Stämme reiben bei starkem Wind gegeneinander und geben laute, knarzende Geräusche von sich. Als ich noch klein war, fand ich das unheimlich. Ich war überzeugt davon, dass die Bäume Schmerzen haben und weinen. Das ist jetzt mehr als fünfundzwanzig Jahre her. Die Bäume stehen immer noch. Heute ist es jedoch fast windstill. Man kann den Bach plätschern hören, dessen Quelle nur ein paar Hundert

Meter entfernt von Theas Haus entspringt. Ab und an knackt unter meinen Füßen ein Zweig, und weit oben in einem Baumwipfel zwitschert ein Zwergschnäpper ununterbrochen sein unverkennbares Lied – *twi-twi-twi-twi-dlü-twi-dlü-twi-dlü-dlü-dlü-dlü-dlü*. Wann immer Oma mit uns in der Natur unterwegs war, hat sie versucht, sie uns etwas näherzubringen. Im Mai haben wir Bärlauch gepflückt und zu Pesto verarbeitet. Im Spätsommer haben wir körbeweise Steinpilze, Maronen und Butterpilze gesammelt und getrocknet oder sie direkt mit einem Hauch Knoblauch und viel Petersilie und Ei zu einem wunderbaren Omelett verarbeitet.

Oma hat unser Leben in vielerlei Hinsicht bereichert. Nicht auszudenken, was aus uns geworden wäre, wenn wir sie damals nicht gehabt hätten.

Ich mag Theas Haus. Es ist nicht so schön wie Omas, es hat kein Reetdach und könnte einen frischen Anstrich gebrauchen. Aber durch den Giebel, die beiden Erker und den Efeu, der an der Wand heraufrankt, wirkt es verspielt und fast romantisch. Es ist viel zu groß für zwei Personen. Ich weiß, dass Thea gerne umgebaut und an Touristen vermietet hätte, aber Ludwig war dagegen. Er mag keine Fremden und schon gar nicht in seinem Haus. So warten die leeren Zimmer nur darauf, dass Theas und Ludwigs Kinder und Enkel einmal zu Besuch kommen.

Die Tür steht offen. »Thea«, rufe ich. »Bist du da? Thea?«

Ich bekomme keine Antwort, also betätige ich die Türklingel. Prompt wird in der ersten Etage ein Fenster geöffnet, und Thea schaut heraus. »Du musst doch nicht klingeln, komm einfach rein. Ich bin gleich bei dir.«

»Okay.« Ich gehe die drei Treppenstufen nach oben und hinein in den Flur. Auf der rechten Seite befinden sich ein kleines Gäste-WC und die Treppe, die nach oben führt. Am Ende des Flurs liegt das große Wohnzimmer. Und gleich links die Küche. Ich bleibe stehen, um auf Thea zu warten. Als ich ein leises Husten höre, gehe ich ein paar Schritte weiter und schaue in die Küche. Dort sitzt Ludwig am Tisch. Er trinkt einen Schluck aus einer Flasche Bier und beugt sich über eine Zeitschrift, die er mit einer Lupe studiert. Ob er schwerhörig ist? Ich habe laut gerufen, und die Klingel ist auch nicht unbedingt leise.

»Guten Abend, Ludwig«, sage ich laut. »Nicht erschrecken, ich bin es nur, Katharina.«

Er hebt kurz den Kopf, schaut zu mir und widmet sich wieder seiner Zeitung.

Was ist dem denn über die Leber gelaufen? denke ich. Und schon im nächsten Moment erwacht die Ärztin in mir. Ob er krank ist? Er ist ein paar Jahre älter als Thea, dürfte jetzt stramm auf die achtzig zusteuern, siebenundsiebzig ist er bestimmt. Ich überlege noch, ob ich etwas sagen und vielleicht in die Küche gehen soll, da erscheint Thea oben auf der Treppe.

»Ich bin schon da!«, ruft sie und kommt heruntergetippelt. »Schön, dass du da bist.« Sie tätschelt mir die Wange. »Sollen wir uns raus in den Garten setzen? Es ist noch so schön warm.«

»Gerne.«

»Ich hole uns nur etwas zu trinken. Möchtest du vielleicht ein Glas Wein oder eine Schorle?«

»Eine Saftschorle, gerne.«

Ich bleibe vor der Küche stehen und schaue zu, wie Thea an Ludwig vorbei zum Kühlschrank geht.

»Ein Schüsselchen Erdbeeren dazu?«, fragt Thea mich. »Vorhin frisch geerntet.«

»Oh ja, liebend gerne.«

Thea platziert ein Holztablett mitten auf Ludwigs Zeitschrift, sodass er gezwungen ist, aufzuschauen. »Wir haben Besuch«, sagt sie und stellt zwei Gläser und einen Krug mit Saft aufs Tablett.

»Ich habe eine Sehschwäche«, blafft Ludwig. »Blind bin ich nicht. Und senil auch nicht.«

Thea holt eine Schale mit Erdbeeren aus dem Kühlschrank und stellt auch sie auf das Tablett.

»Na dann«, sagt sie mit jetzt wieder zuckersüßer Stimme. »Gehen wir mal lieber nach draußen, damit der alte Stinkstiefel weiter rumschmollen kann.«

Ich weiß nicht so recht, was ich dazu sagen soll, bin aber froh, als ich im Garten auf einem Stuhl mit einem gemütlichen Polster sitze.

Thea gießt Saft und Wasser in mein Glas.

»Danke.« Ich setze gerade zum Trinken an, da sieht Thea mich an, zieht eine Augenbraue hoch und sagt: »Soll er doch das Zeitliche segnen!« Sie lässt sich auf ihren Stuhl plumpsen. »Oder meinetwegen auch zur Hölle fahren.«

Zum Glück verschlucke ich mich nicht. Doch ich weiß auch nicht so genau, was ich dazu sagen soll. Wenn Pia über ihren Gimpel schimpft oder Jana generell über die Männer im Allgemeinen, fällt mir immer ein passender Kommentar ein. Aber mir gegenüber sitzt Thea, sie ist dreiundsiebzig Jahre alt und die Freundin meiner Oma.

Etwas Besseres als »Warum hat Ludwig denn so schlechte Laune?« fällt mir nicht ein.

Thea winkt ab. »›Schlechte Laune‹ ist die Untertreibung des Jahres. Er hat einen etwa walnussgroßen Knubbel hinten am Rücken, weigert sich aber, zum Arzt zu gehen. Ich habe ihm gesagt, dass ich nicht um ihn trauern werde und mich darauf freue, mit Anni zusammenzuziehen. Jetzt behauptet er, wir würden nur darauf warten, dass er endlich stirbt, damit wir unsere verrückten Pläne verwirklichen können.« Sie runzelt die Stirn. »Versteh mich nicht falsch, Ludwig kann ein Stinkstiefel sein, aber ich wünsche ihm ganz bestimmt nichts Böses. Wenn er jedoch nicht zum Arzt geht, ist er selbst daran schuld. Ich habe mir wochenlang den Mund fusselig geredet. Jetzt sage ich nichts mehr dazu.« Sie winkt ab. »Egal, jetzt erzähl, wie geht es Anni?«

»Gut. Sie ist noch etwas schwach, wird sich aber wieder erholen. Aber sag mal ...« Natürlich kann ich das mit Ludwig nicht einfach im Raum stehen lassen. »Wo genau befindet sich denn der Knubbel? Hast du ihn gesehen? Liegt er oben auf der Haut drauf oder eher nach innen?«

»Das Ding ist rechts neben der Wirbelsäule, unterhalb der Schulter. Es sieht aus, als hätte ihm jemand eine halbe Walnuss dort unter die Haut geschoben. Ein bisschen weiter unten ist noch so ein Teil, allerdings nur so groß wie eine Murmel.«

»Hm«, mache ich. »Das könnten Lipome sein, die sind in den meisten Fällen harmlos. Aber man müsste das natürlich mal genau untersuchen.«

»Wie gesagt, Ludwig geht nicht zum Arzt. Er hat Angst, dass er dann ein paar Wochen später tot ist.« Thea macht eine kleine Pause, bevor sie weiterspricht. »So wie dein Opa damals.«

»Das hört sich aber nicht nach Hautkrebs an. Ich versuche gleich noch mal, mit ihm zu reden.«

»Er denkt, dass ich dich extra deswegen hierhergeholt habe.« Thea schüttelt den Kopf. »Ich glaube nicht, dass er sich auf ein Gespräch mit dir einlässt.« Sie zeigt auf die Erdbeeren. »Iss erst mal.«

Oma hat nur Obst, das an Büschen oder Bäumen wächst. Deswegen waren Theas Erdbeeren immer heiß begehrt bei uns. Thea verrührt etwas Kondensmilch mit einer ordentlichen Portion Zucker, gibt halbierte Erdbeeren hinzu und stellt sie zum Durchziehen in den Kühlschrank.

»Sehr lecker!« Die Beeren schmecken süß und nach Kindheit.

Thea schaut mir beim Essen zu. »Wie schnell die Zeit vergeht! Wie alt bist du jetzt, Katharina? Schon über dreißig, oder?«

»Einunddreißig.«

Sie betrachtet mich skeptisch. »Und hast du dich mittlerweile entschieden? Wirst du ihn heiraten?«

»Oma hat dir davon erzählt?«

Thea nickt. »Als ich ihr die Haare abgeschnitten habe. Und? Wirst du?«

»Nein.«

»Richtig so. Wenn du nicht spontan Ja sagen kannst, ist ein Nein die bessere Wahl. Die Ehe ist kein Zuckerschlecken, da sollten wenigstens die ersten Jahre schön sein.« Sie rutscht auf ihrem Stuhl etwas nach vorn und beugt sich zu mir. »Was wollte denn der schmucke Doktor heute bei euch?«

Es wundert mich nicht, dass Thea seinen Besuch mitbekommen hat. Von ihrem Haus aus hat man die Straße im Blick. »Er hat sich nach Oma erkundigt.«

»Ach was!«, sagt Thea. »Ich wusste nicht, dass Anni zu ihm geht. Hat sie die Tabletten von ihm?«

»Nein, auf gar keinen Fall. Sie hat sie von ihrem alten Arzt verschrieben bekommen.« Es ist mir wichtig, das klarzustellen. Thea ist Oma eine tolle Freundin, und ich mag sie sehr, aber sie redet gerne, und ich möchte nicht, dass Miros Ruf als Arzt darunter leidet, falls Thea sich irgendwo verplappern sollte. »Bist du denn bei ihm in Behandlung?«

»Nein, ich gehe nach Glowe zum Arzt. Aber es freut mich, dass Dr. Szymanski sich anscheinend wieder berappelt hat.

Immerhin war die Praxis im Frühjahr eine ganze Zeit lang geschlossen.«

»Das wusste ich nicht.«

Thea setzt ein bekümmertes Gesicht auf. »Seine Schwester ist gestorben. Soweit ich weiß, wegen eines Hirntumors. Sie war gerade mit ihrer kleinen Tochter zu Besuch. Es muss schlimm gewesen sein.«

»Oh.« Ein mulmiges Gefühl bildet sich in meiner Magengegend. Ich habe recht gehabt, er trauert. »Wann war das?«

Thea überlegt einen Moment. »Ostern, es muss irgendwann um Ostern gewesen sein, also Mitte April. Danach war die Praxis für zwei Wochen komplett geschlossen.«

Vor drei Monaten also … »Puh«, sage ich. »Das ist heftig.« Ich weiß, wie es sich anfühlt, wenn geliebte Menschen ohne Vorwarnung aus dem Leben gerissen werden. Bei dem Gedanken, dass Pia oder Jana so etwas passieren könnte, läuft es mir eiskalt den Rücken runter.

Thea nickt, dann lächelt sie. »Aber lass uns jetzt lieber über die angenehmen Dinge des Lebens sprechen. Erzähl, wie geht es Anni? Was sagt sie so?«

»Sie hat nach dir gefragt.« Ich berichte Thea, wie es Oma geht, dass sie sehr verwirrt war, aber sich wieder gefangen hat. Details gebe ich nicht preis. Oma soll selbst entscheiden, wem sie was erzählt. »Wahrscheinlich kommt Oma morgen auf die normale Station. Sobald ich mehr weiß, rufe ich dich an. Dann kannst du sie besuchen.«

»Das ist lieb.«

Ich strecke mich und gähne. »Sei mir nicht böse, wenn ich jetzt wieder gehe. Die letzten Tage waren sehr anstrengend. Ich bin total müde.«

»Warum sollte ich dir böse sein? Das versteh ich doch. Ich freue mich, dass du mich überhaupt besucht hast.«

»Habe ich gerne gemacht.« Ich stehe auf. »Meinst du, ich sollte mal versuchen, mit Ludwig zu sprechen?«

»Versuch macht klug«, sagt Thea. »Dann bleibe ich aber hier sitzen. Wenn ich dabei bin, redet er schon aus Prinzip nicht.«

»Na gut.« Ich lächle sie verschwörerisch an. »Ich geh dann hinten am Garten vorbei, damit du siehst, wann du wieder reinkannst.«

»Und das alles nur, weil er so dermaßen dickköpfig ist«, brummelt Thea.

Er hat Angst, denke ich, und die ist immer ein schlechter Ratgeber. »Ich versuche mein Glück.«

21. Kapitel

»Hat Thea dich geschickt?«, fragt Ludwig und blickt von der Zeitung auf, als ich die Küche betrete.

Immerhin, er redet mit mir! »Nein, das musste sie nicht. Ich bin Ärztin. Da wäre es doch schlimm, wenn ich nicht wenigstens mal nachfrage, oder?«

»Hmpf«, macht Ludwig und mustert mich. »Hat sie dir erzählt, dass sie und eure Oma die Häuser verkaufen wollen?« Er lacht hämisch auf. »Die ticken doch nicht richtig. Wollen eine Alten-WG irgendwo in der Stadt gründen.«

»Was?« Ich setze mich zu Ludwig an den Tisch. »Ernsthaft?«

Er lehnt sich in seinem Stuhl zurück, die Arme vor der Brust verschränkt. »Sie wollen beide Häuser gegen ein Mehrfamilienhaus eintauschen, in dem nur alte Leute wohnen.«

»Davon hat Oma uns bisher noch nichts erzählt.« Generell ist die Idee gar nicht schlecht. In der Stadt sind fußläufig alle Geschäfte und Ärzte gut zu erreichen. Und gemeinsam mit Freunden in einem Haus zu wohnen, finde ich auch sehr praktisch. Man kann sich gegenseitig helfen und ist nicht einsam. »Ist es denn schon konkret? Oder überlegen die beiden nur?«

»Tja ...« Ludwig lächelt süffisant. »Das Problem ist, dass das Haus hier immer noch zur Hälfte mir gehört. Sie müssen warten, bis ich tot bin.«

»Na ja ...« Ich weiß, es ist gemein, was ich jetzt sage, aber ich kann mich nicht zurückhalten. »Die Chancen stehen ja ganz gut für die beiden, da du anscheinend sehr leichtsinnig mit deiner Gesundheit umgehst.« Ludwig fehlen die Worte. Er sieht mich einfach nur an. Ich nutze die Chance und rede weiter. »Lass mich einen kurzen Blick auf deinen Rücken werfen«, schlage ich vor. »Dann verrate ich dir etwas, was Thea und Oma noch nicht wissen. Aber du musst mir versprechen, es nicht auszuplaudern.«

Ludwig taxiert mich, dann nickt er. »Okay.« Er steht auf, stellt sich vor das Fenster und knöpft sich das Hemd auf.

Das war einfacher als erwartet! Ich stelle mich hinter Ludwig und warte, bis er es ausgezogen hat. Ludwig ist sehr schlank, die Haut ist gebräunt und faltig, wahrscheinlich sitzt er, so wie früher, immer noch gerne mit nacktem Oberkörper im Garten.

Die Knubbel, wie Thea sie genannt hat, fallen sofort auf. Sie hat sie gut beschrieben.

»Darf ich mal anfassen?«

»Meinetwegen.«

Ich taste vorsichtig die beiden Knoten ab. Sie fühlen sich prall und elastisch an.

»Hm«, mache ich. »Das sieht mir ganz nach Lipomen aus. Das sind eingekapselte Fettgewebezellen, die in der Regel harmlos sind.« Ich greife nach dem Hemd, das Ludwig über den Stuhl gehängt hat, und reiche es ihm. Während er sich wieder anzieht, erkläre ich: »Hundertprozentig sicher kann ich es natürlich nicht sagen. Ich würde dir unbedingt empfehlen, zum Hautarzt zu gehen. Wenn ich recht habe, wovon ich ganz stark ausgehe, können sie bleiben, solange sie dich nicht stören. Du solltest sie aber trotzdem kontrollieren lassen. Und wenn du dich dazu entschließt, sie wegmachen zu lassen, wird das wahrscheinlich nur ein kleiner Eingriff sein. Die beiden Damen müssen also noch eine Weile warten, bis sie ihre Pläne verwirklichen können.«

»Meinst du ...«, sagt Ludwig und dreht sich zu mir um.

»Ja, das meine ich. Die Dinger sehen harmlos aus. Und wenn der Hautarzt dir das bestätigt, wird dir ein Stein vom Herzen fallen. Deswegen würde ich so schnell wie möglich hingehen. Ich treffe mich morgen mit einem Kollegen. Ich frag ihn, ob er mir jemanden empfehlen kann. Was hältst du davon? Je eher du weißt, was Sache ist, desto eher kannst du wieder beruhigt sein. Opas Problem damals war genau, dass er nicht zum Arzt gegangen ist. Hätte er sich eher untersuchen lassen, hätte man ihm noch helfen können.«

»Na gut.«

»Schön!« Ich kann verstehen, dass Ludwig Angst hat, aber ich denke, dass sie unbegründet ist.

»Und?« Er sieht mich auffordernd an. »Rück schon raus mit der Sprache. Was weißt du?«

»Du versprichst mir, es auch nicht Thea zu erzählen!«, sage ich. »Ich möchte nämlich zuerst mit Oma darüber sprechen.«

»Sicher, wenn du es so willst.«

»Ich möchte gerne wieder zurück nach Rügen kommen und wollte Oma fragen, ob ich bei ihr wohnen kann.« Ich mache eine kleine Pause, bevor ich weiterrede. »Das geht natürlich nur, wenn sie das Haus behält.«

Ein Grinsen breitet sich auf Ludwigs Gesicht aus. »Da wird Marianne sich bestimmt freuen.«

»Ich hoffe es.« So ganz sicher bin ich mir da nicht mehr. Ob Oma wirklich vorhat, in die Stadt zu ziehen? Vernünftig wäre es, aber ich kann sie mir dort nicht vorstellen.

»Meine Lippen sind versiegelt.« Ludwig grinst immer noch vor sich hin, als er sich wieder auf den Stuhl setzt.

»Ich frage dann morgen nach einem guten Hautarzt«, sage ich.

»Mach das.« Er wird ernst und sieht mich nachdenklich an.

»Mal ganz abgesehen davon, dass ich keine Lust darauf habe, in die Stadt zu ziehen ... Es ist schön, dass du zurückkommen möchtest, um dich um deine Oma zu kümmern.«

»Danke.«

Ludwig deutet mit dem Kopf zur Tür raus. »Du kannst Thea sagen, dass sie wieder reinkommen kann. Ich nehme an, sie wartet im Garten.«

»Stimmt. Was hältst du davon, wenn du ihr Bescheid gibst?«

»Nix da.« Ludwig greift wieder nach seiner Lupe. Ich bleibe noch einen Moment unschlüssig stehen, dann nehme ich den direkten Weg, durch den Flur und das Wohnzimmer. Thea sitzt immer noch auf dem Stuhl, den Kopf hat sie leicht zur Seite geneigt, die Augen geschlossen. Als sie mich kommen hört, zuckt sie zusammen und sieht mich überrascht an.

»Ich bin tatsächlich eingeschlummert«, sagt sie. »Wie spät haben wir?«

Ich schaue auf mein Handy. »Kurz nach neun.«

»Die letzten Nächte habe ich nicht gut geschlafen. Jetzt, wo ich weiß, dass es Anni gut geht, fällt die Anspannung ab.«

»Das geht mir ähnlich.«

»Und? Du warst lange bei Ludwig. Was sagt er?«

»Er hat mir die Knubbel gezeigt.« Ich erkläre Thea kurz, was ich darüber denke und dass ich mich nach einem Hautarzt erkundige.

»Danke.« Sie lächelt. »Er konnte dich immer schon gut leiden. Wie lange bleibst du noch auf Rügen?«

»Erst einmal zwei Wochen«, sage ich und füge in Gedanken an: Und dann für immer!

Pia und Jana haben es sich auf der Couch gemütlich gemacht. Auf dem Tisch stehen eine flache Schüssel mit karamellisierten Haselnüssen, eine Flasche Sekt, ein leeres Weinglas und ein kleiner Glaskrug, der mit einer dunkelvioletten Flüssigkeit gefüllt ist.

»Brombeer-Limes«, sagt Pia. »Magst du auch? Das Zeug schmeckt verdammt gut mit Sekt gemischt.«

Jana hebt ein großes bauchiges Weinglas hoch und schwenkt es. »Und die Farbe ist auch genial, schau mal.«

»Na gut.«

Jana springt sofort auf und verschwindet mit dem Weinglas in der Küche. Ich setze mich auf Omas Sessel. »Was guckt ihr?«

»*Stadt der Engel*«, sagt Pia. »Aber ich habe Jana versprochen, dass wir umschalten, bevor Meg Ryan gegen den Lkw knallt.«

»Das ist gut.« Wir haben alle drei das Bedürfnis nach einem Happy End, wenn wir einen Film schauen. Gestorben wird allenfalls zu Beginn, am Ende muss alles wieder gut sein.

Als Jana zurückkommt, ist mein Glas mit Eiswürfeln gefüllt. Sie gibt einen guten Schuss Limes dazu und gießt mit Sekt auf.

»Auf Oma!«, sagt Pia.

»Auf Oma!« Unsere Gläser klirren aneinander. Wir schauen uns an und trinken.

»Was gibt es Neues von Thea?«, fragt Pia.

»Ich habe Ludwig untersucht.« Ich erzähle meinen Schwestern, was ich dabei erfahren habe.

Pia und Jana hören gespannt zu. Als ich fertig berichtet habe, sagt Jana: »Ich kann verstehen, dass Ludwig sauer ist, wenn Oma und Thea tatsächlich in die Stadt ziehen wollen. Er hat sein Leben lang hier oben auf dem Hügel gewohnt, umgeben von Wald und das Rauschen des Meeres im Ohr.«

»Die Idee ist aber gar nicht so schlecht, Jana«, erwidert Pia. »Oma wird immer älter. Irgendwann kann Ludwig nicht mehr

Auto fahren. Und was wäre passiert, wenn Rina nicht zufällig bei Oma gewesen wäre, als sie umgekippt ist?«

»Das hätte auch niemand mitbekommen, wenn Oma in einem Mehrfamilienhaus gewohnt hätte. Und außerdem, wie oft fährt Ludwig die beiden denn irgendwohin? Zweimal die Woche? Da können Oma und Thea genauso gut ein Taxi nehmen. Außerdem sind wir ja auch noch da. Du wohnst in der Nähe, Pia, Rina zieht wieder hier ein. Und ich kann in den Semesterferien kommen. Wann sagen wir es Oma, damit sie aufhören kann, sich Gedanken über die Stadt zu machen?«

»Wir schauen, wie es ihr morgen geht«, schlage ich vor, »und entscheiden dann spontan.«

»Finde ich gut«, sagt Pia. »Aber du solltest dir auch Gedanken darüber machen, ob das auf Dauer eine Lösung ist, Rina. Du hast da oben dein Zimmer und ein kleines Bad. Irgendwann wirst du dich wieder verlieben, vielleicht Kinder bekommen.«

»Darüber habe ich auch schon nachgedacht.« Ich nippe an meinem Glas. Der Sekt mit dem Brombeer-Limes schmeckt wirklich köstlich. Fruchtig, süß, etwas herb und schön erfrischend. »Vielleicht könnte man das Haus etwas umbauen und zwei abgeschlossene Wohneinheiten daraus machen. Darüber müssten wir aber ganz in Ruhe nachdenken. Auch darüber, was dann passiert, wenn Oma mal nicht mehr ist.« Der Atlas mit den wichtigen Dokumenten fällt mir wieder ein. »Oma hat ein Testament gemacht. Ich weiß nicht, was drinsteht, gehe aber davon aus, dass wir das Haus erben werden. Wir sind ihre einzigen Verwandten.«

»Puh«, macht Jana. »Das ist kein schönes Thema.«

»Aber Rina hat recht, dass wir darüber reden müssen.«

»Wir sollten mit Oma darüber sprechen, wenn sie wieder ganz gesund ist«, schlage ich vor. »Ich denke, es reicht fürs Erste, wenn wir ihr sagen, dass ich wieder hier wohnen möchte. Und dann überlegen wir alle gemeinsam, wie eine langfristige Lösung aussehen kann.«

Jana greift nach ein paar Nüssen. »Einverstanden.« Sie sieht mich an. »Wir haben übrigens versucht, Ebbe Sturm anzurufen, er geht nicht ran. Also habe ich mal nach ihm gegoogelt. 069, das ist die Vorwahl von Frankfurt am Main. Er scheint Drehbuchautor zu sein. *Tatort* und so weiter, vielleicht will er hier für den nächsten Film recherchieren. Er wäre nicht der Erste, der irgendwen über die Steilküste herabstürzen lassen würde.«

»Hm«, mache ich. »Das ist aber doof. Hat er eine Homepage? Dann könnten wir ihn vielleicht darüber erreichen, wenn er ein Kontaktformular hat.«

»Pia hat ihn angeschrieben. Mal schauen, ob er antwortet.«

»Wenn er es überhaupt ist«, wirft Pia ein. »Wir versuchen morgen noch mal, ihn unter der Nummer zu erreichen. Wenn wir Glück haben, war er nur über das Wochenende weg. Und vielleicht weiß Oma ja auch was. Wir können sie morgen fragen.«

»Gut.« Ich schwenke das Getränk in meinem Glas, das durch die Mischung mit dem Sekt nun rosafarben ist. »Bei der Bank muss ich auch noch anrufen.«

»Meinst du, die geben dir überhaupt Auskunft?«, fragt Pia.

»Keine Ahnung, wahrscheinlich eher nicht«, antworte ich. »Aber ich versuche trotzdem mal mein Glück.« Ich nehme mir ein paar Nüsse.

»Omas EC-Karte ist im Portemonnaie, du kannst auch einfach zum Automaten gehen und den Kontostand checken«, schlägt Jana vor. »Die PIN ist Mamas Geburtsjahr. Das weiß ich, weil ich ab und an mal Geld für Oma abgeholt habe.«

»Quatsch!« Ich schüttele den Kopf. »Das kann ich doch nicht machen. Und überhaupt, Mamas Geburtsjahr? Einfacher geht es ja wohl nicht!«

»Was hast du denn auf einmal für ein Problem?«, fragt Jana. »Wo ist der Unterschied? Wir haben Omas Kontoauszüge kontrolliert und festgestellt, dass sie in den Miesen ist. Ob du jetzt bei der Bank anrufst oder einfach die Karte in den Schlitz steckst, kommt doch aufs Gleiche raus. Du handelst hinter Omas Rücken, so oder so.«

»Wo sie recht hat, hat sie recht«, bemerkt Pia trocken. »Außerdem machst du es doch nur, weil du Oma helfen willst.«

»Wenn du es nicht machst, mach ich es«, schlägt Jana vor. »Oma hat mir die PIN auch gegeben, damit ich im Notfall mal Geld abholen kann, wenn ich mal etwas brauche und sie zufällig nicht in der Nähe ist. Somit bin ich sozusagen autorisiert.«

»Wenn du das so sagst.« Die beiden haben recht, es macht keinen Unterschied, und ich möchte Oma jetzt noch nicht mit finanziellen Dingen belasten. »Wir können morgen in Bergen kurz zur Bank gehen, bevor wir Oma besuchen.«

»Abgemacht«, sagt Jana und schaut auf den Bildschirm des Fernsehgerätes, wo Meg Ryan und Nicholas Cage gerade auf einem Fell vor dem Kamin liegen. »Gleich sagt sie ihm, dass sie ihn liebt.«

»Damals sah sie noch süß aus«, stellt Pia kritisch fest. »Heute gefällt sie mir nicht mehr. Sie hat zu viel an sich rumpfuschen lassen.«

»Stimmt.« Jana sieht zu uns. »Warum glauben die Menschen eigentlich an Gott und daran, dass es Engel gibt, obwohl kein einziger wissenschaftlicher Beweis dafür existiert?«

»Weil es beruhigt«, antwortet Pia. »Habe ich letztens erst irgendwo gelesen. Menschen, die glauben, müssen sich keine Gedanken darüber machen, wie es nach dem Tod weitergeht.

Offene Fragen beunruhigen, niemand kommt gut mit Ungewissheit klar.«

»Und wenn man daran glaubt, dass es dann schlicht und ergreifend vorbei ist? Das ist doch auch nicht ungewiss«, hakt Jana grüblerisch nach.

»Ja, aber auch irgendwie sehr deprimierend, oder? Religion gibt Sinn und Halt.« Ich seufze. »Ich wünschte, ich könnte auch daran glauben, dass es einen Himmel gibt, in dem wir uns alle irgendwann wiedertreffen.« Ich habe den Satz noch nicht ganz ausgesprochen, da fällt Miro mir wieder ein. Und das, was Thea mir über seine Schwester erzählt hat. Sie hieß Milena. Ob Jana ihn an sie erinnert? War es seine kleine Schwester oder seine große? Hat er noch mehr Geschwister? Oder ist er jetzt allein?

»Was ist, Rina? Du siehst auf einmal so traurig aus«, sagt Pia. »Denkst du an Mama und Papa?«

»Nein.« Ich lächle. »Obwohl ich den Gedanken ehrlich gesagt ganz charmant finde, dass es den beiden jetzt irgendwo anders gut geht.«

Jana hebt ihr Glas. »Auf Mama und Papa.«

»Und auf uns«, füge ich hinzu.

Tag 4

Weißt du noch?

Wir waren so unbeschreiblich glücklich. Das Leben war leichter, wenn wir zusammen waren. Du und ich, hast du immer gesagt, wir beide!

Ich weiß jetzt, dass ich nicht mehr gefangen gehalten werde. Ich lebe, Georg. Und ich träume. Von dir. Aber du bist nicht mehr der junge Mann, der du damals warst. Du bist alt geworden. Von deinem Charme hast du nichts verloren. Ich sehe dich am Strand entlanglaufen und innehalten. Dein Blick geht über das Meer. Du warst immer auf der Suche – nach irgendwas. Und du hattest große Pläne.

Ich träume von dir am Strand.

Und davon, dass ich in der Küche stehe und einen Schokoladenkuchen für dich backe. Zartbitter, nicht zu süß, mit viel dunklem Kakao und mit einer Schicht salzigen Karamells. Die Tür geht auf, und ich drehe mich lachend um. Aber da bist nicht du. Es ist Karl, der in die Küche kommt. Er freut sich, dass ich einen Kuchen für ihn gebacken habe. Ein Kuchen, der eigentlich für dich gedacht war.

Warum hast du dich all die Jahre nie bei mir gemeldet?

22. Kapitel

Es ist Montagmorgen, und wir stehen zu dritt im Vorraum der Bank. Jana schiebt die Karte in den EC-Automaten, drückt auf *Kontostand* und gibt die PIN ein. Kurz darauf erscheint die Summe von fünftausendeinhundert Euro auf dem Bildschirm – im Minus.

»Mist!«, entfährt es mir. »Das habe ich befürchtet.«

»Ziehen wir aktuelle Kontoauszüge?«, fragt Pia. »Damit wir wissen, ob Oma die Rechnungen bezahlt hat.«

»Lieber nicht, ich würde sagen, das soll Oma machen, wenn sie wieder ganz gesund ist. Wir rufen die Firmen an und fragen nach. Oder?«

»Okay«, sagt Pia.

Ich drücke auf *Vorgang abbrechen* und halte meine Hand vor den Schlitz, um die EC-Karte entgegenzunehmen, aber das blöde Ding kommt nicht.

»Was ist los?«, fragt Jana.

»Der Automat hat Omas EC-Karte einbehalten«, erkläre ich. »Auch das noch!«

Pia macht einen langen Hals. »Da steht, man soll sich in der Filiale melden.«

»Tolle Idee«, sage ich. »Am Ende verhaften die uns, weil sie denken, wir wollten Oma Geld klauen.« Ich fahre mir durch das Haar. »Und jetzt?«

Jana fängt an zu kichern.

»Das ist nicht komisch«, blaffe ich sie an. Ich fühle mich sowieso schon nicht wohl bei der Sache. »Jetzt müssen wir

Oma auch noch erklären, dass der Automat ihre Karte gefressen hat.«

»Entschuldigung.« Jana beißt sich auf die Unterlippe, fängt jedoch im nächsten Moment wieder an zu kichern. »Aber irgendwie ist es schon lustig. Ich habe dich noch nie so dumm aus der Wäsche gucken sehen wie eben, Rina.« Sie kichert weiter und bekommt Schluckauf.

Ich schaue auf den Automaten, zu Pia, die genauso belämmert dreinschaut wie ich, dann zu Jana – und fange auch an zu lachen.

Auch Pia stimmt mit ein. Als wir uns alle wieder beruhigt haben, sagt sie: »Wenigstens kennen wir jetzt den Kontostand.«

»Ja, ganz toll, über fünftausend Euro Miese.« Wir prusten wieder los. »Wir sind bescheuert«, sage ich. »Das ist echt nicht lustig.«

»Stimmt.« Pia zieht an meinem Arm. »Lasst uns rausgehen, da will noch jemand an den Automaten.«

Ich drehe mich um. Eine alte Dame steht in einigem Abstand hinter uns und beobachtet uns skeptisch. Wenn wir nicht aufpassen, bekommen wir vielleicht wirklich noch Ärger. »Ja, kommt.«

»Die Karte kriegen wir nicht wieder«, sagt Pia, als wir draußen sind. »Das können wir vergessen. Da muss Oma persönlich vorbeigehen. Vielleicht schicken sie ihr aber auch eine zu, wenn der Kontostand ausgeglichen ist.«

»Wenn wir wieder zu Hause sind, überweise ich den Betrag sofort«, erkläre ich.

»So viel?«, fragt Jana.

Es ist schon eine Menge Geld. »Dafür spare ich demnächst Miete.«

»Vielleicht überlegt Oma auch wegen ihres finanziellen

Engpasses, das Haus zu verkaufen«, überlegt Pia. »Ich bin gespannt, was sie dazu sagt. Und auch zu dem Streit mit Erika.«

»Ich auch.« Immer wenn ich jetzt an dem Bild im Flur vorbeigehe, werfe ich zumindest einen kurzen Blick drauf. »Es wird sich bestimmt alles klären.« Ich deute auf den Lottoladen gegenüber, in dem es auch Zeitschriften gibt. »Sollen wir Oma noch was zu lesen besorgen?«

»Gute Idee. Hast du an Omas Brille gedacht, Jana?«, fragt Pia.

Jana hebt die kleine Reisetasche nach oben, die sie für Oma gepackt hat. »Ihren Hausanzug, Brille, Brillenputztuch, Zahnbürste, Gesichtscreme – alles drin.«

Es ist kurz vor halb zehn, als wir im Krankenhaus an der Rezeption stehen. Bevor wir losgefahren sind, habe ich auf der Intensivstation angerufen. Dort wurde Oma gerade für das Verlegen auf die normale Station vorbereitet. Wir lassen uns die Zimmernummer geben und gehen gut gelaunt durch das lichtdurchflutete Krankenhaus. Die moderne, sehr offene Architektur hat mir schon immer gut gefallen.

Ich muss so bald wie möglich eine Bewerbung schreiben, denke ich und zucke im nächsten Moment schmerzerfüllt zusammen. Ein älteres Ehepaar ist an uns vorbeigegangen. Dabei bin ich mit der rechten Hand gegen die Tasche gekommen, die der Mann über der Schulter trägt.

»Ah!«

»Was ist?«, fragt Pia.

»Der Schnitt, ich habe mich am Finger gestoßen.« Ich schüttele die Hand.

»Vielleicht solltest du doch mal nachschauen lassen«, sagt Jana.

»Das macht Miro heute. Ich habe um sechs bei ihm einen Termin, vor dem Laufen.« Den großen Verband habe ich gestern Abend abgemacht und durch ein Pflaster ersetzt. Einer kleinen Joggingrunde steht also nichts im Wege.

»Ach ja.« Jana grinst über das ganze Gesicht. »Daran habe ich gar nicht mehr gedacht. Wann gehst du meinen Wettgewinn suchen, Pia?«

»Heute Abend, wenn Rina sich mit Miro trifft. Kommst du mit?«

»Klar.« Jana hakt sich bei Pia unter. »Ich hätte da noch eine Idee für eine neue Wette. Aber davon erzähle ich dir heute Abend, Pia.« Sie sieht zu mir. »Wenn Rina nicht dabei ist.«

»Jaja, macht ihr mal«, sage ich und bleibe vor Omas Zimmer stehen. Ich klopfe an die Tür. Wir warten einen Moment und gehen rein.

Oma steht am Fenster und schaut nach draußen. Sie trägt immer noch einen weißen Kittel, der hinten offen ist. Ihr Hinterteil steckt in einem fast durchsichtigen Einwegslip. Sie ist barfuß, und ihre Haare stehen heute noch wüster von ihrem Kopf ab als gestern. Oma sieht dermaßen zerbrechlich aus, dass es mir fast wehtut, sie so zu sehen. Meinen Schwestern geht es anscheinend ähnlich. Wir stehen da und schauen Oma einfach nur an.

Pia räuspert sich. Sie ist die Erste, die sich von dem Anblick lösen kann. »Guten Morgen, Oma.«

Oma dreht sich langsam zu uns um. »Hallo, meine Lieben. Habt ihr auch endlich ausgeschlafen?« Sie lächelt, ihr Blick ist klar. Und ich atme erleichtert auf. Das ist die Oma, die wir kennen.

»Morgen, Oma«, sagt Jana. »Du siehst heiß aus.«

»Stimmt!« Ich muss schmunzeln. Jana hat es auf den Punkt gebracht.

Oma geht auf ihr Bett zu. Die Schritte sind vorsichtig, aber sicher. An ihrem Handgelenk sehe ich noch das große Pflaster, das den venösen Zugang verdeckt, aber in Anbetracht der Tatsache, dass sie bis gestern Morgen im künstlichen Koma lag, sieht sie doch erstaunlich gut aus, auch wenn sie immer noch sehr schwach wirkt.

»Soll ich dir ins Bett helfen?«, frage ich und laufe schnell zu ihr. Oma setzt sich auf den Bettrand, und ich umarme sie. »Guten Morgen, Oma.«

Oma tätschelt mir den Rücken. »Mir geht es gut. Lass mal, ich schaff das schon.«

Ich gehe einen Schritt zurück und schaue zu, wie Oma ihre Beine anhebt und dann ein Stück nach hinten rutscht. Das Kopfteil ist nach oben gestellt. Sie schüttelt ihr Kissen auf und schiebt es sich in den Rücken, sodass sie bequem aufrecht sitzen kann.

»Das sieht gut aus!«, sage ich. »Du hast dich erstaunlich schnell erholt.«

Oma nickt zufrieden. »Der olle Blasenkatheter ist auch raus. Jetzt wollen die Ärzte noch ein paar allgemeine Untersuchungen machen. ›Einmal richtig durchchecken‹, sagen sie, wenn ich schon mal da sei. Morgen bekomme ich noch ein Langzeit-EKG. Die Lunge wollen sie auch röntgen. Wenn da alles gut ist, darf ich nach Hause.« Sie deutet mit dem Kopf auf das zweite Bett, das zwar belegt, aber momentan leer ist. »Und mit meiner Zimmergenossin habe ich anscheinend auch Glück gehabt, sie ist sehr nett. Es ist eine junge Frau, etwa in deinem Alter, Pia, eine Sportlerin. Sie haben sie gerade zur Ultraschalluntersuchung abgeholt, wegen Verdachts auf Herzmuskelentzündung.«

»Oh, das klingt nicht gut. Da ist vor allen Dingen Schonung angesagt. Und du?« Ich setze mich zu Oma auf die Bettkante. »Wie geht es dir? Davon mal ganz abgesehen, dass du verständlicherweise noch etwas schlapp bist. Wie hast du geschlafen?«

Oma winkt ab. »Hör bloß auf. Ich träume immer noch sehr wüst.« Sie seufzt. »Aber immerhin weiß ich, sobald ich aufwache, dass es nicht real ist.«

»Das kann dich leider noch eine Weile verfolgen«, erkläre ich. »Wenn es nicht besser wird, könnten wir vielleicht mal über therapeutische Hilfe nachdenken, was meinst du?«

»So ein Quatsch!« Oma schüttelt vehement den Kopf. »Das kommt gar nicht in die Tüte. Es sind Träume. Sie gehen vorbei. Und außerdem helfen sie mir, ein Stück Vergangenheit aufzuarbeiten.« Sie klopft auf die Matratze und rückt ein Stück zur Seite. »Pia, Jana, kommt her, wir müssen reden.«

»Das klingt aber ernst«, sagt Jana, als sie es sich neben mir bequem macht.

Pia schiebt einen Stuhl an das Kopfteil des Bettes, setzt sich und sagt: »Erzähl, was brennt dir auf der Seele?«

»Tja«, sagt Oma, »wo fange ich an?« Sie sieht aus dem Fenster, dann wieder zu uns. »Ich habe längere Zeit darüber nachgedacht, ob ich mit euch darüber reden soll. Und eigentlich hatte ich mich dagegen entschieden. Aber dann bin ich, einfach mal eben so, umgekippt und wäre fast gestorben.«

»›Einfach mal eben so‹ stimmt nicht ganz, Oma.« Ich werfe ihr einen strengen Blick zu. »Es gab Gründe dafür.« Ich möchte nicht, dass sie das, was passiert, auf die leichte Schulter nimmt.

»Das weiß ich doch, Liebes.« Sie lächelt mich an. »Keine Sorge, ich werde nie wieder irgendwas einnehmen, ohne dich vorher gefragt zu haben. Es tut mir leid, dass ich dich so erschreckt habe.« Sie wird ernst. »So ein Erlebnis ändert die Sicht auf viele Dinge. Ich werde – ich bin – alt.«

»Du bist nicht alt, Oma«, sagt Jana. »Na ja, nur ein bisschen.« Sie greift nach ihrer Hand. »Aber du musst dir keine Sorgen machen, ich habe dir doch gesagt, dass wir einen Plan haben. Wir passen in Zukunft besser auf dich auf.«

Oma streicht mit dem Daumen über Janas Handrücken. »Ich weiß, Liebes. Ihr seid wundervolle Enkeltöchter.« Omas Blick wird weich. »Und ihr habt so viel von eurem Großvater. Das ist mir besonders in den letzten beiden Tagen schmerzhaft bewusst geworden.« Ich halte den Atem an. Hier geht es gar nicht um Omas Haus und den finanziellen Engpass, schießt es mir durch den Kopf, da sagt sie auch schon: »Ich habe euren Großvater geliebt. Er war ein guter Mann. Und er soll auch immer euer Großvater bleiben. Aber vor ihm gab es da noch einen anderen ...«

Oma sucht noch nach den richtigen Worten, da fragt Jana: »Georg?«

»Ja!« Oma zieht gleich beide Augenbrauen auf einmal hoch.

Einem Impuls folgend, möchte ich Jana von der Bettkante schubsen, damit sie Oma in Ruhe erzählen lässt, doch da plappert unsere kleine Schwester auch schon weiter: »Du hast uns von ihm erzählt, nachdem sie dich aus dem Koma zurückgeholt haben. Du wolltest Karamellbonbons für ihn machen – mit echter Vanille.«

Ein Lächeln huscht über Omas Gesicht. »Echte Vanille war damals sehr teuer, die konnten wir uns nicht leisten.« Sie sieht uns prüfend an. »Was habe ich noch erzählt?«

»Dass du dich mit Georg verabredet hast, aber nicht kommen konntest«, sagt Jana. »Du hast gedacht, dass sie dich hier im Krankenhaus gefangen halten.«

Und dass Opa gar nicht tot ist, denke ich, aber das behalte ich für mich. Ich schaue Pia an – und sie mich. Wir denken beide das Gleiche, da bin ich mir sicher.

»Lass Oma ausreden, Jana«, sagt Pia. Ihre Stimme klingt sanft.

Jana nickt. »Ja, tut mir leid, Oma, ich wollte dich nicht unterbrechen.« Sie rutscht noch ein Stück an Oma heran. »Erzähl!«

»Na gut, am besten von Anfang an. Es geht also um Georg. Ich habe ihn kennengelernt, als ich siebzehn Jahre alt war. Er wurde im Oktober 1961 mit seinen Eltern nach Rügen umgesiedelt. Nach dem Bau der Mauer erschien es der Regierung nicht mehr sicher genug, die Familie zu nah am Grenzgebiet wohnen zu lassen. Das ging vielen Menschen so, die als politisch unzuverlässig eingestuft wurden. Georgs Eltern wurden enteignet. In das Anwesen zog eine Offiziersfamilie ein. Der Vater und Georg mussten auf einem volkseigenen Gut hier auf Rügen arbeiten. Ich habe dort in der Nähe in einem Lebensmittelgeschäft meine Ausbildung zur Verkäuferin gemacht. Ich war, wie schon gesagt, siebzehn, er war neunzehn. Und jeden Tag kam er bei mir einkaufen.« Oma lächelt und sieht uns an. »Ich wusste sofort, dass er der Richtige ist, als er das erste Mal vor mir stand.« Sie seufzt. »Wir haben uns geliebt auf Teufel komm raus. Es war eine schöne Zeit, auch wenn sie schwer war. Georgs Eltern kamen mit der Enteignung nicht klar. Und hier hatten sie es schwer, Fuß zu fassen. Die Rügener haben sie beargwöhnt. Irgendwas mussten sie ja ausgefressen haben. Doch so war es nicht. Sie hatten einfach nur zur falschen Zeit am falschen Ort gewohnt.«

Oma greift neben sich auf das Beistelltischchen nach einem Glas Wasser und trinkt einen Schluck. Meine Schwestern und ich warten gespannt. Niemand sagt etwas, noch nicht einmal Pia.

»Georg und ich«, fährt Oma fort, »haben immer davon geträumt, uns in den Westen abzusetzen, ab über die Mauer, in die Freiheit. Und irgendwann war es dann tatsächlich so weit. Georg hat einen Plan ausgeheckt. Bis heute weiß ich nicht, wie er aussah. Er hat mir nichts verraten, damit ich nicht in Schwierigkeiten komme, falls man uns vorher erwischt. Ich wusste nur, dass ich um fünf Uhr am Hafen in Lohme sein sollte.«

Oma schüttelt den Kopf. »Dummerweise habe ich den Fehler gemacht, Erika einzuweihen. Sie hat es unseren Eltern erzählt.« Oma atmet tief ein und wieder aus. »Und die haben mich kurzerhand in meinem Zimmer eingeschlossen. Es lag zu weit oben, um hinauszuklettern. Davon mal ganz abgesehen, saß mein Vater die ganze Nacht unten im Garten auf einem Stuhl und hat das Fenster bewacht.« Oma schüttelt den Kopf. »Ich habe tatsächlich darüber nachgedacht, ob ich springe, aber dann hat die Vernunft gesiegt, und ich habe mir vorgenommen, mich so bald wie möglich auf eigene Faust über die Mauer zu machen.«

»Gut, dass du nicht gesprungen bist, Oma!«, sagt Jana. »Sonst würde es dich vielleicht jetzt gar nicht mehr geben.«

Oma nickt. »Und euch auch nicht. Am nächsten Tag hat Erika mir erzählt, dass Georg auf der Flucht erschossen wurde.«

»Aber ...« Jana reißt die Augen auf und sieht mich an. Ich weiß genau, was ihr durch den Kopf geht. Sie hat nach Omas Georg gegoogelt und herausgefunden, dass er noch lebt. Vorausgesetzt, sie hat den richtigen entdeckt.

»Ich bin sofort zu Georgs Eltern gegangen. Aber sie waren nicht mehr da. Verhaftet, wie ich gehört habe. Meine Welt ist zusammengebrochen. Tagelang habe ich mich in meinem Zimmer eingeschlossen. Diesmal steckte der Schlüssel von innen.« Oma legt eine kleine Pause ein, holt noch einmal Atem, bevor sie sagt: »Und dann habe ich bemerkt, dass ich schwanger bin.«

»Mit Mama«, flüstert Pia, und Oma nickt mit Tränen in den Augen.

»Und Opa?«, fragt Jana. »Ich meine den Opa, der bisher immer unser Opa war.«

»Karl war damals mein bester Freund. Er hat behauptet, es sei sein Kind, um mich vor der Stasi zu schützen. Wir haben nur ein paar Wochen darauf geheiratet. Wir haben eine gute und harmonische Ehe geführt. Haben uns vertraut und aufeinander gebaut. Und irgendwann haben wir uns auch geliebt. Es war eine andere Art von Liebe, aber auch eine gute. Ich habe es nie bereut. Und Karl auch nicht. Er hat zur Bedingung gemacht, dass ich niemals jemandem von Judiths leiblichem Vater erzähle. Und ich habe mich daran gehalten, bis heute.«

»Wow!«, sagt Jana. »Dann heißt unser leiblicher Opa Georg.«

Oma nickt. »Ja.«

»Georg Winkler?«, fragt Jana. »Wie der Künstler, der das Bild im Flur gemalt hat?«

Oma schaut überrascht auf. »Die Kreidefelsen, ja, die hat Georg gemalt, er war damals sehr begabt.«

Ich pikse Jana mit dem Finger ins Bein, damit sie gar nicht erst auf den Gedanken kommt, Oma zu erzählen, dass Georg noch putzmunter ist. Vielleicht weiß Oma es schon. Sie hat es mir im Vertrauen erzählt. Aber da war sie sehr verwirrt. Auf jeden Fall sollte sie es uns von sich aus erzählen.

»Dann weiß ich jetzt wenigstens, von wem ich meine künstlerische Ader habe«, sagt da Pia plötzlich. »Das Bild habe ich immer bewundert. Es ist wunderschön.«

»Ihr habt alle viel von eurem Großvater.« Oma lächelt Pia an. »Aber es stimmt, du hast seine Liebe zur Kunst geerbt. Nun ...« Oma reibt sich die Hände. »Die Geschichte ist noch nicht zu Ende. Vor ein paar Wochen habe ich zufällig eine Reportage über einen Kunstmäzen im Fernsehen gesehen, der in Stralsund eine Kunstausstellung eröffnet hat. Die Sendung hatte mich interessiert, weil der Mann damals aus dem Osten geflohen war. Von der BRD ist er in die USA gereist und hat dort eine Kakaoimport-Firma gegründet. Jahre später kam er zurück nach Deutschland. Heute geht er seiner Leidenschaft, der Kunst, nach. Allerdings malt er nicht mehr selbst, er sammelt.« Omas Stimme bricht, als sie sagt: »Seine Liebe zur Malerei hat er auf der Insel verloren, auf der er auch seine erste Liebe verloren hat. Das hat er im Fernsehen gesagt. Es war Georg. Er lebt, all die Jahre hat er gelebt, während ich um ihn getrauert habe.« Oma strafft ihre Schultern. »Nun, das ist es, was ich euch eigentlich sagen wollte. Euer Großvater, euer leiblicher Opa, lebt noch.«

Und das war es auch, was Oma so dermaßen aus dem Takt gebracht hat. Ich streiche ihr über das Bein.

Pia legt ihre Hand auf Omas Arm.

Jana beißt sich auf die Unterlippe. Ihre Stirn ist gerunzelt. Man kann richtig sehen, wie es in ihrem Kopf arbeitet. »Weiß er, dass du Mama bekommen hast?«, fragt sie.

»Das kann ich dir nicht sagen«, antwortet Oma. »Ich habe nie wieder etwas von ihm gehört. Er hat damals zu mir gesagt, dass er bis neunzehn Uhr wartet. Er sei mir nicht böse, wenn ich mich dafür entscheiden würde, auf Rügen und bei meiner Familie zu bleiben. Aber er würde auf jeden Fall gehen.«

»Hm«, macht Jana, dann schüttelt sie den Kopf. »Wieso hat Erika erzählt, dass er erschossen wurde?«

Es war ein Missverständnis, so wie die Sache mit dem Schuster, hat Erika gestern gesagt.

Doch Oma scheint das anders zu sehen. »Weil dadurch ihr Verrat zu einer Rettung wurde. Erika war nicht mehr die Böse, die mich verpetzt hat, sondern die Gute, die mich vor dem sicheren Tod bewahrt hat.« Oma schließt für einen Moment die Augen und verzieht schmerzhaft das Gesicht. »Dass sie mich verraten hat, habe ich ihr verziehen. Sie hatte Angst um mich, das hat sie damals zumindest gesagt. Und ich habe es ihr irgendwann geglaubt. Dass sie mich in Bezug auf Georg angelogen hat, habe ich jetzt erst erfahren. Das konnte und wollte ich ihr nicht verzeihen. Aber wie gesagt, wenn man dem Tod in die Augen blickt, ändern sich die Dinge. Sie ist meine Schwester. Und letztendlich wollte sie wahrscheinlich nur mein Bestes, auch wenn mir hin und wieder ein kleiner Teufel zuflüstert, dass sie mir mein Glück damals einfach nicht gegönnt hat. Wer weiß, wie mein Leben mit Georg verlaufen wäre? Judith wäre anders aufgewachsen. Sie hätte nicht euren Vater kennengelernt, und ihr wäret nicht geboren worden.« Oma sieht uns an und lächelt. »Im Leben hat eben doch alles seinen Sinn.«

»Na ja, ich weiß nicht«, rutscht es mir heraus. »Aber letztendlich kann man doch alles irgendwie so drehen, dass man darin noch etwas Positives sieht.«

»Eben!« Oma greift nach meiner Hand. »Was immer auch in der Vergangenheit passiert ist, hat dazu geführt, dass ich heute glücklich bin. Ich lebe und bin eigentlich kerngesund, wenn ich dem Arzt glauben darf. Ich habe drei wundervolle Enkeltöchter, eine Schwester, die mir viel bedeutet, und eine sehr gute Freundin. Mir geht es gut.«

»Das ist schön.« Ich drücke Omas Hand. So gesehen hat sie recht. Ich hänge tendenziell auch zu oft in der Vergangenheit fest. In dieser Beziehung könnte ich mir von Jana eine Scheibe abschneiden, die jetzt im Moment strahlt wie ein Honigkuchenpferd.

»Wie cool, wir haben noch einen Opa.« Sie sieht Oma an. »Was machen wir jetzt? Ich meine, du ... willst du dich mit ihm treffen?«

Oma schüttelt den Kopf. »Auf keinen Fall. Ich war achtzehn, als wir uns das letzte Mal gesehen haben. Das ist jetzt fünfundfünfzig Jahre her. Und er hat sich nie die Mühe gemacht, mal zu fragen, wie es mir geht, oder nach mir zu suchen. Er hätte mich finden können, wenn er gewollt hätte. Irgendwie hätte er zumindest Kontakt zu mir aufnehmen können. Aber er hatte schon immer seine festen Prinzipien. Ich bin nicht zum vereinbarten Termin erschienen, also habe ich mich gegen ihn entschieden – das war's.«

»Das ist aber schade, Oma«, sagt Pia. »Du weißt doch gar nicht genau, was damals wirklich passiert ist. Vielleicht hat man ihm auch erzählt, dass dir etwas zugestoßen ist. Hast du nicht gerade erzählt, dass er in der Fernsehsendung über dich gesprochen hat? Du scheinst ihm also sehr viel bedeutet zu haben.«

»Wie gesagt.« Omas Stimme klingt fest. »Mir geht es gut, und zwar so, wie es gerade ist.« Sie räuspert sich. »Wie ihr mit der Information umgeht, könnt ihr selbst entscheiden. Ich habe es euch erzählt, damit ihr die Möglichkeit habt, euren leiblichen Großvater kennenzulernen. Ihr habt doch sonst niemanden mehr außer mir.«

»Das heißt, du hast nichts dagegen, wenn wir Kontakt zu ihm aufnehmen?«, fragt Jana.

»Wie gesagt, es liegt an euch«, antwortet Oma.

23. Kapitel

»Was machen wir denn jetzt?«, fragt Pia, nachdem wir Omas Zimmer wieder verlassen haben.

»Also, für mich steht die Sache fest«, antwortet Jana. »Oma will, dass wir Kontakt mit unserem Opa aufnehmen. Sonst hätte sie es uns gar nicht erst erzählt.«

»Da bin ich mir nicht so sicher. Sie stellt es uns frei. Und ich glaube, sie meint es auch so«, überlege ich laut. »Wir sollen für uns entscheiden, nicht für sie.«

»Und was machen wir?«, fragt Jana. Sie stupst Pia in die Seite. »Er ist Kunstmäzen. Vielleicht kann er was für dich machen.«

Pia seufzt auf. »Das ist völlig unwichtig, Jana.«

»Ich mein ja nur.« Jana bleibt stehen. »Ihr wollt doch nicht etwa so tun, als wüssten wir nichts davon. Er ist immerhin unser Opa.«

»Opa Karl ist unser Opa«, sagt Pia. »Und er wird es auch immer bleiben.« Sie dreht sich zu Jana um, die mitten auf dem Krankenhausgang steht. »Jetzt komm erst mal. Ich muss raus aus dem Krankenhaus. Hier kann ich keinen klaren Gedanken fassen. Lass uns an der frischen Luft weiterreden.«

Jana zuckt mit den Schultern und läuft uns hinterher. »Na gut.«

»Hinter dem Krankenhaus in den Waldpark?«, frage ich.

Wir gehen schweigend den langen Flur entlang, die Treppe nach unten, an der Cafeteria vorbei, nach draußen, um das Gebäude herum. Auf der kleinen Brücke bleiben wir stehen.

»Wenn er gewusst hat, dass Oma ein Kind von ihm bekommen hat, kann er mir gestohlen bleiben«, sage ich. »Leiblicher Großvater hin oder her.«

»Sehe ich auch so«, stimmt Pia mir zu. »Aber was, wenn er keine Ahnung hat?«

»Dann hat er ein Recht darauf, es zu erfahren«, sagt Jana. »Ist meine Meinung.«

Ich nicke. »Das denke ich eigentlich auch.«

»Ich auch«, sagt Pia.

»Super, dann sind wir uns ja einig.« Der Ausdruck auf Janas Gesicht ist pure Freude.

»Aber es kann durchaus sein, dass er nicht so begeistert ist wie du gerade, Jana«, sage ich. Ich möchte nicht, dass sie enttäuscht ist, falls dem so ist.

»Wenn er es schon wusste oder sich nicht gebührend freut, kann er für mich auch bleiben, wo der Pfeffer wächst.« Jana grinst. »Oder der Kakao.«

»Der war gut.« Auch Pia lächelt nun. »Das heißt?«

»Das heißt, wir fahren hin«, sagt Jana. »Ist doch wohl klar. Im Bericht stand, er lebt gerade in Hamburg, so weit ist das doch nicht. In drei Stunden wären wir da.«

»Wir könnten auch erst mal einen Brief oder eine Mail schreiben«, schlage ich vor. »Dann hat er Zeit, sich mit dem Gedanken anzufreunden. Ist vielleicht besser, als ihn direkt mit unserer Anwesenheit zu überfordern.«

»Wir könnten auch versuchen, seine Rufnummer rauszufinden, das wäre die goldene Mitte. Bei einem Brief oder einer Mail wissen wir nicht, ob er sie auch tatsächlich erhalten hat, wenn er nicht reagiert. Das fällt für mich schon mal weg.«

»Ich hab's!« Jana haut mit der flachen Hand auf das Brückengeländer. »Du rufst an, Pia, sagst, dass du die Enkelin von Oma bist und seine Reportage gesehen hast. In Omas Flur würde noch immer ein Bild von ihm hängen. Und, na ja, du würdest auch malen, und vielleicht hätte er ja Lust, sich deine Bilder mal anzuschauen.«

»Dumme Idee«, sagt Pia. »Dann komme ich mir vor wie eine Bittstellerin.«

»Na und? Bist du ja nicht«, ereifert sich Jana. »Du musst nur ein bisschen schauspielern. Und dann siehst du, wie er reagiert. Was sagst du dazu, Rina?«

»Ich weiß nicht. Ich bin ehrlich gesagt hin- und hergerissen. Pia hat recht, Mail kommt nicht infrage. Und ihn am Telefon zu fragen, ob er weiß, dass er drei Enkeltöchter hat, finde ich auch eher nicht so klug«, antworte ich. »Einfach auf gut Glück nach Hamburg fahren, nur um dann vielleicht festzustellen, dass er nicht da ist, muss auch nicht sein. Ich glaube, deine Idee ist gar nicht schlecht, Jana. Seine Telefonnummer finden wir bestimmt raus. Aber Pia sollte nicht mit ihm sprechen. Es stimmt, sie hat null schauspielerisches Talent. Ich rufe ihn an, sage ihm, dass ich mit Oma die Reportage geguckt habe, und frage ihn, ob er nicht Lust hat, sich Pias Bilder anzuschauen. Ich sag einfach, sie sei zu stolz, um ihn selbst zu fragen. Und wenn er doof ist, breche ich das Gespräch sofort ab, und wir vergessen die ganze Geschichte.«

»Genial!« Jana klatscht in die Hände. »Aber du stellst das Telefon laut, damit wir mithören können.«

»Na gut.« Ich atme tief durch. »Allerdings in Ruhe, zu Hause bei Oma.«

Jana schüttelt sich. »Brrrr ... Stellt euch mal vor, wie das für Oma früher gewesen sein muss. Sie will mit ihrer großen Liebe durchbrennen, wird von ihrer Schwester verraten, von den Eltern eingesperrt, erfährt, dass ihre große Liebe erschossen wurde, und dann ist sie auch noch schwanger von ihm.«

»Puh«, macht Pia. »Ich weiß nicht, wie ich reagiert hätte,

wenn meine Tochter damals über die Mauer hätte flüchten wollen. Es war gefährlich, und dabei sind tatsächlich viele Menschen umgekommen oder verhaftet worden. Was hättest du gemacht, Rina, wenn du in Erikas Situation gewesen wärst?«

»Ich hätte euch an Mama verpetzt und hätte mich mit Papa in den Garten gesetzt, um aufzupassen, dass ihr nicht stiften geht«, erkläre ich vehement. »Aber ich hätte nicht gelogen, was die Sache mit Georg angeht. Oma zu erzählen, dass er erschossen wurde, ist hart und gefühlskalt. Erika hat mir am Telefon gesagt, sie hätte Krach mit Oma wegen eines Missverständnisses in der Vergangenheit. Ich hoffe, das klärt sich alles auf.«

»Das hoffe ich auch«, sagt Pia. »Und ich hätte euch wahrscheinlich auch verraten.«

»Was? Wie seid ihr denn drauf? Ich euch nicht!« Jana klopft sich auf die Brust und sagt voller Überzeugung: »Ich wäre mit euch gemeinsam abgehauen! Ganz sicher.«

»Rina und ich sind Schisser. Wir hätten uns das nie getraut«, sagt Pia lächelnd. »Du schon, Jana, du bist so mutig wie Oma.«

»Sie muss verdammt verliebt gewesen sein.« Jana zückt ihr Handy.

»Ich kann mir das bei Oma irgendwie gar nicht vorstellen«, sagt Pia. »Sie und Opa sind immer sehr liebevoll miteinander umgegangen, aber so richtig feurig habe ich sie nie erlebt.«

»Kein Wunder. Opa war auch nicht ihre große Liebe, hat sie doch selbst gesagt. Das war Georg.« Jana ist weiterhin mit ihrem Handy beschäftigt.

»Lass uns das zu Hause machen«, sage ich.

»Ich will wenigstens mal gucken, wie er aussieht. Vielleicht finde ich ein Foto ... Wow! Ich habe eins, aus einem aktuellen Bericht einer Stralsunder Tageszeitung.« Jana hält uns ein Foto vor die Nase. »Der sieht aus wie der Typ aus *Briefe an Julia*. Wie hieß der noch …? Lorenzo … Er sieht aus wie Lorenzo, nur dass er kein Weingut hat, sondern eine Kakaoplantage.«

»Is' klar«, sagt Pia trocken. »Eine Plantage? Omas Georg hat Kakao importiert. Und der Typ, den du meinst, heißt Franco Nero.« Sie kneift die Augen etwas zusammen und schaut noch einmal auf das Display. »Aber du hast recht, er sieht ihm tatsächlich etwas ähnlich.«

Auch ich schaue auf das Foto des Mannes, der unser Großvater ist. Er steht in einem schwarzen Anzug, unter dem er ein schneeweißes Hemd mit Fliege trägt, neben einem jüngeren Mann, der ebenso chic gekleidet ist. »Kunstmäzen Georg Winkler mit seinem Sohn Vincent«, lese ich vor. »Mama hatte einen Halbbruder. Und wir haben somit einen Halbonkel, oder wie nennt man das dann?«

»Ist doch egal, wie man das nennt. Wir sind auf jeden Fall verwandt.« Jana überfliegt kurz den Artikel, der zum Bild gehört. »Der Sohn hat in Stralsund einen Feinkostladen eröffnet. Er heißt nur Vincent, Künstler ist er nicht. Und beide Ohren hat er auch noch. Du bist die einzige Künstlerin in der Familie, Pia, es sei denn, es tauchen irgendwo noch ein paar Schwestern auf oder so.« Jana lacht. »Ich finde es aufregend. Mal schauen, was da noch alles so ans Tageslicht kommt!«

Etwa eine Stunde später sitzen wir alle drei in Omas Küche auf der Eckbank. Jana hat tatsächlich Georgs Handynummer herausgefunden und eine kleine Stütze aus zwei Büchern gebaut, an die ich mein Handy gelehnt habe, sodass ich frei sprechen kann. Ich wähle mit klopfendem Herzen die Nummer und hoffe inständig, dass ich nicht seine Frau am Telefon habe. Was sie wohl dazu sagen wird, wenn ihr Mann plötzlich dreifacher Großvater wird?

»Winkler.« Die Stimme klingt sehr tief, sie gehört definitiv zu einem Mann.

Mein Herz klopft noch immer laut von innen gegen meine Brust. »Guten Tag, mein Name ist Katharina Kuhlmann, spreche ich mit Georg Winkler?«

»In der Tat.«

»Ich hoffe, ich störe Sie nicht. Ich bin eine Enkeltochter von Marianne Melchow. Ihr Geburtsname ist Niemeyer, Marianne Niemeyer.«

Es ist still am Ende der anderen Leitung.

»Ich rufe von Rügen aus an«, sage ich.

Georg Winkler, unser Opa, räuspert sich. »Wie war Ihr Name, bitte?«

»Katharina, Katharina Kuhlmann, eine Enkeltochter von Marianne Niemeyer.«

»Rias Enkeltochter, ich fasse es nicht! Einen Moment bitte.« Wir hören, dass irgendetwas geschoben wird. »Ich muss mich setzen ... So, ich bin wieder da. Wie geht es Ria, ich meine, Ihrer Großmutter?«

»Es geht ihr gut. Momentan ist sie im Krankenhaus. Sie kommt aber in ein paar Tagen wieder nach Hause.«

»Oh, hoffentlich nichts Ernstes ... Rias Enkeltochter ... ich fasse es nicht!«, sagt der Mann am anderen Ende der Leitung noch einmal.

»Ja, das kommt jetzt bestimmt überraschend.« Auf einmal weiß ich nicht mehr, was ich sagen soll, und es fällt mir schwer, zu lügen. Obwohl ich mir vorher ganz genau überlegt habe, was ich sagen will, bringe ich die Worte jetzt nicht mehr über die Lippen. »Ich habe das Telefon auf laut gestellt«, sage ich stattdessen. »Meine beiden Schwestern, Pia und Jana, hören mit.«

Pia stupst mich in die Seite.

Ich zucke mit den Schultern und flüstere: »Ich konnte nicht anders.«

»Guten Tag, die Damen. Drei Enkeltöchter also, das ist schön.«

»Hallo«, sagen meine beiden Schwestern gleichzeitig.

»Oma hat uns heute Morgen von Ihnen erzählt. Na ja, und da dachten wir, wir melden uns einfach mal«, fahre ich fort. »Wir haben uns schon so oft gefragt, wer das wunderschöne Bild gemalt hat, das in Omas Flur hängt, seit wir denken können. Es ist ein kleines Gemälde, in Eitempera gearbeitet.«

»Die Kreidefelsen ...«

»Ja. Wir alle lieben es. Pia ist Künstlerin. Sie hat einen ganz ähnlichen Stil, nur großformatiger.« Pia schüttelt den Kopf, aber ich sage trotzdem: »Oma hat uns erzählt, dass Sie Kunstmäzen sind. Sie hat letztens eine Sendung über Sie gesehen. Na ja, und da haben wir uns gefragt, ob sie nicht mal Lust haben, sich Pias Bilder anzuschauen.«

»So.« Unser Großvater klingt skeptisch. »Und was sagt Ihre Großmutter dazu? Weiß sie davon?«

»Nein, ja, sie hat gesagt, es sei unsere Entscheidung, ob wir Kontakt zu Ihnen aufnehmen.«

»Und Karl? Ihr Großvater, meine ich.«

»Der ist schon vor vielen Jahren verstorben.«

»Oh, das tut mir leid, wirklich.« Georg räuspert sich. »Wissen Sie, in welchem Verhältnis Ihre Großmutter und ich zueinander standen? Hat sie das erwähnt?«

»Sie hat uns erzählt, dass Sie Ihre große Liebe waren und Sie mit Ihnen in den Westen fliehen wollte. Aber ihre Eltern haben Sie an dem Tag in ihrem Zimmer eingesperrt. Am nächsten Tag hat Oma durch ihre Schwester Erika erfahren, dass sie erschossen worden sind. Sie hat uns gesagt, dass sie lange Zeit getrauert hat«, erzähle ich offen und ehrlich. Es kommt mir einfach richtig vor, jetzt nicht um den heißen Brei herumzureden.

»Aber ...«, sagt unser neuer Großvater. »Das ist ja ungeheuerlich. Ich bin in der Tat angeschossen worden, aber, wie Sie merken, noch quicklebendig. Eine Zeit lang lag ich im Krankenhaus. Ich habe ein paar Monate gebraucht, bis ich einen Weg gefunden habe, Kontakt zu Ria aufzunehmen. Doch da musste ich erfahren, dass sie ihren damals besten Freund geheiratet hat, Karl. Er hat mir klipp und klar zu verstehen geben, dass ich in Rias Leben nichts mehr zu suchen habe. Später habe ich dann gehört, dass die beiden ein Kind bekommen haben, ein Mädchen, ich nehme an, Ihre Mutter.«

Jetzt fehlen mir die Worte.

»Judith, unsere Mutter hieß Judith«, sagt Pia und fängt an zu weinen.

»Sie ist vor sechzehn Jahren gestorben, gemeinsam mit unserem Vater«, erkläre ich mit fester Stimme. »Bei einem Verkehrsunfall.«

»Oh, so ein Verlust schmerzt, das kann ich nachempfinden. Es tut mir sehr leid, dass Sie diese Erfahrung machen mussten. Ich habe meine Eltern auch sehr früh verloren. Und vor zwei Jahren verstarb meine Frau plötzlich und unerwartet. Ich weiß also, wie sich das anfühlt.«

»Ja, das war schlimm. Für uns alle und besonders für Oma«, erkläre ich.

»Genau!«, sagt Jana. »Und es war auch sehr schwer für Oma, als sie erfahren hat, dass Sie gar nicht gestorben sind. Sie hat sich so aufgeregt, dass sie glatt umgekippt ist.«

»Jana!«, schimpfe ich. »Das stimmt so nicht ganz.«

»Na ja, das war ein bisschen übertrieben, aber sie war schon sehr aufgewühlt«, rudert Jana zurück. »Sie hat all die Jahre gedacht, Sie seien tot, und dann sieht sie Sie auf einmal quicklebendig in einer Fernsehreportage. Können Sie sich vorstellen, wie sie sich da gefühlt hat?«

Ein tiefes, sehr sympathisches Lachen ertönt. »Wahrscheinlich hat sie geschimpft wie ein Rohrspatz. Aber den Schuh zieh ich mir nicht an. Karl wusste es.« Er lacht wieder. »So ein Mistkerl! Er hat es ihr anscheinend nicht gesagt, weil er sie für sich wollte. Aber lassen wir das jetzt. Es bringt nichts, nach so vielen Jahren schmutzige Wäsche zu waschen. Er hat sie geliebt, und ich habe sie mir ausspannen lassen. Als ich erfahren habe, dass die beiden ein Kind bekommen haben, habe ich mich komplett zurückgezogen. Ab dem Zeitpunkt war Ria für mich tabu.«

Ich schlucke ein paar Mal, bringe es aber nicht fertig, ihm am Telefon zu sagen, dass es sein Kind war, das Oma damals unter ihrem Herzen trug. »Ähnliches hat Oma auch gesagt. Sie möchte die Vergangenheit ruhen lassen und im Hier und Jetzt leben.«

»Das klingt ganz nach meiner Ria.« Seine Stimme klingt weich und liebevoll. Dann schweigt unser neuer Großvater einen Moment. »Um das Ganze jetzt abzukürzen ... In welchem Krankenhaus liegt sie denn?«

»In Bergen«, sage ich.

»Gut, ich bin zurzeit in Stralsund, ich mache mich sofort auf den Weg«, sagt unser Großvater, der noch nicht weiß, dass wir seine Enkelinnen sind.

»Oh, ich weiß aber ehrlich gesagt nicht, ob Oma das recht wäre«, wende ich ein.

»Nun, das werden wir ja dann sehen.«

»Oma hatte einen Herzstillstand. Zum Glück war Rina gerade im Haus, sie ist Ärztin und hat sie wiederbelebt«, erklärt Pia. »Aber Oma hat ganz schön gekämpft. Sie lag in einem künstlichen Koma und fängt gerade erst an, sich wieder zu erholen. Nicht falsch verstehen, wir freuen uns alle, dass Sie unsere Oma besuchen wollen, aber wir sollten sie vorher auf jeden Fall fragen, ob sie damit einverstanden ist.«

»Dann ist der Grund, dass sie im Krankenhaus liegt, also doch etwas ernster. Das konnte ich natürlich nicht wissen. Aber es geht ihr jetzt wieder gut?«, hakt Opa Georg nach.

»Ja, sie sollte sich allerdings noch etwas erholen und Aufregung vermeiden«, erkläre ich.

Er zögert einen Moment, scheint zu überlegen. »Ich kann gut nachvollziehen, dass Sie sich Sorgen um Ihre Großmutter machen. Verstehen Sie das bitte nicht falsch, aber ich habe mich schon einmal davon abhalten lassen, Kontakt mit ihr aufzunehmen«, sagt Georg. »Dieser Fehler wird mir kein zweites Mal passieren, zumal ich am Freitag für eine Weile in die USA reise. Ich werde Ria also auf jeden Fall besuchen, und zwar noch heute.« Er klingt nett, aber sehr bestimmt.

»Ich weiß nicht ...«, sage ich noch einmal.

»Sie sind Ärztin, wie ich gerade gehört habe. Und Sie kennen Ihre Oma. Sagen Sie mir, dass ich durch meinen Besuch Rias Leben gefährde, und ich füge mich.«

Omas Herzrhythmusstörungen wurden durch die Medikamente ausgelöst, nicht durch eine besonders aufregende Situation. »Sie ist momentan noch etwas schwach. Gesundheitlich habe ich keine Bedenken.« Ich schaue meine Schwestern an. »Aber wenn Oma Sie nicht sehen möchte, lassen wir Sie nicht rein. Das heißt, dass wir jetzt zu unserer Oma fahren und sie vorwarnen. Und wenn Sie Pech haben, können Sie gleich wieder zurückfahren.«

»Genau!«, pflichtet Jana mir bei.

Unser Opa lacht. »Sehr schön, so machen wir das. Ich werde um dreizehn Uhr da sein. Ich freue mich, dass Sie mich angerufen haben, Katharina, Pia und Jana.«

Jana springt auf und tanzt in der Küche herum. »Das ist besser als jeder Film. Habt ihr seine Stimme gehört? So tief und dunkel, Wahnsinn! Und dann sieht er auch noch gut aus. Oma wird Augen machen, wenn sie ihn sieht. Vor allem, wenn sie erfährt, dass er sehr wohl versucht hat, Kontakt zu ihr aufzunehmen.« Sie schlägt sich auf ihren Mund, dann rutscht ihr ein lang gezogenes *»Scheeeeiße«* heraus. »Opa hat es ihr nicht gesagt. Opa Karl hat sie all die Jahre im Glauben gelassen, Georg sei erschossen worden, obwohl er wusste, dass Georg überlebt hat. Und Erika kann wahrscheinlich gar nichts dafür. Er ist angeschossen worden, vielleicht war es wirklich nur ein Missverständnis.« Sie setzt sich wieder auf die Eckbank. »Wie bringen wir Oma bei, dass Opa hier anscheinend der war, der nicht mit offenen Karten gespielt hat? Oder behalten wir es für uns und lassen Opa Georg das übernehmen?«, fragt Jana.

»Wir sollten es ihr auf jeden Fall vorher sagen«, antwortet Pia.

Ich schaue auf meine Uhr. »Fünf vor zwölf. Am besten fahren wir jetzt los. Nicht dass er sich sofort ins Auto setzt und vor uns da ist.« Von Stralsund bis Bergen ist man nur etwa eine halbe Stunde unterwegs, wenn nicht zu viel Verkehr ist.

24. Kapitel

Oma ist nicht allein, als wir ankommen. Thea ist bei ihr. Sie turnt mit einem Föhn und einer Bürste um Oma herum. Beide bekommen nicht mit, dass wir das Zimmer betreten haben. Die andere Patientin ist entweder noch nicht von der Untersuchung zurück oder schon wieder zu einer neuen unterwegs.

Als Thea uns entdeckt, hält sie den Föhn von Oma weg und ruft: »Anni, du hast Besuch bekommen.«

Oma schaut zur Tür und winkt uns zu. »Da seid ihr ja wieder.« Zu Thea sagt sie: »Ich denke, ich bin jetzt hübsch genug, oder?«

Thea schaltet den Föhn aus. »Und?«, fragt sie uns. »Was sagt ihr?« Sie greift nach dem Haarspray, das auf dem Beistelltisch steht, und sprüht.

»Chic«, antwortet Jana. »Obwohl mir die heiße Punkfrisur vorhin auch gefallen hat.«

Pia geht an den beiden vorbei und öffnet das Fenster. »Hier riecht es wie in einem Friseursalon.«

»Immer noch besser als der Krankenhausmief.« Thea streicht mit dem Finger vorsichtig eine Ponysträhne aus Omas Gesicht.

»Danke, Thea, jetzt fühle ich mich schon viel besser.«

Oma sieht aus wie neu. Sie trägt den dunkelgrauen Hausanzug, den Jana ihr eingepackt hat. Ihr Haar ist frisch gewaschen und frisiert. Thea hat ganze Arbeit geleistet. »Wir würden gerne etwas mit dir besprechen Oma«, sage ich.

Oma zieht eine Augenbraue hoch. »Oh, das ging aber flott.

Ich nehme an, es geht um euren leiblichen Großvater? Habt ihr euch entschieden?«

Ich nicke.

»Dann schießt mal los«, sagt Oma. »Thea weiß Bescheid. Wir haben eben über alles gesprochen. Ich habe euch ja gesagt, dass es an euch ist, zu entscheiden.« Oma wirkt wie ausgewechselt, so als hätte Theas manchmal etwas überdrehte Art auf sie abgefärbt. Oder sie ist erleichtert, weil sie endlich ein lange gehütetes Geheimnis gelüftet hat. Das muss sie all die Jahre belastet haben. »Also, was habt ihr vor?«

»Wir eigentlich nichts«, antwortet Pia. »Aber wir sollen dir von Georg ausrichten, dass er dich gleich besuchen kommt. Um eins ist er da.«

Das hat gesessen. Oma klappt die Kinnlade runter – und Thea auch.

»Was?«, fragt Oma, als sie sich wieder gefangen hat.

»Na ja«, sagt Pia, »du hast gesagt, es sei unsere Entscheidung. Also haben wir ihn angerufen.« Pia zieht den Stuhl an Omas Bett. »Oder hast du damit jetzt ein Problem?«

Was ist denn mit Pia auf einmal los? Warum geht sie so forsch vor? Aber vielleicht ist es genau der richtige Weg, jetzt Klartext zu reden.

Oma fehlen die Worte. Thea jedoch verdaut die Neuigkeit schneller. »Wann kommt er, um eins? Gut, dass ich dir gerade die Haare gemacht habe, Anni.«

»Nein!«, sagt Oma zu Thea. »Das kommt gar nicht in die Tüte. Und jetzt zu euch: Ich habe gesagt, ihr könnt selbst entscheiden, aber nicht, dass ihr für mich entscheiden könnt.« Sie schüttelt den Kopf. »So, und jetzt ganz in Ruhe. Ihr habt Georg also angerufen. Und was habt ihr ihm erzählt?«

»Dass deine Eltern dich eingesperrt haben und du deswegen nicht zum Treffpunkt kommen konntest«, antworte ich. »Er weiß nicht, dass er unser Opa ist. Er hat uns gesagt, dass er versucht hat, mit dir Kontakt aufzunehmen, aber dann erfahren hat, dass du deinen besten Freund Karl geheiratet hast, mit dem du ein Kind bekommen hast. Deswegen ist er nach Amerika gegangen. Er wollte dir und deinem neuen Glück nicht im Weg stehen.«

»Genau«, sagt Pia. »Opa hat ihm gesagt, dass ihr geheiratet habt und ein gemeinsames Kind bekommt. Und Georg hat ihm geglaubt.«

Oma schüttelt den Kopf. »Karl hätte nie …« Sie schlägt die Hand vor den Mund. »Ich hätte es wissen müssen. Karl war immer schon in mich verliebt.«

»Du darfst Opa nicht böse sein, Oma«, sagt Jana und zückt ihr Handy. »Du bist eben eine tolle Frau, und er wollte dich für sich behalten. Immerhin habt ihr geheiratet. Aber jetzt bist du ja wieder frei. Hier …« Sie hält Oma das Smartphone hin. »Das ist Georg. Er sieht gut aus, oder? Das daneben ist sein Sohn. Er heißt Vincent. Georgs Frau ist vor zwei Jahren gestorben. Er ist jetzt Witwer. Und er freut sich wahnsinnig darauf, dich wiederzusehen.«

»Wenn du es nicht willst, schicken wir ihn wieder weg, Oma.« Ich versuche, etwas Fahrt aus der ganzen Angelegenheit zu nehmen. »Und wie gesagt, er weiß noch nicht, dass wir seine Enkelinnen sind.«

Oma schaut wie gebannt auf das Smartphone.

»Er sieht es wie du, Oma. Er möchte im Hier und Jetzt leben und keine schmutzige Wäsche waschen, hat er gesagt. Was meinst du?«, fragt Pia.

Oma reicht Thea wortlos das Handy. Thea begutachtet unseren neuen Großvater und nickt anerkennend. »Sieht fesch aus.«

»Es ist jetzt fünfundfünfzig Jahre her.« Oma beißt sich auf die Unterlippe. »Ich weiß nicht.«

»Hallo, da kannst du doch locker mithalten, Anni. Du siehst immer noch blendend aus, besonders mit der neuen Frisur.« Thea drückt sanft und sehr vertraut Omas Schulter. »Du wirst es für den Rest deines Lebens bereuen, wenn du ihn nicht wenigstens noch ein Mal triffst. Und einige Jahre hast du bestimmt noch vor dir, du bist dreiundsiebzig. Willst du dir die nächsten dreißig Jahre die Frage stellen, wie es sich angefühlt hätte, deine große Liebe noch einmal zu sehen?«

»Ach, du!« Oma winkt ab. »Dreißig Jahre, *ts*! Du übertreibst mal wieder maßlos.«

»Aber Thea hat recht, Oma, du wirst es bestimmt bereuen, da bin ich mir sicher«, sage ich. »Hör dir wenigstens an, was er zu erzählen hat. Er klang sehr nett. Und er hat sich wirklich über unseren Anruf gefreut.«

»Na gut, ihr gebt ja doch keine Ruhe, bis ich Ja gesagt habe.« Omas Wangen glühen. Sie ist aufgeregt, und einen kurzen Moment denke ich, dass es nicht gut war, sie mit den Neuigkeiten zu konfrontieren. Aber da beschließt Oma: »Georg kann kommen, aber ich möchte, dass ihr hierbleibt.«

»Das machen wir, Oma.« Jana setzt sich zu Oma auf das Bett. »Und du sagst sofort Bescheid, wenn es dir nicht guttut, ihn zu sehen. Wir freuen uns, dass wir jetzt doch wieder einen Opa haben. Aber du gehst vor! Wir haben uns geschworen jetzt immer gut auf dich aufzupassen.«

»Wir sind nicht die einzigen Glucken«, sagt Pia zu mir, und wir fangen beide an zu lachen.

»Der Apfel fällt nicht weit vom Stamm«, kontert Jana.

»Das stimmt. Und das ist auch gut so«, sage ich. »Jana hat recht, Oma. Wenn du merkst, dass es dich zu sehr aufregt, brechen wir die ganze Sache ab.«

Oma taxiert mich und wechselt das Thema. »Sag mal, stimmt es, dass du zurück nach Rügen kommen möchtest?«

»Woher weißt du ...?« Pia oder Jana können es nicht gewesen sein, sie waren nie mit Oma allein, das hätte ich mitbekommen. Ich schaue zu Thea.

»Ludwig hat es mir brühwarm und mit einem sehr breiten Grinsen erzählt, nachdem du gestern gegangen bist«, sagt sie.

»So ein Verräter!«, flachse ich.

»Männer!«, sagt Thea und zuckt mit den Schultern. »Hast du etwas anderes erwartet? Du hättest mal sein Gesicht sehen sollen, als er zu mir in den Garten stolziert kam. Wie Graf Koks hat er ausgesehen, weil er dachte, etwas zu wissen, wovon ich keine Ahnung hatte.« Thea rollt mit den Augen. »Ludwig denkt, dass er uns ausgetrickst hat. Lassen wir ihn in dem Glauben. Ich habe mir schon gedacht, dass du eventuell zurückkommst. Du hast immer nach Rügen gehört. Und nachdem du den Heiratsantrag abgelehnt hast ...« Sie lächelt schelmisch. »Ludwig hat mir versprochen, noch diese Woche zum Arzt zu gehen. Er wartet nur auf deine Empfehlung.«

»Das ist gut, das freut mich Thea. Und ja, ich würde gerne wieder nach Rügen ziehen. Oma, ich hab mir überlegt, wenn ich dir dabei nicht allzu sehr auf die Nerven gehe, könnte ich ja eventuell in meinem alten Zimmer wohnen. Aber nur, wenn du wirklich nichts dagegen hast«, sage ich unschuldig, kann ein verschwörerisches Lächeln aber nicht unterdrücken.

»Du bist wohl verrückt! Natürlich kannst du immer bei mir wohnen, das weißt du doch.« Oma schaut reihum. »Mir auf die Nerven gehen. Ihr wisst hoffentlich alle, dass das Haus jederzeit für euch offen steht. Wir sollten nur vorab ein paar Details besprechen, alle gemeinsam. Aber auch das, wenn ich wieder zu Hause bin.«

»Das machen wir, Oma.« Ich drücke ihr einen Kuss auf die Wange. »Ich bin froh, dass es dir wieder so gut geht.«

»Ich auch, Oma! Und ich bin schon ganz neugierig darauf, unseren neuen Opa kennenzulernen.« Jana schaut noch einmal auf das Display ihres Handys. »Und ihr könnt sagen, was ihr wollt. Er sieht aus wie Lorenzo. Es würde mich nicht wundern, Oma, wenn er auf einem Pferd angeritten kommt.«

»Sie meint Franco Nero, den Schauspieler«, ergänzt Pia und verdreht dabei die Augen.

Oma schüttelt den Kopf. »Franco Nero, so ein Blödsinn!«, sagt sie, aber sie lächelt dabei. »Mal etwas anderes, könnt ihr bitte mein Telefon anmelden, wenn ihr nachher geht? Das wäre lieb.«

»Klar, Oma, das ist eine gute Idee«, sagt Pia. »Dann kannst du uns anrufen, wenn du etwas brauchst.«

»Genau. Und würdet ihr Erika dann auch meine Nummer durchgeben und sie bitten, mich anzurufen? Ich weiß, es ist teuer aus dem Ausland, aber ich möchte gerne kurz mit ihr sprechen.«

»Machen wir, Oma. Erika freut sich bestimmt darüber, mit dir telefonieren zu können«, sage ich. »Wo wir schon mal dabei sind, Oma, du hast ab Montag das Zimmer oben vermietet, an einen Ebbe Sturm. Wir haben versucht, ihn anzurufen und abzusagen. Aber wir erreichen ihn nicht.«

»Ach ja!« Oma sieht zu Pia. »Er ist Drehbuchautor. Sein neues Buch spielt auf Rügen. Er kommt zur Recherche her. Ich habe ihm gesagt, dass du ihm bestimmt gerne ein wenig die Insel zeigst, Pia. Er braucht jemanden, der sich hier auskennt.« Sie überlegt einen Moment. »Ich glaube, er hat gesagt, er kommt von Dänemark aus direkt nach Rügen.«

»Das heißt, wir erreichen ihn jetzt gar nicht?«, frage ich, als ein lautes Klopfen ertönt.

Wir schauen alle zu Oma und dann zur Tür.

Es ist Malte.

»Hallo, guten Tag«, sagt er und stutzt. »Was ist los, ist irgendetwas passiert? Ihr guckt alle so entgeistert.«

»Nein, es ist alles in Ordnung, wir haben nur mit jemand anderem gerechnet«, erkläre ich.

»Dann ist ja gut.« Er lächelt. »Ich hatte gehofft, dass ich dich hier finde, Katharina. Hast du einen Moment Zeit?« Er deutet mit dem Kopf zur Tür.

»Ja.« Ich gehe mit Malte aus dem Zimmer. »Was ist los? Du siehst so ernst aus«, frage ich. »Stimmt etwas nicht?«

»Nein, keine Angst.« Ein Lächeln breitet sich in seinem Gesicht aus. Ich wollte dir nur sagen, dass du schleunigst deine Bewerbung für die Innere fertig machen solltest. Ich habe nachgefragt. Ab September, spätestens Oktober, wäre dort Bedarf. Die Stelle wird demnächst ausgeschrieben, es sei denn, du schlägst vorher zu. Sie nehmen dich auf jeden Fall.«

Ab September vielleicht ... noch sechs Wochen ... so wie Daniel. Das bedeutet, dass ich jetzt sofort kündigen muss, den August noch in Berlin arbeite und dann zurück nach Rügen komme. »Das mache ich.« Ich drücke ihn. »Danke, Malte. Das bedeutet mir sehr viel.«

»Uns auch. Franziska ist schon ganz aus dem Häuschen. Sie freut sich übrigens sehr auf euren Damentag am Strand.« Er schmunzelt. »Auch wenn sie die Sache sofort durchschaut hat.« Er zeigt auf Omas Zimmertür. »Eure Oma hat sich erstaunlich schnell erholt. Sie ist eine starke Frau.«

»Ja, das ist sie«, sage ich und sehe in dem Moment einen riesigen Strauß weißer Blumen den Gang entlang auf uns zukommen. Und dahinter einen braun gebrannten Mann mit vollem weißem Haar. Mir ist sofort klar, dass das Omas Georg sein muss. Er kommt nicht auf einem weißen Pferd wie Lorenzo, aber der überdimensional große Strauß ist auch nicht schlecht, schießt es mir durch den Kopf. Wo er den so schnell hergezaubert hat?

Omas Georg trägt eine dunkelgraue Stoffhose und ein weißes Hemd. Sein Gang ist aufrecht und flott. Er will anscheinend wirklich keine Zeit verlieren.

»Ich muss mich jetzt leider von dir verabschieden«, sage ich schnell zu Malte. »Wir bekommen Besuch.«

»Kein Problem, ich muss sowieso wieder hoch.«

»Liebe Grüße an Franziska«, sage ich noch, und da steht Omas Georg auch schon vor mir, unser Opa. Ich kann gar nicht fassen, was hier gerade passiert und dass Oma nach fünfundfünfzig Jahren ihre große Liebe wiedersehen wird, aber mir ist sofort klar, warum sie sich damals in ihn verliebt hat. Grüne Augen blitzen mich schelmisch an. Unser Opa hat Ausstrahlung. So wie Jana, denke ich, sie hat eine ähnlich einnehmende Art.

»Ich hoffe, Sie sind das Empfangskomitee und schicken mich nicht gleich wieder weg.« Er gibt mir die Hand. »Georg Winkler.«

»Hallo, ich bin Katharina, Katharina Kuhlmann.« Mein Blick fällt auf den Strauß, der einen süßen Duft verströmt. »Omas Lieblingsblumen, Margeriten und weiße Freesien, da wird sie sich freuen.«

»Ich bin also willkommen?«

»Ja, aber nicht erschrecken, meine beiden Schwestern sind auch da. Und Omas Freundin Thea.«

»Sie passen alle auf Ria auf?« Er lacht. »Keine Sorge, glauben Sie mir, ich möchte nur das Beste für Ihre Großmutter.«

»Das ist gut. Wir lieben sie alle sehr. Wollen wir?«

Ich öffne die Tür, und sofort sind alle Blicke auf mich gerichtet.

»Ich habe euch jemanden mitgebracht«, sage ich.

Hinter mir betritt Opa Georg den Raum.

Ich schaue zu Oma, sehe, wie sie die Hand vor den Mund nimmt und sich Tränen in ihren Augen sammeln. Als sie blinzelt, kullert eine ihre Wange hinunter.

»Georg«, sagt sie und schluchzt auf.

»Oma!«, ruft Jana. Sie will zu ihr laufen, aber Pia, die neben ihr steht, hält sie zurück.

Unser Opa ist in nur wenigen Schritten bei Oma. Er drückt der überraschten Thea die Blumen in die Hand, setzt sich zu Oma aufs Bett, beugt sich zu ihr, nimmt sie in seine Arme und sagt: »Ich bin da, Ria.«

Wir heulen alle. Weil Oma uns mit ihrem Schluchzen angesteckt hat. Und weil es so schön ist.

Auch als Oma sich wieder beruhigt hat, bleibt Opa Georg auf der Bettkante sitzen. Er greift wie selbstverständlich nach Omas Hand. »Ich kann es immer noch nicht glauben.«

»Ich geh dann mal eine große Vase besorgen«, sagt Thea mit tränennassen Augen. »Und einen Kaffee trinken.« Ihre Stimme klingt bewegt, auch sie ist ganz ergriffen. »Holt mich, wenn ihr mich braucht«, sagt sie leise zu mir. »Ich warte im Café.« Und schon ist sie zur Tür raus.

»Kommt näher«, sagt Oma zu uns, »damit ich euch miteinander bekannt machen kann.«

Mein Herz klopft, ich bin aufgeregt, während Oma jetzt wieder wie die Ruhe selbst wirkt.

»Georg, das sind deine Enkeltöchter«, sagt sie, »Katharina, Pia und Jana.«

Unser Opa lächelt uns freundlich an. »Schön, Sie auch persönlich kennenzulernen, am Telefon hatten wir ja schon die Ehre.« Er wendet sich wieder an Oma. »Hübsche und sehr nette Enkeltöchter hast du.«

Oma zieht eine Augenbraue hoch. »Du bist nicht schwerhörig geworden im Alter, oder?«, fragt sie frech, dann wird ihr Tonfall sanft. »›Das sind *deine* Enkeltöchter‹, habe ich gesagt.«

Opa Georg schaut erst zu Oma, dann zu uns und wieder zu Oma. »Das kann nicht sein«, entfährt es ihm. »Das gibt es doch nicht!«

»Doch, dort stehen sie. Es sind deine Enkeltöchter, die Töchter von Judith, unserer Tochter.«

Wir stehen da wie die Orgelpfeifen. Opa Georg steht auf und geht zuerst zu Jana. »Darf ich?«, fragt er und breitet die Arme aus. Die Rührung auf seinem Gesicht ist nicht zu übersehen. »Komm her, Kind.«

Eine nach der anderen schließt er uns in die Arme, und jede von uns hinterlässt ein paar mit Mascara verschmierte Tränen auf seinem weißen Hemd.

Opa Georg setzt sich wieder zu Oma ans Bett. Er ist völlig überrumpelt. »Erzähl mir alles, Ria.«

»Wir lassen euch jetzt allein«, sage ich. Die beiden haben sich viel zu erzählen und sollten dabei ungestört sein.

Opa Georg springt sofort auf, um jede von uns noch einmal in die Arme zu nehmen. In seinen Augen liegt Wärme und Freude.

»Ich hoffe, wir sehen uns bald wieder.« Er wendet sich an Pia. »Sollen wir uns morgen deine Bilder ansehen? Jetzt bin ich natürlich noch neugieriger, als ich es ohnehin schon war, als ich erfahren habe, dass eine von Rias und, wie sich nun herausgestellt hat, auch meinen Enkeltöchtern Künstlerin ist.«

»Das fände ich ganz toll«, sagt Pia. »Mein Atelier ist in Putbus, direkt am Markt.«

»Morgen früh, elf Uhr? Und vielleicht haben Jana und Katharina Lust mitzukommen. Dann könnten wir noch gemeinsam irgendwo einen Kaffee trinken.« Er sieht uns an. »Oder müsst ihr arbeiten?«

»Ich habe Semesterferien«, flunkert Jana. Eigentlich fangen sie erst nächste Woche an.

»Und ich Urlaub. Wir kommen gerne mit.«

Wir verabschieden uns von Oma und Georg, melden an der Rezeption das Telefon an und sammeln Thea in der Cafeteria ein.

»War das nicht schön? Ich freue mich so für Anni.« Sie strahlt uns an. »Und für euch natürlich auch.«

Alle immer noch sichtlich berührt, fahren wir wieder zurück in Omas Haus, mein altes und neues Zuhause.

25. Kapitel

Um fünf trifft Jana sich mit Timo. Jetzt ist es vier Uhr, und es ist das erste Mal, dass ich heute dazu komme, etwas durchzuatmen. Pia und Jana sind nach Putbus gefahren. Jana hilft Pia, das Atelier aufzuräumen, damit morgen alles schön ist, wenn Opa Georg kommt, um sich die Bilder anzuschauen. Ich setze mich raus auf die Bank und schließe für einen Moment die Augen. Da piept mein Handy und kündigt eine Nachricht in unserer »Drei Engel für Oma«-Gruppe an.

Und?, fragt Pia. *Hast du Erika erreicht?*

Ja, sie ruft Oma heute Abend an, antworte ich. *Dass Opa Georg bei Oma ist, habe ich ihr nicht gesagt.*

Hätte ich auch nicht, schreibt Jana in die Gruppe. *Das soll Oma machen.*

Richtig, tippe ich ins Handy. *Viel Glück gleich mit Timo.*

Danke, wird schon alles gut gehen ☺ *Räumen jetzt weiter auf, bis später, viel Spaß mit Ruffalo.*

Ach ja, schreibt Pia, *als du mit Malte geredet hast, hat Oma gesagt, dass du nächste Woche in meinem Zimmer schlafen musst. Sie möchte, dass dieser Ebbe kommt und ich ihm die Insel zeige. Vielleicht braucht Oma das Geld? Wollte dich nur schon mal vorwarnen.*

Okay, das bekommen wir auch noch hin!, antworte ich. Es ist ja nur die eine Woche.

Liebe Grüße an Miro, bleib brav. Oder auch nicht!

Miro habe ich in der Aufregung total vergessen. Wie auf Kommando fängt mein Finger an zu pochen. Hoffentlich hat die Wunde sich nicht doch entzündet. Ich fange gerade an, das Pflaster abzuknibbeln, da sehe ich ein Auto den Hügel hinaufkommen. Es ist ein blauer Kleinwagen, den ich hier noch nie gesehen habe. Eine Frau mit kurzem braunem Haar steigt aus und kommt direkt auf mich zu. Ich stehe auf, um sie zu begrüßen.

»Hallo«, sage ich. »Kann ich Ihnen helfen?«

Sie mustert mich von oben bis unten. Ihr Blick ist unfreundlich – und ihr Tonfall auch, wie ich feststelle, als sie sagt: »Vielleicht. Sind Sie Jana?«

»Wer möchte das denn wissen?«, frage ich.

»Die Frau des Mannes, mit dem Sie ein Verhältnis haben«, antwortet sie. »Ich weiß, dass mein Mann sich heute hier mit Ihnen treffen wird.« Sie sieht sich um. »Sein Wagen steht nicht hier, ich nehme also an, dass er noch nicht da ist.«

Auch das noch! Mir fehlen im ersten Moment die Worte. »Jana ist nicht hier«, sage ich, als ich mich wieder gefangen habe. »Mein Name ist Katharina Kuhlmann. Und Sie sind …?«

Sie antwortet nicht auf meine Frage. Stattdessen sagt sie: »Gut, dann warte ich. Irgendwann wird sie ja auftauchen, wahrscheinlich mit meinem Mann. Ich weiß, dass das hier ihr Liebesnest ist.« Sie sieht sich Omas Haus an. »Ist das hier eine Pension? Kann man hier ein Zimmer für eine Nacht oder stundenweise mieten?«

»Nein.« Das ist nicht gelogen. Oma hat immer nur ab fünf Tagen vermietet, damit sich der Aufwand lohnt.

Die Frau geht zu Omas Haus und schaut auf das Namensschild über der Klingel. »Kuhlmann und Melchow.« Sie sieht mich an. »Sie wohnen also hier?«

Ich antworte nicht darauf. Sie hat sich immer noch nicht vorgestellt. Und ich weiß nicht, ob Jana tatsächlich etwas mit der Sache zu tun hat.

»Ist ja auch egal.« Die Frau schüttelt den Kopf und verzieht das Gesicht. »Mein Gatte war so doof und hat noch nicht mal die Routen bei Google Maps gelöscht.« Sie setzt sich auf die Bank. »Ich warte also.«

»Ich bin mir sicher, dass Sie umsonst warten«, sage ich. Aber die Frau reagiert nicht. Sie sitzt mit den Armen vor der Brust gekreuzt auf Omas Bank und hält das Gesicht in die Sonne. »Schön hier!«

Ich lasse sie sitzen, gehe zurück ins Haus und rufe Pia an.

»Pia, ist Jana in der Nähe?«

»Sie holt gerade ein Bild aus dem Café. Wieso, was ist los?«

»Draußen auf der Bank sitzt eine Frau, die behauptet, dass Jana die Geliebte ihres Mannes ist. Wenn das stimmt, ist Timo nicht nur ihr Dozent, er ist anscheinend auch verheiratet.«

»Ach du Scheiße«, entfährt es Pia. »Und jetzt?«

»Keine Ahnung. Sie sitzt da und wartet. So lange, bis Jana kommt, hat sie gesagt.«

»Scheiße«, sagt Pia noch mal.

»Du sagst es. Was mach ich denn jetzt? Ich wollte gleich zu Miro fahren. Aber ich kann sie ja schlecht hier sitzen lassen. Wer weiß, was sie vorhat? Meinst du, ich soll zu ihr rausgehen und mit ihr reden?«

»Nein, misch dich da besser nicht ein. Hm ...« Pia überlegt. Ich höre, dass sie hin und her läuft. »Ich rede mit Jana. Jetzt ist es Viertel nach vier. Timo wollte um fünf da sein. Er ist mit Sicherheit schon unterwegs hierher. Wir melden uns gleich wieder.«

»Ist gut.« Ich gehe in die Küche. Jetzt brauche ich erst einmal einen starken Kaffee. Draußen auf der Bank sitzt eine Frau, die von ihrem Ehemann betrogen wird – wahrscheinlich mit meiner Schwester. Ich bin hin- und hergerissen. Ich kann gut nachvollziehen, wie die Frau sich fühlen muss. Jetzt bin ich froh, dass ich damals nicht mitbekommen habe, was Daniel da getrieben hat. Es war zwar auch nicht gerade toll, es im Nachhinein zu erfahren, aber ich weiß nicht, wie ich reagiert hätte, wenn ich es früher mitbekommen hätte. Ob ich mir dann auch seine Geliebte geschnappt hätte? Nein, ich hätte es mit Daniel geklärt.

Ich setze Kaffee auf und bin erleichtert, als endlich mein Handy klingelt. Es ist Jana.

»Es tut mir leid«, sagt sie. Ihre Stimme klingt aufgeregt. »Das wollte ich nicht, ehrlich. Ich wusste anfangs nicht, dass er verheiratet ist. Als ich es rausgefunden habe, hat er mir erzählt, dass die beiden nur noch wie Schwester und Bruder miteinander leben und die Ehe längst gescheitert ist. Ich wollte es beenden, aber er ist ja auch mein Dozent. Eben habe ich versucht, Timo zu erreichen, aber er hat das Handy ausgeschaltet.« Sie räuspert sich. »Offiziell hat er jetzt ein Seminar.«

»Oh Mann, Jana.«

»Ich wollte dich absolut nicht mit reinziehen, ehrlich.«

»Schon gut, das wird schon wieder.« Jana ist meine Schwester und steckt in Schwierigkeiten. »Jetzt heißt es, einen kühlen Kopf bewahren.«

»Okay.« Sie atmet tief durch. »Soll ich kommen und mit ihr reden, was meinst du?«

»Nein, auf gar keinen Fall! Es ist seine Sache, das zu klären.« Genau wie es Daniels gewesen wäre. »Was hältst du davon, wenn ich ihr die Adresse des Cafés gebe? Dann können die beiden das unter sich ausmachen.«

»Das geht doch nicht, dann läuft er ins offene Messer. Kannst du nicht noch etwas warten? Ich treffe mich um fünf mit ihm, und sie kann dann ja eine halbe Stunde später kommen.«

»Nix da!«, höre ich Pia im Hintergrund rufen und muss schmunzeln. »Der Typ ist dein Dozent und verheiratet. Ganz ehrlich, Jana, er hat es nicht anders verdient. Ich habe doch recht, Rina?«

»Ich hätte es nicht besser ausdrücken können«, sage ich. »Er muss da jetzt durch und die Konsequenzen tragen.«

»Und komm bloß nicht auf die Idee, ihn trösten zu wollen oder dich weiter auf ihn einzulassen, wenn seine Frau ihn abschießt«, ruft Pia. »Wie alt ist er überhaupt?«

»Vierunddreißig. Und nein, keine Angst, für mich ist die Sache vorbei. Ich bin froh, wenn ich da heil wieder rauskomme.« Jana klingt empört. »Was denkt ihr denn von mir? So blöd bin ich auch wieder nicht.«

»Du bist überhaupt nicht blöd, Jana. Du bist unsere kleine Schwester. Wir passen eben auf dich auf«, sage ich. »Versprich mir, mit deinem Hintern in Pias Wohnung zu bleiben, während die beiden im Café sind.«

»Ist ja gut, ja!« Jana seufzt. »So ein Mist. Und woher wissen wir dann, dass die beiden sich tatsächlich getroffen haben? Pia, kannst du nicht ...?«

»Kommt gar nicht infrage!«, ruft Pia.

»Dann geh wenigstens draußen vorbei – und guck nach. Oder setz dich auf die Bank dort in der Nähe. Bitte, Pia.«

Ich kann mir gut vorstellen, wie Jana Pia gerade mit ihren großen Augen bettelnd ansieht. Wer kann da schon Nein sagen? Prompt antwortet Pia auf Janas Bitte. Allerdings spricht sie jetzt leiser, sodass ich es nicht hören kann.

»Was hat sie gesagt?«, frage ich.

»Dass ich dafür auf das Einhornbild verzichten muss«, antwortet Jana kleinlaut.

»Klingt fair«, sage ich und muss lachen, obwohl die Sache an sich gar nicht lustig ist. »Ich gehe dann jetzt mal zu ihr raus und spreche mit ihr.«

»Okay, rufst du gleich wieder an?«

»Na klar!«

Ich schenke mir eine Tasse Kaffee ein, fülle spontan eine zweite und gehe nach draußen.

Wie nicht anders zu erwarten, sitzt Timos Frau immer noch auf der Bank.

»Kaffee?«, frage ich.

Sie zögert einen Moment und greift dann zu.

»Die beiden haben sich nicht hier verabredet. Timo kommt um fünf in ein Café in Putbus. Ich gebe dir gerne die Adresse, wenn du magst. Ich bin übrigens Katharina, Janas Schwester.«

Timos Frau trinkt einen Schluck Kaffee und mustert mich. »Wird Jana auch dort sein? Ich würde gerne ein paar Takte mit ihr reden.«

»Nein, das wird sie nicht. Und es ist auch nicht nötig, mit ihr zu sprechen. Meine Schwester ist einundzwanzig Jahre alt und hat sich Hals über Kopf in ihren Dozenten verliebt, ohne zu wissen, dass er verheiratet ist. Er hat sich auf sie eingelassen, ohne ihr die Wahrheit zu sagen. Wenn du jemanden dafür verantwortlich machen willst, dann ihn.«

»Und sie ist fein raus?«

»Ja. Er hat ein Abhängigkeitsverhältnis ausgenutzt. Jana ist volljährig, strafbar ist es also nicht, aber verantwortungslos.«

Timos Frau schließt für einen Moment die Augen, öffnet sie wieder und schüttelt den Kopf. »Einundzwanzig? So ein Idiot. Ich dachte, sie sei eine Kollegin. Das Café ist in Putbus?«

»Ja, direkt am Markt, es heißt *Essen und Trinken*. Du kannst es nicht verfehlen. Du fährst die Alleestraße entlang, biegst in den Markt ein, am Theater vorbei, dann kommt auch schon das Café.« Ich betrachte Timos Frau von der Seite. Sie sieht nett aus, und hübsch ist sie auch. Aber was bedeutet das schon, wenn der Mann sich mit einer anderen vergnügt! Sie tut mir leid. »Ich hoffe, es klärt sich alles für euch. Jana hat sich im

Café mit ihm verabredet, weil sie es beenden wollte. Das sage ich jetzt nicht, um es schönzureden. Es ist wirklich so. Jana ist im ersten Semester und sollte sich auf ihr Studium freuen und konzentrieren können.«

Timos Frau nippt noch einmal an ihrem Kaffee, stellt die noch fast volle Tasse neben sich auf die Bank und steht auf. »Ich weiß momentan ehrlich gesagt nicht, was ich denken und glauben soll. Eigentlich sollte ich mir das gar nicht antun und nach Hause fahren anstatt ins Café.« Sie lächelt traurig. »Auf der anderen Seite würde ich zu gerne Timos Gesicht sehen, wenn nicht seine Geliebte, sondern ich das Café betrete.« Sie zeigt auf die Tasse. »Danke dafür und auch für die offenen Worte.« Sie zögert einen Moment. »Ich bin Carina. Deine Schwester war nicht die Erste, vermute ich zumindest. Es gab mindestens eine andere davor. Aber dafür habe ich keine Beweise. Am Freitag war Timo auf einer Univeranstaltung, auf irgendeiner Party. Es wurde spät, wie immer. Ich hatte es im Gefühl und bin hingefahren. Eine Studentin hat mir erzählt, dass Timo mit einer Jana zu irgendeiner Oma gefahren ist, die angeblich ganz plötzlich erkrankt ist.« Sie schüttelt den Kopf. »Die kranke Oma haben wir früher in der Schule immer schon als Ausrede benutzt.«

»Unsere Oma hatte einen Herzstillstand. Ich war zum Glück gerade hier, als es passiert ist. Er hat Jana wirklich ins Krankenhaus gefahren.«

»Oh, das tut mir leid. Ist sie …, ist alles wieder in Ordnung?«

»Ja.«

»Gut! Ich habe auf jeden Fall Google Maps durchforstet und habe festgestellt, dass er schon ein paar Mal genau hier war. Immer dann, wenn angeblich irgendein Uniseminar oder Workshop stattfinden sollte.«

Wenn die beiden ganz zufällig hier in der Nähe waren …

Kein Wunder, dass Jana rot angelaufen ist, als Oma nach Timo gefragt hat. Dass sie sich tatsächlich bei Oma mit ihm getroffen hat, ist dreist. Aber sie ist meine Schwester.

»Dazu kann ich nichts sagen, ich habe die letzten Monate in Berlin gewohnt.«

»Schon gut, ich weiß, dass die beiden gemeinsam hier waren. Anfangs war es nur ein komisches Gefühl. Timo war ungewöhnlich gut gelaunt. Irgendwann hat sich das Gefühl in mir konkretisiert. Ich bin fast verrückt geworden. So was spürt man einfach.« Carina lächelt, immer noch traurig, aber sehr sympathisch, denke ich. Komme mir bei ihren Worten allerdings etwas dumm vor.

So was spürt man einfach ... Nur ich habe nicht mitbekommen, dass Daniel wochenlang eine Geliebte hatte.

»Es tut mir wirklich leid. Aber ich denke, dass ich nicht die richtige Gesprächspartnerin dafür bin. Jana ist meine Schwester.«

»Du hast recht. Du kannst nichts dafür. Und sie wahrscheinlich auch nicht.« Carina runzelt die Stirn. »Dann fahr ich jetzt mal, meinen Mann einen Kopf kürzer machen.«

Ich schaue ihr nach und warte, bis der blaue Kleinwagen den Hügel hinunter verschwunden ist, bevor ich erneut zu meinem Handy greife.

»Jana, Timos Frau ist jetzt auf dem Weg.«

»Was hat sie gesagt?«

»Dass du nicht die Erste bist und dass sie gedacht hat, du seist eine Kollegin.«

»Nina! Wusste ich es doch«, sagt Jana und schnauft. »Seine Kollegin. Egal, ist nicht mehr mein Problem. Danke, Rina.«

»Bitte. Und das nächste Mal, wenn du in der Klemme steckst oder nicht weiterweißt, dann komm gleich zu Pia oder zu mir. Wir sind Schwestern. Du könntest eine Bank ausrauben, und wir würden zu dir halten.« Bank! Omas EC-Karte schießt mir durch den Kopf und dass ich noch das Geld überweisen muss.

»Mach ich, versprochen«, sagt meine kleine Schwester. Ich hoffe wirklich, dass sie aus der Geschichte gelernt hat.

Ich hole Omas Kontoauszüge, die Mahnungen und meinen Laptop aus dem Zimmer und setze mich damit an den Wohnzimmertisch. Keine Viertelstunde später habe ich mit der Heizungsfirma und dem Stromanbieter telefoniert, die offenen Rechnungen beglichen und erst einmal zweitausend Euro auf Omas Konto gebucht. Um eine größere Summe überweisen zu können, müsste ich mein Tageslimit erhöhen. Den Rest überweise ich also morgen.

Ich räume die Kontoauszüge wieder weg, rufe Erika an und gebe Omas Rufnummer durch. Um fünf löse ich endlich das Pflaster von meinem Finger. Der Schnitt hat sich tatsächlich etwas entzündet. Nicht schlimm, aber er sollte vernünftig desinfiziert und mit einer antibiotischen Salbe behandelt werden. Das kann Miro gleich übernehmen. Ich sprühe etwas von Omas Desinfektionsspray darüber und lasse es an der Luft trocknen. Joggen dürfte damit kein Problem sein, aber mir ist momentan eher nach einem gemütlichen Spaziergang zumute. Ich bin so schon nass geschwitzt. Die Temperaturen sind nach dem Gewitter wieder in Windeseile nach oben gestiegen. Der ganze Stress der letzten Tage macht sich bemerkbar, und meine von der Sonne verbrannte Haut scheint auch zu glühen. Am besten springe ich noch mal kurz unter die lauwarme Dusche, um mich zu erfrischen. Frische Klamotten und bequeme Schuhe können mir auch nicht schaden – für einen Spaziergang am Meer. Bis zur Praxis brauche ich mit dem Auto nur eine Viertelstunde. Ich habe also noch Zeit.

Was für ein Tag, denke ich, als das lauwarme Wasser über meinen Körper läuft. Ich schließe die Augen und bleibe für einen Moment einfach so stehen. Tausende Gedanken auf einmal strömen auf mich ein. Im Café hat Timo gerade seine Frau getroffen, wenn sie es sich nicht anders überlegt hat. Pia räumt auf, weil wir einen neuen Großvater haben, der Kunstmäzen ist. Oma trifft ihre alte Liebe wieder und muss verdauen, dass Opa sie jahrelang belogen hat. Dann ist da noch die Sache mit Omas EC-Karte, die wir ihr irgendwann beibringen müssen. Ob sich das mit Erika klärt? Und was ist mit mir? Ich muss noch meine Bewerbung schreiben und vor allen Dingen meine Kündigung. Gleich treffe ich mich mit Miro, rein freundschaftlich natürlich. Trotzdem, ich habe die Sache mit Daniel noch nicht richtig verdaut. Warum habe ich nicht bemerkt, dass er mich betrogen hat? Seit dem Heiratsantrag bin ich noch nicht dazu gekommen, einfach mal durchzuatmen. Ich stelle das Wasser kalt und zähle laut mit. Eins, zwei, drei, vier ... bei siebenundvierzig Sekunden höre ich auf, mehr schaffe ich nicht. Kaltes Wasser beim Baden im Meer ist ja ganz schön, aber aus der Dusche kann ich es kaum ertragen. Doch immerhin habe ich siebenundvierzig Sekunden lang nicht nachgedacht, weil ich mit Zählen beschäftigt war.

Als ich das Handtuch um meinen Kopf schlinge, klingelt es.

»Na prima«, fluche ich. Hoffentlich ist das nicht wieder Timos Frau. Ich schaue auf die Uhr. Es ist halb sechs. Und es klingelt noch einmal.

»Ist ja schon gut«, rufe ich, wickele mich in ein Handtuch und gehe nach unten. Vor der Tür bleibe ich stehen.

»Hallo«, sage ich. »Wer ist denn da?«

Eine Antwort bekomme ich nicht. Aber ich höre, wie ein Auto angelassen wird, gehe in die Küche und schaue aus dem

Fenster. Es ist kein Pkw, sondern ein weißer Lieferwagen. Er fährt langsam die Straße entlang, vom Haus weg.

»Pech gehabt«, sage ich, gehe wieder nach oben, ziehe mich flink an und binde mein feuchtes Haar zu einem Zopf.

Kaum bin ich fertig, klingelt mein Telefon. Es ist Pia.

»Sie sind weg«, sagt sie. »Ich habe draußen auf der Bank gesessen und alles beobachtet. Timo war zuerst da und saß schon im Café, als seine Frau gekommen ist. Schade, dass ich seinen Blick nicht sehen konnte. Die ganze Sache hat maximal zwanzig Minuten gedauert. Dann ist sie wieder weggefahren, allein. Er hat das Café kurz danach auch verlassen. Bei Jana hat er sich bis jetzt nicht gemeldet.« Pia seufzt. »Ich hoffe, das war's.«

»Wie geht es Jana?«, frage ich.

»Ganz gut. Sie macht sich Gedanken darüber, wie sie klarkommen wird, wenn sie noch mal ein Seminar bei ihm belegen muss. Und sie hat ein total schlechtes Gewissen, weil sie dich da mit reingezogen hat, wo du doch selbst erst in einer ähnlichen Situation warst. Henrik ist gerade bei ihr. Die beiden sitzen im Garten. Sie heult sich bei ihrem besten Freund aus.«

»Sag ihr, dass ich sie lieb habe.« Ich öffne die Tür und gehe nach draußen. »Ach du Scheiße!«

»Was denn?«, fragt Pia. »Was ist passiert?«

»Hier stehen lauter Kisten, direkt neben der Tür. Eben war ein Lieferwagen hier. Ich habe gerade geduscht und habe das Klingeln zu spät gehört.«

»Hering«, sagt Pia. »Mist! Heute ist Montag. Oma bekommt ihn immer Mitte des Monats geliefert. Das hatte ich total vergessen. Wie viele Kisten sind es?«

Ich zähle schnell nach. »Zwölf.«

»Sechzig Kilo Fisch! Ich sage Jana Bescheid. Wir kommen gleich. Oma hat keine Kühltruhe. Wir müssen den Biestern die Häute abziehen und sie einlegen. Das Rezept steht in Omas schlauem Buch. Es liegt in der Schublade neben dem Besteck. Ich weiß, was wir brauchen, bin mir aber wegen der Mengen nicht sicher. Kannst du mal nachschauen, ob du es findest, und ein Foto von der Zutatenliste machen? Und schau mal bitte im Vorratsraum nach, wie viel Essigessenz Oma noch hat. Wir halten dann auf dem Weg zum Haus im Supermarkt an und kaufen ein, wenn noch was fehlt.«

»Du willst jetzt wirklich sechzig Kilo Fisch zu Pfefferlingen verarbeiten? Sollen wir den Fischhändler nicht lieber anrufen und ihm sagen, dass er die Ladung wieder abholen soll? Mit dieser Menge sind wir Ewigkeiten beschäftigt. Das Hautabziehen braucht wirklich viel Zeit. Außerdem bin ich etwas gehandicapt durch den Schnitt im Finger.« Ich könnte Einmalhandschuhe anziehen, damit ich nicht mit dem Essig in Berührung komme. Aber große Lust darauf habe ich eigentlich nicht.

»Du musst nicht helfen, Jana und ich machen das. Schau du nur nach, ob alles da ist.«

»Puh«, mache ich. »Bist du dir sicher, dass ihr euch das antun wollt?«

»Ja, überleg doch mal. Wenn die Haut ab ist, bleiben bestimmt fünfzig Kilo. Das gibt hundert Kisten, die Oma für zwölf Euro verkauft. Bei sieben Euro Gewinn sind das immerhin siebenhundert Euro. Oma kann das Geld gut gebrauchen.«

»Na gut.« Pia hat recht. »Ich schick dir gleich das Rezept.«

Es ist Viertel vor sechs. Ich bleibe unschlüssig draußen stehen, dann wähle ich die Nummer von Miros Praxis, aber es springt nur der Anrufbeantworter an. Die Sprechzeiten waren um siebzehn Uhr vorbei. Warum habe ich mir seine Handynummer nicht geben lassen? Er hat sie Jana in die Hand gedrückt. Ob ich sie anrufe und danach frage? Nein, er hat gesagt, dass er sowieso immer länger in der Praxis ist. Ich sprinte in die Küche, fotografiere das Rezept und schicke es an »Drei

Engel für Oma«. Danach laufe ich in den Keller, suche nach den Essigflaschen, finde aber keine. Ich schaue nach, wie viele Zwiebeln Oma noch hat, prüfe den Pfeffer- und Senfkörnerbestand und schreibe an »Drei Engel für Oma«. *Hier ist kein Essig. Sechs Gemüsezwiebeln sind da. Pfeffer und Senf hat sie auch noch genug. Was ist mit Lorbeerblättern? Wachsen die im Garten?*, frage ich.

Ja, antwortet Pia. *Und jetzt mach dich auf den Weg zu deinem Date.*

26. Kapitel

Miro! Es ist fünf vor sechs. Das schaffe ich nicht mehr pünktlich, ich komme sowieso zu spät. Ich starre auf die Kisten. Für die Fische ist es bestimmt auch nicht gut, wenn sie vor der Tür in der immer noch warmen Sonne stehen. Ich seufze, straffe meine Schultern – und trage jeweils zwei Kisten auf einmal ins Haus.

Um zehn nach sechs sitze ich endlich im Auto. Mein Daumen tut weh. Und ich bin wieder total nass geschwitzt. Das Duschen hätte ich mir sparen können.

Erst um kurz vor halb sieben parke ich vor Miros Praxis, und zwar genau in dem Moment, in dem er zur Tür herauskommt. Ich lasse meinen Kopf auf das Lenkrad sinken. Was mache ich hier eigentlich? Vielleicht sollte ich doch einfach wieder zurückfahren und meinen Schwestern bei der Arbeit helfen. Aber es ist schon zu spät. Miro hat mich entdeckt und klopft an die Windschutzscheibe. Ich schaue hoch, ihm genau in die Augen, und fange an zu heulen. Schon wieder …

Miro öffnet die Beifahrertür und lässt sich auf den Sitz fallen. »Deine Oma?«, fragt er. Seine Stimme klingt sanft. Er wartet geduldig, bis ich mich wieder beruhigt habe und antworten kann.

»Nein, mit ihr ist alles okay.« Ich schniefe ein letztes Mal. »Es tut mir leid, dass ich zu spät bin. Das ist wirklich eigentlich so gar nicht meine Art. Ich weiß auch nicht, was gerade mit mir los ist. Seit Freitag steht mein Leben völlig auf dem Kopf, und ich komme nicht dazu, mal in Ruhe durchzuatmen. Ich hatte mich so auf einen Spaziergang mit dir gefreut.« Ich hebe den Finger. »Entzündet. Guckst du gleich mal drauf? Im Moment ist mir einfach alles zu viel. Ich war noch in der Dusche, deswegen habe ich die Klingel nicht gehört. Und dann stehen plötzlich zwölf Kisten voller Heringe vor Omas Haus, und wir müssen ihnen die Haut abziehen, damit Pia für Oma Pfefferlinge daraus machen kann. Jetzt habe ich ein schlechtes Gewissen, weil Jana und Pia die ganze Arbeit allein haben und ich hier bin, aber Fischen die Haut abzuziehen ist wirklich keine schöne Aufgabe. Davor habe ich mich früher schon immer gedrückt. Und außerdem stand heute noch ohne Vorwarnung die Frau des Mannes vor mir, mit dem Jana ein Verhältnis hatte – was begonnen hat, bevor Jana wusste, dass er verheiratet ist. Er ist außerdem ihr Dozent und ein Vollidiot.« Ich schniefe wieder. »Seine Frau ist einfach vor unserer Haustür aufgetaucht, hat sich neben mich auf die Bank gesetzt und wollte nicht wieder gehen, bevor sie nicht ihren Mann getroffen und ihm die Leviten gelesen hat. Außerdem haben wir erfahren, dass der Mann, der uns ein wunderbarer Opa war, gar nicht unser leiblicher Großvater ist. Omas wahre große Liebe war Georg, und sie hat fünfundfünfzig Jahre lang geglaubt, dass er damals bei der Flucht erschossen wurde. Und deswegen redet Oma jetzt seit zwei Monaten nicht mehr mit ihrer Schwester, da musste ich auch noch ein bisschen vermitteln. Jetzt ist mein echter Großvater plötzlich am Leben und hat Oma gerade besucht. Er ist total nett, Oma ist glücklich. Und wir sind es auch. Aber es ist trotzdem einfach alles zu viel für mich momentan. Der Bankautomat hat Omas EC-Karte gefressen, weil wir in ihren Finanzen rumgeschnüffelt haben. Sie weiß noch nichts davon. Aber seit ich ihr erzählt habe, dass ich auf Rügen bleiben will, will sie auch ihr Haus nicht mehr verkaufen, worüber sich am meisten

Theas Mann freut, weil der nämlich noch gar keine Lust auf eine Alten-WG in einer Stadtwohnung hat. Und deswegen konnte ich ihn auch überreden, dass er mal zu einem Hautarzt geht, wegen der Knubbel auf seinem Rücken. Ich habe ihm praktisch versprochen, dass sie sicherlich ganz harmlos sind, und jetzt brauche ich einen Hautarzt, der das bestätigen kann. Danach wollte ich dich fragen. Außerdem muss ich erst einmal meinen Job in Berlin kündigen und eine Bewerbung schreiben, wenn ich hier in Bergen in der Klinik auf der Inneren arbeiten will, da wird nämlich demnächst eine Stelle frei, sagt Malte.« Ich atme tief durch. »Außerdem weiß ich im Moment gar nicht, was ich hier mache, schließlich habe ich erst am Freitag einen Heiratsantrag von Daniel bekommen, kurz bevor ich meine Oma leblos auf dem Fußboden gefunden habe. Das hab ich alles irgendwie noch gar nicht richtig verdaut, und jetzt sitze ich hier und heule dir die Ohren mit meinem Müll voll, was mir total leidtut«, beende ich erschöpft und mit einem letzten Schluchzer meinen Monolog. Es ist mir so wahnsinnig peinlich, dass ich ausgerechnet vor jemandem, den ich vor zwei Tagen noch nicht einmal kannte, so die Fassung verliere.

Miro lächelt mich verständnisvoll an und streicht mir eine Haarsträhne hinter das Ohr, die sich aus dem Zopf gelöst hat.

»Ich bin Arzt«, sagt er. »Deswegen bist du hier. Wir schauen uns jetzt zuerst deinen Finger an. Außerdem bin ich ein begnadeter Heringhäuter. Das habe ich von meiner Mutter gelernt. Sie macht die besten Salzheringe der Welt. Sind es ganze Fische?«

»Nein, sie sind ohne Kopf und Innereien. Und die Mittelgräte ist auch schon entfernt«, antworte ich ganz automatisch.

»Dann geht es doch. Wir haben früher kiloweise Heringe verarbeitet.«

Ich wackle mit dem Finger und seufze ergeben. »Damit wird es nicht klappen.« Die Haut bekommt man am besten ab, wenn man mit Daumen und Zeigefinger an dem dicken Fischende die Haut etwas ablöst, dann ein wenig zieht und dabei mit dem Daumen zwischen Filet und Haut entlangfährt.

»Wenn wir dich verarztet haben, fahren wir zu deinen Schwestern, und ich helfe mit. Ich bin wirklich gut! Du setzt dich auf die Eckbank oder machst es dir draußen auf einem Liegestuhl in der Abendsonne bequem, trinkst einen leckeren Eistee und holst endlich einmal tief Luft. Unseren Spaziergang verschieben wir einfach auf einen anderen Tag. So wie es aussieht, hält sich der Sommer ja noch ein bisschen.«

»Okay.« Ich werfe ihm einen dankbaren Blick zu, wische mir die Tränen von den Wangen und lasse meinen Kopf noch einmal auf das Lenkrad sinken. »Das habe ich dir nicht wirklich alles gerade erzählt, oder? Bitte sag mir, dass ich mir das eingebildet habe.«

Miro grinst mich an, als ich wieder hochschaue. »Was? Das mit deinem Großvater, der verspeisten EC-Karte, der gehörnten Frau auf der Bank oder das mit dem Heiratsantrag?«

»Oh Gott! Normalerweise bin ich nicht so redselig. Erinnere ich dich immer noch an die Oberärztin, die dir das Leben zur Hölle gemacht hat?«

»Nein, kein bisschen.« Miro sieht mich ernst an. »Ich war gerade ziemlich mies drauf, als du plötzlich mit deiner Schwester bei mir vor der Tür gestanden hast.« Er legt seine Hand auf meine Wange und streicht mit dem Daumen darüber, so wie gestern, als er eine meiner Tränen weggewischt hat. »Du wirst das jetzt nicht verstehen, aber ihr habt mich gerettet.«

Mein Bauch zieht sich zusammen, ich spüre, wie meine Nackenhaare sich aufstellen, und lege meine Hand auf seine. Vielleicht verstehe ich es nicht, aber ich kann fühlen, was er damit meint. Doch jetzt ist nicht der richtige Moment, ihn darauf anzusprechen. Nicht hier, nicht im Auto …

»Komm, lass uns schauen, was mit meinem Finger ist«, sage ich.

»Der Schnitt hat sich tatsächlich entzündet.« Miro trägt vorsichtig eine antibiotische Salbe auf. »Vielleicht durch Bakterien an der Muschel. Vielleicht auch einfach, weil du momentan ein bisschen viel um die Ohren hast und deine Abwehrkräfte durch den Sonnenbrand schon geschwächt wurden.« Miro kramt in der Schublade und legt eine Packung Antibiotikum auf den Tisch. »Ich hoffe, dass die lokal aufgetragene Salbe reicht. Sollte es schlimmer werden, musst du die Tabletten wohl oder übel schlucken. Nimm sie vorsichtshalber mit. Und schon dich!«

»Okay … danke«, sage ich und meine damit nicht nur die Medikamente. Ich habe mich wieder etwas gefangen und fühle mich jetzt besser. »Deine Praxis ist schön«, sage ich. »Sie wirkt einladend und freundlich.«

»Mein Angebot steht noch, falls du es dir anders überlegst und doch nicht mehr in einer Klinik arbeiten möchtest.«

Vorteile hätte es schon. Vor allen Dingen die Arbeitszeiten. Ich schaue mich noch einmal im Behandlungszimmer um, gucke dann wieder zu Miro. »Danke für das Angebot, aber ich glaube, das ist keine gute Idee.«

»Warum? Findest du mich so schlimm, dass du dir nicht vorstellen kannst, mit mir zusammenzuarbeiten?«

»Genau«, sage ich, grinse ihn dabei aber frech an.

»Dann solltest du dich vielleicht mal mit den Damen unterhalten, die hier tätig sind. Vielleicht änderst du deine Meinung ja danach.«

Es liegt mir auf der Zunge, Miro zu sagen, dass Jana das schon übernommen hat, aber das behalte ich lieber für mich. Und ich verschweige auch die Tatsache, dass ich mir unter anderen Umständen über eine Zusammenarbeit sehr wohl Gedanken machen würde – wenn ich mich nicht so verdammt zu Miro hingezogen fühlen würde. Ich weiß, gestern habe ich Jana und Pia noch etwas anderes erzählt, aber wenn ich ehrlich bin, ist das hier viel mehr als eine Verabredung zum Joggen.

»Morgen schreibe ich die Bewerbung für die Klinik in Bergen. Aber du kannst mich gerne als neue Patientin anlegen. Du bist ab sofort mein Hausarzt.«

»Sehr gerne.« Er lächelt breit. »Und jetzt fahren wir zu deiner Großmutter hoch?«

Ich nicke. »Wenn du das wirklich ernst gemeint hast, dass du uns mit den Heringen helfen möchtest.«

»Natürlich habe ich das, sonst hätte ich es nicht vorgeschlagen.«

Beim Rausgehen fallen mir wieder die hübschen Aquarelle auf. Sie sind leicht und farbenfroh, anders als Pias Werke, die eher in satten Farben gehalten sind. Aber trotzdem gefallen sie mir.

»Ich fahre«, sagt Miro, als wir draußen stehen. Er streckt seine Hand aus.

»Ich habe eine kleine Wunde am Finger, das geht schon«, protestiere ich.

Miro schüttelt den Kopf. »Nicht deswegen.«

»Na gut.« Es geht ihm um meinen kleinen Nervenzusammenbruch, der mir immer noch peinlich ist. Ich reiche ihm den Schlüssel. »Pia oder Jana können dich nachher wieder nach Hause fahren.«

»Das entscheiden wir später.« Miro stellt den Fahrersitz und den Spiegel ein.

»Wie groß bist du?«, frage ich.

»Knapp über eins neunzig. Und du?«

»Eins fünfundsiebzig.«

Er sieht mich an, schmunzelt und startet den Wagen. Es ist zehn nach sieben, wie mir ein Blick auf die Uhr im Auto zeigt.

»Schön, dass du ein Angebot von der Klinik erhalten hast«, sagt Miro.

»Ja, das finde ich auch. Ich habe gute Freunde dort, und die Arbeit hat mir immer Spaß gemacht. Berlin war eine gute Erfahrung, aber jetzt bin ich froh, dass ich zurückkommen kann. Vor allen Dingen, weil ich unsere Oma dann ein bisschen im Auge behalten kann. Sie hat uns allen einen ganz schönen Schrecken eingejagt. Mir ganz besonders, als ich sie gefunden habe. Es kam so unvorbereitet, sie hat keinem etwas von ihren Problemen erzählt und hat stattdessen – ohne wenigstens noch einmal die Packungsbeilage zu lesen – die Tabletten geschluckt, die ihr der Hausarzt vor Ewigkeiten verschrieben hat. Ich weiß auch nicht, wie das passieren konnte, aber irgendwie haben wir Oma allein gelassen, weil wir alle viel zu sehr mit uns selbst beschäftigt waren. Und dabei hat sie selbst so viel für uns getan. Sie war immer für uns da. Nach dem Tod unserer Eltern hat sie uns nicht nur bei sich aufgenommen, sie hat uns ein wunderschönes Zuhause gegeben.«

»Eure Eltern sind nicht mehr am Leben? Das tut mir leid. Was ist passiert?«

»Vor sechzehn Jahren sind sie bei einem Autounfall gestorben. Ich war damals fünfzehn. Pia war dreizehn, Jana gerade mal fünf. Deswegen hängt sie besonders an Oma. Oma war, ist wie eine Mutter für sie.« Ein Lächeln huscht über mein Gesicht. »Obwohl Jana letztens erst behauptet hat, Pia und ich wären auch wie Glucken gewesen und hätten viel zu gut auf sie aufgepasst.«

»Und? Stimmt es?«

»Klar. Sie ist nicht nur das Küken der Familie, sie ist oft etwas unbedacht und ungestüm. Dadurch bugsiert sie sich gerne mal in Situationen, die nicht so ganz einfach zu meistern sind.«

»Ich mag sie«, sagt Miro. »Sie erinnert mich an alte Zeiten.« Er schaut kurz zu mir rüber. »Deine andere Schwester ist aber auch sehr nett. Ihr seid ein tolles Gespann, total verschieden, aber zu dritt seid ihr eins, das merkt man.«

»Das hast du schön gesagt, danke.«

»Und ihr habt jetzt also erfahren, dass ihr noch einen anderen Großvater habt?«

»Ja.« Ich erzähle Miro noch einmal ganz von vorn und in Ruhe, wie es dazu kam. Angefangen von Omas Verwirrtheit bis hin zu meinem Telefonat und der Verabredung der beiden. Als wir vor Omas Haus neben Pias Wagen parken, habe ich ihm Omas Lebensgeschichte komplett erzählt. »Jetzt habe ich schon wieder so viel geredet«, stelle ich fest. »Das passt wirklich gar nicht zu mir.«

»Ich genieße es, dir zuzuhören.« Er lächelt mich an. »Ich bin gespannt, wie es weitergeht. Mit dir, euch, eurer Oma. Ich hoffe, ich bekomme es mit.«

»Das ist schön.« Ich mustere ihn. »Aber ich weiß so gut wie gar nichts von dir.«

»Das ändern wir noch. Lass mir etwas Zeit, okay? Momentan genieße ich es einfach nur, von meinem Leben abgelenkt zu werden.«

Da ist er wieder, der dunkle Tonfall in der Stimme, der Schmerz in den Augen. Würde ich meinem Impuls folgen, dann würde ich mich jetzt an Miro schmiegen und ihm sagen, dass alles wieder gut wird – oder seinen Schmerz einfach wegküssen. Bei dem Gedanken schüttele ich unwillkürlich den Kopf. In Miros Nähe bin ich nicht ich. Oder vielleicht doch?

»Nein?«, fragt er.

»Wie, nein?«

»Du hast den Kopf geschüttelt.«

»Oh, nein, ja ... aber nicht wegen dem, was du gerade gesagt hast. Momentan herrscht in meinem Kopf ein wenig Chaos. Es sind einfach zu viele Gedanken darin. Es ist okay, wenn du momentan nicht reden möchtest. Ich kann das sehr gut verstehen.« Wie gern würde ich mit meiner Hand durch sein Haar wuscheln! Es verführt dazu, reingreifen zu wollen. Schon wieder spüre ich ein Ziehen im Bauch. Aber diesmal ist es ein durchaus wohliges Gefühl, das mich da durchströmt. Ich bin dabei, mich bis über beide Ohren zu verlieben, stelle ich erstaunt fest. Das ist ein Gefühl, das ich das letzte Mal hatte, als ich fünfzehn und meine Welt noch in Ordnung war. Das ist doch verrückt, schießt es mir durch den Kopf. Vermutlich bin ich emotional einfach durch den Wind.

»Okay«, sagt Miro, »dann wollen wir mal.«

Wir steigen aus. Ich bin immer noch perplex, weil mir gerade bewusst geworden ist, dass ich mich verliebe oder dass ich mich vielleicht auch schon längst verliebt habe – innerhalb von vielleicht drei Stunden, die wir inzwischen miteinander verbracht haben. Ich stecke schon richtig tief drin. Noch eine Baustelle mehr in meinem Kopf, denke ich. Aber warum eigentlich nicht? Immerhin bin ich wieder Single, da dürfen meine Hormone ganz offiziell verrücktspielen.

Wir gehen nebeneinander auf das Haus zu, da wird auch schon das Küchenfenster aufgerissen, und Jana steckt den Kopf raus. »Rina«, ruft sie. »Und Ruffalo! Ich wusste, dass ihr helfen kommt.« Sie lacht. »Das Einhornbild gehört wieder mir.«

»Huhu!«, ertönt es da von hinten. »Habt ihr schon angefangen?«

Ich drehe mich um. Thea kommt winkend aus dem kleinen Waldstück. Sie trägt einen großen Korb am Arm.

»Thea kommt auch«, ruft Jana in die Küche hinein. Ein zweiter Kopf erscheint im Fenster. Es ist Henriks.

»Das wird eng in der Küche«, sage ich zu Miro.

Da ruft Thea, die fast bei uns ist: »Und Dr. Szymanski ist auch da, ach, wie schön!«

»Noch kannst du gehen, Miro.« Ich sehe ihn an. Der Schmerz in seinen Augen ist einem vergnügten Funkeln gewichen.

»Gehen?« Er schüttelt den Kopf.

Und da steht auch schon Thea bei uns. »Hausbesuch, Herr Doktor Szymanski?«, fragt sie frech. Sie hält ihm die Hand hin, und Miro greift zu. »Ich bin Thea, Annis Freundin. Und ich habe frisch gebackenes Brot, Käse und Schnaps dabei.«

»Das klingt gut, Thea. Und den Doktor vergessen wir ganz schnell. Ich bin Miro.« Er sieht zu mir. »Und ich bin hier, weil ich gerne helfen möchte.«

»Gut!« Thea tippelt an uns vorbei. »Worauf warten wir dann noch?«

27. Kapitel

Zumindest bei einer Sache sind sich alle einig. Ich habe keinen Fisch anzurühren. Ich darf auch keine Zwiebeln schneiden. Lorbeerblätter pflücken im Garten, das ist okay, natürlich mit der linken Hand. Und dann habe ich mich gefälligst auf die Eckbank zu setzen und zuzuschauen.

Und hier sitze ich nun, trinke Eistee und beobachte das bunte Treiben. Pia, Jana, Henrik und Miro ziehen den Heringsfilets die Häute ab. Thea schneidet das Brot in dicke Scheiben und holt Butter aus dem Kühlschrank. Sie schimpft, weil die Butter zu fest ist, kocht Wasser, schüttet es in eine Schüssel, wartet einen Moment, bevor sie das Wasser wieder ausgießt und die heiße Schüssel über die Butter stülpt. Sie legt eins von Omas großen Holzbrettern auf den Tisch und packt unterschiedliche Käsesorten darauf. Dabei zwinkert sie mir zu und sagt leise: »Er sieht gut aus.«

»Finde ich auch«, flüstere ich zurück.

Thea nickt schelmisch und zaubert zwei Flaschen aus ihrem Korb. »Ralunkentrunk und Pickendüster Kräuterschnaps aus der Mönchguter Hofbrennerei.« Sie dreht sich um zu den fleißigen Helfern. »Kleine Stärkung gefällig?«

Kurz darauf sitzen alle beisammen und essen. Pia hat noch ein paar Tomaten aus Omas Garten aufgeschnitten und das restliche Ofenfleisch auf den Tisch gestellt. Alle greifen beherzt zu. Nur ich habe irgendwie keinen Hunger. Es ist eng zu fünft auf der Eckbank. Ich sitze nah bei Miro, zu nah. Und ich bin immer noch emotional total aus der Bahn geworfen.

Thea schiebt mir ein Gläschen Schnaps zu. »Trink, das bringt deinen Kreislauf in Schwung.«

»Das stimmt nicht«, sage ich. »Außerdem weiß ich nicht, ob das so gut ist. Vielleicht muss ich noch ein Antibiotikum nehmen.«

»Was sagt der Doktor dazu?«, fragt Thea.

»Er sagt, dass Katharina erst einmal etwas essen sollte.« Miro sieht mich an. »Nicht dass du noch umkippst.« Er hält mir das Brot hin, das er gerade für sich selbst belegt hat. »Hier.«

»Danke.« Ich greife zu.

»Die ganze Scheibe«, sagt Miro streng. »Danach darfst du gerne einen Schnaps trinken – oder auch zwei. Ich denke nicht, dass du heute noch die Tabletten einnehmen musst.«

Ich nicke, fange an zu essen und merke, wie gut es tut. Als ich fertig bin, genehmige ich mir einen von Theas Schnäpsen und kurz darauf noch einen.

»Ist bei dir alles in Ordnung, Rina?«, fragt Pia.

»Ja, das musste jetzt einfach mal sein«, antworte ich und nehme mir noch eine Scheibe Brot. Als alle aufgegessen haben und sich wieder an die Arbeit machen, stehe ich auf, hole mir das Kissen und gehe nach draußen an die frische Luft. Es ist halb zehn, aber immer noch hell. Ich mache es mir in meiner Lieblingsposition auf der Bank bequem und schließe die Augen. Es dauert keine fünf Minuten, da wird die Tür geöffnet. Pia oder Jana, denke ich.

»Mir geht es gut«, sage ich lächelnd. »Ich brauche nur ein wenig frische Luft.«

»Ich auch.« Es ist keine meiner Schwestern, sondern Miro. Ich öffne die Augen.

»Darf ich mich setzen?«, fragt er.

»Klar.« Ich nehme meine Beine von der Bank und rutsche zur Seite. »Das ist mein Lieblingsplatz«, erkläre ich, die Bank und das Fenster in meinem Zimmer, von wo aus ich bis zum Meer schauen kann.«

Miro setzt sich neben mich. »Es ist wunderschön hier.« Er dreht sich zu mir. »Geht es dir wirklich gut? Du wirkst so traurig.«

»Ich fühle mich wie meine Oma nach dem Koma«, sage ich. »Total verwirrt.«

Miro streckt seine Hand nach mir aus, zieht sie aber im nächsten Moment zurück, so als würde er sich nicht an mir verbrennen wollen. »Es fällt mir schwer, das zu sagen, aber falls es für dich besser ist, wenn wir uns nicht noch einmal treffen, lass es mich wissen.«

»Was? Wie kommst du denn darauf?«

»Ich dachte nur ... vielleicht habe ich es mir ja auch nur eingebildet, aber ich möchte euch nicht im Weg stehen.«

»Ich verstehe ehrlich gesagt nur Bahnhof«, sage ich und massiere mit den Fingern meine Kopfhaut. »Jana und Pia mögen dich. Theas Herz hast du im Sturm erobert. Und auch Oma wird von dir begeistert sein. Wieso solltest du uns im Weg stehen?«

»Ich dachte da eigentlich nicht an deine Familie, sondern an den Mann, der dir einen Heiratsantrag gemacht hat. Ich kann nicht ...« Miro zuckt mit den Schultern und schweigt.

»Was?« Plötzlich kann ich nicht mehr still sitzen. Ich stehe auf und gehe ein paar Schritte hin und her. Was ist nur los heute? Warum kommt mir auf einmal alles so kompliziert vor? Und endlich dämmert es mir. Ich bleibe vor Miro stehen. »Ich habe dir vorhin erzählt, dass Daniel mir einen Antrag gemacht hat.«

Er nickt. »Er ist auch Arzt, stimmt's?« Miro lächelt schuldbewusst. »Ich habe mich ein wenig nach dir erkundigt. Ein alter Freund von mir arbeitet auch in Bergen, er ist Anästhesist. Er kennt dich und deinen zukünftigen Mann. Trotzdem habe ich deine Nähe gesucht, weil ich mich zu dir hingezogen fühle. Es tut mir leid.«

»Du denkst ernsthaft, dass ich bald heiraten werde?« Damit habe ich nicht gerechnet.

»Ist es nicht so?«

»Nein! Hast du gerade gesagt, dass du dich zu mir hingezogen fühlst?«

»Ja, sehr.«

Ich stelle mich ganz nah vor Miro, greife nach seiner Hand und ziehe ihn zu mir hoch.

Miro legt den Kopf leicht schief und schaut mich verwundert an.

Das bin nicht ich. Ich würde so etwas nie machen. Bestimmt ist der Schnaps schuld. Ohne Vorwarnung schlinge ich meine Arme um seinen Hals und lege meinen Kopf in seine Halsbeuge. Es dauert nur einen kurzen Moment, bis ich spüre, wie auch er seine Arme fest um mich legt.

»Mein Herz pocht mindestens so laut wie deins«, sage ich leise. »Und nein, ich werde nicht heiraten. Ich habe den Antrag abgelehnt und mich getrennt. Daniel bleibt in Berlin, ich komme nach Rügen zurück. Sonst würde ich jetzt nicht hier stehen. Ich hätte mich noch nicht mal zum Laufen mit dir verabredet. Und ich fühle mich nicht nur zu dir hingezogen, ich glaube, ich habe mich aus Versehen ganz plötzlich in dich verliebt. Zwischen all den anderen überrumpelnden Gefühlen der letzten Tage hat mich dieses fast zerrissen.« Ich atme tief ein und wieder aus. »Jetzt ist es raus. Und es geht mir besser.«

»Mir auch.« Miro hält mich ganz fest.

Nach einer gefühlten Ewigkeit lösen wir uns wieder voneinander. Ich rücke ein Stück von Miro weg, doch er lässt mich nicht ganz los, sondern zieht mich mit leichtem Druck mit sich, als er sich wieder auf die Bank fallen lässt. Jetzt sitze ich auf seinem Schoß, meine Knie rechts und links von ihm auf der Bank abgestützt, während seine Hände noch immer warm auf meinem Rücken liegen, sodass ich nicht runterfalle.

»Ich bin geschieden«, sagt er ernst. »Seit drei Jahren.«

»Ich weiß.« Ich grinse frech. »Ich habe mich ein wenig nach dir erkundigt. Du bist neununddreißig, geschieden, hast bald Geburtstag und bist als Chef ganz okay.«

»Wer hat …?« Er lacht, dann wird er wieder ernst. »Wie lange bist du noch hier?«

»Zwei Wochen, dann muss ich noch für einen Monat nach Berlin. Ab September bin ich für immer hier. Morgen rufe ich meinen Chef in Berlin an und erkläre ihm die Umstände. Vielleicht habe ich ja Glück und komme vorher schon aus dem Vertrag raus. Weißt du, was ich dann mache?«

»Was?«

»Nichts, einfach mal nichts!«

»Das klingt gut.«

Lautes Lachen klingt aus der Küche zu uns nach draußen.

»Sie machen sich bestimmt schon Gedanken«, sagt Miro.

»Natürlich, seit du den Raum verlassen hast. Wahrscheinlich haben sie längst die nächste Wette abgeschlossen.«

»Um was?«

»Ich nehme an, das werden wir gleich erfahren, wenn wir wieder reingehen. Sollen wir?« Ich klettere von Miros Schoß. Er steht auf. Hand in Hand gehen wir zur Haustür. Kurz davor bleiben wir beide stehen und sehen uns an.

»Das war sehr schön, das sollten wir bei Gelegenheit wiederholen«, sagt er.

»Unbedingt.« Ich nehme all meinen Mut zusammen. Wir haben uns noch nicht mal geküsst. »Bleibst du heute Nacht bei mir?«

»Ja.«

In der Küche läuft die Pfefferlingproduktion auf Hochtouren. Es riecht nach Essig und Gewürzen. Auf dem Tisch stehen schon mehrere Plastikwannen, in die die gehäuteten Heringe geschichtet sind.

Jana sieht mich prüfend an, als ich mit Miro den Raum betrete. Sie grinst und sagt zu Pia: »Ich glaube, ich habe gewonnen. Sie strahlt, siehst du?«

»Habt ihr euch geküsst?«, fragt Pia direkt.

»Nein«, antworte ich. »Wie kommst du denn darauf?«

»Gut, dann habe ich gewonnen.« Pia nickt zufrieden. »Danke, Rina.«

Jana mustert mich weiter. »Echt nicht?«

»Nein.« Ich drehe mich zu Miro. »Siehst du, was hab ich gesagt?«

»Was war der Wetteinsatz?«, fragt Miro.

»Ein Einhornbild«, antwortet Jana. Sie rollt mit den Augen. »Jetzt muss ich eins für Pia malen.«

»Wird bestimmt hübsch«, sage ich mit vor Ironie triefender Stimme.

»Du strahlst trotzdem.« Jana sieht zu Miro. »Und du auch.«

»Weil ich mich hier so wahnsinnig wohlfühle.« Er stellt sich an die Arbeitsplatte neben Thea. »Ich helfe dann mal wieder.«

Thea schaut auf zu ihm. »Ja, er strahlt, du hast recht, Jana.«

Miro legt seinen Arm um Thea und zieht sie fest an seine Seite.

»Ach, wie schön«, sagt sie und seufzt wohlig. »Kannst du das noch mal machen, wenn mein Ludwig in der Nähe ist?«

»Apropos Ludwig, kennst du einen guten Hautarzt, Miro?«, frage ich.

Miro nickt. »Ich habe einen Freund mit einer Praxis in Stralsund. Soll ich einen Termin noch für diese Woche ausmachen, Thea?«

»Das wäre lieb.«

»Hat Timo sich noch mal gemeldet, Jana?«, fragt Pia jetzt.

»Das soll er sich mal trauen!« Henrik legt seinen Arm um Janas Schultern. Er ist eher der ruhigere Typ. Ich mag ihn. Und ich finde, er sieht gut aus. Blond, eher ein bisschen wie Gabriel Macht, etwas zu glatt für meinen Geschmack, aber durchaus attraktiv. Jana kennt ihn aus der Schule. Er ist zwei Jahre älter, Polizist, macht viel Sport. Er trägt knielange Cargohosen. Mein Blick wandert runter zu seinen Beinen. »Rasierst du dir die Beine, Henrik?«, frage ich.

»Ja«, antwortet er irritiert. »Warum?«

Ich werfe Jana einen Blick zu. »Weil mir gestern erst jemand erzählt hat, dass sich das ungemein gut anfühlt.«

»Dann solltest du das schleunigst mal austesten«, kontert Jana zuckersüß. »Ich kenne da noch jemanden mit glatt rasierten Beinen.«

»Hast du eine Ahnung, wovon die da reden?«, fragt Miro Thea.

Sie schüttelt den Kopf. »Rasierte Beine! Wer macht denn so etwas?«, antwortet sie entrüstet. »Ein Mann muss Haare haben. Wenn schon nicht mehr am Kopf, dann an anderen Stellen.« Sie sieht uns an. »Darauf trinken wir einen!«

Ich schüttele den Kopf. »Ich nicht mehr, danke.«

»Für mich auch nicht«, sagt Miro. »Ich hatte schon drei. Und ich brauche einen klaren Kopf, wenn ich morgen arbeite. Ich muss spätestens um acht morgen hier wegfahren.« Er sieht auf die Uhr. »Gleich elf, wir brauchen bestimmt noch zwei Stunden, bis wir fertig sind. Alkohol und spät ins Bett gehen vertragen sich nicht mehr so gut in meinem Alter«, fügt er grinsend hinzu.

»Ach, du schläfst hier, Miro?«, fragt Jana. Sie grinst ebenfalls. »Haben wir einen festen Zeitpunkt für das Wettende ausgemacht, Pia?«

»Du hast *heute* gesagt, und *heute* ist um Mitternacht zu Ende«, antwortet Pia.

»Heute Nacht zählt nicht? Na gut. Ich freue mich auch so.« Jana stellt sich neben Miro. »Hat dir schon mal jemand gesagt, dass du aussiehst wie Mark Ruffalo?«

»Ja, meine Schwester, Milena«, antwortet Miro.

»So, genug gequatscht!« Thea lenkt geschickt vom Thema ab. Sie hebt eine Heringshälfte hoch. »Die Fische enthäuten sich nicht von allein.«

Miro hat die Zeit gut eingeschätzt. Es ist kurz nach eins, als der letzte Fisch im pfeffrig gewürzten Essigsud liegt.

»Darauf trinken wir noch einen«, sagt Thea. »Auf die Familie und auf gute Freunde.«

Diesmal stoßen Miro und ich mit an. »Das habt ihr toll hinbekommen, Oma wird sich freuen. Sie weiß nichts davon«, erkläre ich Miro. »Sie wird Augen machen, wenn sie nach Hause kommt.«

»Na gut.« Thea streckt sich. »Dann geh ich jetzt mal rüber zu meinem Ludwig.«

»Wir bringen dich«, sagt Jana. »Du gehst doch mit, Henrik, oder?«

»Na klar.« Henrik stellt sein Schnapsgläschen auf den Tisch. »Ich lass euch doch nicht allein durch den dunklen Wald gehen.«

»Nehmt die Taschenlampe aus der Kommode mit«, ruft Pia den dreien noch hinterher, als sie in den Flur hinaus verschwinden.

Keine fünf Minuten später bin ich mit Miro und Pia allein.

»Wäre es okay, wenn ich noch mal kurz unter die Dusche springen würde?«, fragt Miro. »Ich rieche extrem nach Essig und Fisch.«

»Ja klar. Du kannst die Dusche oben gegenüber von meinem Zimmer benutzen. Ähm ... du kennst das Haus noch gar nicht ... Ich zeig dir, wohin du musst, dann kann ich dir auch gleich ein Handtuch raussuchen.« Ich wende mich an Pia. »Ich komme gleich noch mal kurz runter.«

»Okay, ich setz mich raus auf die Bank«, sagt Pia. »Gute Nacht, Miro, schlaf gut.«

»Du auch.«

»Mein Zimmer ist unter dem Dach«, sage ich zu Miro, als ich vor ihm die Treppe nach oben gehe. Ganz plötzlich fühle ich mich unsicher und weiß nicht mehr, woher ich vorhin den Mut genommen habe, Miro zu fragen, ob er bei mir übernachten möchte. Mir stand dabei der Sinn nicht nach wildem Sex, ich wollte ihm einfach nahe sein. Ob er das auch so sieht? »Hier!« Ich reiche ihm ein Handtuch und krame in meinem Schrank nach alten Herren-Boxershorts, die ich gerne zum Schlafen anziehe. Sie sind mir viel zu groß, aber Miro dürften sie passen. »Möchtest du die haben?« Ich halte ihm die blauweiß karierte Hose hin. »Es sind meine und nicht irgendwelche Fundstücke von alten Freunden.«

»Gerne.«

Ich hole für mich ein paar Hotpants und ein Top zum Schlafen aus dem Schrank. »Ich gehe noch mal kurz runter zu Pia, springe unten unter die Dusche und komme auch gleich hoch. Im Spiegelschrank findest du eine neue Zahnbürste.«

»Okay.«

Hätte ich mit ihm gemeinsam duschen sollen? frage ich mich, als ich die Treppe nach unten gehe. Nein, so ist es besser, beschließe ich dann.

Pia sitzt auf der Bank.

»Ich mag ihn«, sagt sie, als ich mich neben sie setze. »Und ihr habt vorhin wirklich beide gestrahlt, von innen.«

»Ich habe mich so was von verknallt!« Mein Blick geht in Richtung Himmel. Er ist voller Sterne. So hell haben sie in Berlin nie gestrahlt. »Und jetzt bin ich total nervös, weil Miro gleich oben in meinem Bett liegt.« Ich schüttele den Kopf. »Ich erkenne mich kaum wieder. Was mache ich denn jetzt?«

Pia grinst. »Ich bin mir sicher, dass dir da schon noch was einfällt.«

»Ich bin trotzdem total aufgeregt.« Ich greife nach der Hand meiner Schwester. »Wir haben Glück, du, Jana und ich. Wir haben uns.«

»Ja«, sagt sie. »Und weißt du was? Ich glaube, dass es nach dem Tod irgendwie weitergeht und Mama und Papa sich jetzt mit uns freuen.«

»Das ist ein schöner Gedanke«, sage ich, kann den kleinen schmerzenden Stich der Schuld aber nicht verhindern, der mich dabei durchfährt.

»Finde ich auch. Und jetzt sieh zu, dass du nach oben kommst. Nicht dass er einschläft, bevor du zurück bist.«

»Haha, sehr komisch. Und du?«

»Ich bleibe noch einen Moment hier sitzen und warte auf Henrik und Jana. Henrik schläft übrigens auch hier.«

»Hat er doch schon oft.«

»Aber er hat Jana noch nie so angesehen wie heute. Ist dir das nicht aufgefallen?« Pia winkt ab. »Was rede ich da! Natürlich nicht, dafür bist du viel zu hormongeschwängert. Und jetzt ab mit dir nach oben. Viel Spaß!«

Miro steht vor dem Fenster und schaut nach draußen. Er trägt die blau-weißen Shorts, sonst nichts. Die Sterne und der Mond leuchten hell am Himmel. Ich bewundere einen Moment Miros Silhouette – er hat eine verdammt gute Figur –, bevor ich zu ihm gehe und mich an seinen Rücken schmiege. Seine nackte Haut fühlt sich gut an. Miro greift nach meinen Händen und hält sie vor seinem Bauch fest.

»Der Ausblick ist wunderschön«, sagt er. »Ich kann gut verstehen, dass das hier einer deiner Lieblingsplätze ist.«

Aus der Ferne dringt helles Lachen durch das geschlossene Fenster zu uns herauf. »Jana und Henrik«, sage ich. »Sie kommen zurück.«

»Jana erinnert mich so sehr an meine Schwester, dass es fast wehtut«, sagt Miro und dreht sich zu mir um. Ich ziehe Miro zum Bett.

»Erzähl mir von deiner Schwester«, flüstere ich, als wir uns gegenüberliegen. Einen meiner Füße habe ich zwischen Miros Beine geschoben, und er streichelt verträumt mit den Fingerspitzen über meinen Handrücken.

»Milena war immer fröhlich, so wie Jana. Sie war sechs Jahre jünger als ich und Lehrerin. Da war sie in die Fußstapfen unseres Vaters getreten. Sie hat ihren Job geliebt. Vor drei Jahren bekam sie ein Kind. Und danach bekam sie häufiger Kopfschmerzen. Sie hat mir nie etwas von ihren Beschwerden erzählt. Ich war damals mit meiner Scheidung und mit mir beschäftigt. Milena wohnte in Polen, ganz in der Nähe unseres Heimatortes. Meine Familie kommt aus Olstzyn, Allenstein. Für das Studium habe ich Polen verlassen und bin nach Deutschland gekommen – und schließlich hier auf Rügen gelandet. Wir hatten immer ein besonders inniges Verhältnis. Milena und ich waren Geschwister und beste Freunde. Wir haben immer über alles geredet. Ich verstehe bis heute nicht, warum sie mir nichts von den Kopfschmerzen erzählt hat. Es war ein Tumor. Hätte man ihn früher entdeckt, hätte sie vielleicht überlebt.« Miros Stimme bricht. Er braucht einen Moment, bis er sich gefangen hat. Und ich warte. »Anfang des Jahres rief Milena mich an, wollte mich unbedingt besuchen. Zu dem Zeitpunkt war ich auf einer Fortbildung. Sie kam Anfang März, gemeinsam mit ihrer Tochter Zofia. Erst da hat Milena mir von den Kopfschmerzen erzählt. Ich habe sofort einen Termin für ein MRT besorgt. Und dann ging alles ganz schnell. Ich habe sie dazu gedrängt, sich operieren zu lassen. Und sie ist einfach nicht mehr aufgewacht. Zofia habe ich zu meinen Eltern nach Polen zurückgebracht und bin anschließend in ein dunkles Loch gefallen. Es war zeitweise so schlimm, dass ich mir vorgestellt habe, es wäre besser, wenn ich Milena folgen würde. Ich wollte einfach nur aufhören, darüber nachzudenken, warum sie mir nichts erzählt hat und warum ich mich nicht mehr um sie gekümmert habe. Und dann stehst du plötzlich mit deiner Schwester vor der Tür. Du hast mich vom ersten Moment an völlig überrumpelt. Es war ein Gefühl, das mir völlig unpassend vorkam. Du warst so barsch und ruppig, aber ich habe die Verzweiflung in deinen Augen gesehen und wollte dir unbedingt helfen. Ich konnte so gut nachvollziehen, was du in diesem Moment durchgemacht hast. Als ich dann hier bei euch war, wurde die Ähnlichkeit zwischen Jana und meiner Schwester immer deutlicher, nicht optisch, aber von der Art sind sie sich sehr ähnlich.« Miro schweigt einen Moment. »Milena hat mich oft zum Spaß Ruffalo genannt. Jana macht das auch. Ich habe das ernst gemeint, als ich dir gesagt habe, ihr habt mich gerettet. Ich weiß jetzt, dass es die richtige Entscheidung war, dass ich Zofia zu ihren Großeltern gebracht habe. Es wird ihr dort gut gehen, so wie euch damals bei eurer Oma. Aber ich habe trotzdem immer noch ein verdammt schlechtes Gewissen, das mich fast auffrisst.«

Ich drücke Miros Hand und kämpfe schon wieder mit den Tränen, schlucke den Kloß aber im Hals hinunter.

»Das, was mit meiner Oma passiert ist, hat mich in die Zeit nach dem Tod meiner Eltern zurückversetzt«, sage ich. »Am

Tag des Unfalls habe ich mich mit meiner Mutter gestritten. Mein Vater hatte mal wieder zu viel getrunken. Meine Mutter wollte nicht wahrhaben, dass es längst mehr war als nur das eine Bier jeden Abend. Ich bin wutentbrannt aus dem Haus gerannt. Es war schon spät, nach zehn Uhr am Abend. Ich habe mich im Garten versteckt. Man konnte bis draußen hören, dass meine Eltern sich nun meinetwegen in den Haaren hatten. Papa fand es unmöglich, dass ich mich einmische. Mama hat mich jedoch verteidigt und mir recht gegeben. Mein Vater hat definitiv zu viel und regelmäßig getrunken. Als ich gesehen habe, dass meine Eltern losgefahren sind, um mich zu suchen, bin ich wieder ins Haus geschlichen. Doch das nächste Auto, das unsere Einfahrt hinaufkam, war die Polizei. Mama und Papa kamen nie wieder zurück. Der Wagen kam von der Straße ab. Mein Vater war sofort tot. Meine Mutter hatte nur Knochenbrüche, und wir konnten vor der OP noch mit ihr reden. Sie hat gesagt, mein Vater und sie wollten einen Spaziergang an der Spree machen, deswegen wären sie noch mal losgefahren. Sie wollte nicht, dass ich Schuldgefühle habe. Bei der OP ging etwas schief. Auch meine Mutter hat es nicht geschafft. Obwohl meine Mutter versucht hat, sie mir zu nehmen, die Schuldgefühle haben mir die Luft zum Atmen genommen. Mir ging es wie dir jetzt. Ich sehnte mich nach Stille. Und damit meine ich endgültige Stille. Aber ich hatte meine Schwestern und meine Oma – und irgendwann wurde es besser. Du hast deine Eltern und Zofia, und jetzt hast du mich, wenn du das möchtest. Es wird noch eine ganze Zeit dauern, aber es wird besser, ich verspreche es. Und ich kann dir auch versprechen, dass du sie niemals vergessen wirst. Damals hatte ich Angst davor, dass das irgendwann passieren würde. Dass ich nicht mehr wüsste, wie das Lachen meiner Mutter geklungen hat. Wie es sich angefühlt hat, wenn mein Vater mir über das Haar strich. Aber das passiert nicht. Sie sind für immer bei mir, egal, was ich tue.« Ich vergrabe meine Finger in Miros Haar. »Wenn ich könnte, würde ich all deine Trauer und den Kummer wegküssen.«

»Versuch es doch mal«, sagt Miro. Seine Stimme klingt heiser. Ich rücke noch etwas näher an ihn heran. Mein Herz klopft schnell und hart von innen gegen die Brust. Unser erster Kuss beginnt sehr sanft. Ich berühre nur zart seine Lippen. Miro streicht dabei mit seiner freien Hand über meinen Rücken, und sofort bekomme ich eine wohlige Gänsehaut. Als ich Salz auf meinen Lippen schmecke und mir klar wird, dass es Miros Tränen sind, schwappen meine Emotionen über. Ich seufze auf und presse mich fest an ihn, höre auf zu denken und lasse mich nur noch von meinen Gefühlen leiten.

Eine gefühlte Ewigkeit später liegen wir nass geschwitzt, eng umschlungen und völlig außer Atem da und sehen uns in die Augen.

»Lass mich nie wieder los«, sagt Miro leise.

Ein Grinsen breitet sich auf meinem Gesicht aus. »Ich wollte vorhin schon nicht mehr aufstehen, als wir zusammen auf der Bank saßen.« Ich küsse ihn sanft. »Ich lasse dich nie wieder los.«

Miro streicht mir durch das Haar. »Das war wunderschön.« Er denkt einen Moment nach und legt seine Hand auf meine Wange. »Genau genommen war das die schönste Liebesnacht, die ich je hatte.«

Ich lege meine Hand auf seine. »Geht mir auch so.«

»Sehen wir uns morgen wieder?«, fragt Miro.

»Sehr gerne. Machen wir einen Spaziergang am Meer?«

»Ja, unbedingt.«

Ich blinzele an Miro vorbei. Der Wecker auf dem Nachtschränkchen zeigt drei Uhr an. »Was hältst du von einer kleinen Runde Schlaf?«

»Hm, hm ...«

»Hast du einen Wecker gestellt?«

»Ja, er klingelt um sieben Uhr dreißig.«

»Gut.« Ich drehe mich in Miros Arm und kuschele mich in Löffelchenstellung an ihn. Er hält mich fest, und ich merke an seinen Atemzügen, dass er beinahe sofort einschläft, bevor auch meine Augen zufallen.

Als der Alarm tatsächlich morgens losgeht, liegen wir noch genauso da, wie wir eingeschlafen sind. Das ist mir mit Daniel nie passiert, noch nicht mal ganz am Anfang.

»Guten Morgen, schöne Frau«, flüstert Miro und tastet nach seinem Handy. Ich warte, bis das unangenehme Schrillen aufgehört hat, bevor ich antworte.

»Guten Morgen.« Ich löse mich aus seiner Umarmung und drehe mich zu ihm. Fast automatisch fahre ich mit meinen Fingern durch sein Haar.

»Ich müsste mal wieder zum Friseur«, sagt Miro.

»Mir gefällt es. Wenn du dir trotzdem irgendwann die Haare schneiden lassen willst, frag Thea. Sie ist Friseurmeisterin. Und bestimmt glücklich, wenn sie dich mit Schere und Kamm bearbeiten darf.«

»Schöne Idee, das mach ich.«

»Kaffee?«

Miro streckt sich. »Das wäre ganz wunderbar. Und vorher kurz unter die Dusche.«

»Ich würde dir gerne den Rücken dabei schrubben, aber ich befürchte, das bekommen wir zeitlich nicht hin. Du duschst, ich koche Kaffee, okay?«

»Perfekt.«

Ich husche die Treppe hinunter und setze den Kaffee auf. Als gerade die letzten Tropfen in die Kanne plumpsen, höre ich Schritte. Das ist nicht Miro, denke ich, wahrscheinlich Pia. Und da steht sie auch schon in der Tür. Sie trägt pinkfarbene kurze Pyjamashorts und ein passendes Top, auf dem in weißen Buchstaben *princess* steht.

»Hübsch«, bemerke ich grinsend und hole eine weitere Tasse aus dem Schrank.

»Chic, ich weiß. Hat John mir geschenkt.« Pia fährt sich durchs Haar und gähnt herzhaft. Ich drücke ihr einen Pott Kaffee in die Hand und nehme mir auch einen.

»Was für eine Nacht! Ich habe kaum ein Auge zugemacht«, sagt Pia.

»Oh, das tut mir leid. Haben wir Krach gemacht?« Wir waren leidenschaftlich, aber haben uns mit Geräuschen extrem zurückgehalten, doch im Eifer des Gefechts …

Pia gähnt ein weiteres Mal. Ich genehmige mir einen Schluck Kaffee, da sagt sie: »Keine Ahnung, euch konnte man nicht hören. Lag wahrscheinlich daran, dass Jana und Henrik einen Porno in Kinolautstärke gedreht haben.«

Ich muss lachen und verschlucke mich fast am heißen Kaffee.

Genau in dem Moment kommt Miro frisch geduscht und gut gelaunt in die Küche.

»Hübsch«, sagt er, als er Pias Prinzessinnen-Outfit bemerkt.

»Da haben sich ja die beiden Richtigen gefunden«, mault Pia. »Ich geh dann mal wieder ins Bett. Ich hoffe, Jana und Henrik schlafen jetzt eine Weile.«

Miro sieht ihr irritiert hinterher, als sie wieder die Treppe nach oben schlurft. »Alles gut bei ihr?«, fragt er.

»Alles gut, sie hat nur schlecht geschlafen.«

»Oh, waren wir …?«

Ich schüttele den Kopf. »Nein, wir nicht …«

»Ah!« Miro nimmt einen großen Schluck aus der Kaffeetasse, die ich ihm in die Hand gedrückt habe, und ich sehe, wie ein Lachen seine Augen umspielt.

»Du kannst mein Auto nehmen.« Ich gähne. »Ich muss auch noch mal ins Bett. Holst du mich dann nachher ab, wenn du in der Praxis fertig bist?«

»Das mache ich, spätestens um sieben bin ich hier.«

»Gut. Gibst du mir deine Handynummer?«

»Steht oben auf dem Spiegelschrank.«

»Wo? Ich verstehe nicht.«

»Im Bad, siehst du gleich.« Miro küsst mich zärtlich. »Bis später dann also.«

»Bis später.«

Ich gehe leise die Treppe nach oben ins Bad. Miro hat mit einem Lippenstift ein rotes Herz auf den Spiegelschrank gezeichnet. In die Mitte hat er mit einem Kajal seine Handynummer geschrieben.

Süß, denke ich, gehe in mein Zimmer und schicke Miro eine Nachricht, damit er auch meine Nummer hat.

Es war wunderschön, schreibe ich und lasse mich in mein Bett fallen. Sobald ich wieder wach bin, kümmere ich mich um meine Kündigung und die Bewerbung, nehme ich mir vor, aber jetzt muss ich erst einmal schlafen. Ich bin müde. Und ich bin glücklich.

– ENDE –

Omas Haselnusspaste

600 Gramm Haselnusskerne
400 Gramm Zucker
100 ml Wasser

Zucker und Wasser in eine möglichst große Pfanne geben und umrühren.
Bei mittlerer Temperatur erhitzen, bis der Zucker flüssig ist. Dabei nicht mehr rühren, allenfalls den Zucker vom Rand hin und wieder zusammenschieben, wenn es nötig ist.
Nun die Haselnüsse (mit Haut) vorsichtig in die Pfanne geben und kräftig rühren. Vorsicht, das wird sehr heiß! Der Zucker kristallisiert wieder und wird weiß.
Immer weiter fleißig rühren, bis der Zucker wieder schmilzt und die Nüsse mit hellbraunem Karamell überzogen sind. Dabei aufpassen, dass sie nicht zu dunkel werden oder anbrennen.
Behutsam auf eine Lage Backpapier schütten und mit zwei Löffeln oder Gabeln vorsichtig verteilen.
Wenn sie lauwarm sind, dürfen die ersten genascht werden. Achtung, nicht die Zunge verbrennen!
Die abgekühlten Nüsse in einem Food Processor oder guten Mixer zu einer glatten Masse verarbeiten. Das dauert je nach Gerät fünfzehn bis fünfundvierzig Minuten.
Wichtig: Die Masse darf nicht zu heiß werden! Alle paar Minuten eine Pause machen und abkühlen lassen, bevor weitergemixt wird.

Die Nussmasse sieht erst sehr bröselig aus. Es dauert eine Weile, bis sich das Öl aus den Nüssen löst und die Masse eine schöne, homogene Konsistenz bekommt.
Die Paste schmeckt pur, auf Brot, als Füllung für Gebäck. Einen Esslöffel davon in einen Topf Vanillepudding gerührt, zaubert einen leckeren Haselnusspudding ...

Die angegebene Menge reicht ungefähr für vier Gläser à 250 Gramm.

Omas Ofenfleisch

3 bis 4 Kilo Fleisch, gemischt: Rinderbraten, Pute, Schwein (am besten mit Knochen), Hähnchenfilet (je nach Geschmack)
2 Knollen Knoblauch
(das klingt viel, aber das Aroma verfliegt durch das lange Schmoren)
3 Zweige Rosmarin
1 Flasche trockener Rotwein
Etwa 250 ml Brühe
2 Esslöffel schwarzer Pfeffer, frisch gemahlen
(keine Angst, es wird nicht zu pfeffrig)
Eventuell ein paar geschälte ganze Zwiebeln und Möhren

Das Fleisch in grobe Stücke (etwa 500-700 Gramm schwer, also nicht zu klein!) schneiden, dabei die Knochen rausschneiden. Hähnchenfilets ganz lassen.
In einem ofenfesten Topf die Fleischstücke in etwas Öl scharf anbraten. Die geschälten Knoblauchzehen, Rosmarin und Pfeffer dazugeben. Und eventuell die Zwiebeln. Es muss nicht sein, aber wir lieben die Zwiebeln und die Möhrchen, die langsam im Sud garen. Obendrauf die Knochen legen, das gibt Geschmack.
Den Wein und die Brühe in den Bräter füllen, sodass das Fleisch fast komplett bedeckt ist, notfalls mit Wein oder Brühe auffüllen.

Den Bräter mit dem Deckel schließen und mit einer Lage Alufolie abdichten. Es soll möglichst kein Flüssigkeitsdampf entweichen.

Über Nacht (mindestens 12 Stunden) in den 100 Grad (Umluft) warmen Ofen stellen.

Wenn man nicht so viel Zeit hat, bei 120 Grad etwa sechs bis acht Stunden schmoren.

Das fertige Fleisch ist sehr zart. Es schmeckt sehr gut auf gerösteten Weißbrot, zu Bandnudeln oder zu Polenta.

Bei Bedarf mit etwas Meersalz bestreuen.

Die angegebenen Mengen reichen für etwa zehn Personen. Oder für weniger Personen zwei Tage hintereinander, weil es so lecker ist. Das Fleisch schmeckt auch sehr gut auf einer Scheibe gerösteten Weißbrots oder in Burritos.

Omas hausgemachter Eistee

1 ½ Liter Leitungswasser oder stilles Wasser
3 Beutel Tee, nach Geschmack
Saft einer ausgepressten Zitrone

Einen Krug mit 1 ½ Liter stillem Wasser füllen.
2 Beutel schwarzen Tee und 1 Beutel Pfefferminztee hineinhängen.
Für mindestens drei bis vier Stunden in den Kühlschrank stellen.
Teebeutel herausnehmen.
Frisch gepresste Zitronen oder Limettensaft nach Geschmack hinzugeben.
In heißen Sommertagen ein paar Eiswürfel in ein Glas geben und mit dem Tee auffüllen.

Der Eistee schmeckt auch gut aus zwei Beuteln grünem Tee und einem Beutel Früchtetee. Sehr lecker!

Weiche Karamellbonbons

Die Herstellung ist nicht ganz einfach, und ich bin beim »Recherchekochen« fast verzweifelt. Mal waren die Bonbons zu fest, mal zu weich. Doch dann bekam ich Hilfe von der Foodbloggerin Virginia Horstmann, die mich in die Kunst des Karamellkochens eingeweiht hat. Hier ist das Rezept.

Vorweg Hinweise zum Gelingen des Rezeptes:
Genauigkeit beim Abwiegen der Zutaten und Einhalten der Temperaturen sind hier essenziell.
Geduld
Anwesenheit: den Herd nicht aus den Augen lassen!
Unter Umständen kann es hilfreich sein, das Thermometer vor Beginn zu kalibrieren. Hierfür wird Wasser in einem Topf zum Kochen gebracht und das Thermometer eingeklemmt. Nach einigen Minuten brodelnden Kochens sollte die Anzeige bei 100 °C stehen. Weicht die Anzeige um einige Grad von 100 °C ab und steht beispielsweise bei 105 °C, so müssen von allen im Rezept angegebenen Temperaturen 5 °C abgezogen werden, um die korrekte Temperatur zu erhalten.

Benötigte Utensilien:
2 mittelgroße Töpfe
Zuckerthermometer
kleine Kastenbackform
Backpinsel, Backpapier
Kochlöffel

Zutaten:

120 ml Schlagsahne, am besten Konditorsahne mit höherer Fettstufe (35 % Fett)
115 g weiche Butter
3 EL Wasser
60 ml heller Sirup (bspw. von Grafschafter; http://www.grafschafter.de/grafschafter-heller-sirup)
200 g feiner Zucker
Bonbonpapier zum Einwickeln

Zubereitung:
1. Zur Vorbereitung zunächst alle Zutaten abwiegen bzw. abmessen und bereithalten, denn wenn die Bonbonproduktion einmal losgeht, muss es schnell gehen.
2. Eine kleine Kastenbackform leicht einfetten, dann zugeschnittenes Backpapier einlegen, sodass alle Seiten der Form ca. 4 cm hoch mit Backpapier bedeckt sind. Das Backpapier dann mit Öl einpinseln, damit der Karamell später leichter vom Papier entfernt werden kann.
3. Schlagsahne und weiche Butter in einem kleinen Topf erwärmen, bis die Butter ganz geschmolzen ist.
4. Wasser und hellen Sirup in einem Topf vermengen. Anschließend den Zucker mittig so hineingeben, dass er in einem Berg in der Topfmitte liegt und so wenig Zucker wie möglich an den Topfrand gelangen kann. Den Zucker mit einem Kochlöffel vorsichtig mit Sirup und Wasser verrühren, bis er größtenteils die Konsistenz nassen Sandes bekommt. Das Rühren danach sofort einstellen.
5. Diese Mixtur nun bei mittlerer Temperatur langsam erhitzen, bis sich der Zucker auflöst und die Masse leicht blubbert. Dann das Zuckerthermometer in den Topf klemmen. Dabei darauf achten, dass der Temperaturfühler unten in

der Zuckermasse schwimmt, damit die richtige Temperatur abgelesen werden kann.
6. Die Zuckermischung nun weiter erhitzen, bis die Temperatur ca. 155-160 °C beträgt.
Vorsicht: Die Temperatur sollte nicht über 160 °C steigen. Zwar würden höhere Temperaturen den Prozess beschleunigen, allerdings erhöht sich dadurch auch die Gefahr, dass einige Stellen im Topf zu schnell erhitzen und der Zucker verbrennt. Also lieber sachte bei mittlerer Temperatur köcheln lassen und etwas Geduld haben, das kann schon mal 10-15 Minuten lang dauern.
Dabei gilt weiterhin: bitte nicht umrühren.
Die Masse sollte dabei einen goldenen Farbton annehmen und nach Karamell duften, allerdings nicht zu stark bräunen. Daher unbedingt ein Auge auf den Topf haben, denn Karamell kann von einer Sekunde auf die andere verbrennen und ist dann nicht mehr brauchbar.
7. Ist die Temperatur von ca. 160 °C erreicht, sofort ohne zu zögern 1/5 der Sahne-Butter-Mischung eingießen. Der Karamell wird jetzt wild blubbern, es ist also Vorsicht geboten! Mithilfe des Thermometers zügig unterrühren und die Prozedur wiederholen, bis die gesamte Sahne eingerührt ist.
8. Durch die Sahne kühlt die Mischung im Topf wieder etwas ab, daher muss sie erneut erhitzt werden. Diesmal auf 115-118 °C (auf dem Thermometer oft als »Soft Ball« gekennzeichnet). Auch hier nicht mehr rühren, auch wenn der Karamell wild blubbert.
9. Mit Erreichen der Temperatur die Karamellmasse vom Herd nehmen und sofort in die vorbereitete Kastenform gießen. Die Form ein paarmal auf der Arbeitsplatte »auftippen« lassen, damit eventuelle Luftblasen aus der Masse

entweichen können, und für mindestens 3 ½-4 Stunden bei Raumtemperatur stehen lassen.
10. Den Karamell anschließend aus der Form holen, das Papier abziehen und mithilfe eines sehr glatten, scharfen, leicht geölten Messers in längliche oder quadratische Bonbons schneiden. In Bonbonpapier wickeln. Ist der Karamell an dieser Stelle noch zu weich, um geschnitten zu werden, stellt man ihn vor dem Portionieren für ca. 15-20 Minuten in den Kühlschrank.

Varianten:

Salted Caramel Bonbons ☺
15 Minuten nach dem Einfüllen der Karamellmasse in die Form grobes Meersalz über den Karamell streuen und im Anschluss wie im Rezept beschrieben 3-4 Stunden lang fest werden lassen.

Kaffee-Karamellbonbons ☺
Einen Esslöffel Sahne weniger abmessen. Starken Kaffee oder Espresso aufbrühen. Einen Esslöffel davon gemeinsam mit der Sahne zur Karamellmasse geben und wie im Rezept beschrieben fortfahren.

Geröstete Haselnuss-Karamellbonbons
Den Backofen auf 180 °C Ober- und Unterhitze vorheizen. Ca. 50 g Haselnusskerne auf einem mit Backpapier belegten Backblech verteilen und im Backofen 15 Minuten lang rösten. Die heißen Kerne auf ein Geschirrhandtuch geben, dieses an den Ecken zusammennehmen und nach dem Abkühlen so lange »massieren«, bis sich die Haut gelöst hat. Die Haselnusskerne dann grob etwa auf halbe Größe hacken. Auf den Boden

der vorbereiteten Kastenform geben, den Karamell wie im Grundrezept beschrieben zubereiten und über die Haselnüsse gießen.

Kamille-Karamellbonbons
Beim Erwärmen der Sahne und Butter zwei Teebeutel Kamillentee mit in die Flüssigkeit legen und ca. 5 Minuten mit ziehen lassen. Die Beutel dann in der Sahne ausdrücken. Wie im Rezept beschrieben mit der Karamellproduktion fortfahren.

Vanille-Karamellbonbons
Das Mark zweier Vanilleschoten in die Sahne streichen und ebenfalls mit erwärmen. Anschließend mit dem Rezept wie oben beschrieben fortfahren.

☺ = Meine Lieblingsvarianten

Pias salzige Karamellcreme

400 Gramm Zucker
200 Gramm Sahne, erwärmt, aber nicht gekocht
250 Gramm Butter, in kleine Stücke geteilt
5 Gramm Meersalz

Den Zucker in einen hohen Topf geben und bei mittlerer Temperatur zu Karamell kochen. Nicht umrühren, gelegentliches Rütteln reicht. Die Farbe sollte goldbraun sein.
Nun die Butter nach und nach einrühren, bis alles schön geschmeidig ist.
Die warme Sahne vorsichtig dazugießen und für weitere zwei bis drei Minuten kochen, dabei ständig umrühren.
Am Schluss das Meersalz unterrühren und in sterilisierte Gläser füllen.

Kocht man die Creme zu lange, wird sie fest, und man bekommt Karamellbonbons.

Die Menge reicht etwa für vier kleine 200-Gramm-Gläser.

Man kann das Salz auch weglassen und die Creme stattdessen mit Vanille oder Tonkabohnen aromatisieren.

Zartbitter-Kuchen mit salzigem Karamell

250 ml Espresso oder starker Kaffee
250 g Zartbitterschokolade
320 g Zucker
320 g Butter
6 Eier
Mark einer Vanilleschote
350 g Mehl
1 Päckchen Backpulver
80 g dunkler Kakao
1 TL Salz
400 g Schmand
1 Glas salzige Karamellcreme
Gehackte Haselnüsse für die Dekoration

Espresso oder Kaffee kochen und darin die Schokolade schmelzen.
Butter und Zucker schaumig rühren und nach und nach die Eier unterschlagen. Schmand und Vanille behutsam unterrühren.
Mehl mit dem Kakao, dem Backpulver und dem Salz in einer Schüssel vermischen und portionsweise unter die Eiermischung rühren.
Schoko-Espresso dazugeben und behutsam verrühren.
Die Masse in eine eingefettete runde Kuchenform geben.
Bei 160 Grad etwa 60-70 Minuten backen.

Wenn der Kuchen etwas abgekühlt ist, Karamellcreme darüberträufeln.
Die Creme notfalls im Wasserbad etwas erwärmen, wenn sie zu fest sein sollte.
Gehackte Haselnüsse in der Pfanne etwas bräunen und über den Kuchen streuen.
Statt der Karamellcreme kann man auch etwas geschmolzene Schokolade auf den Kuchen träufeln.

Ein zuckersüßes Dankeschön geht an …

… HarperCollins, meinen Verlag, ohne den es dieses Buch nicht geben würde. Ich habe mich sehr wohlgefühlt bei meinem Besuch in Hamburg und komme gerne wieder.

… Christiane Branscheid, meine Verlagslektorin. Ich genieße unsere konstruktive Zusammenarbeit sehr.

… Bastian Schlück, meinen Agenten. Ohne ihn würde es Anne Barns nicht geben.

… meine fleißigen Testleserinnen. Ihr habt mir wertvolle Tipps gegeben. Was würde ich nur ohne euch machen?

… Virginia Horstmann, von der das tolle Karamellrezept ist. Sie betreibt den wundervollen Foodblog *Zucker, Zimt und Liebe*.

… meine Familie und meine Freunde, die mich tagelang nicht sehen, wenn ich mich zum Schreiben einschließe.

Und natürlich an meinen Mann, der mir jeden Morgen eine Tasse Kaffee ans Bett bringt.

Lesen Sie auch:

Anne Barns

Spätsommerfreundinnen

Roman

12,00 € (D)
ISBN: 978-3-95649-848-0

Leseprobe
Copyright © 2018 by MIRA Taschenbuch
in der HarperCollins Germany GmbH, Hamburg

Copyright © 2017 by Anne Barns

Dieses Werk wurde vermittelt durch die
Literarische Agentur Thomas Schlück GmbH, 30827 Garbsen

1. Kapitel

Wie heißt es so schön? Alle sieben Jahre ändert sich der Mensch. Kaum spukt der Gedanke in meinem Kopf herum, weiß ich, dass es der Philosoph Philon von Alexandria war, der unser Leben zum ersten Mal in Jahrsiebte geteilt hat. Ich schüttele unwillkürlich den Kopf und greife nach der Pinzette im Körbchen auf der Ablage vor dem Spiegel. Mein Gehirn macht, was es will. Es vergisst ständig die einfachsten Sachen. Aber ganz spezielle Dinge, die, die sonst keiner weiß, die merkt es sich. Und ich habe keine Ahnung, warum.

Philon also ... Ich rücke ganz nah an den Kosmetikspiegel heran und kneife die Augen zusammen, um mich ganz genau betrachten zu können. In meinem Fall stimmt die Siebenjahresregel. Ich bin noch genau zwei Wochen neunundvierzig Jahre alt. In den letzten Monaten haben sich die widerspenstigen schwarzen Haare am Kinn verdoppelt. Und die weißen auf meinem Kopf auch. Meine Naturhaarfarbe ist dunkelblond. Der Friseur hilft seit Neuestem mit honigfarbenen Strähnchen und jeder Menge Highlights nach. Dazwischen fallen die weißen Haare kaum auf. Nur wenn man genau hinschaut, erkennt man, dass sie sich mittlerweile über meinen ganzen Schopf verteilen. Genau wie die kleinen geplatzten Äderchen, die seit Neuestem um meine Nasenflügel herum und auf den Wangen aufgetaucht sind. Vielleicht hätte ich mir den Spiegel mit LED-Beleuchtung und fünfzehnfacher Vergrößerung doch nicht zulegen sollen, überlege ich. Darin erkennt man jede noch so kleine Falte.

Bei normalem Licht und eins zu eins betrachtet, sehe ich immer noch ganz passabel aus. Mal von der kleinen Tatsache abgesehen, dass meine Lieblingsjeans nicht mehr vernünftig sitzt. Als ich sie gekauft habe, hatte ich exakt das gleiche Gewicht und passte perfekt rein. Aber nun quillt der Speck an den Seiten unvorteilhaft über den Hosenbund. Low-waist steht mir nicht mehr. Ich habe mir neue Exemplare zugelegt, alle in mindestens mittlerer Leibhöhe. Dazu habe ich gleich ein paar Shaping-Hemdchen gekauft, sie allerdings noch nie getragen, da sie zwar den Speck weg, aber dafür auch meine Brüste platt wie Flundern drücken.

Was noch hinzukommt ist, dass ich seit Monaten immer häufiger grundlos schlechte Laune habe und gereizt bin. Ich quäle mich lustlos in die Schule und bin froh, wenn ich wieder nach Hause fahren darf. Der Lärm der Kinder macht mir zu schaffen. Im Gegensatz zu meinen Augen funktionieren meine Ohren anscheinend noch ganz gut.

Ich halte einen Moment inne und werfe der Frau im Spiegel einen strafenden Blick zu. Immerhin bin ich gesund und habe Arbeit. Das kann nicht jeder in meinem Alter von sich behaupten. Positiv denken, Jette! Ich ziehe meine Mundwinkel nach oben, sodass mein Gegenüber mich breit angrinst. Erst letztens habe ich gelesen, selbst ein unechtes Lächeln würde unserem Gehirn die Nachricht senden, dass wir glücklich sind.

Einen Moment bleibe ich einfach so stehen und strahle mich selbst an. Dabei komme ich mir so komisch vor, dass ich anfangen muss zu lachen. Meine Laune hat sich tatsächlich gebessert.

Ich nehme mir felsenfest vor, nun jeden Morgen mit einer Runde Gesichtsgymnastik zu beginnen und dass in den kommenden sieben Jahren nicht nur generell alles anders, sondern auch besser wird. Das ist letztendlich nur eine Frage der inneren Einstellung. Und an der kann ich arbeiten!

Erst einmal muss ich jedoch das schwarze Borstenhaar am Kinn erwischen. Aber das ist gar nicht so einfach.

»Mist, verdammter«, entfährt es mir, als ich ein paar Mal hintereinander Pech habe und abrutsche. Das blöde Ding ist noch zu kurz und sitzt außerdem bombenfest. Es dauert bestimmt noch zwei Tage, bis es lang genug ist, um es vernünftig greifen zu können.

»Guten Morgen.« Die helle Stimme meiner Tochter hält mich von einem weiteren Versuch einer Schönheits-OP ab. Jule kommt durch den Flur auf das Badezimmer zugelaufen.

»Morgen«, brumme ich.

Meine Tochter bleibt in der Tür stehen, und lächelt mich an. »So schlimm?«

»Ich werde alt«, antworte ich und lege die Pinzette zurück.

»Quatsch«, sagt meine Tochter. »Fünfzig ist das neue Dreißig.« Sie scannt mich von oben bis unten ab. »Na ja, das war vielleicht ein wenig übertrieben. Aber vierzig würde passen. Du siehst noch total jung aus.« Sie stellt sich neben mich und drückt mir einen Kuss auf die Wange.

»Danke, Schatz.« Unsere Blicke treffen sich im Spiegel. Jule hat das volle, dunkelbraune Haar und die schlanke Statur ihres Vaters geerbt. Die grünen Augen und den geschwungenen Mund hat sie von mir. Sie hat zweifelsohne Glück gehabt und sich die jeweils besten Sachen ausgesucht. Auch wenn ich nicht Jules Mutter wäre, würde ich sie als schön bezeichnen. Mir wird warm ums Herz. Diesmal ist mein Lächeln echt. Und es fühlt sich verdammt gut an.

»Das mit dem jünger Aussehen habe ich übrigens von dir geerbt«, erklärt meine Tochter da. »Als ich am Freitag eine Flasche Wodka für die Cocktailparty bei Kim kaufen wollte, hat mich die Kassiererin um meinen Ausweis gebeten. Den hatte ich dummerweise in meiner Tasche. Und die lag im

Auto.« Sie zieht eine Schnute und betrachtet sich im Spiegel. »Vielleicht hätte ich mir die Haare doch nicht abschneiden lassen sollen. Jeder sagt, dass ich viel jünger damit aussehe.«

»Irgendwann freust du dich darüber.« Jule ist zarte einundzwanzig Jahre alt. Ich streiche ihr über die Wange. »Die Kurzhaarfrisur steht dir ausgesprochen gut. Sie betont deine feinen Gesichtszüge.«

»Findest du? Ich habe mich immer noch nicht daran gewöhnt.« Meine Tochter zuckt mit den Schultern. »Was soll's, wächst ja wieder«, sagt sie, dann mustert sie mich ein weiteres Mal, diesmal grinsend. »Lässt du das an?«

Ich trage die leuchtend türkise Haremshose, die ich mir letztes Jahr für einen Wochenend-Meditationskurs zugelegt habe, und dazu ein senfgelbes Shirt. »Soll ich?«

»Warum nicht? Dann komme ich aber auf jeden Fall mit. Den Anblick von Papas Gesichtsausdruck lass ich mir nicht entgehen.«

»Das hättest du wohl gern«, antworte ich. Jule hat recht. Stefan würde Augen machen, wenn ich im Hippie-Look zu unserem Scheidungstermin erscheinen würde. Aber letztendlich wäre ich diejenige, die sich dabei unwohl fühlt. Und Stefan würde sich köstlich amüsieren, wenn er sich erst mal an den Anblick gewöhnt hätte. »Ich ziehe Jeans an«, entscheide ich, eine der neuen in körperfreundlicher Passform, »eine schlichte weiße Bluse und dazu meine braunen Römersandalen.«

»Schade! Bist du aufgeregt?«

»Nur ein bisschen.« Das ist maßlos untertrieben. Gestern Abend habe ich bestimmt eine Stunde lang vor dem Spiegel gestanden und mich etliche Male umgezogen. Wie erscheint man angemessen zu seinem Scheidungstermin? Im schicken Kostüm, Hosenanzug oder doch in einem Etuikleid? Nachdem ich alles anprobiert und mich letztendlich für mein

Alltagsoutfit entschieden hatte, habe ich mir die Fußnägel lackiert – in einem knalligen Rot. Sozusagen als Signal dafür, dass es mir sehr gut geht und ich das Leben genieße – ohne Stefan. Die Farbe habe ich jedoch kurz darauf wieder entfernt. Das hatte allerdings zur Folge, dass ich nicht einschlafen konnte, da der Geruch des Lösungsmittels im Zimmer hing. Und weil mir Tausende Dinge durch den Kopf gingen.

Jules Blick geht zur Uhr, die auf dem Regal mit den Handtüchern steht. »Gleich neun. Soll ich nicht doch mitkommen?«

Ich schüttele den Kopf. »Kommt gar nicht in die Tüte. Du gehst schön brav zur Uni und lernst für deine Prüfung.«

»Na gut. Dann springe ich jetzt schnell unter die Dusche.«

»Mach das. Möchtest du was frühstücken?«

»Nur einen Kaffee. Ich beeil mich.«

Ich habe meine Tochter immer schon gerne verwöhnt. Sie ist auch als Schulkind nie ohne liebevoll belegtes Frühstücksbrot und etwas Obst oder Gemüse aus dem Haus gegangen. Und das handhabe ich noch immer so, wenn ich Zeit habe. Ich klappe gerade die prall gefüllte Frühstücksdose zu, als Jule in die Küche kommt.

»Hier, für dich.« Die pinkfarbene Plastikbox ist ein Relikt aus der Vergangenheit und bestimmt schon zehn Jahre alt.

»Danke.« Jule strahlt mich an, greift mit der einen Hand nach ihrem Frühstück und mit der anderen zum Wasserkocher. Unseren Kaffee bereiten wir ganz klassisch mit einem Porzellanfilter zu, seitdem unser Vollautomat vor vier Wochen plötzlich den Geist aufgegeben hat. Die frisch gemahlenen Bohnen habe ich eben schon einmal mit Wasser übergossen. Jule schüttet wieder etwas dazu und beobachtet, wie die dunkle Flüssigkeit in die Glaskanne darunter tropft.

»Eigentlich brauchen wir keine neue Maschine«, sagt sie. »Der handgefilterte ist total lecker. Und auch schnell gemacht.«

»Finde ich auch.« Ich hole zwei große Tassen und gieße aufgeschäumte Milch hinein, Jule füllt sie mit dem heißen Kaffee auf. Wir sind ein eingespieltes Team.

Kurz darauf stehen wir nebeneinander mit unseren Hintern an die Arbeitsplatte gelehnt. Ich nippe an meinem Milchkaffee, Jule rührt mit ihrem Löffel im Schaum.

»Bist du dir ganz sicher, dass ich nicht doch mitkommen soll?«, fragt sie noch einmal. »Der Kurs ist freiwillig, es herrscht keine Anwesenheitspflicht. Und ich hätte auch wirklich kein Problem damit.«

»Das ist lieb von dir, aber nein.« Ich schüttele rigoros den Kopf. »Das schaffen dein Vater und ich ganz alleine.« Bei dem Gedanken, dass Stefan und ich heute geschieden werden, wird mir etwas flau im Magen, aber das lasse ich mir nicht anmerken. »Es ist doch nur noch eine reine Formsache.«

»Na gut. Aber im Zweifelsfall bin ich auf deiner Seite – und für dich da, wenn du mich brauchst.«

Das warme Gefühl macht sich wieder in mir breit. Meine Kleine wird – ist – erwachsen. Und sie hat das Herz am rechten Fleck sitzen. »Ich melde mich gleich nach dem Termin, okay?«

»Gut!« Jule trinkt ihren Kaffee aus und stellt die Tasse in die Spülmaschine. »Muss jetzt los. Hab dich lieb.« Keine fünf Minuten später ruft sie: »Tschüss. Ich drück dir, oder besser euch, die Daumen!« Dann fällt die Haustür geräuschvoll ins Schloss.

Ich bleibe stehen, nippe an meinem mittlerweile lauwarmen Kaffee, und schaue mich in der Küche um. Sonnenlicht fällt durch das Fenster und lässt die cremeweißen Wände warm leuchten. Auf dem Buffetschrank steht die Nana-Skulptur, die Jule aus Pappmaché modelliert und in knallig bunten Farben angemalt hat. Der Läufer auf dem Tisch ist türkis mit weißen Punkten. Unsere Kaffeetassen sind gestreift, mit vielen bunten Herzen verziert oder irgendwie anders gemustert. Wir haben uns eine farbenfrohe Wohlfühloase geschaffen, ein Kontrast zu der edlen, puristischen Einrichtung unseres alten Hauses, in dem Stefan noch immer wohnt. Der Mann, der noch etwa zwei Stunden mein Ehegatte sein wird.

Als wir vor zwei Jahren das erste Mal über Trennung gesprochen haben, war sofort klar, dass ich diejenige sein würde, die geht. Kurz nach unserer Hochzeit sind wir in Stefans Elternhaus gezogen, haben es aufwendig umgebaut und renoviert. Von dem alten Gebäude mit den viel zu kleinen Räumen ist nicht mehr viel übrig geblieben. Aber es ist immer noch das Haus, in dem Stefan aufgewachsen ist. Also bin ich ausgezogen. Gemeinsam mit Jule, die zu diesem Zeitpunkt achtzehn war und ohne zu zögern mit mir gegangen ist, obwohl wir ihr angeboten haben, ihr eine eigene kleine Studentenbude zu finanzieren.

Unsere Wohnung ist mit ihren fünfundachtzig Quadratmetern nicht groß, zumindest, wenn man sie mit unserem alten Haus vergleicht, aber dafür haben wir es uns schön gemütlich gemacht. Über dem Regalbrett, auf dem kreuz und quer die bunten Tassen stehen, haben Jule und ich Postkarten mit schönen oder witzigen Sprüchen gepinnt. Mein Blick bleibt an der schwarz-weißen hängen, die meine Freundin Eva mir geschenkt hat. *Sei wild und unersättlich!* lese ich leise. *Jetzt. Sofort.* Der Spruch passt zu Eva. Mein Leben hingegen plätschert beständig vor sich hin. Und das ist auch gut so. Die Aufregung der letzten drei Jahre hat mir gereicht. Ich bin zufrieden, wenn ich meine Ruhe habe, einen guten Kaffee und ein Stück Kuchen, eine frisch gebackene Waffel oder ein paar Pancakes.

Pancakes ... Von hier bis zum Gerichtsgebäude brauche ich mit dem Auto knapp zwanzig Minuten. Ich habe also noch über eine Stunde Zeit. Anstatt zu grübeln sollte ich mich lieber anderweitig beschäftigen. Ich stehe auf und gehe zum Kühlschrank. Kurz darauf rühre ich Eier, Zucker, Mehl, Buttermilch, flüssige Butter, etwas Natron und Backpulver in einer Schüssel zusammen. Kochen entspannt mich. Ich liebe das Geräusch, das der dickcremige Teig von sich gibt, wenn ich ihn in kleinen Portionen in die Pfanne gebe. Es knistert und zischt. Kurz darauf strömt der buttrig süße Duft von frisch gebackenen Pancakes in meine Nase. Noch einmal schaue ich auf Evas Karte. *Sei wild und unersättlich! Jetzt. Sofort.* Ich werde mich auf keinen Fall hungrig auf den Weg zu meinem Scheidungstermin begeben.

2. Kapitel

Stefan wartet vor dem Eingang des Gerichtsgebäudes. Als er mich kommen sieht, winkt er mir zu. Und dann stehen wir uns auch schon gegenüber.

»Jette ... Gut siehst du aus.« Er betrachtet mich eingehend. »Du hast wieder etwas zugenommen.«

Das Kompliment meint Stefan ernst. Er hat oft gesagt, dass ich eine Frau bin, die durch ein paar Kilo mehr auf den Rippen noch schöner wird. Als ich ihn damals geheiratet habe, war ich in der sechsten Woche schwanger und siebenundzwanzig Jahre alt. Nach zwanzig gemeinsamen Jahren mit ihm war ich unglücklich und brachte zwanzig Kilo mehr auf die Waage. Meine Ehezeit mit Stefan hat mir also genau ein Kilo mehr pro Jahr beschert. Davon habe ich in den vergangenen drei Jahren durch den Beziehungsstress fünfzehn Kilo abgenommen und in den letzten sechs Monaten wieder fünf angefuttert. Diesmal sind jedoch die Hormone schuld, da bin ich mir sicher. Stefan ist also aus dem Schneider.

»Wie geht es Jule?«, fragt mein Noch-Ehemann. »Ich habe schon seit Ewigkeiten nichts mehr von ihr gehört. Sie scheint ja schwer beschäftigt zu sein.«

Der Vorwurf in Stefans Stimme ist nicht zu überhören. Für ihn ist es sozusagen so was wie ein Naturgesetz, dass Kinder sich regelmäßig bei ihren Vätern zu melden haben. Es gehört sich einfach so. Jule ist seine Tochter. Er erwartet, dass sie regelmäßig bei ihm vorbeikommt oder zumindest anruft.

»Frag sie doch einfach«, antworte ich und versuche freundlich dabei zu klingen. Nach einem Streit nur wenige Minuten vor unserer Scheidung steht mir nicht der Sinn. »Du hast doch ihre Handynummer.«

Stefan winkt ab. »Ach, lassen wir das jetzt.«

Genau, denke ich, lassen wir das jetzt. Ein Spruch, den ich nicht nur einmal während unserer Ehe gehört habe. Ich schaue auf meine Armbanduhr und straffe die Schultern. »Zehn vor zwölf. Wollen wir?«

Stefan nickt.

»Die kürzeren Haare stehen dir gut«, sagt er, als wir nebeneinander die Treppe zum Gerichtsgebäude hochgehen.

»Danke.« Das letzte Mal haben wir uns an Jules Geburtstag gesehen. Das ist jetzt ein gutes Dreivierteljahr her. Kurz darauf habe ich mich von meiner langen Haarmähne getrennt und mir einen knapp kinnlangen Bob schneiden lassen, der mir aber nicht gefallen hat. Mittlerweile fällt mein Haar wieder bis fast auf die Schultern. Ich kann es hochstecken oder trage es, wie heute, offen und zum Seitenscheitel frisiert. Und ich bin glücklich damit. Den Bob hat Stefan nicht mitbekommen. Mein Noch-Mann ist nicht mehr Teil meines Lebens. Ich werfe ihm einen kurzen Blick zu. Er sieht aus wie immer. In den letzten neun Monaten hat Stefan sich nicht verändert. Der gute Philon schießt mir wieder durch den Kopf. Stefan ist drei Jahre älter als ich. Er war also neunundvierzig, als er in seinem Leben noch mal was verändern wollte, so alt, wie ich jetzt. Typisch Mann, denke ich. Stefan hat den bequemen Weg gewählt. Anstatt an sich selbst zu arbeiten, hat er mich gegen eine Neue ausgetauscht.

Wir gehen schweigend durch das Gerichtsgebäude. Mir steht nicht der Sinn nach einer Unterhaltung. Mein Bauch grummelt. Das macht er immer, wenn ich nervös bin. Ich möchte die ganze Sache einfach so schnell wie möglich hinter mich bringen.

»Was macht die Schule?«, fragt Stefan, als wir vor dem Raum stehen, in dem wir gleich geschieden werden.

»Alles gut«, antworte ich, aber das stimmt nicht. Zum Glück wird nur wenige Sekunden später die Tür geöffnet.

»Da seid ihr ja schon.« Olaf, unser gemeinsamer Anwalt und Stefans Freund, reicht mir die Hand. »Jette, schön dich zu sehen.« Er räuspert sich. »Natürlich ist der Anlass nicht so schön.«

»Schon gut. Ich freu mich auch, dich zu sehen.« Ich mochte Olaf immer gern und bin froh darüber, dass wir mit nur einem Anwalt auskommen.

Olaf nickt. »Wollen wir?«

Etwa zwanzig Minuten später sind wir einvernehmlich geschieden. Die Bedingungen hatten wir schon vorher mit Olaf geklärt. Mir steht der Versorgungsausgleich zu und eine der größeren Kapitalversicherungen. Stefan behält das Haus und andere Geldanlagen. Er kommt etwas besser davon, aber alles in allem haben wir das Finanzielle fair geregelt. Ich bin zufrieden und nun auch offiziell wieder Single.

»Na dann ...«, sagt Stefan, als wir wieder vor dem Gebäude stehen. Seine Stimme klingt überraschend sentimental. »Danke.«

»Wofür?«, frage ich.

»Für die zwanzig Jahre. Und für die tolle Tochter. Ich finde, zumindest Jule haben wir beide richtig gut hinbekommen.«

Wir? liegt mir auf der Zunge, aber ich verkneife mir den Kommentar. Stattdessen sage ich: »Du hast recht, wir haben eine wundervolle Tochter.«

Stefan nickt. »Richte ihr bitte aus, sie möchte die nächsten Tage mal vorbeikommen. Ich muss dringend etwas mit ihr besprechen.«

Ein Seufzer entfährt mir, aber ich antworte nicht auf seine

Bitte. Es macht keinen Sinn, Stefan noch einmal darauf hinzuweisen, dass er sich selbst mit Jule in Verbindung setzen kann, wenn er sie sehen möchte. Sprachlosigkeit, genau das war unser Problem, schießt es mir durch den Kopf. Und zwar nicht nur zum Ende unserer Ehe.

»Ich würde ja gerne noch einen Kaffee mit dir trinken, aber ...« Mein Exmann zuckt mit den Schultern. »Ich muss los. Die Klinik ruft. Du weißt ja, wie das ist.«

»Ja, allerdings ...« Nicht nur einmal habe ich mich in den letzten Jahren gefragt, mit wem Stefan eigentlich wirklich verheiratet ist. Mit mir oder mit dem Krankenhaus, in dem er die meiste Zeit des Tages verbracht hat. Davon mal ganz abgesehen, meint er das mit dem Kaffee nicht ernst. Das war nur eine höfliche Floskel.

Stefan reicht mir die Hand, als wäre ich eine Fremde. Und so fühle ich mich auch. Zwanzig Jahre, und alles, was wir noch gemeinsam haben, ist unsere Tochter. Ich zögere einen Moment, bevor ich zugreife. Seine schlanken Chirurgenfinger fühlen sich ungewöhnlich kalt an. Komisch, denke ich, ich kenne sie nur warm.

Da lässt er auch schon los. »Alles Gute für dich, Jette.«

»Für dich auch.« Nachdem ich damals herausgefunden hatte, dass Stefan seine Arbeitszeit nicht nur mit lebensrettenden OPs, sondern auch intim mit einer seiner Kolleginnen verbringt, habe ich ihm die Pest oder zumindest einen fiesen Ausschlag am ganzen Körper gewünscht. Die Zeiten sind jedoch vorbei. Er ist nicht mehr mein Ehemann, aber noch immer Jules Vater. Und dem soll es gut gehen.

Ich sehe dem immer noch verdammt attraktiven Mann nach, der schnellen Schrittes über die Straße zu seinem weißen SUV läuft, ohne sich noch einmal zu mir umzudrehen. Es ist typisch, dass Stefan einen Parkplatz für seinen Wagen direkt hier gegenüber gefunden hat. Mein Auto steht ganz am anderen Ende der Parallelstraße.

Was solls, denke ich. Es gibt schließlich Wichtigeres. Unsere Tochter zum Beispiel. Ich atme tief durch, krame mein Handy aus der Tasche, schalte den Ruhemodus aus und schicke eine Nachricht an Jule. Es ist gleich halb eins. Sie ist online, obwohl sie gerade im Seminar sitzen müsste, um für ihre bevorstehende Mathe-Prüfung zu lernen.

Geschafft. Alles friedlich überstanden. Hab dich sehr lieb. Heute Abend Pizzataxi?

Nur ein paar Sekunden später erscheint ein rotes blinkendes Herz auf meinem Display, kurz darauf ein *Gut!*, danach *Ja, sehr gerne* und schließlich ein *Schlieb!* Unsere persönliche Nachrichtenabkürzung für *Ich habe dich lieb*. Wenn Jule mir schreibt, piept mein Handy in der Regel gleich mehrmals hintereinander. Es ist eine kleine Marotte von ihr, den Text nicht nur in einer Nachricht zu versenden. *Wie wars?*, erscheint auf meinem Handy und *War Papa brav?*

War er, antworte ich. *Alles gut. Freu mich auf heute Abend! Und jetzt konzentriere dich auf Mathe, wir reden später.*

Meine Tochter reagiert mit einer lachenden Emoji, einem Daumen nach oben und noch einem Herz, diesmal in Lila.

Stefan hat recht, denke ich noch einmal, wir haben eine wundervolle Tochter. Allein für sie haben sich die zwanzig Ehejahre gelohnt. Außerdem hatten Stefan und ich auch gute gemeinsame Zeiten.

Wie aus dem Nichts setzt sich ein Kloß in meinem Hals fest.

Ich atme tief durch und suche nach dem Autoschlüssel in meiner Tasche. Jetzt bloß nicht doch noch anfangen zu heulen. Gerade als ich die ersten Schritte in Richtung meines Autos gehe, höre ich eine mir bestens bekannte Frauenstimme laut und deutlich »Jette!« rufen. Ich bleibe stehen und drehe mich um. Eva steht nur wenige Meter von mir entfernt an ihr Auto gelehnt. Sie hebt eine Flasche Champagner und zwei Gläser in die Luft.

»Was machst du denn hier?«, frage ich erfreut. »Bist du schon die ganze Zeit da? Ich habe dich gar nicht bemerkt.«

»Du warst ja auch beschäftigt.« Eva zeigt hinter sich. »Ich habe im Wagen gesessen und gewartet, bis Arschie weg ist.« Sie kommt auf mich zu. »Ich lass dich doch jetzt nicht alleine.«

Ohne Vorwarnung schießen mir die Tränen in die Augen und laufen über meine Wangen. Ich schluchze auf und liege kurz darauf in den Armen meiner Freundin.

Anne Barns
Apfelkuchen am Meer
€ 12,00, Taschenbuch
ISBN 978-3-7499-0212-5

Der süße Duft des warmen Kuchens, der sich mit dem salzigen des Meeres vermischt, das ist für Merle das Aroma der Ferien ihrer Kindheit – das Aroma der Apfelrosentorte. Seit Generationen wird das geheime Rezept in Merles Familie weitergereicht. Als eine Freundin ihr erzählt, dass sie genau diese Torte in einem Café auf Juist gegessen hat, macht Merle sich spontan auf die Suche nach der Bäckerin. Unweigerlich führt ihr Weg sie zurück auf die Insel, wo noch mehr Geheimnisse verborgen liegen als nur ein Familienrezept.

www.harpercollins.de

Anne Barns
Bratapfel am Meer
€ 12,00, Taschenbuch
ISBN 978-3-7457-0037-4

»Bring meine Kette zurück zu meiner großen Liebe, nach Juist!«
Nur wenige Stunden vor ihrem Tod hat Caros Patientin ihr dieses Versprechen abgenommen. Nun steht Caro auf dem Klinikflur, der ihr alltäglicher Arbeitsplatz ist, und hält Elfriedes kunstvoll gearbeitete Perlenkette in den Händen. Sie spürt, dass dieses Schmuckstück ein ganz besonderes Geheimnis birgt, und beschließt, zum Jahreswechsel auf die kleine Nordseeinsel Juist zu fahren. So kann sie Elfriedes Wunsch erfüllen und sich, bei eisigem Wind und rauer Brandung vor den Fenstern, mit heißem Apfelpunsch die kleine Auszeit nehmen, nach der sie sich schon lange sehnt.

www.harpercollins.de

Anne Barns
Honigduft und Meeresbrise
€ 12,00, Taschenbuch
ISBN 978-3-7457-0004-6

Geliebte Martha, von dir zu lesen, gibt mir unendlich viel Kraft! – So beginnt der Brief, den Anna in Händen hält. Die mit Tinte auf vergilbtem Papier geschriebenen Buchstaben sind noch immer gut sichtbar. Trotzdem fällt es Anna schwer, die geschwungene Schrift zu entziffern. Nur am Datum gibt es keine Zweifel: Dezember 1941. Vor fast achtzig Jahren wurde dieser Brief an ihre Urgroßmutter adressiert, und doch hat Anna ihn eben erst gemeinsam mit ihrer Oma geöffnet. Eigentlich will sie mit ihrem Besuch bei Oma den Verlust ihrer besten Freundin verarbeiten, die bei einem Unfall ums Leben kam. Aber dann führt der Brief Anna schließlich nach Ahrenshoop, wo sie hofft, Antworten zu finden …

www.harpercollins.de

Anne Barns
Eisblumenwinter
€ 12,00, Taschenbuch
ISBN 978-3-95967-536-9

Eine Winterliebe zwischen Nord- und Ostsee

Mit ihrer Karamellwerkstatt auf Rügen lebt Pia erfolgreich ihren Traum. Und doch ist sie nicht glücklich. Denn Paul, der Mann, den sie liebt, lebt gut fünfhundert Kilometer entfernt auf der Insel Juist. Als ihre Großmutter sie bittet, sie auf eine Reise zu den Orten ihrer Kindheit zu begleiten, sagt Pia zu. Eine Auszeit mit ihrer Oma ist genau das, was sie jetzt braucht. Gemeinsam begeben sie sich auf Spurensuche in die Vergangenheit. Dabei entdecken sie eine Liebesgeschichte, die Zeit und Grenzen überdauert hat – und bis heute nachwirkt.

www.harpercollins.de